KB212334

견딜 수
없는
사랑

이언 매큐언
장편소설

한정아 옮김

견딜 수
없는
사랑

복복서가

차례

하나 9

둘 33

셋 48

넷 63

다섯 74

여섯 85

일곱 96

여덟 107

아홉 122

열 136

열하나 142

열둘 151

열셋 164

열넷 178

열다섯 190

열여섯 200

열일곱 209

열여덟 225

열아홉 243

스물 261

스물하나 ... 284

스물둘 307

스물셋 323

스물넷 328

부록 Ⅰ 345

부록 Ⅱ 360

감사의 말 363

애널리나에게

하나

시작은 표시하기 쉽다. 우리는 햇빛을 받으며 떡갈나무 아래 있었고, 떡갈나무가 강한 바람을 어느 정도 막아주고 있었다. 나는 와인 오프너를 쥐고 풀밭에 무릎을 대고 있고, 클래리사는 1987년산 도마스 가삭을 내게 건네고 있었다. 이 순간, 시간 지도에 찍힌 아주 작은 점에 불과한 이 순간. 나는 손을 내밀었고, 차가운 병목과 검은색 포일이 손바닥에 닿았을 때 남자의 고함을 들었다. 우리는 고개를 돌려 들판을 바라보았고 위험을 발견했다. 다음 순간, 나는 그 위험을 향해 달려가고 있었다. 상황이 완전히 바뀌었다. 나는 와인 오프너를 떨어뜨린 것이나 벌떡 일어선 것, 결정을 내린 것, 혹은 뒤에서 클래리사가 조심하라고 외치던 소리를 들은 것이 기억나지 않는다. 떡갈나무 옆 봄날의 풀밭에서 느끼던 행복을 박차고 달려나가 이 이야기의 미로 속으로 뛰어들어가다니, 이 얼마나 바보 같은 짓인가. 또다시 고함이 들렸고 아이가 우는 소리도 났는데, 산울타리를 따라 늘어선 키 큰 나무들 사이로 거칠게 불어오는 바람 때문에 소리가 약하게 들렸다. 나는 더 빨리 달렸다. 그리고 갑자기 들판 곳곳에서 네 명의 남자가 나타나, 그 위험의 현장을 향해 나처럼 달려가고 있었다.

나는 100여 미터 상공에서 독수리의 눈으로 우리를 내려다본다. 조금 전 하늘 높이 날아올랐다가 기류를 따라 급강하해 선회하던 그 독수리의 눈으로. 다섯 남자가 40만 제곱미터가 넘는 들판 한가운데로 말없이 달려가고 있었다. 나는 바람을 등지고 남동쪽에서 접근했다. 내 왼쪽으로 200여 미터 가까이 떨어진 곳에서는 두 남자가 나란히 달려왔다. 들판 남쪽 끝에서 도로와의 경계 역할을 하는 울타리를 수리하던 농장 인부들이었다. 그들 너머로 똑같은 거리만큼 떨어진 곳에서는 자동차로 이동중이던 존 로건이라는 사람이 달려오고 있었고, 그의 자동차는 문 하나 혹은 여러 개가 활짝 열린 채로 길가 풀숲에 멈춰 서 있었다. 그땐 몰랐던 것을 알고 있는 지금, 400미터 떨어진 들판 저 반대편의 너도밤나무숲에서 튀어나와 바람 속을 달려 내 앞에 불쑥 나타난 제드 패리의 모습을 떠올리려니 이상한 기분이 든다. 이 상황에 얽히는 바람에 우리에게 닥칠 슬픔을 알지 못한 채 연인들처럼 서로를 향해 달려오는 패리와 내가 독수리 눈에는 초록 들판과 선명하게 대비되는 흰 셔츠를 입은 아주 작은 형상으로 보였을 것이다. 우리를 미치게 만들 만남까지는 아직 몇 분이 남아 있었고, 그 만남의 중대한 의미는 시간이라는 장벽뿐만 아니라 들판 한가운데 있는 거대한 것으로도 가려져 있었다. 그리고 그것은 아래쪽에 있는 작고 보잘것없는 인간의 고통에 비하면 엄청난 크기였고 그 무시무시한 비율의 힘이 우리를 끌어당겼다.

클래리사는 무엇을 하고 있었지? 그녀는 자신이 들판 중앙을 향해 빨리 걸어갔다고 말했다. 달려가고 싶은 충동을 어떻게 참았을까. 내가 이제부터 묘사하려는 그 일, 즉 추락 사건이 일어날 즈음 그녀는 우리를 거의 따라잡았고, 참여, 밧줄과 외침, 처절한 협업 실패라는 부담을 지지 않은 관찰자의 위치에 있었다. 내가 묘사하는 일은 클래리사도 본 일, 그리고 강박적인 재검토의 시기에 둘이 나눈 대화를 통해 구성된 것이다. 여파. 이것이 초여름의 풀베기를 기다리는 들판에서 일어난 일에 대한 적절한 용어일 것 같다. 여파, 이모작 작물, 5월의 첫 풀베기로 촉진된 성장.

나는 이야기를 다 풀어놓지 못하고 망설이는 중이다. 그 일이 일어나기 전의 순간에서 이렇게 머뭇거리는 것은 그땐 아직 다른 결과들이 일어날 수 있었기 때문이다. 독수리의 관점에서 볼 때, 평평한 초록 들판의 한 점을 향해 여섯 명이 모여드는 것은 기하학적으로 안정된 그림이다. 제한된 평면의 당구대. 힘과 힘의 방향이라는 초기의 조건들이 모든 가능한 경로, 충돌과 회귀의 모든 각을 결정하며, 천장의 불빛이 당구대와 녹색 베이즈 천과 그 위에서 움직이는 모든 물체를 선명하게 비추는 당구대. 나는 우리가 서로 만나기 전, 한곳을 향해 모이고 있던 순간 수학적인 은총 상태에 있었다고 생각한다. 내가 우리의 위치와 상대적 거리와 방위를 두고 자꾸 미적대는 것은 이 일들에 관해 내가 무언가를 분명히 이해한 것이 이때가 마지막이었기 때문이다.

우리는 무엇을 향해 달려가고 있었을까? 우리 가운데 완전한 답을 아는 사람은 아무도 없을 것이다. 그러나 표면적으로는 풍선이었다. 만화 속 등장인물의 말이나 생각을 담은 말풍선이나, 뜨거운 공기를 불어넣어 만드는 풍선을 말하는 것이 아니다. 그것은 헬륨이 가득 든 거대한 기구였다. 별들의 핵 용광로에서 수소로부터 만들어진 원소. 우리 자신과 우리의 모든 생각을 포함해 우주의 모든 다양한 물질의 탄생을 가능케 한 시작.

우리는 재앙을 향해 달려가고 있었고, 재앙은 그 자체로 하나의 용광로였다. 그 용광로의 열에 인간의 정체성과 운명이 얽히고 녹아서 새로운 모양을 이루게 될 터였다. 기구 아래쪽에 달린 바구니에는 소년이 타고 있고, 바구니 옆에는 도움이 필요한 남자가 밧줄을 붙잡고 있었다.

*

기구가 없었더라도 그날은 기억에 남는 하루가 되었을 것이다. 우리가 6주 동안 떨어져 있다가 다시 만나는 매우 기쁜 날이었기 때문이다. 클래리사와 내가 함께한 7년 중 가장 오래 떨어져 있다 재회하는 거였다. 나는 히스로 공항으로 가는 길에 코벤트 가든에 들러 카를루치오 레스토랑 근처에 차를 세운 뒤 레스토랑에 들어가 소풍 가서 먹을 것들을 샀다. 제일 중요한 건 커다란 공처럼 생긴 모차렐라 치즈로 점원이 나무집게로 커다란 도자기 그릇에서 꺼내주었다. 검은 올리브와 믹스 샐러드와 포카치아 빵도 샀다. 그러고는 롱 에이커 거리를 부지런히 걸어가 버트럼 로타 서점에서 클래리사의 생일 선물로 주문해두었던 것을 찾았다. 그것은 지금까지 내가 구입한 것 가운데 아파트와 자동차 다음으로 비싼 물건이었다. 차로 돌아오는데 그 작은 희귀본이 두꺼운 갈색 포장지 속에서 열을 발산하는 것처럼 느껴졌다.

40분 후 나는 여객기 도착 정보 전광판을 훑어보고 있었다. 보스턴발 여객기는 조금 전에 도착했고 그렇다면 30분은 기다려야 할 터였다. 인간 감정의 다양한 표현은 보편적이고 유전적으로 새겨져 있다는 다윈의 주장을 뒷받침할 증거를 얻고 싶다면, 히스로 공항 4번 터미널 도착 게이트 옆에 몇 분만 있어보라. 카트를 밀고 나오다 마중 나온 군중 속에서 아는 얼굴을 발견한 풍만한 체구의 나이지리아 여성, 입술이 얇은 스코틀랜드 할머니, 창백하고 차림새가 단정한 일본인 기업가의 얼굴에 똑같은 기쁨과 똑같은 미소가 번져나갔다. 인간의 동일성을 관찰하는 것은 인간의 다양성을 관찰하는 것만큼이나 기쁜 일이다. 말끝이 내려가는 탄성 섞인 목소리가 계속 들렸다. 두 사람이 서로에게 다가가 포옹하며 나지막이 이름을 부를 때 자주 들렸다. 장2도, 아니면 단3도, 아니면 그 중간의 음조였을까? 아빠! 욜란타! 호비! 은제! 또한 올라가는 어조의 탄성 섞인 목소리도 들렸는데, 오랫동안 떨어져 있던 아버지나 조부모가 즉각적인 사랑의 반응을 바라면서 뚱하고 경계하는 표정을 짓고 있는 아기들의 이름을 살살 달래듯 부를 때였다. 해나? 토미? 나를 받아줘!

개인의 드라마에서는 다양성을 볼 수 있었다. 튀르키예인으로 보이는 아버지와 10대 아들은 서로를 용서하는 것인지 혹은 가족의 죽음을 슬퍼하고 있는지 자기들이 카트를 막아 정체를 빚고 있다는 사실도 깨닫지 못한 채 오랫동안 조용히 부둥켜안고 서 있었다. 일란성쌍둥이인 50대의 두 여성은 서로를 싫어하는 기색을 숨기지 않은 채 건성으로 악수하고 볼에 입을 맞추는 시늉을 했다. 얼굴이 낯선 아빠의 어깨에 올라탄 어린 미국인 사내아이는 내려달라고 소리를 질러대서 지친 엄마의 성질을 돋우었다.

그러나 대개의 드라마는 미소와 포옹으로 가득했다. 나는 35분간 50건이 넘는 해피엔딩 드라마를 지켜보았는데, 갈수록 주인공들의 연기력이 이전 드라마의 주인공들보다 떨어지는 느낌이 들었다. 나중에는 내가 감정적으로 지친 나머지 어린아이들마저 연기하는 게 아닌가 하는 의심이 들 정도였다. 어떻게 하면 클래리사를 진심으로 환영할 수 있을까 생각하고 있는데, 군중 속에서 나를 찾아 돌아다니던 그녀가 나를 발견하고 다가와 내 어깨를 톡톡 쳤다. 그 순간 나의 무심함은 눈 녹듯이 사라졌고, 나는 다른 사람들과 똑같은 어조로 기쁘게 그녀의 이름을 불렀다.

한 시간 가까이 지난 후 우리는 크리스마스 커먼 근처 칠턴스 언덕에 있는 너도밤나무숲 길 입구에 차를 세웠다. 클래리사가 신발을 갈아 신는 동안 나는 소풍 배낭을 쌌다. 아직 재회의 흥분이 가시지 않은 우리는 팔짱을 끼고 길을 나섰다. 손의 크기와 감촉, 따뜻하고 고요한 목소리, 켈트족의 창백한 피부색과 초록 눈 같은 그녀의 익숙한 면들이 낯선 빛을 받아 반짝이며 새롭게 느껴졌고,

우리의 첫 만남과 사랑에 빠져 함께한 몇 달이 주마등처럼 스쳐지나갔다. 나는 다른 남자, 즉 나 자신의 성적 경쟁자가 되어 나에게서 클래리사를 훔치러 왔다는 상상을 했다. 그 이야기를 하자 그녀는 깔깔 웃으면서 내가 세상에서 가장 복잡한 얼간이라고 말했다. 우리가 걸음을 멈추고 키스를 하면서 곧장 집으로 가서 침대로 뛰어들걸 그랬다고 이야기를 나누는데, 거대한 헬륨 기구가 숲이 우거진 골짜기를 가로질러 서쪽으로 둥둥 떠가는 모습이 새로 돋아난 나뭇잎들 사이로 보였다. 남자도 소년도 우리 눈엔 보이지 않았다. 나는 조종사가 아니라 바람이 항로를 정하는 저런 기구는 위험하기 짝이 없는 교통수단이라고 생각했지만, 그 말을 입 밖에 내지는 않았다. 어쩌면 그래서 매력적일 거라는 생각이 들었다. 그러고는 즉시 그 생각을 잊어버렸다.

우리는 칼리지 우드를 통과해 피스힐을 향해 가는 동안 가끔 걸음을 멈추고 너도밤나무에 돋은 새순을 보며 감탄하곤 했다. 나뭇잎이 스스로 빛을 발해 반짝이는 것처럼 보였다. 우리는 초록색의 순수성과 너도밤나무의 새순을 화제로 대화를 나눴고, 새순을 보기만 해도 마음이 정화된다는 이야기도 했다. 숲속으로 더 깊이 들어가자 바람이 강해지기 시작했고 나뭇가지들이 녹슨 기계처럼 삐걱거렸다. 우리는 이 길을 잘 알고 있었다. 이곳은 런던 중심부에서 한 시간 이내에 갈 수 있는 지역 가운데 풍경이 가장 아름다운 곳이었다. 나는 이곳 구릉지의 완만한 굴곡과 백악과 석영이 곳곳에 흩어져 있는 풍경이 좋았고, 그 구릉을 내려가면 나오는 너도밤나무숲의 어둠과, 방치되고 물이 거의 마른 계곡 속으로 빠져드는 듯한 오솔길을 사랑했다. 계곡의 썩어가는 나무 몸통들에는 각도에 따라 색이 달라 보이는 이끼가 빽빽이 덮여 있었고, 숲속을 헤매는 먼잭*의 모습이 가끔 보이기도 했다.

우리는 서쪽으로 한참을 걸어가면서 클래리사의 연구 주제인 존 키츠의 말년에 대해 주로 이야기를 나눴다. 키츠는 조지프 세번이라는 친구와 함께 묵고 있던 로마의 스페인 계단 아래쪽에 있는 주택에서 죽음을 앞두고 있었다. 그때 쓴 키츠의 미출간 편지 서너 통이 존재한다는 게 가능한 일일까? 그중 한 통은 연인인 패니 브론에게 쓴 것일 수도 있을까? 그렇게 생각할 만한 근거를 확보한 클래리사는 안식년이 되자 스페인과 포르투갈을 여행하면서 패니 브론과 키츠의 여동생 패니와 관련된 집들을 방문했다. 그런 다음 하버드대학교 호턴도서관에서 연구하다 세번의 먼 친척들에게 서신이 있다는 것을 알아내어 보스턴에서 돌아온 것이었다. 세간에 알려진 키츠의 마지막 편지는 그가 사망하기 석 달 전쯤 찰스 브라운이라는 오랜 친구에게 쓴 것이었다. 키츠는 예술 창조에 대한 뛰어난 묘사를 엄숙하게, 그러나 덧붙여 말하듯 무심하게 쏟아냈다. "콘트라스트에 대한 지식, 빛과 그림자에 대한 느낌, 시에 필요한 (원시적 의미에서의) 모든 정보가 병의 회복을 막는 강력한 적이 되고 있네." 그 편지는 과묵함과 정중함이 통렬하게 느껴지는 유명한 작별인사였다. "자네에게 작별인사를 하기가 쉽지 않군, 편지에서조차 말일세. 나는 항상 어색하게 인사를

---

* 동남아시아 원산의 작은 사슴.

했지. 신이 자넬 축복하기를! 존 키츠." 그러나 모든 전기傳記는 키츠가 이 편지를 썼을 때 결핵에 상당한 차도를 보이고 있었고, 그후 열흘은 그렇게 회복된 상태였다는 데 동의한다. 키츠는 보르게세 공원에 갔고 코르소 길을 거닐었다. 세번이 연주하는 하이든의 곡을 즐겁게 감상했고, 맛이 형편없다며 저녁을 먹지 않고 창밖으로 던져버리는 짓궂은 행동도 했으며, 심지어 시를 구상하기도 했다. 이 시기에 쓴 편지가 실제로 존재한다면 세번이나 브라운은 왜 그 편지를 숨기고 싶어한 것일까? 클래리사는 브라운의 먼 친척들이 1840년대에 주고받은 서신에 그 해답이 있다고 생각했지만, 더 많은 증거와 다른 자료들이 필요했다.

"그는 패니를 두 번 다시 볼 수 없다는 것을 알고 있었어." 클래리사가 말했다. "브라운에게 보낸 편지에서, 종이에 적힌 패니의 이름을 보는 것조차 견디기 힘든 고통이 될 거라고 말했지. 그러면서도 패니에 대한 생각을 멈추진 않았어. 12월의 그 며칠간은 상당히 건강했고, 그녀를 무척이나 사랑했지. 그러니 부칠 의도가 전혀 없는 편지를 쓰는 그를 충분히 상상할 수 있지 않아?"

나는 클래리사의 손을 꼭 잡고 아무 말도 하지 않았다. 키츠나 그의 시에 관해서는 아는 게 별로 없었지만, 그가 연인을 너무나 사랑하기 때문에 그렇게 절망적인 상황에서는 편지를 쓰고 싶지 않았을 수도 있겠다는 생각이 들었다. 얼마 전 나는 클래리사가 이런 가상의 편지에 관심을 갖는 것이 우리의 상황, 그리고 편지에 표현되지 않은 사랑은 완벽하지 않다는 그녀의 확신과 관련이 있다는 생각을 했었다. 우리가 처음 만나고 나서 몇 달 동안, 그리고 아파트를 사기 전까지 그녀는 우리의 사랑이 이제까지 존재했던 그 어떤 사랑과도 다르고 우월한 이유를 열정적이고도 추상적으로 적어 내려간 아름다운 편지를 내게 보냈다. 자신들만의 고유하고 독특한 것을 찬미하는 것, 그것이 바로 러브레터의 본질일 것이다. 나도 그런 편지를 쓰려고 애썼지만 내가 진지하게 받아들일 수 있는 것은 오직 사실뿐이었고, 그 사실이 내겐 충분히 기적적으로 보였다. 아름다운 여인이 덩치 크고 서툴고 탈모가 진행중이며 자신의 행운을 믿지 못하는 남자를 사랑하고 그에게서 사랑받기를 원하는 것이 기적이 아니면 무엇이란 말인가.

우리는 메이든스그로브 숲으로 가다 걸음을 멈추고 독수리를 보았다. 우리가 자연보호구역 주변 골짜기를 뒤덮은 숲속에 있는 동안 기구는 우리가 지나온 길로 되돌아갔을 수도 있었다. 이른 오후 우리는 리지웨이 길에 있었고, 급경사면을 따라 북쪽으로 걷고 있었다. 잠시 후 거대한 손가락 모양의 언덕이 나타났다. 칠턴스 언덕에서 서쪽으로 튀어나와 있는 그 언덕 아래로 비옥한 농지가 펼쳐져 있었다. 거기 서서 보니 옥스퍼드 계곡 너머로 코츠월드 언덕의 윤곽이 보였고, 그 너머로는 옅은 푸른색 덩어리 같은 브레콘비콘스산맥이 보였다. 언덕 끝의 전망이 가장 좋아 거기서 소풍을 하는 것이 우리 계획이었지만, 바람이 너무 거셌다. 결국 우리는 들판으로 되돌아와 북쪽 끝에 있는 참나무숲으로 피신했다. 그리고 이 나무들 때문에 기구가 내려오는 것을 보지 못했다. 나중에야 나는 기구가 왜 바람에 떠밀려 멀리 날아가지 않았는지 궁금증이 생겼다. 그날 150미터 상공에서 불던 바람이 지표면에서 몰아치던 바람과 같지 않다는 사실 역시 나중에 알았다.

배낭에서 점심을 꺼내면서 키츠에 대한 대화는 자연스레 들어갔다. 클래리사가 배낭에서 와인을 꺼내 병 밑동을 잡고 내게 건넸다. 앞에서 말했듯이, 그 와인병의 병목이 내 손바닥에 닿는 순간 고함이 들렸다. 두려움에 사로잡혀 고조되는 중저음의 목소리였다. 그 목소리가 시작과 끝의 표지였다. 그 고함을 들은 순간 내 인생의 한 장章이, 아니 한 단계 전체가 끝났다. 그런 사실을 그때 알았더라면, 그리고 2~3초 정도 여유가 있었더라면, 나는 약간의 향수를 스스로에게 허락했을 것이다. 클래리사와 나는 아이 없이 7년째 사랑의 동거생활을 하고 있었다. 클래리사 멜런은 다른 남자도 사랑하고 있었지만, 그 남자의 200번째 생일이 다가오는 상황이라 그게 큰 문제가 되지는 않았다. 사실 그는 우리가 힘의 균형을 이루는 방식이자 일에 대해 이야기하는 방식인 전투적인 대화에 도움이 되었다. 우리는 런던 북부에 있는 아르데코 양식의 아파트 단지에 살았고, 걱정거리도 평균보다 적었다. 물론 우리가 한두 해 동안 경제 형편이 안 좋았던 적도 있고, 암에 대한 근거 없는 공포, 친구들의 이혼과 질병, 내가 때때로 내 일에 만족 못해 폭발하는 바람에 클래리사를 화나게 하는 정도의 걱정거리는 있었지만, 우리의 자유롭고 친밀한 삶을 위협할 만한 것은 아무것도 없었다.

우리가 소풍 자리에서 벌떡 일어났을 때 눈에 들어온 것은 크기가 집채만하고 눈물방울 모양을 한 거대한 회색 기구가 들판에 내려앉아 있는 모습이었다. 기구가 땅에 닿았을 때 조종사는 승객을 태운 바구니에서 내리려던 중이었던 것 같다. 기구 고정 장치와 연결된 밧줄에 그의 한쪽 다리가 감겨 있었다. 그때 바람이 거세지면서 기구가 급경사면 쪽으로 밀려 떠올랐고, 그는 질질 끌려갔다. 바구니 안에는 열 살가량의 사내아이가 있었다. 갑자기 소강상태가 되었고, 남자는 일어서서 바구니인지 소년인지를 꽉 붙잡았다. 그 순간 다시 한번 돌풍이 불었고 조종사는 획 떠밀려 거친 땅바닥에 나자빠졌다. 그는 발을 지탱할 곳을 찾으려고 발버둥을 쳤고, 기구를 땅에 붙들어두기 위해 자기 뒤에 있는 고정 장치 쪽으로 달려들었다. 그가 기구를 붙들어둘 수 있었다고 해도, 다리에 감긴 밧줄은 풀지 못했을 것이다. 그는 기구를 땅에 붙잡아두기 위해 온몸의 체중을 실어 버렸지만, 바람은 그의 손에서 밧줄을 획 낚아챌 수 있었을 것이다.

기구를 향해 달려가던 나는 남자가 소년에게 바구니에서 뛰어내리라고 소리치는 것을 들었다. 그러나 들판 위에서 기구가 이리저리 요동치자 소년은 바구니 안에서 이리 쿵 저리 쿵 하고 부딪쳤다. 소년이 다시 균형을 잡고 일어서서 한 다리를 들어 바구니 위에 걸쳤다. 그 순간 기구가 날아올랐다가 떨어지며 작은 언덕에 쿵 부딪쳤고, 소년은 뒤로 넘어지며 시야에서 사라졌다. 그러나 곧 다시 일어나 남자를 향해 두 팔을 벌리고 소리쳤다. 말을 한 건지 너무 무서워서 비명을 지른 것인지는 확실하지 않았다.

상황이 진정되었을 때 나는 100미터 정도 떨어져 있었던 것 같다. 바람이 잦아들었고 남자는 일어서서 허리를 굽히고 고정 장치를 땅속에 박으려 하고 있었다. 다리에 감긴 밧줄은 이미 다 풀어낸 후였다. 무슨 이유에선지, 마음이 놓였는지 또는 피곤했는지 아니면 지시를 따른 것인지, 소년은 바구니 안에 남아 있었다. 거대한 기구가 흔들리고 기울어지고 떠밀리고 있었지만, 분명 야수는 얌전해져 있었다. 나는 멈추지는 않았지만 속도를 줄였다. 남자가 허리를 펴고 서더니 우리에게―적어도 농장 인부들과 나에게―빨리 와달라고 손짓했다. 그는 여전히 도움을 필요로 했지만 나는 마음이 놓여 속도를 줄이고 걸었다. 농장 인부들도 걷고 있었다. 한 명은 심하게 기침을 했다. 그러나 자동차로 이동중이던 존 로건은 우리가 모르는 무언가를 알고 있었는지 계속 달려오고 있었다. 제드 패리는 우리 사이에 놓인 기구에 가로막혀 모습이 보이지 않았다.

나무 꼭대기에서 다시 광포해진 바람이 내 등을 때렸다. 그리고 기구를 강타했는데 이리저리 우스꽝스럽게 흔들리던 기구가 갑자기 멈추고 잠잠해졌다. 기구의 움직임이라고 해봤자 기구 속에 담긴 에너지가 축적되면서 기구 표면에 잔물결이 일고 반짝이는 게 전부였다. 그런데 기구가 갑자기 탈주를 감행했다. 고정 장치가 흙먼지를 날리며 날아오르면서 기구와 바구니도 3미터쯤 공중으로 떠올랐다. 소년이 다시 나동그라지더니 시야에서 사라졌다. 두 손으로 밧줄을 쥐고 있던 조종사는 땅에서 50센티미터 정도 떠올랐다. 조종사 앞에 도착한 로건이 기구에 매인 수많은 밧줄 중 하나를 잡지 않았더라면, 기구는 소년을 태우고 멀리 날아가버렸을 것이다. 대신 두 남자가 들판 위로 질질 끌려가고 있었고, 농장 인부들과 나는 다시 달리고 있었다.

내가 농장 인부들보다 먼저 그 자리에 도착했다. 내가 밧줄을 잡았을 때, 바구니는 내 머리 위에 떠 있었다. 그 안에서 소년이 비명을 지르고 있었다. 바람이 불었지만, 오줌 냄새가 났다. 잠시 후 제드 패리가 밧줄을 잡았고, 그러고 나서 농장 인부 조지프 레이시와 토비 그린이 밧줄을 잡았다. 그린은 발작적으로 기침을 하면서도 밧줄을 놓지 않았다. 조종사가 우리에게 해야 할 일을 외쳐대고 있었지만 너무 흥분해 있어 무슨 소린지 알아들을 수 없었고, 듣는 사람도 없었다. 그는 너무 오랫동안 기구와 씨름하는 바람에 지칠 대로 지치고 감정적으로 통제력을 완전히 상실한 상태였다. 우리 다섯 명이 밧줄을 붙잡고 있어 기구는 날아가지 못하고 있었다. 우리는 그대로 서서 천천히 바구니를 잡아당겨 내리기만 하면 됐고, 조종사가 뭐라고 외쳐대건 그 작업을 시작했다.

이때 우리는 가파른 언덕에 서 있었다. 땅은 가파르게 비탈져 내려가다가 바다에 가까워지면서 완만한 평지로 변했다. 겨울이면 동네 아이들이 터보건 썰매를 타러 오는 곳이었다. 다들 동시에 떠들어대기 시작했다. 우리 중 두 명, 즉 나와 존 로건은 기구를 언덕 끝에서 안쪽으로 끌어오고 싶어했다. 다른 누군가는 우선 아이부터 꺼내야 한다고 주장했다. 또다른 누군가는 기구를 땅으로 끌어내려 단단히 고정하는 일부터 해야 한다고 말했다. 나는 어느 것부터 해도 상관없다고 생각했다. 들판 쪽으로 옮기기만 해도 자연스레 기구를 지표면으로 끌어내릴 수 있기 때문이었다. 그러나 두번째 견해가 우세했다. 조종사가 네번째 아이디어를 냈지만, 그게 무슨 말인지 아는 사람도, 관심을 갖는 사람도 없었다.

한 가지는 분명히 해야겠다. 우리가 같은 목표를 가지면서 미약하게나마 연대감이 형성되었는지는 모르겠지만, 결코 한 팀은 아니었다. 그럴 가능성도, 그럴 시간도 없었다. 우리는 우연히 같은 시각, 같은 장소에 있었고 이타적인 성향 때문에 기구 아래로 모였을 뿐이었다. 책임자가 없었고, 아니 모두가 책임자였고, 다들 소리 지르기 시합의 참가자였다. 우리는 상기된 얼굴로 땀을 뻘뻘 흘리며 고래고래 고함을 지르는 조종사를 무시했다. 그는 열을 발산하듯 무능함을 내뿜고 있었다. 그러나 큰 소리로 자기주장을 펼친 건 우리도 마찬가지였다. 내가 확실한 리더였다면, 그런 비극은 일어나지 않았을 것이다. 나중에 다른 사람들도 자신에 대해 똑같은 말을 하는 것을 들었다. 그러나 시간이 없었고, 인격의 힘이 드러날 기회가 없었다. 어떤 리더, 어떤 구체적인 계획이든 아무것도 없는 것보다는 나았을 것이다. 수렵채집사회부터 산업화 이후 사회에 이르기까지 모든 인간 사회 가운데 리더와 피지배자들이 없었던 사회는 인류학자들의 관심을 전혀 끌지 못했다. 그리고 민주적인 절차로는 어떤 긴급 상황도 효과적으로 해결하지 못했다.

기구에 달린 승객 탑승용 바구니를 충분히 끌어내려 안을 들여다보는 것은 별로 어렵지 않았다. 그런데 새로운 문제가 생겼다. 소년이 바구니 바닥에 웅크리고 누워 있었다. 두 팔로 얼굴을 가린 채 머리카락을 꽉 움켜쥐고 있었다. "아이 이름이 뭐죠?" 우리가 상기된 얼굴의 조종사에게 물었다.

"해리."

"해리!" 우리가 소리쳤다. "일어나, 해리. 해리! 내 손을 잡아, 해리. 거기서 나와, 해리!"

그러나 해리는 몸을 더욱 웅크렸다. 우리가 자기 이름을 부를 때마다 움찔했다. 우리의 말이 돌멩이처럼 날아가 소년의 몸을 때리는 듯했다. 소년은 의지가 마비된 상태, 즉 학습된 무기력이라고 불리는 상태에 빠져 있었다. 그 증상은 특이한 스트레스를 받는 실험동물에게 자주 나타나는 현상이었다. 이런 상태가 되면 문제해결 능력과 생존 본능이 완전히 사라진다. 우리는 바구니를 땅으로 끌어내려 붙든 후, 바구니 안으로 몸을 숙이고 소년을 들어 올리려고 했다. 그 순간 조종사가 우리 어깨를 밀치더니 바구니에 올라타려고 했다. 나중에 그는 그때 자기가 뭘 하려던 것인지 우리에게 말했다고 주장했다. 그러나 우리는 고함치고 욕하느라 아무 말도 듣지 못했다. 그가 하는 행동이 어처구니없어 보였지만, 나중에 이야기를 들어보니 의도는 충분히 합리적이었다. 그는 바구니 안에 얽혀 있는 코드를 뽑아서 기구에서 기체를 빼낼 생각이었다고 했다.

"뭐 하는 거야, 멍청하게!" 레이시가 소리쳤다. "아이 빼내는 걸 도와야지."

그것이 우리에게 도달하기 2초 전, 나는 그 소리를 들었다. 마치 고속열차가 우듬지를 가로질러 우리를 향해 돌진해오는 듯한 소리였다. 씽씽, 윙윙거리는 바람소리가 0.5초 만에 최대 볼륨으로 커졌다. 나중에 경찰이 공개한 그날의 풍속을 보면 시속 110킬로미터 이상의 돌풍이 여러 차례 불었다. 이 바람이 그중 하나였던 것은 분명하다. 하지만 이 바람이 불어닥쳤을 때의 이야기를 하기 전에 잠시만 시간을 멈추고―정지 상태에서는 안전하다―기구를 빙 둘러싸고 있던 우리에 대해 살펴보기로 하자.

내 오른쪽으로는 땅이 가파르게 비탈져 있었다. 왼쪽에는 존 로건이 있었는데, 그는 옥스퍼드에 사는 42세의 일반 개업의로 역사학자인 부인과의 사이에 두 아이가 있었다. 그가 우리 가운데 가장 젊지는 않았지만 가장 건장했다. 카운티 대회에 나갈 만큼 테니스를 잘 쳤고 산악회 회원이었다. 스코틀랜드의 웨스트 하이랜드에서 산악구조대와 함께 봉사활동을 하기도 했다. 로건은 온화하고 말수가 적은 사람이었다. 그렇지 않았다면 리더를 자청하고 나서서 비극을 막았을지도 모른다. 그의 왼쪽에 있었던 조지프 레이시는 63세의 농장 잡역부로 동네 볼링팀의 주장이기도 했다. 언덕 아래쪽에 있는 와틀링턴이라는 작은 마을에서 아내와 함께 살고 있었다. 레이시의 왼쪽에는 동료인 토비 그린이 있었다. 나이는 58세에 직업은 레이시와 마찬가지로 농장 잡역부였다. 그는 미혼으로, 어머니와 함께 러셀스 워터에 살았다. 레이시와 그린은 스토너 농장에서 일했다. 골초처럼 기침 발작을 일으킨 사람은 그린이었다. 우리 옆에서 바구니로 들어가려고 애쓰던 조종사는 제임스 개드라는 55세의 남자로 작은 광고회사 대표였고, 아내와 지적장애를 앓고 있는 성인 자녀 한 명과 함께 레딩에서 살았다. 경찰조사 때 개드는 기본 안전 수칙 가운데 대여섯 가지를 위반한 것으로 밝혀졌고, 검시관이 단조로운 목소리로 그 위반 사항을 열거했다. 개드의 기구 조종 면허는 취소되었다. 바구니에 있던 소년은 조종사의 손자 해리 개드로, 나이는 열 살이고 런던 캠버웰에 살았다. 내 맞은편에는 제드 패리가 있었고, 그의 왼편으로 땅이 완만한 경사로 비탈져 있었다. 패리는 28세의 무직자였고, 유산으로 받은 햄프스테드의 주택에서 살고 있었다.

이들이 그 자리에 있었던 사람들이었다. 조종사는 우리에 관한 지휘권을 포기한 것 같았다. 우리는 흥분해서 숨을 헐떡이며 각자의 계획을 밀어붙이려고 하고 있었지만, 소년은 자신의 생존을 위해 애써볼 생각이 전혀 없어 보였다. 소년은 몸을 웅크리고 누운 채 두 팔로 세상을 가리고 있었다. 레이시와 그린과 나는 소년을 바구니에서 빼내려고 애를 쓰고 있었고, 제임스 개드는 우리 머리 위를 타 넘고 있었다. 로건과 패리는 큰 소리로 의견을 제시하고 있었다. 개드가 손자의 머리 옆에 한 발을 내려놓는 것을 보고 그린이 욕을 퍼부을 때 그 일이 일어났다. 강력한 일격이 기구를 재빠르게 두 번 강타한 것이다. 하나, 둘. 첫번째 주먹도 셌지만 두번째가 훨씬 더 강력했다. 첫번째 일격에 개드가 바구니 밖으로 휙 밀리며 땅에 떨어졌고, 기구가 바람에 1.5미터가량 공중으로 떠올랐다. 개드의 육중한 몸이 사라지자 균형도 깨졌다. 밧줄이 내 손안에서 스르르 미끄러져 올라가는 바람에 손바닥이 쓸려 화끈거렸지만, 나는 버텼고 줄 끝까지 50센티미터 정도 남은 상태에서 간신히 줄을 잡았다. 다른 이들도 밧줄을 잡고 있었다. 이제 바구니는 우리 머리 바로 위에 있었고, 우리는 주일날 교회에서 밧줄을 잡아당겨 종을 치는 사람들처럼 두 팔을 높이 들어 밧줄을 잡고 있었다. 다들 놀라 소리도 지르지 못하고 침묵하고 있는데, 두번째 일격이 기구를 강타하면서 기구가 서쪽으로 밀렸다. 갑자기 우리는 온 힘을 다해 밧줄을 잡은 채 허공에서 버둥대고 있었다.

발이 땅에서 떨어졌던 그 1~2초가 내 기억에는 지도에 표시되지 않은 강을 따라 올라가는 긴 여행만큼이나 많은 자리를 차지한다. 가장 먼저 든 생각은 기구를 무겁게 만들어 지표면 가까이 붙잡아두려면 밧줄을 계속 잡고 있어야 한다는 것이었다. 아이는 무기력했고 금방이라도 바람에 실려 날아가버릴 것 같았다. 서쪽으로 3킬로미터 떨어진 곳에 고압송전선이 있었다. 그리고 기구 바구니에는 도움이 필요한 어린아이가 홀로 있었다. 밧줄을 계속 붙들고 있는 것이 내 의무였고, 우리 모두 그럴 거라고 생각했다.

밧줄을 붙잡아서 아이를 구하고 싶은 마음—나중에는 이 마음이 신경세포의 진동에 불과했던 것처럼 느껴졌다—이 든 것과 거의 동시에 다른 생각도 들었다. 두려움과 다양한 가능성에 대한 즉각적인 계산이 뒤섞였다. 기구가 서쪽으로 떠밀려가면서 우리는 공중으로 올라가고 있었고, 땅은 순식간에 멀어져갔다. 나는 두 다리와 발로 밧줄을 감아야 한다는 걸 알고 있었다. 그러나 밧줄 끝은 허리께에 있고, 밧줄을 잡은 손이 자꾸만 미끄러지고 있었다. 두 다리가 공중에서 마구 흔들렸다. 1초도 안 되는 사이에 지표면과의 거리가 눈에 띄게 멀어졌고, 밧줄을 놓는 것이 불가능하거나 치명적인 결과를 낳는 순간이 올 것이 틀림없었다. 이런 나의 상황에 비하면, 바구니 안에 웅크리고 누워 있는 해리는 안전했다. 기구는 언덕 밑에 안전하게 내려앉을 것이 분명했다. 그리고 내가 밧줄을 계속 붙들고 있으려는 충동은 조금 전에 시도한 것을 지속하려는 마음에 불과했고, 상황 변화에 재빨리 적응하지 못하는 내 무능력을 보여주는 증거일 수도 있었다.

그리고 솟구치는 아드레날린에 자극받은 심장이 한번 박동하기도 전에 새로운 변수가 추가되었다. 누군가가 손을 놓았고, 그 바람에 기구와 밧줄을 붙들고 있던 사람들이 요동치면서 1미터 이상 더 날아오른 것이다.

나는 누가 제일 먼저 밧줄을 놓았는지 그때도 알지 못했고 그 이후에도 알아내지 못했다. 그 사람이 나였다는 사실을 받아들일 마음의 준비도 되어 있지 않다. 그러나 모두가 자신은 아니라고 주장한다. 확실한 것은 그때 우리의 단합이 깨지지 않았다면, 몇 초 뒤 돌풍이 잦아들면서 언덕 아래로 4분의 1도 채 가지 않아 우리 몸무게의 총합이 기구를 땅에 내려앉게 만들었을 것이라는 점이다. 그러나 아까도 말했듯이, 우리는 한 팀이 아니었고 아무 계획도 없었으며 의견의 일치를 이루지 못했기 때문에 합의를 깰 일도 없었다. 실패도 아니었다. 그렇다면 우리는 모두가 옳은 결정을 했다고 자부할 수 있을까? 이것이 합리적인 수순이었다고 다들 만족했을까? 우리는 결코 그런 위안을 얻을 수 없었다. 아주 오래전 우리의 본성에 새겨졌고 이젠 거의 자동으로 소환되는 더 엄중한 약속이 존재했기 때문이다. 협력. 그것은 인류 초기에 사냥이 성공할 수 있었던 바탕이자, 발전하는 언어능력의 동력이었고, 사회적 화합을 위한 도구였다. 그 사고 이후 우리가 느낀 고통은 우리가 실패했다는 것을 스스로 알고 있다는 증거였다. 그러나 줄을 놓는 것도 우리의 본성에 속하는 행동이었다. 이기심 또한 우리 마음에 새겨져 있기 때문이다. 남들에게는 무엇을 주고 자신은 무엇을 가질 것인가, 이것이 우리 포유류가 직면한 갈등이다. 그 선線을 잘 지키는 것, 서로를 통제하고 통제받는 것이 우리가 도덕이라 부르는 것이다. 우리는 칠턴스 언덕 위 3~4미터 상공에 떠 있으면서 '우리냐, 나냐' 하는 해결할 수 없는 아주 오래된 도덕성의 딜레마에 직면했다.

누군가가 나라고 말했다면, 그다음에 우리를 말한다고 해도 얻을 수 있는 것은 없다. 대체로 우리는 선善이 합리적일 때 선하게 행동한다. 좋은 사회는 선한 행동을 하는 것이 합리적인 사회다. 기구 밑에 매달려 있던 우리는 갑자기 나쁜 사회 구성원이 되었고, 사회는 해체되고 있었다. 자신만을 생각하는 것이 갑자기 합리적인 선택이 되었다. 그 아이는 내 자식이 아니었고, 따라서 그 아이를 위해 죽을 생각은 없었다. 한 사람—근데 누구일까?—이 줄을 놓고 떨어지는 것을 흘끗 보고 기구가 휘청거리며 날아오르는 것을 느끼자, 문제가 정리되었다. 이타심이 있을 자리는 없었다. 이런 상황에서 선한 행동을 한다는 것은 합리적이지 않았다. 나는 줄을 놓고 떨어졌다. 4미터 가까이 떨어지지 않았을까 싶다. 옆으로 둔탁하게 떨어졌지만, 넓적다리에 멍이 들었을 뿐 다른 부상은 없었다. 나보다 먼저인지 나중인지는 모르겠으나 내 주위에서 사람들이 연달아 땅으로 떨어지고 있었다. 제드 패리는 아무

데도 다치지 않았다. 토비 그린은 발목이 부러졌다. 최고 연장자에 낙하산 부대에서 복무했다는 조지프 레이시는 일시적인 호흡 곤란을 겪었을 뿐 다른 이상이 없었다.

내가 일어섰을 때 기구는 50미터 가까이 멀어져 있었고, 아직도 한 명이 밧줄에 매달려 있었다. 남편이자 아버지이고 의사이며 산악구조대였던 존 로건의 마음속에서 이타심의 불길이 조금 더 강하게 타올랐던 것이 틀림없었다. 그 불길은 많은 것을 필요로 하지 않았다. 우리 가운데 네 명이 밧줄을 놓자, 300킬로그램 가까이 덜어낸 기구가 하늘 높이 솟아올랐다. 1초의 머뭇거림이 로건의 선택지를 없애버리기에 충분했을 것이다. 내가 일어서서 로건을 보았을 때 그는 30미터 상공에서 점점 높이 올라가고 있었고, 그 밑에선 언덕의 비탈이 시작되고 있었다. 그는 몸부림도 발버둥도 치지 않았고, 바구니 위로 기어 올라가려고 애쓰지도 않았다. 완벽하게 정지된 자세로 밧줄을 붙들고, 점점 힘이 빠지는 손에 모든 에너지를 집중하고 있었다. 이미 그의 모습은 아주 작아졌고, 조금 지나니 하늘에 찍힌 검은 점으로 보였다. 소년은 보이지 않았다. 기구와 바구니는 서쪽으로 둥둥 떠가고 있었고, 로건의 모습이 작아질수록 공포감은 더 커졌다. 너무 무서운 마음에 갑자기 웃긴다는 생각이 들었고, 곡예나 농담, 만화같이 느껴져서 두려움으로 뒤범벅된 웃음이 내 가슴속에서 터져나왔다. 벅스 버니나 톰과 제리에게나 일어날 법한 정말 말도 안 되는 일이어서 사실이 아니라는 생각이 들었고, 순간 오직 나만이 이 농담 속에서 진실을 볼 수 있고, 이 일을 결코 믿지 않으면 현실을 바로잡고 로건이 안전하게 땅에 내려앉는 것을 볼 수 있을지 모른다는 생각이 들었다.

　다른 사람들은 서 있었는지 쓰러져 있었는지 모르겠다. 토비그린은 발목 때문에 십중팔구 몸을 웅크리고 있었을 것이다. 그러나 나는 조용한 가운데 내 웃음소리가 울려퍼지던 것을 기억한다. 아까와는 달리 어떤 감탄사도, 참견하는 소리도 들리지 않았다. 무기력한 침묵. 로건은 이제 200미터쯤 떨어진 곳에서 100미터 상공에 떠 있었다. 우리의 침묵은 일종의 용인이고 사형 집행 영장이었다. 아니면 그새 바람이 잦아들어 등을 간질이는 미풍으로 변했기 때문에 느끼는 공포와 수치심의 표현일 수도 있었다. 그가 너무나 오랫동안 밧줄을 붙들고 있어서, 나는 기구가 완전히 땅에 내려앉거나 소년이 정신을 차려 밸브를 찾아내 기체를 배출할 때까지, 혹은 어떤 광선이나 신, 혹은 현실에선 있을 수 없는 만화 속 영웅이 나타나 그를 들어올려줄 때까지 그가 버틸 수 있을지 모른다고 생각하기 시작했다. 그런 희망을 품고 있는데 그의 손이 밧줄 끝까지 미끄러지는 것이 보였다. 그는 아직도 거기에 매달려 있었다. 2초, 3초, 4초. 그가 손을 놓았다. 그때도, 그가 떨어지기 시작하던 그 짧은 순간에도, 나는 아직 희망이 있다고 생각했다. 기이한 물리법칙이나 광포한 온난 상승 기류 혹은 우리가 목격한 현상만큼이나 놀라운 어떤 것이 개입해서 그를 받아낼 거라고 생각했다. 그러나 우리는 그가 떨어지는 것을 보았다. 가속도가 붙는 것도 보았다. 용서가 없었고, 신이 특별히 허락한 육신이나 용기, 친절도 없었다. 오직 잔인한 중력만 존재했다. 그리고 어딘가에서, 아마도 로건에게서, 혹은 어느 무심한 까마귀에게서, 꺅 하는 가느다란 비명이 터져나와 고요한 하늘을 갈랐다. 그는 밧줄에 매달려 있을 때와 마찬가지로 뻣뻣하고 작은 검은색 막대기 같은 모습으로 추락했다. 나는 그렇게 추락하는 남자보다 더 끔찍한 것을 본 적이 없었다.

둘

속도를 줄이는 게 좋겠다. 존 로건이 추락한 후 30초에 대해 자세히 살펴보자. 추락과 동시에 혹은 그 직후에 무슨 일이 있었고, 무슨 말들이 오고 갔으며, 우리가 어떻게 움직였고 혹은 움직이질 못했고, 내가 무슨 생각을 했는지 등등의 요소를 따로 떼어 생각해볼 필요가 있다. 이 사건 이후에 너무나 많은 일이 있었고, 이 일이 벌어진 지 얼마 안 되었을 때 너무나 많은 갈래가 나뉘기 시작했으며, 사랑과 증오의 갈림길이 생겨났기 때문에, 잠깐 돌이켜 생각해보고 시시콜콜하게 기억을 더듬어보는 것이 나에게 도움이 되면 됐지 해가 되지는 않을 것 같다. 현실을 가장 잘 묘사하기 위해 꼭 현실의 속도를 따라갈 필요는 없다. 우주의 역사에서 최초의 30초에 전념하는 책들과 연구팀이 얼마나 많은가. 혼돈과 격변의 아찔한 이론은 우수한 초기 조건들을 바탕으로 만들어지므로, 초기 조건들을 공들여 묘사할 필요가 있다.

나는 이미 와인병의 촉감과 고통에 찬 고함으로 나의 시작을, 걷잡을 수 없이 벌어진 일들을 설명했다. 그러나 이 작은 점은 유클리드기하학의 점만큼이나 관념적이고 겉으로는 아무 문제 없어 보일지 몰라도, 내가 클래리사를 공항에서 데리고 나와 소풍을 계획한 순간, 혹은 소풍 장소나 우리가 점심을 어느 들판에서, 언제 먹을지 결정했을 때 내가 불러온 것일 수도 있다. 모든 일에는 항상 선행하는 원인이 존재한다. 시작은 의도적인 선택이고, 한 시작이 다른 시작보다 더 매력적인 것은 그 시작이 그다음에 벌어지는 일을 잘 설명하고 있기 때문이다. 와인병의 차가운 감촉과 제임스 개드의 고함, 이 두 가지가 동시에 발생한 이 순간들이 상황의 전환점이었고, 예상에서 벗어나게 된 출발점이었다. 우리가 맛보지 않은 와인(그날 밤 우리 둘이서 괴로움을 잊으려고 다 마셔버렸다)에서부터 기구 사고에 휘말리게 된 일에 이르기까지, 우리가 그때까지 영위했고 계속 그럴 것이라고 예측했던 즐거운 생활에서부터 그후 견뎌내야 했던 시련에 이르기까지 모든 것이 예상에서 벗어나는 일이었다.

와인병을 떨어뜨리고 기구와 요동치는 바구니를 향해, 제드 패리와 다른 사람들을 향해 달려갔을 때 나는 평화로운 삶이 배제된 갈랫길을 선택한 것이다. 밧줄을 붙들고 씨름한 것, 연대가 깨어진 것, 로건을 떠나보낸 것은 우리 이야기의 근간이 되는, 분명하고 어마어마한 사건들이었다. 그러나 지금은 알고 있다. 로건의 추락 직후, 다가올 미래를 뒤흔들 미묘한 순간들이 있었다는 것을. 로건이 땅에 떨어진 순간은 내가 선택할 수 있었을 또하나의 시작이 아니라 이 이야기의 끝이 되었어야 했다. 그 오후는 단순한 비극으로 끝났을 수도 있었다.

로건이 땅에 닿는 데 걸린 그 1~2초 동안 나는 기시감을 느꼈고 그 발원지가 어딘지 즉시 알아차렸다. 내가 20~30대에 가끔 꾸었던 악몽이, 비명을 지르며 깨어나던 순간이 생생하게 기억났다. 악몽의 배경은 달랐지만, 기본 요소들은 달라지지 않았다. 나는 재난 현장이 잘 보이지만 멀찌감치 떨어진 곳에 서서 지진이나 고층 건물 화재, 선박의 침몰, 화산 폭발과 같은 재난을 지켜보았다. 거리가 멀어 하나로 뭉뚱그려져 보이는 무력한 사람들이 곧 죽을 운명인 것도 모르고 공포에 사로잡혀 허둥거리는 것을 보았다. 그들의 몸은 너무나 작은데 겪는 고통은 너무도 거대했고, 그 극명한 대비로 인해 공포심이 생겨났다. 인간의 목숨이 참으로 하잘것없었다. 개미보다 크지 않은 수천 명의 인간이 전멸을 앞두고 살려달라며 비명을 질러대고 있었지만, 내가 도울 일은 아무것도 없었다. 그때 나는 그 꿈에 대해 생각했다기보다는 그 꿈에서 느꼈던 감정의 격류—공포와 죄책감, 무기력감—를 더 크게 경험했다. 그리고 예감이 실현된 것 때문에 구역질을 했다.

우리가 있는 언덕 아래 평지는 목초지로 사용되었는데, 윗가지를 다 쳐낸 버드나무가 빙 둘려 있어 울타리 역할을 했다. 그 너머에 더 큰 목초지가 있었고, 거기서 양들과 새끼 양 몇 마리가 풀을 뜯고 있었다. 로건이 추락한 곳은 그 목초지의 한복판으로 언덕에서 훤히 내려다보였다. 나는 충돌 순간 그 작은 막대기가 점성액

방울 같은 액체를 땅에 흘리거나 쏟아냈다고 생각했다. 그러나 우리가 정적 속에서 실제로 본 것은 동그랗게 웅크린 작은 점이었다. 가장 가까이, 5미터 정도 떨어진 곳에 있던 양은 풀을 씹다 마지못해 고개를 한번 들었을 뿐이었다.

조지프 레이시는 발목이 부러져 일어서지 못하는 동료 토비 그린을 돌보고 있었다. 내 옆에는 제드 패리가 있었다. 우리 뒤로 좀 떨어진 곳에 제임스 개드가 있었다. 그는 로건에게 별 관심이 없었다. 옥스퍼드 계곡을 지나 저 멀리 늘어서 있는 고압선 철탑 쪽으로 떠가고 있는 기구 속의 손자를 걱정하며 소리치고 있었다. 마치 손자를 쫓아가려는 것처럼 우리 옆을 지나 언덕을 몇 걸음 달려내려갔다. 피는 물보다 진하니까. 그 모습을 보며 객쩍은 생각을 했던 것이 기억난다. 클래리사가 뒤에서 다가와 두 팔로 내 허리를 끌어안더니 내 등에 얼굴을 댔다. 놀랍게도 그녀는 이미 울고 있었는데(내 셔츠 등판이 축축해지는 것이 느껴졌다) 반면에 슬픔이 나에게선 아주 멀리 떨어져 있는 것 같았다.

나는 꿈을 꿀 때처럼 일인칭도 되었다가 삼인칭도 되었다. 나는 연기를 했고, 연기하는 나 자신을 지켜보기도 했다. 능동적으로 생각했고, 그 생각들이 화면에 자막으로 지나가는 것을 보기도 했다. 마치 꿈을 꾸듯, 내 감정적인 반응은 실재하지 않았거나 부적절했다. 클래리사의 눈물은 사실이었지만, 나는 두 다리를 벌려 땅을 단단하게 디디고 가슴 위로 팔짱을 끼고 있다는 것이 기뻤다. 저 멀리 들판을 내려다보고 있는데 갑자기 생각이 자막처럼 흐르기 시작했다. **저 남자는 죽었다.** 몸속에서 온기가 퍼져나갔다.

일종의 자기애였다. 나는 두 팔로 나 자신을 꼭 끌어안았다. 필연적으로 이런 생각이 이어졌다. 그리고 나는 살아 있다. 어떤 특정한 시점에 누가 죽고 누가 사느냐는 인간이 결정할 수 없는 문제였다. 나는 우연히도 살아남았다. 제드 패리가 나를 유심히 지켜보고 있다는 걸 알아차린 것은 이때였다. 그의 길고 여윈 얼굴에 고통스러운 의문이 떠올라 있었다. 곧 벌을 받을 개처럼 불쌍한 표정이었다. 이 낯선 이의 맑은 청회색 눈과 나의 눈이 마주쳤던 그 1~2초 동안, 나는 살아 있음을 자축하는 따뜻한 마음으로 그를 품어줄 수 있겠다는 생각을 했다. 심지어 그의 어깨를 토닥이며 위로해야겠다는 마음도 잠깐 들었다. 내 생각이 화면에 흐르고 있었다. 이 친구, 충격이 크군. 내 도움을 필요로 하고 있어.

나의 이 눈길이 당시에는 그에게 어떤 의미였고, 나중에는 어떻게 해석될 것이며, 그것을 기반으로 그의 마음속에 어떤 세상이 구축될지 알았더라면, 그를 그렇게 따뜻하게 대하지 않았을 것이다. 그의 고통스럽고 질문하는 듯한 표정 속에 첫번째 조짐이 떠올랐는데, 당시 나는 그것을 전혀 알아차리지 못했다. 내가 느꼈던 평온함은 내가 받은 충격의 한 증상에 불과했다. 나는 패리에게 친절하게 고개를 끄덕여 예의를 표하고, 내 뒤에 서 있는 클래리사는 모른 척한 채─나는 바쁜 사람이고 일을 한 번에 하나씩 처리하는 사람이었다─깊고 안심시키는 목소리로 그에게 말했다. "괜찮아요."

너무 뻔한 거짓말이 가슴속에서 얼마나 천연덕스럽게 울려퍼졌는지 그 말을 한 번 더 할 뻔했다. 아니, 한 번 더 말한 것 같다.

로건이 추락한 후 제일 먼저 입을 연 사람이 나였다. 나는 바지 주머니에 손을 넣어 그때 갖고 있었던 모든 소지품 중에서 휴대전화를 꺼냈다. 나는 청년의 눈이 약간 커지는 것을 존경심의 표현으로 이해했다. 그것은 그 단단하고 작은 판 쪼가리를 손에 들고 그 손 엄지손가락으로 9를 세 번 누르면서 내가 나 자신에 대해 느낀 감정이기도 했다. 나는 장비와 능력을 제대로 갖추고 세상과 연결되어 있는 사람이었다. 긴급 구조 상황실과 연결되자 나는 경찰과 구급차를 보내달라고 요청했고, 추락 사고와 어린 사내아이가 기구를 타고 날아간 사고에 대해 간략하고 명료하게 설명한 후 우리가 있는 위치와 도로를 통해 가장 가까이 접근할 수 있는 방법을 알려주었다. 그것이 내가 흥분을 억제하기 위해 할 수 있는 최선이었다. 나는 소리치고 싶었다. 모음을 불분명하게 발음하면서 큰 소리로 지시하고 경고하고 싶었다. 나는 불안한 목소리로 빠르게 말했지만, 아마도 표정은 행복해 보였을 것이다.

전화를 끊자 조지프 레이시가 말했다. "구급차는 필요 없을 것 같은데."

발목을 내려다보고 있던 그린이 고개를 들었다. "어차피 실어 가야 하니까 필요하지."

정신이 퍼뜩 들었다. 그렇지. 내게 필요한 것은 이거였다. 해야 할 일. 나는 몹시 흥분한 상태였고, 기꺼이 나가 싸우고 달리고 춤추고, 무엇이든 할 준비가 되어 있었다. "안 죽었을지도 몰라요." 내가 말했다. "가능성은 항상 있으니까. 내려가서 살펴보죠."

이 말을 하는데 다리가 후들거리는 것이 느껴졌다. 나는 비탈

길을 성큼성큼 호기롭게 걸어내려가고 싶었지만, 균형감각을 믿을 수 없었다. 차라리 비탈길을 올라가는 것이 나을 것 같았다. 내가 패리에게 말했다. "같이 가죠." 제안으로 한 말이었는데, 요구처럼 들렸다. 패리는 아무 말도 못하고 나를 바라보았다. 그는 기나긴 집착의 겨울을 날 땔감용으로 모든 것을, 내 모든 몸짓과 말을 모으고 쌓고 비축하고 있었다.

나는 허리에서 클래리사의 두 팔을 떼어내고 돌아섰다. 그땐 내가 쓰러지지 않게 그녀가 붙잡고 있다는 생각을 하지 못했다. "내려가보자." 내가 조용히 말했다. "우리가 할 수 있는 일이 있을지도 몰라." 어조가 부드러워지고 목소리가 작아진 것이 내 귀에도 들렸다. 나는 드라마를 찍고 있었다. 이제 그가 애인에게 말한다. 클로즈업으로 잡은 친근한 투 숏.

클래리사가 내 어깨에 손을 얹었다. 나중에 그녀는 그때 내 뺨을 한 대 후려치고 싶었다고 말했다. "조." 그녀가 속삭였다. "가만히 좀 있어."

"왜?" 내가 좀더 큰 목소리로 물었다. 들판에서 사람이 죽어가고 있는데 다들 잠자코 있었다. 클래리사가 나를 바라보았고 뭔가 말할 것처럼 입을 달싹였지만 내가 왜 나서지 말아야 하는지 말하지는 않았다. 나는 돌아서서 다른 사람들을 둘러보았다. 그들은 풀밭에 서서 내 지시를 기다리고 있었다. 적어도 내 눈에는 그렇게 보였다. "난 저 사람한테 내려가볼 겁니다. 같이 가실 분?" 나는 대답을 기다리지 않고 먼저 언덕을 내려가기 시작했다. 무릎에서 힘이 풀려 후들거려서 보폭을 줄여 걸었다. 20초 후에 뒤를 돌아보니, 다들 그대로 서 있었다.

언덕을 내려오면서 흥분이 잦아들기 시작하자, 나는 내가 내린 결정의 함정에 빠진 듯한 느낌이 들었고, 외로웠다. 그리고 두렵기도 했다. 두려움은 내 안에 있는 것이 아니라 저 들판에 옅은 안개처럼 퍼져 있었고, 중심으로 갈수록 강렬해지고 있었다. 나는 지금 선택의 여지 없이 그 두려움 속으로 걸어들어가고 있었다. 그들이 나를 지켜보고 있으니, 돌아서면 다시 언덕을 올라가야 하고 그러면 두 배로 치욕적일 것이기 때문이었다. 희열이 사라지고 두려움이 퍼져나갔다. 만나고 싶지 않은 죽은 남자가 들판 한복판에서 나를 기다리고 있었다. 그보다 더 끔찍한 것은 아직 살아 있지만 서서히 죽어가는 그를 발견하는 일일 터였다. 그러면 파티에서 써먹는 속임수처럼 어설픈 응급처치 기술로 나 혼자 그를 돌봐야 할 것이다. 그는 살아나지 못하고 결국 죽을 것이고, 그의 죽음은 온전히 내 책임이 될 것이다. 나는 돌아서서 클래리사를 소리쳐 부르고 싶었지만, 그들이 나를 보고 있었고, 내가 저 위에서 허세를 부리고 내려왔기 때문에 돌아서기가 창피했다. 이렇게 긴 언덕을 내려온 것이 내가 받은 벌이었다.

언덕 밑, 가지치기를 한 버드나무들 앞에 다다른 나는 말라버린 배수로를 건넌 후 가시철사로 만든 울타리를 타고 넘었다. 이젠 그들 눈에 내가 안 보일 거라는 생각이 들자 마음 놓고 토하고 싶어졌다. 대신 나무둥치에다 소변을 보았다. 한 손이 심하게 떨렸다. 소변을 다 보고 나서도 나는 잠자코 서서 들판을 가로질러 가야 할 순간을 미루고 있었다. 시야에서 벗어났다는 것이 사막의 태양 아래서 그늘을 찾은 것과 같은 위안을 주었다. 나는 로건이 어디 있는지 알고 있었지만, 이렇게 멀리 떨어져 있으면서도 그쪽을 보고 싶진 않았다.

로건이 추락했을 때는 제대로 보지도 않던 양들이 성큼성큼 걸어오는 나를 보고는 뒷걸음질치다 뒤뚱거리며 뛰기 시작했다. 나는 기분이 좀 나아지고 있었다. 로건을 계속 곁눈질만 하고 있었지만, 그가 바닥에 쓰러져 있지 않다는 건 알고 있었다. 들판 한 가운데 무언가가 툭 튀어나와 있었는데, 마치 그의 현재 혹은 과거의 자아에 달린 뭉툭한 안테나 같아 보였다. 나는 로건에게서 20미터쯤 떨어진 곳까지 다가간 후에야 비로소 그를 보았다. 그는 나를 등지고 꼿꼿하게 앉아 있었는데, 마치 명상을 하거나 기구와 해리가 날아간 쪽을 응시하고 있는 것처럼 보였다. 그의 자세에서 차분함이 느껴졌다. 나는 그에게 다가갔고, 뒤에서 몰래 접근하는 것이 본능적으로 내키진 않았지만 그의 얼굴을 볼 수 없어서 다행이었다. 나는 아직도 그를 살아 있게 해줄, 내가 모르는 어떤 기술이나 물리법칙 또는 과정이 있을 거라는 가능성을 포기하지 않고 있었다. 마치 그가 그 끔찍한 경험을 겪은 자신을 추스르듯 들판에 너무도 고요하게 앉아 있는 모습을 보자 희망이 생겼다. 그래서 나는 어리석게도 목소리를 가다듬은 후―물론 다른 사람은 내 말을 들을 수 없다는 걸 알았다―그에게 물었다. "도와드릴까요?" 그때는 이 말이 그렇게 우스꽝스럽게 들리지 않았다. 그의 셔츠 깃 위로 곱슬한 머리카락이 보였고 귀 윗부분의 피부는 햇볕에 그을려 있었다. 트위드재킷은 겉보기엔 별다른 게 없었지만 이상하게 축 늘어져 있었는데, 그것은 그의 어깨가 굉장히 좁았기 때문이다. 그의 어깨는 여느 어른의 어깨보다도 좁았다. 목 아랫부분에서 어깨가 옆으로 퍼져나가 있지 않았다. 골격이 내부에서 산산조각나 굵은 막대기 위에 머리를 둔 것 같은 모습이었다. 그 모습을 보자 조금 전 차분함이라고 생각했던 것이 사실은 부재였다는 것을 깨달았다. 거기엔 아무도 없었다. 침묵은 죽은 자의 것이었고, 나는 전에도 시신을 본 적이 있었기 때문에 과학 이전의 시대가 영혼을 만들어낼 필요가 있었던 이유를 다시금 이해했다. 그것은 저녁해가 하늘에서 가라앉는다는 착각만큼이나 분명해 보였다. 신경물질과 생화학물질의 무수한 상호교류가 차단되는 순간이 육안에는 불꽃이 꺼지는 착시 또는 단 하나의 필수 물질이 사라지는 것으로 보였을 것이다. 우리들이 아무리 과학 정보를 많이 알고 있다고 해도, 망자가 곁에 있을 땐 두려움과 경외심에 계속 놀라곤 한다. 어쩌면 우리를 정말로 놀라게 하는 것은 생명일지도 모른다.

나는 시신 주위를 돌면서 그런 생각들로 나를 위로하려고 했다. 시신이 앉아 있는 땅바닥이 조금 패어 있었다. 나는 로건의 얼굴을 흘끗 보고 나서야 그의 죽음을 실감했다. 피부는 멀쩡했지만 골격이 바스러져 얼굴이라고 할 수 없었고, 피카소 그림처럼 원근법이 완전히 무시됐다는 인상을 받았다. 내가 상상했던 눈의 수직적인 배치를 뛰어넘는 충격적인 모습이었다. 나는 고개를 돌렸고, 패리가 들판을 가로질러 걸어오는 것을 보았다. 벌써 대화가 가능한 거리로 들어선 걸 보면 그는 바로 내 뒤를 따라온 것이 틀림없었다. 내가 버드나무를 가림막 삼아 한 짓을 분명히 다 지켜봤을 것 같았다.

내가 로건의 머리 너머로 패리를 보고 있는데 패리가 걷는 속도를 늦추면서 내게 소리쳤다. "그 사람 만지지 말아요, 제발 만지지 마요."

만질 의도가 없었지만, 나는 아무 말 하지 않았다. 나는 패리를 처음 보는 사람처럼 쳐다보았다. 그는 두 손을 엉덩이에 대고 서서 로건이 아니라 나를 물끄러미 바라보았다. 그때부터 나에게 관심이 있었던 것이다. 나에게 할말이 있어서 내려온 것이 분명했다. 그는 키가 크고 말라서 뼈와 근육밖에 없었고 건강해 보였다. 청바지를 입고 운동화 끈이 빨간 새 운동화를 신고 있었다. 뼈가 상당히 튀어나와 있었지만, 로건처럼 그렇다는 뜻은 아니다. 가죽 벨트에 살짝 닿아 있는 손가락 마디가 크고 굵고, 피부는 희고 탱탱했다. 광대뼈가 튀어나오고 말총머리를 하고 있어서 창백한 인디언 전사처럼 보였다. 외모가 빼어나고 심지어 약간 위협적이기까지 했지만, 목소리는 딴판이었다. 힘이 없고 우물대는데다 말투에서 특별히 지역색이 느껴지진 않았지만, 살짝 런던 사람 느낌이 있었다. 런던 출신임을 숨기거나 런던 출신인 척하는 듯했다. 패리는 말할 때 질문하듯 끝을 올리는 그의 세대 공통의 습관을 갖고 있었는데, 미국인이나 호주인을 모방하느라, 혹은 어느 언어학자가 설명한 대로 상대적 평가의 구렁텅이에 빠져 세상일에 대해 우물쭈물 변명만 늘어놓고 있느라 그러는 것일지도 몰랐다.

물론 그땐 이런 생각을 하지 않았다. 무기력하게 징징거리는 소리뿐이라 나는 긴장을 풀었다. 패리가 말했다. "클래리사가 당신 걱정을 많이 하던데요? 그래서 내가 내려가서 당신이 괜찮은지 살펴보겠다고 했거든요?"

나는 기분이 확 상해서 아무 말도 하지 않았다. 나이가 들어서 그런지 패리가 건방지게 내 연인의 이름을 부르고, 클래리사의 마음을 안다고 주장하는 것이 불쾌했다. 그땐 내가 패리의 이름조차 알지 못할 때였다. 심지어 죽은 사람이 우리 사이에 앉아 있는 상황에서 초면인 사람들끼리 지켜야 할 예절이란 것이 있었다. 나중에 클래리사한테 들은 얘기로는, 패리가 그녀에게 다가와 자기소개를 했고 곧바로 돌아서서 나를 따라 언덕을 내려갔다고 했다. 그녀는 그에게 나에 대한 말을 한마디도 하지 않았다고 했다.

"괜찮아요?"

내가 말했다. "기다리는 것밖에 할 수 있는 게 없네요." 그러고는 들판 너머에 있는 도로 쪽을 가리켰다.

패리가 두어 걸음 다가와서 로건을 내려다보더니 곧 나를 돌아보았다. 청회색 눈이 반짝였다. 그는 흥분해 있었는데, 어느 정도인지는 누구도 가늠할 수 없었을 것이다. "사실, 난 우리가 할 수 있는 일이 있다고 생각해요."

나는 손목시계를 보았다. 긴급 구조대에 신고한 지 15분이 지나 있었다. "해봐요." 내가 말했다. "그게 뭐든."

"우리가 함께할 수 있는 일인데요?" 그는 적당한 자리를 찾느라 주위를 둘러보며 말했다. 시신을 갖고 외설적이고 추잡한 행동을 하자는 거라는 말도 안 되는 생각이 퍼뜩 들었다. 그는 허리를 굽히며 함께하자고 말하는 듯한 눈빛으로 나를 쳐다보았다. 그제야 나는 그의 말뜻을 알아차렸다. 그는 무릎을 꿇었다.

"우리 함께 기도할 수 있지 않을까요?" 패리가 조롱을 거부하는 진지한 표정으로 말했다. 내가 반대하기 전에, 그 순간엔 말문이 막혀 반대할 수도 없었지만, 패리가 덧붙여 말했다. "어려운 거 알아요. 하지만 도움이 된다는 걸 알게 될 거예요. 지금 같은 때엔 기도가 정말로 도움이 돼요."

나는 로건과 패리에게서 한 걸음 물러섰다. 당혹스러웠고, 신앙이 확고한 사람의 기분을 상하게 하지 말아야 한다는 생각이 먼저 들었다. 그러나 곧 마음을 다잡았다. 그는 내 기분을 신경쓰지 않는다는 생각이 들어서였다.

"미안하지만, 기도는 관심 없어요." 내가 예의바르게 말했다.

패리는 무릎을 꿇은 채 나를 올려다보면서 합리적으로 말하려고 애썼다. "물론 우린 서로 아는 사이도 아니고, 당신이 나를 믿어야 할 이유도 없어요. 하지만 하느님이 우리를 이 비극의 현장에 함께 있게 부르셨으니, 최선을 다해 이 비극을 이해하려고 애써봐야 하지 않을까요?" 내가 꿈쩍도 안 하자 그가 덧붙였다. "당신은 특히 더 기도가 필요할 것 같은데요?"

나는 어깨를 으쓱이며 말했다. "미안해요. 당신이나 하고 싶은 대로 해요." 대수롭지 않게 생각하는 척하려고 미국식 억양으로 말했다.

패리는 포기를 몰랐다. 그는 아직도 무릎을 꿇고 있었다. "이해 못하는 것 같은데. 이걸 의무로 생각하지 말아요. 이건 그러니까,

당신의 필요가 응답을 받는 거예요? 나하고는 아무 상관 없어요. 나는 전달자일 뿐이에요. 이건 선물이에요."

패리가 끈질기게 달라붙는 바람에 조금 남아 있던 당혹감마저 완전히 사라졌다. "고맙지만 사양하죠."

패리는 눈을 감고 숨을 깊이 들이쉬었는데, 기도하는 게 아니라 힘을 모으고 있는 것처럼 보였다. 나는 언덕으로 돌아가기로 결심했다. 내가 움직이는 소리를 듣고 그가 일어서서 내게 다가왔다. 나를 그냥 보내고 싶지 않은 것이 분명했다. 나를 설득하려는 마음이 간절했지만, 참을성 있고 이해심 많은 태도를 버리지는 않을 모양이었다. 그가 고통스러운 마음을 감추고 애써 미소를 지어 보이며 말했다. "제발 내 말을 무시하지 말아요. 당신이 평소에 하는 행동이 아니라는 거 나도 알아요. 꼭 뭔가를 믿을 필요는 없어요. 그냥 한번 해봐요. 그러면 약속할게요……"

그가 약속의 내용에 막혀서 머뭇거리는 동안, 나는 그의 말을 끊고 뒤로 물러섰다. 언제라도 그가 팔을 뻗어 나를 만질 것만 같았다. "미안하지만, 난 그만 친구한테 돌아가야겠어요." 클래리사라는 이름을 그와 공유하고 싶지 않았다.

패리는 나를 붙잡아둘 방법은 태도를 확 바꾸는 것밖에 없다고 생각했던 게 틀림없다. 내가 몇 걸음 뗐는데 그가 날카롭게 말했다. "그래요, 좋아요. 근데 이거 하나만 대답해주고 가요."

그것까지 안 된다고 할 수는 없었다. 나는 걸음을 멈추고 돌아섰다.

"당신을 가로막는 게 뭐죠, 정확히? 그게 뭔지 말해줄 수 있어요? 그게 뭔지 알고 있기는 해요?"

대답할 필요 없다는 생각이 먼저 들었다. 그의 신앙이 내게 의무를 부과할 수는 없다는 사실을 알려주고 싶었다. 그러나 곧 마음이 바뀌었다. "없어요. 나를 막는 건 아무것도 없어요."

패리가 다시 내게 다가오고 있었다. 그는 멜로드라마에서 분별력 있는 남자가 당혹스러울 때 흔히 그러듯 두 팔을 옆으로 내리고 손바닥이 보이게 손을 쫙 폈다. "그럼 한번 해보지 그래요?" 그가 억지웃음을 지으면서 말했다. "기도의 장점을, 기도가 주는 힘을 느낄 수 있을 거예요. 제발, 한번만 시도해봐요."

나는 다시 망설였고 아무 말도 하지 않았다. 그에게 진실을 알려야 한다고 결심했다. "듣는 사람이 아무도 없으니까 안 하는 거요, 친구. 저 위엔 아무도 없으니까."

패리가 고개를 젖혔고, 세상에서 가장 환한 미소가 그의 얼굴에 천천히 번지기 시작했다. 내 말을 제대로 들은 건지 의구심이 들었다. 표정만 보면 마치 내가 세례자 요한이라고 말한 것 같았다. 그때 그의 어깨 너머로 경찰관 두 명이 다섯 개의 가로장이 달린 문을 타 넘고 있는 것이 보였다. 두 사람이 우리를 향해 들판을 달려왔고, 그중 한 명은 모자가 날아가지 않게 한 손으로 모자를 누르고 뛰어왔는데, 그 모습이 꼭 키스톤 캅스*를 연상시켰다. 그들은 존 로건 사망 사고를 공식적으로 처리하기 위해, 그리고 제드 패리의 열정적인 사랑과 연민에서 나를 구해주기 위해 오고 있었다.

---

* 1910년대 미국의 슬랩스틱코미디영화에 나오는 우스꽝스러운 경찰관.

셋

그날 저녁 6시, 우리는 집으로 돌아와 부엌에 앉아 있었다. 모든 것이 이전과 같았다. 문 위에 달린 철도 시계, 클래리사가 모아 놓은 요리책들, 전날 파출부가 화려한 흘림체로 써서 남긴 메모도 그대로였다. 아침에 마신 커피 머그잔과 신문이 두고 나간 그대로 있는 것이 신성모독처럼 느껴졌다. 클래리사가 짐을 갖고 침실로 들어가자, 나는 식탁을 치우고 소풍에서 마시지 못한 와인을 딴 후 와인잔 두 개를 꺼내놓았다. 우리는 마주앉아 와인을 마시며 대화를 나누기 시작했다.

집으로 돌아오는 차 안에서는 별다른 이야기를 하지 않았다. 교통체증을 뚫고 무사히 집에 온 것만으로도 충분해 보였다. 그랬는데 이젠 말이 봇물 터지듯 터져나왔다. 검시, 사건의 재구성, 상황 설명, 이것은 비탄의 반복인 동시에 공포를 쫓아내는 구마 의식이었다. 그날 저녁, 사건들과 그에 대한 우리의 생각, 그리고 그런 것들을 표현하기 위해 갈고닦은 구문들과 단어들을 얼마나 반복했던지 우리가 의식을 치르고 있는 것인지도 모른다는 생각이 들었고, 이런 말들이 단순한 서술에 그치지 않고 주문呪文의 역할을 한다는 생각도 들었다. 익숙한 와인잔의 무게와 송판 탁자의 결에서 편안함을 얻듯, 이야기의 반복에서 위로를 느낄 수 있었다. 송판 탁자는 클래리사 증조할머니의 유품이었다. 칼자국이 있는 탁자 가장자리 근처에 오랜 세월 팔꿈치를 올려놓아서 생긴 부드럽고 얇은 흠이 있었다. 이 탁자 주위에서 얼마나 많은 위기와 죽음에 대한 이야기가 오고 갔을까. 나는 항상 그 생각을 했다.

클래리사는 자신이 본 사건의 시작에 대해 두서없이 이야기를 꺼냈다. 남자들이 흔들리는 밧줄을 잡고 바둥거리던 일, 소리치고 욕을 하던 일, 자신도 도우려고 달려갔지만 붙잡을 밧줄이 남아 있지 않았던 일을 이야기했다. 우리는 기구 조종사 제임스 개드의 무능함을 욕했지만, 그렇다고 로건의 죽음을 막기 위해 우리가 했어야 하는 모든 일에 대한 생각을 오래도록 회피할 수는 없었다. 우리는 그가 추락하던 순간으로 바로 넘어갔고, 그날 저녁 그 이야기를 몇 번이고 반복했다. 나는 로건이 떨어지기 전 공중에 매달린 모습이 어때 보였는지 이야기했고, 클래리사는 밀턴의 시구가 눈앞에 형상화된 것 같았다고 말했다. **불이 붙은 채로 높은 하늘에서 곤두박질하는……*** 그러나 우리는 그 순간으로부터 자꾸 뒷

---

* 영국 시인 밀턴의 「실낙원」의 시구.

걸음쳤고, 변죽만 울리거나 집요하게 매달리다 마침내 그 순간을 코너로 몰고 말로 길들이기 시작했다. 우리는 기구와 밧줄을 가지고 사투를 벌이던 때로 돌아갔다. 나는 죄책감 때문에 구역질이 났지만, 아직은 내 마음을 솔직하게 털어놓을 수가 없었다. 나는 손바닥에 생긴 밧줄에 쓸린 자국을 클래리사에게 보여주었다. 우리는 30분도 채 안 되어 가삭 한 병을 다 비웠다. 클래리사가 내두 손을 들고 손바닥에 입을 맞췄다. 나는 그녀의 눈을, 그 아름답고 사랑스러운 초록빛 눈동자를 물끄러미 들여다보았지만, 그 순간은 오래 지속되지 못했다. 아직은 그런 마음의 평화가 허락되지 않았다. 그녀가 움찔하더니 울먹이며 말했다. "하지만, 오 하느님, 그렇게 떨어지다니!" 나는 얼른 일어서서 선반에서 보졸레 한병을 집어들었다.

우리는 추락 사고로 돌아가, 로건이 땅에 닿기까지 시간이 얼마나 걸렸을까 이야기했고, 2~3초 정도일 거라고 짐작했다. 그러고는 즉시 주변부로 후퇴해 출동한 경찰과 구급대원들에 대해 이야기했다. 구급대원 한 명은 그린을 실은 들것의 한쪽을 들 힘이 없어서 들판을 가로지르는 내내 레이시의 도움을 받아야 했다. 로건의 차는 견인 트럭이 와서 가져갔다. 우리는 두 자녀와 함께 집에서 기다리던 로건 부인이 주인 잃은 자동차를 인도받는 모습을 상상해보려고 했다. 그러나 이것도 참을 수 없을 정도로 괴로운 일이어서, 우리 이야기로 화제를 돌렸다. 이야기하다보니 공포스러운 부분이 나타났고, 처음에는 그것들을 마주할 수 없어 잠깐 건드렸다 물러서고, 다시 돌아오곤 했다. 우리는 감방의 죄수들처럼 벽을 향해 달려들어 머리로 벽을 들이받았다. 감방이 천천히 커졌다.

이상하게도 우리는 제드 패리의 이야기로 넘어가자 오히려 안도감을 느꼈다. 클래리사의 말에 따르면, 패리가 그녀에게 다가와 자기 이름을 말했고 그녀도 자기 이름을 말해주었다. 둘이 악수를 하진 않았다. 그런 다음 패리가 돌아서서 나를 따라 언덕을 내려갔다. 나는 기도 이야기를 코미디처럼 해서 클래리사를 웃게 했다. 그녀는 내 손에 깍지를 끼더니 꼭 잡았다. 나는 그녀에게 사랑한다고 말하고 싶었지만, 갑자기 우리 사이에 로건이 조용히 꼿꼿하게 앉아 있었다. 나는 그의 모습을 묘사해야 했다. 실제로 봤을 때보다 기억을 더듬다보니 훨씬 더 끔찍했다. 그땐 충격에 감각이 마비됐었던 게 틀림없었다. 나는 그의 눈, 코, 입, 귀가 다른 자리에 가 있는 것처럼 보였다는 사실을 이야기하기 시작했고, 묘사하다 말고 그때와 지금의 차이점을 설명하면서, 특정한 꿈의 논리*가 어떻게 도저히 견딜 수 없는 것을 평범한 것으로 느끼게 만들었는지 이야기했다. 로건이 산산이 부서진 채로 앉아 있는데도 그 옆에서 패리와 대화하는 것이 아무렇지 않게 느껴졌다는 말도 했다. 이런 이야기를 하는 중에도 내가 아직도 로건을 피하고 있다는 생각이, 아직도 사실을 받아들일 수 없었기 때문에 로건의 모습에 대한 묘사를 시작해놓고도 끝을 맺지 못하고 있다

---

* 꿈속에서 느끼는 터무니없는 논리. 꿈에서 깨기 전까지는 완벽하게 말이 되는 논리.

는 생각이 들었다. 이런 생각을 클래리사에게 털어놓고 싶었다. 그녀는 내가 기억과 감정과 논평의 소용돌이로 빨려들어가는 모습을 조용히 지켜보았다. 나는 표현할 말을 찾을 수 없는 것이 아니라, 내 생각의 속도를 따라잡지 못하고 있었다. 클래리사가 의자를 뒤로 밀고 일어서더니 탁자를 돌아 내 곁으로 왔다. 그러고는 내 머리를 끌어안았다. 나는 입을 다물고 눈을 감았다. 그녀의 스웨터에서 바깥공기의 냄새가 났고, 나는 내 앞에 푸른 하늘이 펼쳐지는 상상을 했다.

잠시 후 우리는 다시 각자의 자리에 앉았고, 작업에 열중한 공예가처럼 탁자 위로 고개를 숙이고 기억의 들쭉날쭉한 가장자리를 갈고, 말로 표현할 수 없는 것은 망치로 두들겨서 말로 바꾸고, 각각의 생각을 실로 꿰어 하나의 이야기로 만들었다. 그러다 클래리사가 추락의 순간으로 돌아갔다. 로건이 밧줄에서 미끄러져 그 소중한 마지막 1초까지 매달려 있다 떨어진 바로 그 추락의 순간으로. 이것이 그녀가 꼭 되돌아가야 했던 순간이었고, 큰 충격 속에 그녀의 가슴 깊이 새겨진 장면이었다. 그녀는 그 이야기를 몇 번이고 반복했고, 「실낙원」의 시구를 다시 읊었다. 그러고는 자신도 그가 구조되길 바랐다고, 심지어 그가 하늘에서 추락하는 순간에도 바랐다고 말했다. 그녀의 마음에 떠오른 것은 천사였다. 하늘에서 쫓겨난 밀턴의 타락 천사들이 아니라 구름 속에서 급히 날아내려와 추락하는 남자를 두 팔로 받아드는 선의와 정의의 화신, 사람의 모습을 한 황금빛 천사였다. 그 긴장과 충격의 1초 동안 클래리사에게는 로건의 추락이 어떤 천사도 막을 수 없는 도전으로 보였고, 그의 죽음은 천사의 존재를 부정하는 증거로 느껴졌다. 내가 그의 죽음이 그 정도로 중대한 의미를 갖는지 물으려고 하는데, 그녀가 내 손을 꼭 잡고 말했다. "그는 좋은 사람이었어." 내가 그를 비난하기라도 할 것처럼 갑자기 애원하는 어조였다. "소년이 바구니 안에 있었고, 로건은 끝까지 포기하지 않았잖아. 자기 자식이 있어서 그랬을 거야. 좋은 사람이었고."

클래리사는 20대 초반에 간단한 외과 시술을 받다가 잘못되어 불임이 되었다. 그녀는 자기 의료기록이 다른 여자의 것과 바뀌었다고 믿었지만 그것을 입증하기는 불가능했고, 오랜 법정 소송은 계속된 재판 연기와 방해 속에서 흐지부지되었다. 그녀는 천천히 슬픔을 묻었고 정상적인 생활로 돌아왔다. 그리고 자신의 삶 속에 아이들의 자리를 항상 마련해두었다. 조카들과 대자 대녀들, 이웃과 친구의 자녀들 모두가 클래리사를 사랑했다. 그녀는 그 아이들 모두의 생일과 크리스마스를 챙겼다. 우리집에는 때로는 유아방이 되고 때로는 10대의 은신처가 되는 아이들 방이 따로 있었고, 아이들은 가끔 거기에서 머물다 가곤 했다. 친구들은 클래리사가 직업적 성공과 행복을 모두 쟁취했다고 생각했는데, 그건 대체로 맞는 말이었다. 그러나 가끔 무슨 일이 일어나 오래된 상실감을 불러내기도 했다. 기구 사고가 나기 5년 전, 우리가 동거를 시작한 지 2년이 넘었을 때였다. 클래리사의 친한 대학 동기 마저리가 태어난 지 4주 된 아기를 희귀한 세균성 감염으로 잃었다. 클래리사는 아기가 태어난 지 닷새째 되는 날 맨체스터까지 가서 일주일을 머물며 육아를 돕다 오기까지 했다. 그런 아기가 죽었다는 소식에 클래리사는 몸져누웠다. 나는 그녀가 생활을 못할 만큼 비통해하는 모습을 그때 처음 보았다. 그 깊은 슬픔의 기저에는 아기의 운명보다 마저리의 상실감이 자리했고, 클래리사는 친구의 불행을 자기 일처럼 슬퍼했다. 클래리사는 좌절된 사랑 때문에 태어날 수 없었던 상상 속의 아이를 애도한 것이었다. 마저리의 고통은 클래리사의 고통이 되었다. 며칠 후 클래리사는 제자리로 돌아왔고, 오랜 친구에게 쓸모 있는 사람이 되려고 최선을 다했다.

이것은 극단적인 예였다. 평소에는 생기지도 않은 아이가 마음을 휘저어놓는 일이 거의 없었다. 지금 그녀는 자신이 계속 느끼고 있던 그런 상실감을 막기 위해 죽음을 각오한 사람의 모습을 존 로건에게서 본 것이다. 소년이 자기 아들은 아니었지만, 로건은 아버지였고 그래서 이해했다. 그의 사랑이 클래리사의 방어기제를 꿰뚫었다. 그녀는 호소하듯 "그는 좋은 사람이었어"라고 말하면서 자신의 과거와 자신의 상상 속 아기에게 용서를 구하고 있었다.

도저히 견딜 수 없었던 것은 로건이 헛되이 죽었다는 사실이었다. 기구 바구니에 타고 있던 소년 해리 개드는 아무 데도 다친 곳이 없는 것으로 밝혀졌다. 나는 밧줄을 놓았다. 존 로건의 죽음에 일조한 것이다. 죄책감 때문에 또다시 구역질이 나는 것을 느끼면서도, 나는 밧줄을 놓은 것이 옳은 결정이었다고 나 자신을 납득시키려 애쓰고 있었다. 내가 밧줄을 놓지 않았다면 로건과 내가 함께 추락했을 것이고, 그러면 클래리사는 오늘밤 여기 혼자 앉아 있었을 것이다. 그날 오후 늦게 경찰한테서 들은 소식에 따르면,

소년은 서쪽으로 20여 킬로미터를 날아간 후 무사히 착륙했다. 소년은 자기 혼자 남았다는 사실을 깨닫자마자 살기 위해 정신을 똑바로 차렸다. 공포에 질린 할아버지가 없어서 차분해질 수 있었던 소년은 해야 할 모든 일을 침착하게 해냈다. 기구가 송전선 위로 높이 올라가도록 내버려두었다 가스 밸브를 열어 어느 마을 옆 들판에 연착륙하는 데 성공했다.

클래리사는 아까부터 입을 다물고 있었다. 양 주먹으로 턱을 괴고 탁자의 나뭇결을 내려다보고 있었다. "그래, 맞아." 마침내 내가 입을 열었다. "그는 그 아이를 구하려고 했어." 클래리사는 내가 말로 하지 않은 어떤 생각을 안다는 뜻으로 천천히 고개를 가로저었다. 나는 그녀가 감정을 추스르는 것을 돕느라 내 감정들을 회피할 수 있다는 데 만족하며 그녀의 말을 기다렸다. 그녀는 내가 자기를 보고 있다는 걸 알고 고개를 들었다. "의미가 있어야 해, 반드시." 그녀가 기운 없이 중얼거렸다.

나는 망설였다. 이런 식의 생각을 좋아하지 않았다. 로건의 죽음은 아무런 의미가 없었다. 그것이 우리가 충격을 받은 이유 중 하나였다. 때로는 착한 사람들이 고통받고 죽기도 하는데, 그들의 선함이 시험받고 있기 때문이 아니라 그 선함을 시험할 사람이 아무도 없기 때문이다. 우리 외에는 아무도. 내가 너무 오래 침묵했는지, 갑자기 그녀가 덧붙여 말했다. "걱정하지 마, 조. 이 일로 당신을 괴롭히진 않을 테니까. 내 말은, 이 일을 어떻게 이해해야 하느냐는 거야."

내가 말했다. "우리는 도우려고 했지만 실패한 거야."

클래리사는 미소를 지으면서 고개를 가로저었다. 나는 일어서서 그녀의 의자 옆으로 가서 두 팔로 그녀를 껴안고 그녀의 정수리에 입을 맞췄다. 그녀는 한숨을 쉬더니 내 셔츠에 얼굴을 묻고 두 팔로 내 허리를 감싸안았다. 그녀의 목소리가 작게 들렸다. "당신은 진짜 바보야. 가끔은 너무 합리적이라 어린애 같아……"

클래리사는 합리성이 일종의 순수성이라는 뜻으로 말한 걸까? 나는 물어보지 못했다. 그녀의 두 손이 내 엉덩이를 가볍게 어루만지다 두 다리 사이로 옮겨가고 있었기 때문이다. 그녀는 내 고환을 어루만졌고, 한 손은 계속 거기에 둔 채 다른 손으로 벨트를 풀고 셔츠를 끄집어낸 후 배에 입을 맞췄다. "그 일이 의미하는 걸 하나 말해줄게, 멍청이 씨. 우린 끔찍한 일을 함께 목격했어. 그 일은 우리 기억 속에서 사라지지 않을 테니, 우린 서로를 도와야 해. 서로를 훨씬 더 열심히 사랑해야 한다는 말이야."

물론이다. 내가 왜 이 생각을 못했을까? 왜 **이런 식으로** 생각하지 못했을까? 우리에겐 사랑이 필요했다. 나는 애정은 부적절하다고, 죽음을 목격한 상황에서 어울리지 않는 불경이라고 생각해서 그녀의 손길조차 거부하려고 애썼다. 나중에 수많은 대화와 정면돌파로 모든 문제를 해결하고 난 다음에야 가능한 일이라고 생각했다. 클래리사가 본질에 변화를 가져왔다. 우리는 손을 잡고 침실로 들어갔다. 그녀는 침대가 앉았고 나는 그녀의 옷을 벗겼다. 그녀의 목에 키스하자 그녀가 나를 끌어안았다. "우린 무슨 짓을 해도 괜찮아." 그녀가 속삭였다. "아무 짓 안 해도 괜찮고. 난 그냥 당신을 안고 있고 싶어." 내가 옷을 벗는 동안 그녀는 담요 밑으로 들어가 무릎을 구부리고 누웠다. 내가 담요 속으로 들어가자 그녀가 두 팔로 내 목을 안고 자기 얼굴 가까이로 끌어당겼다. 그녀는 내가 이렇게 안기는 걸 좋아한다는 사실을 알고 있었다. 이렇게 폭 안길 때 나는 소속감을 느꼈고, 깊이 뿌리를 내린 축복받은 존재라고 느꼈다. 그녀는 내가 그녀의 감은 눈에 키스해주는 것을 좋아했다. 그런 다음 마치 자신이 잠자리에 드는 어린아이인 양 내가 그녀의 코와 뺨에 입을 맞춰주다 마지막에야 입술을 찾아내기를 바랐다.

예전에도 우리는 벌거벗고 침대에 누워 마주보며 이야기할 수 있는데 옷을 다 입고 의자에 앉아 이야기하면서 시간을 낭비했다고 스스로를 탓하곤 했다. 사랑을 나누기 전의 그 소중한 시간은 '전희'라는 가짜 임상용어가 붙으면서 푸대접을 받고 있다. 그 시간에 세상은 좁아지고 더욱 깊어진다. 우리의 목소리는 따뜻한 우리의 몸속으로 가라앉고, 대화는 꼬리를 물고 이어지기도 하고 예측 불가능하게 흘러가기도 한다. 중요한 건 촉감과 숨결이다. 아, 여기. 혹은 그거 또 해줘. 혹은 그래, 그거. 이런 단순한 말들이 생각났지만 너무 진부하고 저속하게 들려 말로 하진 않았다. 우리는 자주 꾸는 꿈의 한순간처럼 이 넉넉하고 순수한 순간들을 금방 잊었고, 다시 그런 순간들이 찾아올 때에야 기억을 되살리곤 했다. 그런 순간이 왔을 때, 우리의 삶은 본질로 돌아왔고 다시 시작되었다. 둘 다 말하지 않을 땐, 이런 서곡 때문에 우리를 훨씬 더 강하게 결합시켜줄 하나 됨의 시간을 뒤로 미루며 입과 입이 닿을 만큼 바짝 붙어 누워 있었다.

그렇게 우린 거기에 누워 그 순간을 누렸고, 그것은 구원이었다. 어둠침침한 침실 너머로 어둠이 끝도 없이 펼쳐져 있었는데 죽음처럼 차가웠다. 광활한 세상에서 우리는 눈에 보이지 않을 정도로 작은 온기의 점이었다. 오후에 일어난 일들이 우리 머릿속을 가득 채우고 있었지만, 우리는 그 일들을 대화에서 몰아냈다. 내가 말했다. "기분이 어때?"

"무서워." 클래리사가 말했다. "진짜로 무서워."

"그렇게 보이진 않는데."

"속으로 떨고 있어."

우리는 우리를 다시 로건에게로 이끌 것이 분명한 길을 거부하고, 무섭고 떨리는 이야기를 하기 시작했다. 이런 대화에선 흔히 그러듯이 어린 시절의 경험이 주로 등장했다. 클래리사가 일곱 살이었을 때 온 가족이 휴가차 웨일스에 갔다. 어느 비 오는 날 아침 다섯 살 난 사촌 여동생이 사라졌는데 여섯 시간이 지난 후에도 찾지 못했다. 경찰이 수색견 두 마리를 데리고 왔다. 마을 사람들이 나서서 고사리밭을 이 잡듯이 뒤졌고, 헬리콥터까지 출동해서 고지대 상공을 맴돌았다. 해가 지기 직전 소녀는 헛간에서 발견됐는데, 큰 자루 밑에서 자고 있었다. 그날 저녁 빌린 농가에서 대대적으로 열었던 축하 파티를 클래리사는 생생히 기억했다. 소녀의 아버지인 클래리사의 삼촌은 마지막 경찰관을 문까지 배웅하고 돌아왔다. 삼촌이 비틀거리면서 방으로 들어오더니 안락의자에 풀썩 주저앉았다. 삼촌의 다리가 격렬하게 떨리고 있었고, 아이들이 놀라서 지켜보는 가운데 숙모가 삼촌 곁에 무릎을 꿇고 앉아

두 손으로 넓적다리를 꽉꽉 누르며 안마해주었다. "당시엔 그게 사촌 동생을 찾아다닌 일과 관계있다는 걸 몰랐어. 어릴 때 우연히 보게 되는 이상한 일들 중 하나인 줄 알았지. 나는 삼촌이 술 취해서 그런다고, 두 무릎이 바지 속에서 춤을 추는 거라고 생각했어."

나는 사람들 앞에서 처음으로 트럼펫 연주를 했던 열한 살 때 이야기를 들려주었다. 나는 너무 긴장한 나머지 두 손을 떠느라 마우스피스를 제대로 입에 물고 있을 수도, 입술을 내밀어 음을 낼 수도 없었다. 그래서 마우스피스 전체를 이로 꽉 물어 고정하고 내 파트의 반은 노래를 부르고 반은 삑삑 불었다. 불협화음이 대단한 어린이 크리스마스 오케스트라여서 아무도 알아차리지 못했다. 클래리사가 말했다. "요즘도 샤워하면서 트럼펫 소리 잘 내던데."

화제는 떨었던 경험에서 춤으로 넘어갔고―나는 춤을 싫어하고, 클래리사는 사랑한다―그다음엔 사랑으로 옮겨갔다. 우리는 사랑하는 사람들이 결코 싫증내지 않고 듣고 싶어하고, 하고 싶어하는 말을 서로에게 해주었다. "당신의 완전히 미친 모습을 보고 나니까 당신을 더 사랑하게 됐어." 클래리사가 말했다. "합리주의자가 드디어 무너지나요!"

"이제 시작이야." 내가 말했다. "더 기다려봐."

로건이 추락한 후 내가 한 행동을 언급하면서 마법이 깨졌지만, 그 시간은 겨우 30초 정도에 지나지 않았다. 우리는 서로를 꼭 안고 키스했다. 그다음에 일어난 일은 화해라는 날것의 감정으로 고조되었는데, 마치 서로를 협박하고 모욕하며 일주일에 걸쳐 거친 설전을 벌이다가 서로 용서하기로 함으로써 문제가 흐뭇하게 마무리되는 것과 같았다. 우리가 로건의 죽음에 대해 서로에게 면죄부를 주는 것이 아니라면, 용서할 것이 없었다. 그러나 흥분의 파도가 칠 때마다 부서져나가는 감정들이 있었다. 이 황홀경을 위해 비싼 대가를 치렀고, 나는 옥스퍼드에 있는 음울한 주택의 이미지를 떨쳐내야 했다. 사막의 외딴집 같은 상상 속의 그 집 2층 창가에선 당혹스러운 표정의 어린아이 둘이 어머니를 찾아온 엄숙한 조문객들을 지켜보고 있었다.

그후 우리는 잠이 들었고, 한 시간쯤 지나 잠이 깼을 땐 배가 고팠다. 가운 차림으로 부엌에 가서 냉장고를 뒤지던 우리는 갑자기 친구가 필요하다고 느꼈다. 클래리사가 전화하러 갔다. 정서적 위안, 섹스, 집, 와인, 음식, 사회. 우리는 우리의 세상이 다시 굴러가기를 바랐다. 30분도 지나지 않아 우리는 친구인 토니와 애나 브루스 부부와 식탁에 마주앉아, 내가 사갖고 온 태국 음식을 먹으며 우리 이야기를 하고 있었다. 우리는 결혼한 부부의 방식으로 그 이야기를 했다. 한동안은 혼자 이야기를 늘어놓다 중간중간 배우자가 끼어들어도 내 할말만 하는데, 어느 순간엔 다 포기하고 배우자에게 이야기의 바통을 넘기는 것이다. 둘이서 동시에 말할 때도 있었지만, 그럼에도 이야기의 일관성은 커졌고 그림이 그려졌다. 게다가 지금은 안전한 장소에서 이야기하고 있었다. 나는 친구들의 조심스럽고 지적인 얼굴이 침울하게 바뀌는 것을 지켜보았다. 그들의 충격은 우리가 받은 충격의 그림자에 지나지 않았고 선의에서 그 감정을 모방한 것으로 보여서, 나는 과장하고 싶은 유혹을 느꼈다. 실제 경험과 경험의 진술 사이에 놓인 심연을 잇기 위해 최상급 형용사의 밧줄을 던지고 싶었다. 클래리사와 나는 그후 몇 주 동안 거의 날마다 친구들과 동료들과 친척들에게 그 이야기를 수도 없이 떠들었다. 나중에는 내가 같은 표현과 같은 형용사를 같은 순서대로 사용하고 있다는 것을 깨닫기도 했다. 그 사건들을 아주 조금이나마 다시 체험하는 듯한 느낌 없이, 심지어 기억에서 *끄*집어내지도 않고 이야기하는 것이 가능해졌다.

토니와 애나는 새벽 1시에 갔다. 그들을 배웅하고 돌아와보니 클래리사가 강의록을 훑어보고 있었다. 그녀의 안식년이 끝났다. 월요일인 내일부터 강의를 시작하기로 되어 있었다. 나는 내 일정을 잘 알고 있으면서도 서재로 들어가 수첩을 펼쳐보았다. 회의가 두 건 있고 5시까지 탈고해야 할 원고가 하나 있었다. 어떻게 보면 우리는 이 참사로부터 안전하게 보호받고 있었다. 우리에겐 서로가 있었고, 오랜 친구들도 있었다. 해야 하고 몰두해야 하는 흥미로운 일들이 있었다. 나는 스탠드 불빛 속에 서서 아무렇게나 쌓여 있는 대여섯 통의 답장하지 않은 편지를 바라보며 안도감을 느꼈다.

우리는 30분 정도 더 앉아 이야기를 나눴다. 너무 피곤해서 잠자리에 들 힘도 없었기 때문이다. 새벽 2시에 겨우 침대에 누웠다. 불을 *끄*고 5분쯤 지났을 때 전화벨이 울려 살큼 잠이 든 나를 흔들어 깨웠다.

나는 그의 말을 정확히 기억한다고 확신한다. 그가 말했다.

"조. 당신이에요?" 나는 대답하지 않았다. 누구의 목소리인지 이미 알아차렸다. 그가 말했다. "그냥 당신 감정을 이해한다고 말하고 싶어서 전화했어요. 나도 같은 감정이니까요. 사랑해요."

나는 전화를 끊었다.

클래리사가 베개에 대고 중얼거렸다. "누구야?"

피곤했기 때문일 수도 있고, 연인을 보호하기 위해 숨겼을 수도 있지만, 어쨌든 나는 옆으로 돌아누우면서 말했다. "아무것도 아니야. 잘못 걸려온 전화야. 어서 자." 내가 첫번째 중대한 실수를 저지른 순간이었다.

넷

다음날 아침 잠이 깼을 때도 전날 일어난 일들이 여전히 머릿속을 맴돌았지만, 여러 가지 의무가 혼재한 하루의 시작은 차라리 우리에게 위안을 주었다. 클래리사는 학부생을 대상으로 한 낭만주의 시대의 시에 관한 세미나를 하기 위해 오전 8시 30분에 집을 나섰다. 그녀는 학과 행정회의에도 참석했고 동료와 점심식사를 함께했으며, 기말시험지를 채점하고 리 헌트*에 관한 논문을 쓰고 있는 대학원생을 지도했다. 그러고는 6시에 집에 돌아왔는데, 그때 나는 아직 귀가 전이었다. 그녀는 전화를 몇 통 하고 샤워를 한 뒤, 15년간의 결혼생활이 끝날 위기를 맞은 오빠 루크와 저녁을 먹기 위해 외출했다.

---

* 영국의 수필가·비평가·저널리스트·시인.

나는 아침에 일어나서 샤워를 했다. 커피를 텀블러에 담아 서재로 들어가 15분간 커피를 마시면서 이러다가는 프리랜서를 유혹하는 신문과 통화와 백일몽에 빠지고 말겠다는 생각을 했다. 벽을 쳐다보며 생각할 주제는 많았다. 그러나 마음을 다잡고 미국 잡지에 실을 허블망원경에 대한 칼럼을 완성했다.

나는 여러 해 동안 허블망원경 프로젝트를 관심 있게 지켜봤다. 이 프로젝트는 인기 없는 영웅주의와 위엄을 상징했고, 군사적으로나 상업적 용도로는 쓸모가 없었지만, 더 많은 것을 알고 이해한다는 단순하고 고귀한 욕구를 충족시키기 위해 추진되었다. 지름이 2.4미터인 주 거울이 0.254밀리미터 더 깎여서 너무 평평하다는 사실이 밝혀졌을 때, 지구인들의 대체적인 반응은 실망감이 아니었다. 고소해하고, 반색하고, 떼굴떼굴 구르며 웃어댔다. 타이타닉호가 침몰한 이후 사람들은 기술자들에게 대단히 엄격한 태도를 보였고, 그들의 과도한 야망에 대해 냉소적이었다. 지금까지 인간이 만든 것 가운데 가장 큰, 4층 건물 높이의 장난감이 우주의 기원과 태초의 지구에 대해 알려줄 경이로운 이미지를 우리 망막에 전달할 준비를 마친 채 저기 저 우주에 떠 있었다. 그러나 허블망원경은 실패했다. 소프트웨어 알고리즘의 불가사의 때문이 아니라 누구나 아는 실수 때문이었다. 구식으로 갈고 윤을 내다 실수한 것이다. 허블망원경은 TV 스탠드업 코미디의 주된 소재가 되었다. 트러블, 러블*과 운율도 맞았고, 미국 우주산

* trouble and rubble, rubble은 '돌무더기, 쓰레기'.

업의 쇠락을 보여주는 증거였으니까.

허블의 구상이 원대했다면 수리 작업은 기술적으로 숭고했다. 대규모 관현악단에 맞먹는 수의 과학자들과 컴퓨터가 지구에서 통제하는 가운데, 우주인들이 수백 시간에 걸쳐 우주유영을 하며 초인적인 능력을 발휘해 문제가 있는 렌즈의 가장자리에 수리용 거울 열 개를 정밀하게 설치했다. 기술적인 면에서 인간을 달에 보내는 것보다 어려운 작업이었다. 실수를 바로잡아 120억 살이 된 우주의 모습을 담은 선명한 사진들이 전송되자 세계는 비웃던 것을 잊고 경탄했지만, 하루가 지나자 다들 제자리로 돌아갔다.

나는 두 시간 반 동안 쉬지 않고 일했다. 그날 아침 원고를 타이핑하는데 정확히 어떤 감정인지는 알 수 없는 느낌 때문에 신경이 거슬렸다. 아무리 많은 우주비행사가 모여도 바로잡을 수 없는 실수가 있다. 어제 내가 했던 실수가 그런 것이었다. 나는 무슨 짓을 한 것인가? 혹은 무슨 짓을 하지 않은 것인가? 그 감정이 죄책감이라면 정확히 어디에서 시작됐을까? 기구 아래 밧줄에 매달렸을 때? 줄을 놓았을 때? 추락한 시신 옆에 있었을 때? 그것도 아니라면 어젯밤 통화할 때? 불안감이 피부에 짝 달라붙어 있는 느낌이 들었다. 몸을 안 씻었을 때의 느낌과 비슷했다. 하지만 타이핑을 잠시 멈추고 어제 일어난 일들을 돌이켜보니, 죄책감은 아니었다. 나는 고개를 가로젓고 나서 더 빠른 속도로 타이핑을 했다. 어젯밤 늦게 걸려온 전화에 대한 생각을 어떻게 뒤로 밀어놓을 수 있었는지 모르겠다. 나는 그 일을 어제 일어난 다른 모든 일과 함께 묶어놓았다. 아직도 충격이 가시지 않은 상태였고, 그래서 바쁘게 생활하는 걸로 내 마음을 달래려고 애썼던 것 같다.

나는 원고를 다 쓴 후 교정하고 인쇄해, 마감 시간보다 다섯 시간 빨리 뉴욕으로 팩스를 보냈다. 그러고 나서 옥스퍼드 경찰서에 전화해 세 개의 부서를 거친 후, 존 로건 사망 사건에 관한 조사가 있을 것이고, 검시 법원이 6주 후에 심리를 진행할 예정인데 우리모두 참석해야 한다는 사실을 알게 되었다.

나는 택시를 타고 소호에 가서 라디오프로그램 피디를 만났다. 그는 나를 사무실로 데려가더니 슈퍼마켓에서 파는 채소들에 관한 프로그램을 진행해달라고 했다. 나는 별로 내키지 않는다고 말했다. 그러자 에릭이라는 이름의 그 피디가 일어서서 얼마나 열정적인 연설을 하던지 나는 깜짝 놀랐다. 그는 1년 내내 재배되는 깍지완두와 딸기 같은 채소의 수요 때문에 아프리카 여러 나라의 환경과 지역 경제가 파괴되고 있다고 말했다. 나는 그건 내 전공분야가 아니라고 말했고, 그쪽 분야 전문가들의 이름을 알려주면서 연락해보라고 했다. 그러고 난 후, 비록 그를 잘 알지는 못했지만, 아니 잘 알지 못했기 때문에, 그의 열정에 대한 답례로 전날 내가 겪은 일들에 관해 이야기해주었다. 참을 수가 없었다. 그 이야기를 누군가에게 해야 했다. 에릭은 잠자코 들으면서 적절히 맞장구도 쳐주고 고개를 가로젓기도 했지만, 마치 내가 새롭게 돌연변이를 일으킨 불행 바이러스를 자기 사무실에 퍼뜨린 오염의 주범이라도 되는 듯 쳐다보았다. 나는 이야기를 중단하거나 거짓으로 끝을 맺을 수도 있었다. 그러나 멈출 수가 없어서 끝까지 사실대로 이야기했다. 나 자신을 위해 그 이야기를 하고 있었고, 피디가 아니라 금붕어 앞이라도 똑같이 했을 것이다. 내 이야기가 끝나자, 그는 다른 약속이 있다고, 다른 아이디어가 생기면 연락하겠다고 말하면서 서둘러 작별인사를 했고, 나는 그의 사무실을 나와 지저분한 미어드 거리로 나서면서 더럽혀진 것 같은 기분을 느꼈다. 그 정체 모를 감정이 되살아났는데, 이번에는 뒷목이 찌릿찌릿하고 배가 아픈 형태로 나타났고, 그날에만 벌써 세번째로 믿을 수 없을 정도의 변의를 느꼈다.

오후에는 런던도서관 열람실에 앉아서 다윈만큼 잘 알려져 있지 않은 동시대의 과학자 몇 명을 찾아보았다. 나는 과학 속의 일화와 이야기의 죽음에 관해 글을 쓰고 싶었고, 출판된 논문에 스토리텔링이라는 사치를 허용한 마지막 세대가 바로 다윈의 세대였다고 생각했다. 나는 1904년 『네이처』에 실린 편지를 찾았는데, 그것은 동물의 의식에 관해, 특히 개와 같은 고등 포유동물이 자기가 한 행동의 결과를 인지한다고 말할 수 있는가에 관해 오랫동안 벌어진 서신 공방을 놓고 자기 의견을 밝힌 기고문이었다. 편지를 쓴 기고자 아무개 씨에겐 개를 키우는 친한 친구가 있었는데, 그 개는 서재 벽난로 옆에 있는 특정 안락의자를 좋아했다. 어느 날 기고자가 그 친구 집에서 저녁식사를 한 뒤 함께 포트와인을 한 잔씩 들고 서재로 들어갔다. 그 집 주인이 그 안락의자에 앉아 있던 개를 쫓아내고 자리에 앉았다. 개는 벽난로 옆에 앉아서 1~2분 정도 조용히 생각하는 듯하더니, 문으로 가서 내보내달라는 듯이 낑낑거렸다. 주인이 문을 열어주려고 일어서서 문 쪽으로 걸어가자, 개가 냉큼 달려와 그 안락의자를 차지했다. 몇 초 동안

개는 숨길 수 없는 의기양양한 표정을 지었다.

기고문 저자는 그 개가 계획을, 다시 말해 미래에 대한 감각을 가졌던 것이 분명하고, 의도적으로 주인을 속임으로써 그 미래를 현실로 만들려고 했다고 결론지었다. 그리고 계획의 성공에 따른 의기양양한 표정은 기억이라는 행동이 있었기 때문에 가능했을 거라고 주장했다. 이 이야기에서 마음에 든 것은 이야기의 힘과 매력이 판단력을 흐리게 만들었다는 사실이었다. 과학적 연구의 어떤 기준을 적용해도 이 이야기는 터무니없는 주장이었다. 대단히 매력적인 이야기이긴 하지만. 여기에서 밝혀진 이론이나 규정된 용어 하나 없었고, 의미 없는 일화와 웃고 넘길 의인화만 존재했다. 차라리 개를 자동 로봇이나 영원히 현재를 살아갈 운명을 가진 생명체로 호환해서 그 이야기를 해석하는 편이 쉬웠다. 자기 의자에서 쫓겨난 그것은 그다음으로 좋아하는 벽난로 옆자리를 차지하고 그곳에서 (음모를 꾸미는 것이 아니라) 기분 좋게 불을 쬔다. 그러다가 소변이 마려운 걸 느끼고 훈련받은 대로 문으로 걸어가다 자기가 좋아하는 자리가 비어 있는 것을 갑자기 알아차리고 방광이 보내는 신호도 잊은 채 그곳으로 돌아가서 자리를 차지한다. 이때 보이는 의기양양한 표정은 즉각적인 기쁨의 표현이거나 관찰자의 마음이 투사된 것에 지나지 않는다.

나도 팔걸이가 매끈한 커다란 가죽 의자에 편안하게 앉아 있었다. 시야에 세 명이 들어왔는데, 다들 무릎에 책이나 잡지를 올려놓은 채 졸고 있었다. 바깥에서는 시끄럽게 경적을 울리며 세인트제임스 광장을 지나가는 차들과 배달 오토바이들의 소음이 들렸지만, 이 소리는 타인이 바삐 움직이는 걸 볼 때 흔히 그렇듯이 최면 효과가 있었다. 실내에서는 보이지 않는 오래된 배관에서 물 흐르는 소리와 좀더 가까이서 마룻바닥이 삐걱거리는 소리가 들렸다. 잡지 선반 뒤에 있어 보이지 않는 누군가가 두세 걸음 걷다가 1~2분 멈춰 서 있더니 다시 움직였다. 돌이켜 생각해보니, 이 소리는 거의 30분 전부터 내 의식의 외곽에 자리하고 있었다. 나는 이 사람에게 가만히 좀 있으라고, 아니면 읽고 싶은 잡지를 다 가져가 조용히 앉아서 읽으라고 말해도 되나 고민했다. 나를 고문하는 그자가 다시 움직이기 시작했다. 느긋하게 삐걱거리며 네 걸음을 걸은 후 다시 조용해졌다. 나는 기고자 아무개 씨와 개의 지능에 관한 고찰을 계속하려고 애썼지만, 이미 집중력이 흐트러진 뒤였다. 열람실을 가로지르는 소리가 들렸을 때 한 글자도 눈에 들어오지 않았지만 나는 결코 책에서 고개를 들지 않았다. 그러다 결국 항복하고 고개를 든 나는 흰 신발과 빨간 무언가가 획 스치고 지나가는 것, 그리고 잠시 후 열람실에서 계단으로 나가는 반회전문이 한숨을 쉬듯 쉭 소리를 내며 닫히는 것을 보았다.

한시도 가만있지 못하고 시간만 낭비하던 사람이 떠나자, 나는 도서관 관리자들에게 트집을 잡기 시작했다. 도서관 건물은 소음으로 악명 높았는데, 특히 서가 형광등에서 윙윙거리는 소리가 너무 심했지만 아무도 그걸 해결하지 못했다. 웰컴도서관에 가는 편이 나았겠다는 생각이 들었다. 이곳의 과학 분야 장서를 보면 헛웃음이 나왔다. 이 도서관 관리자들은 소설과 역사책과 위인전으로 세계를 충분히 이해할 수 있다고 생각하는 모양이었다. 과학에는 문맹이면서 지성인을 자처하는 이곳 운영자들은 정말로 문학이 우리 문명의 가장 위대한 지적인 업적이라고 믿는 것일까?

마음속 불평이 족히 2분은 이어졌을 것이다. 나는 눈에 보이지 않는 불평불만에 차 있었다. 기고자 아무개 씨조차 친구의 개가 갖고 있다고 주장하기 어려울 자의식이 발동하여 나는 냉정을 되찾았다. 내가 안절부절못했던 것은 당연히 삐걱거리는 마룻널이나 도서관 관리자들 때문이 아니었다. 내가 아직 이해할 수 없는 내 감정 상태, 내 본능 때문이었다. 나는 의자에 등을 기대고 앉아 내 메모지를 모았다. 그때까지도 신발과 색상이 의미하는 바를 깨닫지 못하고 있었다. 나는 무릎에 놓인 종이를 노려보았다. 내가 생각에 대한 통제력을 잃기 전에 쓴 마지막 문장은 "고의성과 의도가 미래에 대해 통제력을 행사하려고 한다"였다. 이 문장을 썼을 땐 개에 관해 말한 거였는데, 다시 읽어보니 초조해지기 시작했다. 내 느낌을 설명할 적절한 단어를 찾을 수가 없었다. 더럽고, 오염됐고, 미쳤고, 물질적이지만 한편으론 도덕적인. 언어가 없으면 생각도 없다는 말은 분명 사실이 아니다. 나는 생각과 느낌과 감각을 갖고 있었고, 그것을 표현할 말을 찾고 있었다. 죄책감이 과거에 대한 말이라면, 같은 관계에 있는 미래에 대한 말은 무엇일까? 의도? 아니다, 미래에 대한 영향력도 아니다. 예감. 미래에 대한 걱정, 미래에 대한 혐오감. 죄책감과 예감, 과거와 미래를 잇는 줄에 묶여 있고, 그것을 경험할 수 있는 유일한 순간인 현재에서 회전하고 있는 느낌. 분명 두려움은 아니었다. 두려움은 너무

초점이 맞춰져 있고 대상이 있었다. 공포라는 단어는 너무 강했다. 미래에 대한 두려움. 우려. 그래, 그거다, 우려.

내 앞에서 졸고 있는 세 사람은 꿈쩍도 하지 않았다. 반회전문의 진자운동은 점차 줄어들어 이젠 미세한 움직임만 느껴질 뿐이었다. 상상 속 움직임에서 딱 한 걸음 현실로 옮긴 단계. 방금 나간 사람은 누구일까? 왜 그렇게 갑자기 나갔지? 의자에서 일어섰다. 우려가 찾아왔다. 나는 종일 이런 상태였다. 간단했다. 우려는 두려움의 한 형태였다. 결과에 대한 두려움. 나는 종일 두려웠다. 처음부터 두려움을 알아차리지 못할 정도로 내가 그렇게 둔감했나? 두려움이란 혐오, 놀람, 분노, 기쁨과 함께 에크만의 유명한 비교 문화 연구에 나오는 기본 감정이 아닌가? 두려움과 타인의 두려움을 알아차리는 것은 편도체의 신경 활동과 관계있는 것 아니었나? 편도체는 인간의 뇌에서도 포유류의 특징적인 부분에 깊숙이 들어앉아 즉각적인 반응들을 내보냈다. 그러나 내가 보인 반응은 즉각적이지 않았다. 내 두려움은 가면을 쓰고 있었다. 오염, 혼란, 재잘거림. 나는 두려움의 원인을 알지 못했기 때문에 내가 느끼는 두려움이 두려웠다. 두려움이 내게 무슨 짓을 할지, 그리고 내가 무슨 짓을 하게 만들지 몰라 겁이 났다. 그리고 나는 그 반회전문에서 눈을 뗄 수 없었다.

오랫동안 지켜본 탓에 환상이 보이는 건지 신경회로의 문제로 인식에 착오가 생긴 것인지는 모르겠지만, 문 쪽으로 걸어가면서도 내가 여전히 그 부드러운 가죽 의자에 편안히 앉아 문을 노려보고 있는 것처럼 느껴졌다. 붉은색 카펫이 깔린 널찍한 계단을 한번에 두 칸씩 올랐고, 곡선으로 이어지는 층계참의 중심기둥에서 몸을 휙 돌린 후 남은 계단은 단 세 걸음에 성큼성큼 올라가서, 사무적이고 아날로그적이고 차분한 분위기의 대출 및 자료 조회실로 불쑥 들어갔다. 도서관 이용객들 옆을 지나고 추천 도서를 지나 학생같은 가방과 코트 차림의 무리를 지나서 주 출입문을 통과해 거리로 나섰다. 세인트제임스 광장은 차가 밀려 정체를 빚고 있었지만, 보행자는 거의 없었다. 나는 흰 신발을, 빨간 끈이 달린 흰 운동화를 찾고 있었다. 그리고 참을성 있게 부릉거리며 멈춰서 있는 차들 사이를 비집고 걸어갔다. 나는 도서관 출입문을 한눈에 보려면 어디에 서 있어야 할지 정확히 알고 있었다. 옛 리비아 대사관 맞은편, 북동쪽 모퉁이였다. 거기로 가면서 왼쪽으로 고개를 돌려 듀크오브요크 거리를 살펴보았다. 인도는 한산했고, 차도는 북적였다. 이젠 자동차가 시민이었다. 나는 그 북동쪽 모퉁이의 철책 옆에 도착했다. 아무도 없었다. 심지어 공원 안에 주정뱅이조차 보이지 않았다. 나는 한동안 거기 서서 숨을 고르면서 주위를 둘러보았다. 내가 서 있는 곳은 이본 플레처라는 여성 경찰관이 길 건너편 창문에서 리비아인이 쏜 총에 맞아 사망한 바로 그 지점이었다. 내 발치에 어린아이가 갖다놓았을 법한 금잔화 다발이 모직 끈에 묶여 있었다. 그 꽃다발이 담겨 있던 잼병은 옆으로 쓰러져서 안에 물이 조금밖에 남아 있지 않았다. 나는 주위를 살핀 후 무릎을 굽히고 꽃다발을 잼병에 도로 꽂았다. 잼병이 다시 발길에 차여 쓰러지지 않도록 철책 가까이로 밀어놓으면서, 지금 내가 하는 행동이 내게 행운을 가져다줄지 모른다고, 나를 보호해줄지 모른다고 생각했다. 그리고 이런 희망을 담은 속죄 행위, 광적이고 야생적이고 예측 불가능한 힘을 막아내는 행위가 모든 종교와 모든 사고 체계의 바탕이라는 생각도 했다.

잠시 후 나는 도서관 열람실로 돌아갔다.

다섯

그날 과학 도서 수상작을 결정하는 심사 회의까지 하고 나서 집에 도착했을 때, 클래리사는 오빠를 만나러 외출하고 없었다. 그녀와 이야기를 해야 했다. 세 시간 동안이나 정신이 멀쩡하고 분별력이 있는 척하려고 애썼더니 돌아버릴 것 같았다. 편안하고 고상하기까지 한 우리 아파트의 방들이 더 작아지고 웬지 칙칙한 분위기로 바뀐 듯한 느낌이 들었다. 나는 진토닉을 만들어 자동응답기 옆에서 마셨다. 마지막 메시지에서는 아무 말 없이 숨소리만 나더니 곧 수화기를 덜커덕 내려놓는 소리가 났다. 클래리사에게 패리 이야기를 해야 했다. 전날 밤 그가 전화했던 일과 도서관까지 나를 쫓아온 일을, 내가 느끼는 이 불편함과 우려를 털어놓아야 했다. 식당으로 찾아가볼까 하는 생각이 들었지만, 지금쯤이면 불륜에 빠진 그녀의 오빠가 이혼이라는 고통의 시간을 괴로워하는 슬픈 성가를 부르기 시작했을 것이다. 사랑이 증오나 무관심으로 바뀐 것을 슬퍼하는 뻔뻔한 자기변명을 늘어놓고 있을 게 분명했다. 올케를 좋아하는 클래리사는 충격 속에 오빠의 이야기를 듣고 있을 터였다.

마음을 가라앉히기 위해 연관통*클리닉인 TV 저녁 뉴스로 관심을 돌렸다. 오늘밤엔 보스니아 중부의 어느 숲에서 대형 무덤이 발견된 사실과 암 투병중인 장관의 불륜, 어느 살인 사건의 2차 공판에 관한 뉴스가 나왔다. 친숙한 구성 방식이 위안이 되었다. 긴장감 넘치는 음악, 아나운서의 부드러우면서도 다급한 어조, 모든 고통은 상대적이라는 편안한 진실, 그리고 마지막 아편인 날씨. 나는 부엌으로 돌아가 진토닉을 한 잔 더 만들어서 식탁 앞에 앉았다. 패리가 온종일 나를 미행했다면, 내가 어디 사는지 알 것이다. 미행하지 않은 거라면, 내 정신 건강이 많이 나빠진 거였다. 그러나 기본적으로 내 정신 상태는 멀쩡했고, 그가 미행한 게 맞으며, 따라서 이 일을 철저히 따져보아야 했다. 그가 늦은 밤에 전화를 건 것은 스트레스와 혼술 탓으로 돌릴 수 있었지만, 그가 오늘 계속 나를 미행했다면 그렇게 치부하고 말 문제가 아니었다. 나는 그가 미행했다는 사실을 알고 있었다. 그의 흰 운동화와 빨간색 운동화 끈을 분명히 봤기 때문이다. 내가 빨간색이었다고 상상한 것이거나 주변 색이 시각적으로 합쳐진 것이 아니라면 말이다. 이런 회의적인 사고 습관이 내 정신의 온전함을 보여주는 증

---

* 실제의 환부와 떨어진 자리에서 느껴지는 통증.

거였다. 사실 도서관의 카펫이 붉은색이긴 했다. 그러나 나는 흘 끗 본 신발에 분명히 붉은색이 있는 것을 보았다. 심지어 내가 그를 보기 전에 내 뒤에 그가 있다는 걸 느꼈다. 이런 직관을 믿을 수 없다는 것도 인정할 준비는 되어 있었다. 그러나 분명히 패리였다. 안전한 삶을 사는 많은 사람처럼, 나도 즉시 최악을 상상했다. 나를 살해할 어떤 이유를 내가 제공한 걸까? 내가 자신의 신앙을 조롱했다고 생각했나? 어쩌면 다시 전화를 건 이유는······

나는 무선전화기를 들고 걸려온 마지막 번호 안내 버튼을 눌렀다. 기계음의 여자 목소리가 런던의 낯선 전화번호를 불러주었다. 나는 그 번호로 전화를 걸어 말소리를 듣고는 고개를 가로저었다. 내가 품은 의심이 아무리 합리적인 것이라고 해도, 그게 맞다는 것을 확인하는 건 역시 놀라운 일이었다. 패리의 자동응답기가 말했다. "삐 소리가 난 후 메시지를 남겨주세요. 그리고 주님이 당신과 함께하시기를 빕니다." 패리였고, 두 문장이었다. 그의 신앙이 자동응답기의 녹음 내용에까지 영향을 미쳤다. 그가 자기도 같은 감정이라고 했는데 그게 무슨 뜻이었을까? 그는 무엇을 원하는 걸까?

나는 진토닉을 보았지만 더는 마시지 않기로 했다. 당장 급한 문제는 클래리사가 귀가할 때까지 어떻게 저녁 시간을 보내느냐였다. 지금 의식적으로 선택하지 않으면 술을 마시면서 지난 일을 곱씹을 게 뻔했다. 나는 친구들을 보고 싶지 않았고, 놀고 싶은 생각도 없었으며, 심지어 배도 고프지 않았다. 이런 공허감에 익숙했고, 무사히 극복하는 방법도 알았다. 바로 일을 하는 것이었다.

나는 서재로 들어가서 전등과 컴퓨터를 켜고 도서관에서 메모한 종이들을 펼쳐놓았다. 저녁 8시 15분. 과학에서 이야기가 갖는 기능에 관한 원고를 세 시간이면 얼추 마무리할 수 있을 듯했다. 나는 이미 초안을 짜두었다. 그 이론을 꼭 믿는 것은 아니었지만 그것을 주제로 글을 쓸 수는 있었다. 이론을 제안하고, 증거를 제시하고, 반대 의견을 고려하고, 결론에서 자신의 이론을 재차 강조하면 됐다. 이야기 자체는 좀 진부하지만, 내 앞에 앉아 있던 천여 명의 언론인을 사로잡았던 주제였다.

일은 현실도피였고, 일하는 동안 나는 그것을 의심조차 하지 않았다. 나는 내가 가진 의문들에 대한 답을 알지 못했고, 계속 생각한다고 뾰족한 수가 나올 리 없었다. 클래리사는 자정 전에는 돌아오지 않을 것 같아, 나는 진지하고 얄팍한 논쟁 속으로 빠져들었다. 20분 만에 나는 바라던 상태로, 방향적 사고라는 높은 담장이 있는 무한한 감옥 속으로 걸어들어갔다. 그런 일이 항상 일어나는 건 아니어서 나는 그날 밤엔 그럴 수 있었다는데 감사한 마음이 들었다. 나는 최근 기억의 부스러기나 하지 않은 일의 목록, 성적 욕구의 잔해처럼 평소에 자주 밀려드는 생각의 부유물에 대항해 나 자신을 방어할 필요가 없었다. 내 생각의 해변은 깨끗했다. 나는 커피를 마시겠다는 핑계로 나 자신을 속여 의자에서 일어나지 않았고, 진토닉을 마셨는데도 요의를 느끼지 않았다.

이야기를 중시하는 과학자를 키워낸 것은 19세기의 아마추어 문화였다. 직업이 없는 신사들과 시간이 펑펑 남아도는 교구사제들이 그 문화의 원동력이었다. 다윈도 비글호를 타고 탐험에 나서

기 전에는 수집가로 취미생활을 하면서 시골에서 평화롭게 사는 삶을 꿈꾸었고, 천재성과 우연이 그를 과학자로 살게 했을 때도 그의 집은 실험실이라기보다는 교구사제관에 더 가까웠다. 19세기의 지배적인 예술 형식은 소설이었다. 거대하게 펼쳐지는 서사로 개인의 운명을 기록할 뿐만 아니라, 전 사회를 거울로 들여다본 듯 사실적으로 그려내고 당시의 공적인 문제들을 정면으로 다루었다. 대다수의 지식인은 당대의 소설을 읽었다. 스토리텔링이 19세기 영혼에 깊숙이 자리잡았다.

그러고 나서 두 가지 사건이 벌어졌다. 과학이 더 어려워졌고, 전문화되었다. 과학은 대학으로 옮겨갔고, 교구사제가 들려주던 이야기는 실험 지원이 없어도 무사히 살아남은 냉철한 과학 이론에 자리를 내주었다. 과학은 자신만의 형식적인 아름다움을 가지고 있었다. 동시에 문학과 그 외의 다른 예술 분야에서는 형식적이고 구조적인 특성과 내적 일관성과 자기 참조를 특징으로 하는 새로운 모더니즘이 발달했다. 사제들이 평민의 침입을 막기 위해 이 어려운 예술의 신전들을 굳게 지켰다.

과학에서도 마찬가지였다. 예를 들어 물리학에서는 아인슈타인의 일반상대성이론이 사실임을 입증하는 관측 증거가 나오기 훨씬 전부터 유럽과 미국의 소수 엘리트 그룹이 그 이론을 받아들이고 찬양했다. 아인슈타인이 1915년과 1916년에 발표한 일반상대성이론은 중력이 물질과 에너지가 초래한 시간과 공간의 굴곡에 의해 야기된 효과일 뿐이라는, 당시의 일반 상식에 반하는 주장을 했다. 그리고 빛은 태양의 중력장에 의해 방향이 바뀐다고 예측했다. 1914년 이런 예측이 사실인지 확인하기 위해 탐험대가 크림반도로 파견되었으나, 곧 전쟁이 발발했다. 1919년 또다른 탐험대가 대서양에 있는 두 개의 외딴섬으로 갔다. 아인슈타인의 주장이 사실임을 확인했다는 소식이 곧 전 세계에 전해졌지만, 그 이론을 수용하려는 바람이 너무나 커서 부정확하거나 불편한 정보는 간과되었다. 일식을 관찰하고 아인슈타인의 예측을 확인하기 위해 더 많은 탐험대가 나섰다. 1922년에는 호주에서, 1929년에는 수마트라에서, 1936년에는 소련에서, 1947년에는 브라질에서 출발했다. 1950년대에 들어 전파천문학이 발달한 뒤에야 논박할 수 없는 실험적 확인이 이루어졌다. 하지만 실제로 확인하기 위해 분투했던 그 세월은 사실 큰 의미가 없었다. 그 이론은 1920년대부터 교과서에 실렸던 이론이었다. 그 이론은 막강한 힘을 자랑했고, 너무나 아름다워서 도저히 저항할 수 없었다.

그렇게 두서없이 쏟아지던 이야기는 형식의 미학에 자리를 내어주었다. 예술에서도 그랬고, 과학에서도 그랬다. 나는 저녁 늦게까지 타이핑을 계속했다. 아인슈타인에 시간을 너무 많이 들였고, 이젠 아름답다는 이유로 받아들여진 또다른 이론을 찾고 있었다. 이 논거에 관한 자신감이 줄어들수록 타이핑 속도는 빨라졌다. 나는 나의 과거에서 반대되는 논거를 발견했다. 양자전기역학이었다. 이번에는 전자와 빛에 대한 아이디어가 사실임을 증명한 실험 증거가 많았지만, 그 이론 자체는, 특히 디랙이 제기한 최초의 이론은 일반적으로 인정받기까지 오랜 시간이 걸렸다. 모순되거나 편향된 주장이 많았기 때문이다. 간단히 말해 이론이 매력적이지 못했다. 화음이 맞지 않는 노래 같았다. 이론이 볼품없다는 이유로 받아들여지지 못한 것이다.

나는 세 시간 동안 작업하면서 2천 단어에 달하는 글을 썼다. 세번째 예도 쓸 수 있었겠지만, 힘이 빠지기 시작했다. 쓴 글을 인쇄해서 무릎에 올려놓고 읽어보았다. 내가 이런 별 볼 일 없는 추론과 억지스러운 사례들에 그토록 오랫동안 집중할 수 있었다는 것이 놀라웠다. 글의 행간에서 반론이 샘솟았다. 디킨스와 스콧, 트롤럽, 새커리 같은 작가의 소설이 과학 이론의 발표에 영향을 미쳤다고 주장할 만한 어떤 증거가 있는가? 게다가 내가 든 예들은 굉장히 편향되어 있었다. 19세기의 생명과학(이를테면 서재에서 책략을 꾸미는 개)을 20세기의 자연과학과 비교했다. 빅토리아시대의 물리학과 화학의 역사만 봐도 서사적인 경향을 조금도 보이지 않는 뛰어난 이론이 수없이 많았다. 사실 20세기의 과학 정신 혹은 사이비 과학 정신의 전형적인 산물은 무엇인가? 인류학과 정신분석 같은 우화적 소설화가 득세했다. 프로이트는 스토리텔링의 최고 기법들과 사제들의 기술을 이용해서 과학의 위조 가능성이 아니라 진실성을 주장했다. 1920년대의 행동주의심리학자들과 사회학자들은 또 어떤가? 마치 흰색 실험복을 입은 발자크들이 대학의 학과들과 실험실로 행군해 들어가는 것 같지 않았는가.

나는 방금 쓴 열두 장짜리 글을 클립으로 고정해서 손에 들고 무게를 가늠해보았다. 내가 쓴 글은 사실이 아니었다. 진실을 추구하는 글이 아니었고, 과학이 아니었다. 그것은 저널리즘, 잡지

기사였고, 기사의 궁극적인 기준은 가독성이었다. 나는 그 종이들을 흔들면서 더 위로가 되는 말을 생각해내려고 애썼다. 다행히도 이 기사를 쓰는 데 정신을 집중할 수 있었다. 반론들을 모아 별개의 글을 써볼 수도 있을 것 같았다. 이를테면 '20세기는 과학에서 이야기의 집대성을 목격했다' 같은 주제로. 어쨌든 지금 쓴 글은 초고였고, 일주일쯤 있다 고쳐 쓸 예정이었다. 나는 원고를 책상 위로 던졌고, 종이가 책상에 닿는 순간 그날 벌써 두번째로 내 뒤에서 마룻널이 삐걱거리는 소리가 들렸다. 내 뒤에 누가 있었다.

교감신경이라고 부르는 원시적인 신경계는 인간만이 아니라 다른 생물종도 공유하는 놀라운 특징이다. 이로 인해 방향을 빠르게 전환하거나, 재빠르고 격렬하게 전투를 벌이고, 신속하게 도망칠 수 있어 생존이 가능해진다. 우리는 이 효율성 속에서 진화해왔다. 심장 조직 깊숙이 묻혀 있는 신경종말은 노르아드레날린을 분비하고, 심장은 더 빨리 박동한다. 그러면 산소와 포도당이 더 많이 들어오고 에너지가 더 만들어지며 생각이 빨라지고 육체가 더 건강해진다. 그것은 우리 포유류와 포유류 이전 생물의 과거가 분기되는 시점에서 생겨난 아주 오래된 시스템이어서, 시스템이 운영을 위해 더 고차원적인 의식의 도움을 구하지는 않는다. 어차피 도움을 구할 시간이 없을 것이고, 효율적이지도 못할 것이다. 우리는 효과를 얻기만 한다. 예를 들어 우리는 위협을 인식하는 것과 거의 동시에 심장에 총을 맞는다. 시각피질 혹은 청각피질이 우리 눈이나 귀를 습격한 것을 분류하고 인식하는 동안, 우리는 벌써 피를 흘리고 있는 것이다.

내가 몸을 돌려 의자에서 일어나 두 손을 들며 방어 자세를, 혹은 더 나아가 공격 자세를 취하기도 전에 심장이 먼저 놀라 쿵쿵거리기 시작했다. 자기 자신 외에는 천적이 없고 온갖 장난감과 마음속 생각과 아늑한 방을 가진 현대인들은 누가 뒤에서 몰래 다가올 때 상대적으로 쉽게 놀란다. 다람쥐와 개똥지빠귀는 우리를 무시하고 비웃을지도 모르지만.

누군가가 만화에 나오는 몽유병자처럼 두 팔을 벌리고 빠르게 방을 가로질러오고 있었다. 클래리사였다. 고도의 신경중추계가 개입한 것인지는 몰라도, 나는 원시적인 두려움에 튀어나온 동작들을 부드러운 포옹의 몸짓으로 그럴싸하게 전환할 수 있었고, 그녀의 두 팔이 내 목을 감는 동안 안도감과 떼려야 뗄 수 없는 사랑의 격통을 느꼈다.

"아, 조." 그녀가 말했다. "온종일 당신이 그리웠어. 그리고 사랑해, 루크 오빠하고 저녁 먹는데 정말 끔찍했어. 오 하느님, 사랑해, 자기야."

오 하느님, 나도 그녀를 사랑했다. 내가 클래리사를 얼마나 많이 생각했든, 그녀를 추억했든 기대했든, 다시 그녀를 경험하는 것은, 그녀의 촉감과 소리, 우리 사이에 흐르는 사랑의 감정, 대단히 동물적인 사랑을 경험하는 것은, 익숙함과 함께 항상 가슴 설레는 놀라움을 안겨주었다. 어쩌면 그런 기억상실은 기능적인 것인지도 모른다. 사랑하는 사람에게서 자신의 마음과 정신을 비틀어 떼어낼 수 없는 사람들은 인생의 시련에서 실패할 운명이었고 유전적인 발자국을 남기지도 못했다. 클래리사와 나는 내 서재에서, 부하라 러그 한가운데에 있는 노란색 다이아몬드 무늬 위에 서서 포옹과 키스를 하고 있었고, 키스하는 중에도 그녀는 오빠가 저지른 어리석은 행동에 대해 띄엄띄엄 이야기를 들려주었다. 루크는 석 달 전에 만난 여배우와 함께 살기 위해 상냥하고 아름다운 아내와 깡마른 쌍둥이 딸들과 이즐링턴에 있는 앤 여왕 시대양식의 주택을 버리려고 했다. 루크는 더 거대한 규모의 기억상실을 앓고 있는 것이 분명했다. 구운 가리비를 앞에 놓고 그는 일을 그만두고 희곡을 쓸 생각이라고, 여자 한 명이 등장하는 모노드라마를 써볼 생각이라고 말했고, 켄슬그린에 있는 어느 미용실에서 공연할 가능성이 있다고도 말했다.

"우리가 켄슬그린을 거쳐," 내가 시작하자, 클래리사가 끝을 맺었다. "낙원으로 가기 전에."*

"무모한 용기가," 내가 말했다. "계속 발기하게 하리니."

"용기 좋아하시네!" 그녀가 숨을 훅 들이쉬더니 초록색 눈에서 분노의 광선을 쏘았다. "여배우래! 일이 어떻게 된 건지 안 봐도 뻔해!"

잠깐이지만 나는 그녀의 오빠가 되어 비난받는 기분이 들었다. 그런 눈치를 챘는지 클래리사가 나를 끌어당겨 키스했다. "조, 온종일 당신을 원했어. 어제 그런 일이 있고 나서, 그리고 어젯밤엔……"

우리는 서로의 허리를 감싸안고 서재를 나가 침실로 들어갔다.

---

* G.K. 체스터턴의 시 「완만하게 경사진 영국의 길」에 나오는 구절.

클래리사는 파탄 난 가정 이야기를 계속하고, 나는 그날 쓴 칼럼 이야기를 하면서 섹스와 잠으로의 여행을 준비했다. 나는 그날 저녁 집에 들어와 클래리사에게 패리에 관한 이야기를 하고 싶어졌을 때부터 이미 그 여행을 시작해 어느 정도 걸어간 상태였다. 일 때문에 정신을 딴 데로 돌릴 수 있어 만족스러웠고, 귀가한 그녀에게서 슬픈 이야기를 들었는데도 나는 완전히 회복되었다. 나는 아무것도 두렵지 않았다. 전날 밤에 그랬듯이 그녀와 얼굴을 마주 보고 누워서 패리와 통화한 이야기를 해서 우리의 행복을 방해하는 것이 옳았을까? 전날 그런 일을 목격한 상황에서, 미행당하는 것 같다고 성마르게 의심을 털어놓았다면 다정한 분위기를 망치지 않았을까? 빛이 어두워져 있었고, 곧 꺼질 것이었다. 존 로건의 유령이 아직도 이 방 안에 있었지만, 이젠 위협적이지 않았다. 패리 이야기는 내일 하기로 했다. 급한 일은 아니니까. 나는 눈까지 감아서 두 배로 짙어진 어둠 속에서 손으로 클래리사의 입술을 더듬어 찾았다. 그녀가 장난으로 내 손가락 마디를 세게 물었다. 피로가 최고의 최음제가 될 때가 있다. 다른 모든 생각을 몰살시키고, 무거운 팔다리가 육감적으로 흐느적거리게 만들고, 관대함과 인정과 무한한 포기를 요구한다. 우리는 그물에서 놓여난 생명체처럼 각자의 하루에서 떼굴떼굴 굴러나왔다.

침대 옆 협탁에 놓인 전화기는 줄곧 침묵을 지키고 있었다. 몇 시간 전에 내가 플러그를 뽑아두었으므로.

여섯

이번 세기에 배가, 예를 들어 대서양의 높은 너울을 멋지게 가르며 런던과 뉴욕을 오갔던 흰색 여객선이 주택 건축에 영감을 주었던 때가 있었다. 1920년대에 퀸메리호를 닮은 것이 마이다베일*에 좌초했는데, 지금까지도 다리는 남아 있다. 그것이 우리가 사는 아파트 건물이다. 건물은 플라타너스 나무들 사이에서 희끗희끗 빛난다. 건물 모서리는 둥글게 설계되어 있고, 화장실엔 둥근 창이 달려 있어 거기로 들어온 빛이 얕은 나선형 계단을 비춘다. 강철 틀에 끼운 긴 직사각형 모양의 창문들이 낮게 달려 있고, 도시 생활의 돌풍을 가뿐하게 막아낼 수 있을 만큼 튼튼해 보이는 건물이다. 마루는 쪽모이 세공을 한 떡갈나무 마룻바닥이라, 재즈

---

* 런던의 고급 주거 지역.

와 춤을 좋아하는 커플들이 아무리 쿵쾅거려도 끄떡없다.

꼭대기 층에 자리한 아파트 두 채는 천장에 채광창이 몇 개 있고 평평한 옥상으로 올라가는 철 계단이 있어 옥상을 자유롭게 쓸 수 있는 이점이 있다. 우리 옆집에 사는 성공한 건축가와 집에서 살림하는 그의 남자친구는 자기네 몫의 옥상 공간에 환상적인 정원을 꾸며놓았다. 클레마티스 덩굴이 기둥을 타고 탐스럽게 올라가고 있었고, 어느 강바닥에서 주워와 일본식으로 검은색 나무상자에 넣어서 보관하는 커다랗고 매끈한 돌들 틈으로 소박하고 삐죽삐죽한 나뭇잎들이 뻗어나와 있었다.

이사오고 나서 한 달 동안은 정신없이 바빠 클래리사와 나는 장식과 정돈을 위해 비축해두었던 소량의 에너지를 아파트 실내에 모조리 쏟아붓고, 옥상의 우리 공간에는 플라스틱 탁자 하나와 플라스틱 의자 네 개만 놓아두었다. 탁자와 의자 모두 돌풍에 대비해서 바닥에 고정시켜놓았다. 코끼리 가죽처럼 쭈글쭈글하고 먼지가 쌓인 옥상 의자에 앉으면, TV 안테나와 위성 접시 안테나 사이로 숲이 울창한 하이드파크를 감상할 수 있고, 런던 서부 지역을 지나는 차들이 내는, 이상하게도 마음을 진정시키는 천둥 같은 소리를 들을 수 있다. 맞은편 의자에 앉으면 우리 이웃이 정성스레 가꾸는 성스러운 정원과 그 너머 북쪽으로 끝없이 펼쳐진 교외 주택가의 칙칙한 지붕들이 보인다. 그다음날 아침 7시에 나는 바로 여기에 앉아 있었다. 자고 있는 클래리사 옆을 살며시 빠져나와 커피와 신문과 전날 밤에 쓴 원고를 들고 올라왔다.

그러나 나는 나나 다른 사람들이 쓴 글을 읽는 대신, 존 로건에 대해 그리고 우리가 어떻게 그를 죽였는가에 대해 생각했다. 어제는 전날 있던 사건들에 대한 감각이 많이 무뎌졌었다. 그러나 오늘은 아침부터 쨍쨍한 햇빛이 그 모든 일을 밝게 비추었고 생생하게 되살려냈다. 피부가 쓸리는 바람에 부은 손바닥을 보자 밧줄의 감촉이 되살아났다. 나는 곰곰이 되짚어보았다. 제임스 개드가 손자와 함께 기구 바구니에 머물러 있었다면, 나머지 사람들이 밧줄을 꼭 붙들고 있었다면, 그리고 우리의 평균 몸무게가 70킬로그램 정도라 치고 모두 합해 350킬로그램 정도이니 기구를 땅에 가깝게 붙잡아둘 수 있었을 것이다. 첫번째 사람이 밧줄을 놓지 않았다면, 나머지 사람들도 계속 붙들고 있었을 것이다. 제일 먼저 밧줄을 놓은 사람은 누구일까? 나는 아니다. 나는 아니라고. 심지어 그 말을 소리 내어 내뱉었다. 나는 육중한 몸이 휙 하고 떨어지던 것과 기구가 갑자기 위로 솟구치던 것을 기억했다. 그러나 그 육중한 몸이 내 앞에 있었던 사람인지, 내 왼쪽 혹은 오른쪽에 있었던 사람인지는 알 수 없었다. 위치를 알았다면 그 사람이 누군지 알 수 있을 텐데.

그를 비난할 수 있을까? 커피를 마시는 동안, 아래쪽 도로에서는 교통체증이 시작되고 있었다. 이 일을 끝까지 살펴보기가 힘들었다. 진부하지만 균형추 역할을 할 법한 표현들이 떠올랐지만 그런 표현들은 아무것도 해결해주지 못했다. 한쪽에는 '산사태를 부를 최초의 돌멩이'가, 다른 쪽에는 '연대감의 해체'가 있었다. 제일 먼저 줄을 놓은 것이 도덕적으로 책임을 물을 만한 요인은 아니었다. 저울 바늘이 이타주의에서 자기 이익으로 기울었을 뿐이다. 공포였을까, 아니면 합리적 계산이었을까? 우리가 정말로 로 건을 죽인 것인가, 아니면 단지 그와 함께 죽기를 거부한 것인가? 그러나 우리가 그와 함께 있었다면, 밧줄을 놓지 않았다면, 아무 도 죽지 않았을 것이다.

또다른 문제는 내가 로건 부인을 찾아가서 무슨 일이 있었는지 설명해줘야 하는가였다. 그녀는 남편이 영웅이었다는 것을 목격 자로부터 들을 자격이 있었다. 나는 그녀와 나무 걸상에 마주보며 앉아 있는 모습을 상상했다. 그녀는 검은 상복을 입고 있고, 우리 는 벽 높이 창살 달린 창문이 있는 감방에 앉아 있다. 그녀의 두 아이는 엄마 옆에 서서 엄마의 무릎을 붙잡은 채 내 시선을 피하 고 있다. 나의 감방, 나의 죄책감일까? 그 이미지는 후기 빅토리 아풍으로 그린, 반쯤 잊힌 그림을 연상시켰고, 〈아버지를 마지막 으로 본 것은 언제입니까?〉*의 표현 양식을 닮아 있었다. 묘사. 그 단어를 떠올리니 가슴이 뜨끔했다. 어젯밤 나는 무슨 허접쓰레기 같은 글을 쓴 것일까? 로건 부인이 우리들의 비겁함에 관심을 갖 지 못하게 만든 뒤 그녀에게 남편의 숭고한 희생을 들려주는 것이 가능할까? 아니면 그것은 그의 판단 착오였나? 그는 영웅이었고, 그를 죽음에 이르게 한 것은 나약한 우리였다. 혹은 우리는 생존 자고, 그는 계산을 잘못한 멍청이였거나.

이런 생각에 몰두하느라 클래리사가 탁자 맞은편에 앉을 때까 지 그녀가 온 것을 알아차리지 못했다. 그녀는 웃으면서 입 모양

---

* 영국 작가 블레이크 모리슨의 자전적 체험을 바탕으로 한 논픽션 영화.

으로 키스를 보냈다. 그러고는 두 손으로 커피 머그잔을 쥐고 손을 덥혔다.

"그 생각 하고 있어?"

나는 고개를 끄덕였다. 그녀의 다정함과 우리의 사랑이 내 입을 막기 전에 말해야 했다. "그 일이 있던 날, 막 잠이 들었을 때, 전화벨이 울렸던 거 기억나?"

"음, 잘못 온 전화라며."

"사실은 그 말총머리 남자였어. 내가 기도하길 바랐던 남자 말이야. 제드 패리."

클래리사가 얼굴을 찌푸렸다. "왜 말 안 했어? 뭘 원한대?"

나는 망설이지 않았다. "나를 사랑한다고 말했어⋯⋯"

그녀가 말귀를 알아듣는 동안 세상이 잠깐 멈췄다. 잠시 후 그녀가 와락 웃음을 터뜨렸다. 쉽게, 즐겁게.

"조! 그래서 말 안 한 거야? 당황해서? 바보!"

"일이 많았는데 그 일까지 말하기가 좀 그랬어. 그다음엔 말을 안 한 게 마음에 걸리고 후회가 되더라고. 그러니까 말하기가 더 힘들어졌고. 그리고 어젯밤엔 우리 분위기를 깨고 싶지 않았어."

"뭐라고 했는데? '당신을 사랑해요' 그랬어?"

"응. 이렇게 말했어. '나도 같은 감정이니까요. 사랑해요⋯⋯'"

클래리사는 어린 소녀처럼 한 손으로 입을 막았다. 이렇게 재미있어할 줄은 몰랐다. "뭐야, 예수쟁이와 비밀 동성연애라니! 당신의 과학자 친구들한테 빨리 얘기해줘야겠다."

"그래, 그러든가." 그녀가 나를 놀리는 바람에 내 마음이 한결 가벼워졌다. "근데 거기서 끝이 아니야."

"둘이 결혼하는구나."

"들어봐. 어제 그 친구가 나를 미행했어."

"어머나, 완전 빠졌구나."

그녀가 가볍게 반응해서 편안하긴 했지만 이젠 진지하게 받아들이게 해야 했다. "조금 겁나, 클래리사." 나는 도서관에서 그의 존재를 느꼈던 것과 그를 쫓아 광장으로 달려나간 일을 이야기했다. 그녀가 내 말을 막았다.

"하지만 도서관에서 실제로 그를 본 건 아니잖아."

"패리가 나갈 때 신발을 봤어. 흰 운동화에 빨간 운동화 끈. 패리가 맞아."

"하지만 얼굴을 못 봤다며."

"클래리사, 패리가 맞다니까!"

"화내지 마, 조. 그의 얼굴을 본 건 아니잖아. 광장에도 없었고."

"응. 어디로 가버린 거지."

그녀가 낯선 표정으로 나를 쳐다보았고, 폭탄 처리 전문가처럼 조심스럽게 대화를 이어나갔다. "이것부터 확실히 하자. 당신이 그의 신발을 보기 전에도 미행당하고 있다는 걸 알고 있었어?"

"그냥 느낌이었어, 나쁜 느낌. 도서관에서 생각을 정리하다가 그 일이 나를 괴롭히고 있다는 걸 깨달았고."

"그러고 나서 그를 봤고."

"응. 그의 신발을 봤어."

그녀는 손목시계를 흘끗 보더니 컵을 들고 커피를 한 모금 마셨다. 출근을 서둘러야 하는 모양이었다.

"빨리 가." 내가 말했다. "저녁에 얘기하자."

그녀는 고개를 끄덕였지만 일어서진 않았다. "당신이 왜 그렇게 화를 내는지 난 솔직히 잘 모르겠어. 어느 불쌍한 친구가 당신한테 첫눈에 반해서 쫓아다니고 있다고 쳐. 에이, 그냥 웃긴 일이잖아, 조! 나중에 친구들한테 자랑할 재밌는 이야깃거리라고. 최악의 경우라고 해봤자 좀 귀찮게 구는 사람일 뿐이고. 너무 신경쓰지 마."

그녀가 일어서자 나는 어린애처럼 슬퍼지면서 가슴이 아팠다. 나는 그녀가 하는 말이 좋았다. 그 말을 여러 다른 방식으로 다시 듣고 싶었다. 그녀가 탁자를 돌아 내 옆에 와서 내 머리에 입을 맞췄다. "요즘 일을 너무 열심히 하는 것 같아, 당신. 좀 살살 해. 그리고 내가 당신 사랑한다는 거 기억하고. **사랑해.**" 우리는 다시 깊은 키스를 나누었다.

나는 클래리사를 따라 옥상에서 내려왔고 그녀가 출근 준비를 하는 모습을 지켜보았다. 윤을 낸 댄스플로어 같은 마룻바닥에 서 있자니 면회 시간이 끝나갈 때의 정신병원 환자가 된 듯한 기분이 들었다. 어쩌면 그녀가 서류 가방을 싸러 내 옆을 지나가면서 걱정스러운 미소를 보였기 때문인 것 같기도 하고, 어쩌면 7시까진 돌아올 거고 낮에도 전화하겠다면서 배려심을 보였기 때문인 것도 같다. 나를 이런 상태로 여기 혼자 두고 가지 마. 나는 생각했다. 그들에게 나를 내보내주라고 해. 외투를 입고 현관문을 연 그녀는 내게 무슨 말인가 하려고 했지만, 말을 꺼내진 않았다. 갖고 갈 책을 챙기지 않은 것이 생각났기 때문이다. 그녀가 책을 가져오는 동안, 나는 문 옆에서 기다리고 있었다. 나는 내가 무슨 말을 하고 싶은지 알고 있었고, 아직 말할 시간이 있었다. 이자는 "어느 불쌍한 친구"가 아니었다. 농장 인부들과 마찬가지로 경험에 의해, 다른 남자의 죽음에 대한 공동의 책임에 의해, 혹은 적어도 그 남자의 죽음에 둘 다 관련이 있다는 사실에 의해 나와 엮인 남자였다. 자기와 함께 기도하자고 한 남자이기도 했다. 어쩌면 그는 모욕감을 느낀 건지도 몰랐다. 어쩌면 복수심에 불타는 광신도일 수도 있었다.

책을 들고 돌아온 클래리사는 서류 몇 장을 입에 물고 서류 가방에 책을 집어넣었다. 그러면서 문밖으로 나가고 있었다. 내가 입을 열자, 그녀가 가방과 서류를 내려놓고 말했다. "안 돼, 조, 지금은 안 돼. 벌써 지각이야. 강의가 있어." 그녀가 고민하듯 잠깐 머뭇거리더니 말했다. "얘기해봐, 대신 빨리." 그때 전화벨이 울렸고 나는 안도감을 느꼈다. 나는 그녀가 강의가 아니라 논문 지도가 있어서 가는 거라고, 그러니까 빨리 가라고 보내주면 그녀의 시간을 훨씬 더 많이 낭비하게 만들 거라고 생각했었다.

"내가 받을게, 어서 가." 내가 기분 좋게 말했다. "이따 저녁에 말해줄게."

그녀는 나에게 키스를 보내고는 집을 나섰다. 나는 계단을 내려가는 그녀의 발걸음 소리를 들으면서 수화기를 들었다. "조?" 목소리가 말했다. "제드예요."

어이없게도 나는 깜짝 놀랐고, 잠깐 말문이 막히기까지 했다. 전날에도 전화했었고, 내가 얘기하고 생각하고 있었던 사람이었다. 얼마나 계속 생각했던지 그도 저 밖에서 전화를 걸고 받을 수 있는 육신을 가진 개인이라는 사실을 잊을 정도였다.

그는 자기 이름을 말한 뒤 입을 다물었고, 내가 잠자코 있자 다시 입을 열었다. "나한테 전화했었죠." 우리 둘 다 마지막 번호 저장 기능이 있는 전화기를 갖고 있는 거였다. 전화의 기능이 도를 넘었다. 냉혹한 장치가 전화기를 고통스러울 정도로 사적인 비밀을 간직한 물건으로 만들고 있었다.

"원하는 게 뭡니까?" 나는 이 말을 하면서도 다시 주워 담고 싶었다. 그가 원하는 게 뭔지 알고 싶지 않았다. 아니, 듣고 싶지 않았다. 사실 그 말은 질문이 아니었고, 적대감의 표현이었다. 다음 질문도 마찬가지였다. "내 번호는 어떻게 알았죠?"

패리가 기쁜 목소리로 말했다. "말하자면 길어요. 조. 내가 어딜 갔냐 하면⋯⋯"

"당신 얘기는 듣고 싶지 않아요. 당신이 전화하는 것도 싫고." '그리고 미행하는 것도 싫고.' 하마터면 이 말이 나올 뻔했지만, 뭔가가 말을 막았다.

"우린 대화가 필요해요."

"난 필요 없는데."

패리가 숨을 들이쉬는 소리가 수화기 너머로 들렸다. "당신한테도 필요해요. 적어도 내 말을 들어봐야 해요."

"전화 끊습니다. 또 전화하면 경찰에 신고할 거야."

마지막 말은 '개자식들, 다 고소해버린다'라는 말처럼 의미 없이 내뱉는 멍청한 소리로 들렸다. 나는 우리 동네 경찰서의 사정을 잘 알고 있었다. 그들은 인력과 예산 부족에 시달렸고, 그래서 일의 우선순위가 있었다. 이런 일은 시민들이 스스로 알아서 해결해야 할 사안이었다.

패리는 내 협박에 곧바로 반응했다. 높아진 어조로 더 빠르게 말했다. 내가 전화를 끊기 전에 말을 다 해야 했기 때문이었다. "저기, 약속할게요. 한 번만 만나줘요. 딱 한 번만 만나서 내 얘길 끝까지 들어줘요. 그러면 다시는 연락 안 할게요. 약속해요, 엄숙한 약속."

엄숙한 약속이 아니라 필사적인 약속 같았다. 나는 계산기를 두드려보았다. 어쩌면 그를 만나는 게 나을 수도 있었다. 나를 보여주고 내가 그의 공상 세계 속 피조물과는 거리가 멀다는 것을 스스로 깨닫게 하는 거다. 그의 말을 들어주자. 다른 방법도 있었다. 내가 무심한 듯하면서도 약간의 호기심을 보이는 것이다. 이 이야기가 끝날 때, 패리에 대해 무어라도 아는 것이 중요했다. 그러지 않으면 나는 그가 투사된 인물로, 그는 내가 투사된 인물로 남을 것이다. 그가 믿는 신을 끌어내려 그 엄숙한 약속에 보증을 서게 하자는 생각이 언뜻 들었다. 그러나 그를 도발하고 싶진 않았다.

내가 물었다. "어디에서?"

그가 머뭇거렸다. "내가 당신한테 갈게요."

"아냐. 어딘지 말해."

"당신 집 앞 길이 끝나는 곳에 있는 공중전화 부스요?"

그는 수치심도 없이 말했다. 아니, 부탁했다. 나는 충격받았지만, 내색하지 않기로 했다. "알았어." 내가 말했다. "거기로 가지." 나는 전화를 끊고 외투를 입고 열쇠를 챙겨서 아파트를 나섰다. 계단을 내려가는 동안 클래리사의 향기, 디오리시모의 향기가 공기 중에 느껴져 마음이 편안해졌다.

일곱

아파트 건물 밖에는 새순이 돋아나기 시작한 플라타너스가 양옆으로 죽 늘어선 오르막길이 있었다. 나는 인도로 발을 내딛자마자 100미터쯤 떨어진 길모퉁이 나무 아래 패리가 서 있는 것을 보았다. 그는 나를 보고 주머니에서 두 손을 빼더니 팔짱을 꼈다가 다시 풀었다. 그리고 내 쪽으로 다가오다 곧 마음을 바꿔 원래 서 있던 나무 아래로 돌아갔다. 나는 그를 향해 천천히 걸어가면서 걱정이 서서히 줄어드는 것을 느꼈다.

내가 다가가자 패리는 나무 아래로 좀더 물러나 나무에 기대서서 한 손 엄지손가락을 바지 주머니에 꽂고 태연한 척하려고 애썼다. 하지만 그는 안쓰러워 보였다. 키가 작아진 것처럼 보였고, 몸에 뼈밖에 없는 것 같았으며, 말총머리는 그대로인데도 날렵한 인디언 전사로 보이지 않았다. 그는 나와 눈을 맞추질 못했고, 불안한 듯 흔들리는 눈빛으로 내 얼굴을 쓱 훑어내려갔다. 나는 악수를 청하면서 상당한 안도감을 느꼈다. 클래리사가 옳았다. 그는 이상한 생각을 하는 무해한 친구였고, 기껏해야 성가시게 굴 뿐 내가 생각했던 위협적인 존재는 아니었다. 지금도 새순을 내밀고 있는 플라타너스 나무 아래 웅크리고 서 있는 모습이 애처로워 보였다. 사고와 그 충격 여파 때문에 내 이해력이 떨어져서 웃어넘길 일을 정체 모를 위협으로 이해한 것이다. 내 손을 맞잡는 그의 손에 힘이 하나도 없었다. 나는 단호하지만 약간의 친절함을 담아 그에게 말했다. 그는 내 아들이라고 해도 될 만큼 젊어 보였다. "말해봐, 도대체 왜 이러는지."

그가 말했다. "저기 커피집이 있는데……" 그러고는 에지웨어 거리 쪽으로 고갯짓을 했다.

"여기서 얘기하지." 내가 말했다. "시간이 많지 않으니까."

다시 바람이 불었는데 해가 별로 없어 더 매서워진 느낌이 들었다. 나는 외투를 여미고 벨트를 단단히 조여 매면서 패리의 신발을 흘끗 보았다. 오늘은 운동화를 신고 있지 않았다. 연갈색 가죽 구두를 신었는데 수제화인 듯 보였다. 나는 근처 벽으로 걸어가 기대서서 팔짱을 꼈다.

패리가 나무 아래서 걸어나와 내 앞에 서더니 고개를 숙이고 자기 발을 내려다보았다. "어디 들어가면 좋겠는데." 약간 징징거리듯 말했다.

나는 잠자코 기다렸다. 그가 한숨을 쉬면서 우리집 쪽으로 이어지는 도로를 내려다보더니 이윽고 지나가는 차를 눈으로 좇았다. 잠시 후엔 고개를 들어 하늘 높이 떠 있는 뭉게구름을 올려다 보았다가 다시 고개를 숙여 자기 오른손 손톱을 살펴보기만 할 뿐, 나를 쳐다보지 못했다. 마침내 그가 인도 보도블록의 깨진 틈에 시선을 붙박고서 입을 열었다.

"무슨 일이 일어났어요." 그가 말했다.

그러고는 입을 다물어서 내가 말했다. "무슨 일이 일어났는데?"

그는 코로 깊이 숨을 들이쉬었다. 아직도 나를 쳐다보지 못하고 있었다. "무슨 일인지 알잖아요." 그가 퉁명스럽게 말했다.

나는 그를 도우려고 노력했다. "그 사고 얘기하는 건가?"

"무슨 일인지 당신도 알면서, 나보고 말하라는 거군요."

내가 말했다. "그래, 빨리 말하는 게 좋겠어. 곧 가야 하거든."

"주도권 때문에 이러는 거죠?" 그가 사춘기 청소년의 반항기 어린 표정으로 나를 노려보더니 곧 다시 고개를 숙였다. "밀당 같은 건 정말 어리석은 일이에요. 당신이 말해요. 부끄러울 게 뭐 있다고."

나는 손목시계를 보았다. 지금이 하루 중 일하기 가장 좋은 때였지만 우선 시내에 가서 책을 찾아와야 했다. 빈 택시가 우리 쪽으로 오고 있었다. 패리도 그 택시를 보았다.

"지금 되게 쿨한 척하는데, 웃기지 말아요. 계속 그럴 수는 없다는 걸 당신도 알잖아요. 이제 모든 것이 바뀌었어요. 그러니 이런 연기 좀 하지 말아요. 제발……"

우리는 택시가 지나가는 것을 지켜보았다. 내가 말했다. "할 애기가 있다고 만나달라고 한 건 자네였어."

"정말 잔인하네요." 그가 말했다. "하지만 권력자는 당신이니까." 그는 어려운 곡예를 하기 전에 마음을 다잡는 것처럼 또다시 코로 깊이 숨을 들이쉬었다. 그러고는 애써 나를 쳐다보며 말했다. "당신은 나를 사랑해요. 당신이 나를 사랑하니까, 나는 그 사랑에 화답하는 것밖에 할 수 있는 게 아무것도 없어요."

나는 아무 말도 하지 않았다. 패리가 다시 깊은 숨을 들이쉬었다. "당신이 왜 나를 선택했는지는 모르겠어요. 내가 아는 건 이젠 나도 당신을 사랑하고, 우리가 서로 사랑하게 된 데는 이유가, 목적이 있다는 거예요."

구급차가 사이렌을 요란하게 울리며 지나가는 바람에 잠시 기다려야 했다. 나는 어떻게 대구해야 할지, 화를 내면 그를 떼어낼 수 있을지 고민했지만, 소음이 잦아들기를 기다리는 그 몇 초 동안 단호하고 이성적으로 대응하기로 마음먹었다. "이봐요, 패리 씨……"

"제드." 그가 다급하게 말했다. "내 이름은 제드라고요." 이번에는 질문하듯 말끝을 올리지 않았다.

내가 말했다. "난 자네를 몰라. 자네가 어디 사는지, 직업이 뭔지, 어떤 사람인지 모른다고. 특별히 알고 싶지도 않고. 딱 한 번 만났을 뿐이고. 그래서 자네한테 아무런 감정이 없어……"

패리는 숨을 헐떡이며 내 말을 끊고 나보다 더 큰 소리로 말하기 시작했다. 내 말을 막으려는 듯 두 손을 앞으로 내밀었다. "제발 이러지 말아요……. 이럴 필요 없잖아요, 솔직히. 나한테 이러지 말아요."

우리 둘 다 갑자기 말을 멈췄다. 나는 당장 그 자리를 떠나 길을 걸어가며 택시를 잡아볼까 생각했다. 대화가 상황을 더 악화시키고 있는 것 같았다.

패리는 가슴에 팔짱을 끼고 연륜이 많은 남자 대 남자로 얘기하는 듯한 말투로 말했다. 나를 흉내내는 것 같았다. "이봐요, 이런 식으로 행동할 필요 없어요. 당신이 우리 둘을 크나큰 고통에서 구할 수 있어요."

내가 말했다. "어제 나를 미행했지, 그렇지?"

그는 고개를 돌린 채 아무 말도 하지 않았고, 나는 그것을 긍정의 표시로 받아들였다.

"내가 자넬 사랑한다고 생각하는 데는 무슨 이유가 있을 것 같은데, 뭐지?" 나는 그 질문이 수사적이지 않고 진지하게 들리게 하려고 노력했다. 빨리 벗어나고 싶은 마음도 분명히 있었지만, 이유를 알고 싶은 마음도 컸다.

"이러지 말아요." 패리가 중얼거렸다. "제발 이러지 말아요." 그의 아랫입술이 파르르 떨리고 있었다.

그러나 나는 물러서지 않았다. "내가 기억하기론, 우리가 그 언덕 밑에서 대화를 나눴어. 그 사고 이후에 기분이 이상했을 거야. 이해해. 나도 그랬으니까."

그때 정말 놀랍게도 패리가 두 손을 들어 얼굴을 가리더니 울음을 터뜨렸다. 그러면서 무슨 말을 하는데, 처음에는 알아들을 수가 없었다. 잠시 후 나는 그의 말을 알아들었다. "왜? 왜? 왜?"

그는 같은 말을 계속하고 있었다. 그리고 조금 진정되자 물었다. "내가 당신한테 무슨 짓을 했다고 이래요? 왜 자꾸 이러냐고요?" 그 질문을 던지고 설움이 복받치는지 그가 다시 울었다. 나는 기대서 있던 벽에서 몇 걸음 움직여 그와 더 거리를 두었다. 그가 비틀거리며 나를 따라오면서 목소리를 가다듬고 말했다. "난 당신과 달리 감정을 통제할 수 없어요. 그래서 당신이 주도권을 갖는다는 건 알지만 나도 어쩔 수가 없다고요."

"분명히 말하는데, 난 통제할 감정이 없어, 전혀." 내가 말했다.

그는 간절하고 절박한 표정으로 내 얼굴을 보고 있었다. "농담이라면, 이제 그만해요. 우리 둘 다에게 상처를 주니까."

"난 이제 가야 해." 내가 말했다. "자네 목소리를 들을 일이 다시는 없으면 좋겠군."

"오 하느님." 그가 흐느꼈다. "그런 말을 하고, 그런 표정을 짓다니. 도대체 나보고 어떡하라는 거예요?"

나는 숨이 막히는 것 같았다. 돌아서서 에지웨어 거리를 향해 빠르게 걷기 시작했다. 뒤에서 그가 달려오는 소리가 들렸다. 잠시 후 그가 내 소매를 잡아당기더니 내 팔을 잡으려고 했다. "제발, 제발요." 그가 빠르게 지껄였다. "이렇게 떠나면 안 돼요. 말해줘요, 한 가지만 말해달라고요. 진실을, 아니 진실의 일부라도 좋아요. 당신이 나를 고문하는 거라고 말해줘요. 이유는 묻지 않을게요. 하지만 그런 거라고, 나를 고문하는 거라고 말해줘요."

나는 그의 손을 뿌리치고 걸음을 멈췄다. "난 자네가 누군지 몰라. 뭘 원하는지도 모르겠고, 관심도 없어. 그러니 이제 나 좀 가만 내버려두겠나?"

갑자기 그가 발끈했다. "아주 재밌네요." 그가 말했다. "나를 설득하려는 노력조차 안 하네요. 정말 모욕적이에요."

그가 뒷짐을 지자 나는 처음으로 그가 가할 수 있는 물리적 위험을 계산하기 시작했다. 내가 덩치는 더 크고 운동도 하고 있었지만, 평생 남을 때려본 적이 없었다. 그는 나보다 20년은 젊었고, 굵은 손가락 마디가 눈에 띄는 커다란 주먹과 뭔지는 몰라도 절박한 이유를 갖고 있었다. 나는 키가 더 커 보이려고 등을 꼿꼿하게 폈다.

"자넬 모욕하려는 생각은 결코 없었어." 내가 말했다. "지금까지 단 한 번도."

패리가 뒷짐을 풀고 두 손바닥을 앞으로 내밀었다. 정말 지치는 건 그의 감정 상태가 너무나 다양하고 너무 빨리 바뀐다는 점이었다. 이성적인 태도를 보이다가 눈물을 흘리더니, 필사적으로 매달리기도 하고 은근히 협박도 했다가 이젠 솔직하게 애원하고 있었다. "조, 제발, 나 좀 봐요. 내가 누군지 기억을 떠올려봐요. 애초에 무엇이 당신을 움직였는지 기억해보라고요."

그의 눈 흰 자위가 유난히 깨끗했다. 그는 아주 잠시 내 눈을 쳐다보더니 고개를 돌렸다. 나는 그가 말할 때 틱 증상을 보이는 걸 알아차렸다. 그는 내 눈을 마주보다 곧 고개를 돌리고 옆에 있는 어떤 존재 혹은 자신의 어깨에 앉은 보이지 않는 생명체에게 말을 건넸다. "우리를 부정하지 말아요. 우리가 가진 것을 부정하지 말라고요. 그리고 제발 나하고 이런 밀당 하지 말아요. 받아들이기 어려울 거고, 저항할 수밖에 없다는 것도 알지만, 우린 어떤 목적을 위해서 만나게 된 거라고요."

계속 걸어갔어야 했는데, 그 순간 그의 열성이 나를 붙잡았고 그의 말을 되물을 만큼 호기심이 생겼다. "목적?"

"거기 언덕에 있을 때 뭔가가 우리 사이를 쓱 지나갔어요. 그가 추락한 다음에. 순수한 에너지, 순수한 빛이라고 해야 할까요?" 패리는 활기를 띠기 시작했고, 즉각적인 고통이 지나가자 말할 때 질문하듯 끝을 올리는 습관이 다시 나타났다. "당신이 나를 사랑하고 내가 당신을 사랑한다는 사실은 중요하지 않아요. 그건 그냥 수단이니까……"

수단?

내가 얼굴을 찌푸리자 그는 너무나 자명한 것을 얼간이에게 이해시키듯 설명하기 시작했다. "사랑을 통해 당신을 하느님께로 데려가기 위한 수단이라고요. 당신은 자신의 감정을 잘 모르기 때문에 미친 듯이 저항하겠죠? 하지만 난 그리스도께서 당신 안에 머무신다는 것을 알아요. 당신도 어느 정도는 알고 있고요. 그래서 당신이 받은 교육과 이성과 논리와 무심한 화법을 내세워 그렇게 치열하게 저항하는 거잖아요, 마치 그 어디에도 소속되지 않은 것처럼? 내가 하는 이야기를 모르는 척할 수 있겠죠. 나에게 상처를 주고 싶고 나를 지배하고 싶으니까. 하지만 사실 난 당신에게 줄 선물을 가지고 온 거예요. 목적은 당신 안에 있는, 그리고 당신과 한몸인 그리스도께로 당신을 이끌기 위해서요. 그게 바로 사랑의 선물이에요. 아주 간단하죠?"

나는 기가 막혀 입이 벌어지려는 걸 애써 참고 그의 이야기를 들었다. 그가 너무나 진지하고 악의가 없어서, 너무나 나에게 반한 듯이 보여서, 그리고 너무 말도 안 되는 소리를 해서, 진심으로 그가 가엾다는 생각이 들었다.

"이봐." 내가 최대한 쾌활하게 말했다. "자네가 원하는 게 뭐야, 정확히?"

"당신이 마음을 여는 거요……"

"그래, 그건 그렇다고 쳐. 그런데 진짜 나한테 바라는 게 뭐야? 아니, 나와 함께 하고 싶다는 일이 뭐냐고."

그에게는 어려운 질문이었다. 그는 옷 속에서 몸을 꼼지락거리더니 어깨에 앉아 있는 투명한 생명체를 흘끗 쳐다본 뒤 입을 열었다. "당신을 만나고 싶은 거죠?"

"그래서 뭘 하고 싶은 건데, 정확히?"

"대화하고…… 서로에 대해 알아가고."

"그냥 대화만? 다른 건 없고?"

그는 대답을 하려고도, 나를 쳐다보려고도 하지 않았다.

내가 말했다. "사랑이란 단어를 계속 쓰던데. 섹스를 말하는 건가? 그게 하고 싶은 거야?"

그는 지금 상황이 불공평하다고 생각하는 듯했다. 다시 징징거리는 말투로 돌아와 있었다. "그런 식으로 말하면 안 된다는 거 잘 알잖아요. 내가 이미 말했죠, 내 감정은 중요하지 않다고. 지금은 당신이 몰라도 되는 목적이 있어요."

그는 이런 맥락으로 계속 이야기를 늘어놓았지만, 나는 귀담아

듣지 않았다. 5월의 쌀쌀한 화요일 아침, 외투를 입고 집 앞 거리에 서서 불륜 커플이나 위기를 맞은 부부에게 어울릴 법한 용어를 써가며 낯선 남자와 대화하다니, 얼마나 이례적인 일인가. 마치 내가 존재의 틈 사이로 떨어져서 또다른 삶, 또다른 성적 지향, 또다른 과거사와 미래 속으로 빠져들어간 듯한 느낌이 들었다. 다른 남자가 나에게 그런 식으로 말하면 안 된다는 거 잘 알잖아요, 내 감정은 중요하지 않다고 같은 말을 할 수 있는 삶 속으로 빠져든 것이다. 또 놀라운 것은 내가 빌어먹을, 너 도대체 누구야?, 무슨 개소리를 하는 거야?라고 말하지 않는 것이 너무나 쉬웠다는 점이다. 패리가 사용하는 언어가 내 속에서 반응을, 오래된 감정의 서브루틴*을 유발한 것이다. 내가 이 남자에게 빚진 게 있다는 느낌, 내가 비합리적으로 뭔가를 막고 있다는 느낌을 떨쳐버리기 위해서는 의지력이 필요했다. 나 역시 어느 정도는 이 막장 드라마에 참여하고 있었다. 지금 우리의 무대는 사방에 똥이 널려 있는 인도에 지나지 않지만.

나는 도움이 필요한 상황이 벌어질지 궁금했다. 패리는 내가 사는 곳을 알았지만, 나는 그에 대해 아무것도 알지 못했다. 나는 그의 말을 잘랐다. "주소 좀 알려줘." 그가 충분히 오해할 수 있는 말이었다. 그가 주머니에서 꺼낸 명함에는 그의 이름과 햄프스테드 프로그널 거리 주소가 인쇄되어 있었다. 나는 명함을 지갑에 넣은 후 빠른 걸음으로 그 자리를 떴다. 택시 한 대가 내 쪽으로

---

* 한 프로그램 내에서 필요할 때마다 되풀이해서 사용할 수 있는 부분적 프로그램.

방향을 꺾는 것을 보았기 때문이다. 아직도 어느 면에서는 패리가 안타까웠지만, 그와 이야기를 나누는 게 도움이 되지 않을 것은 분명했다. 그가 어느새 내 옆으로 따라붙었다.

"어디 가요?" 그는 호기심 많은 어린아이 같았다.

"이제 좀 그만해." 택시를 향해 팔을 들면서 내가 말했다.

"당신의 진짜 감정이 어떤지 알아요. 그러니까 이게 일종의 시험이라면, 시험할 필요 전혀 없어요. 난 절대로 당신을 실망시키지 않을 테니까."

택시가 멈추었고 나는 약간 화가 난 상태로 문을 열었다. 문을 닫으려고 하는데 패리가 막았다. 자신도 타려고 그런 것은 아니고, 할말이 더 있는 듯했다.

"당신 문제가 뭔지 알아요." 그가 몸을 숙이고 부릉거리는 디젤차 소리에 자신의 목소리를 보탰다. "그건 당신이 너무 친절하기 때문이에요. 하지만 조, 고통을 직면해야 돼요. 유일한 방법은 삼자대면이에요. 우리 셋이 만나서 얘기하는 거라고요."

나는 그에게 더는 아무 말 하지 않기로 결심했었지만, 궁금증을 도저히 참을 수 없었다. "우리 셋?"

"클래리사요. 이 일은 정면 돌파하는 게 가장 좋은……"

나는 그의 말을 끝까지 듣지 않았다. "갑시다." 택시 기사에게 말한 후, 두 손으로 패리의 손을 억지로 떼어내고 문을 닫았다.

택시가 출발하자 나는 뒤를 돌아보았다. 그는 찻길에 서서 나를 향해 쓸쓸히 손을 흔들고 있었지만, 의심의 여지 없이 사랑의 축복을 받은 남자로 보였다.

여덟

나는 택시 기사에게 블룸즈버리로 가자고 말했다. 등받이에 몸
을 기대고 앉아 마음을 가라앉히면서, 전날 내가 패리를 찾아 세
인트제임스 광장으로 달려나갔을 땐 지금과는 다른 감정이었다
는 것을 떠올렸다. 그때 그는 미지의 인물을 상징했고, 나는 온갖
불분명한 공포를 그에게 투사했다. 지금은 그가 내 눈도 똑바로
쳐다보지 못하는 혼란에 빠진 기이한 청년으로, 무능하고 감정 과
잉 상태일 뿐 남에게 해를 끼칠 수 없는 사람으로 보였다. 그는 위
협적이라기보다는 골칫거리에 불과한 한심한 인간이었고, 클래
리사의 말대로 우리끼리 웃고 넘길 이야기의 등장인물일 뿐이었
다. 강렬한 만남 뒤에 이런 생각이나 하는 내가 고약하고 비뚤어
진 인간인지도 몰랐다. 그러나 그 순간엔 그런 생각이 합리적이고
타당해 보였다. 이미 나는 귀중한 아침 시간을 많이 낭비한 터였

다. 택시가 2킬로미터도 달리지 않았는데 내 생각은 벌써 그날 해야 할 일로, 히스로 공항에서 클래리사를 기다릴 때 구체화되기 시작한 글로 옮겨가 있었다.

나는 이날 미소에 관한 긴 글을 쓰기 시작하려고 계획했었다. 미국의 한 과학잡지는 편집자가 '지적인 혁명'이라고 부르는 것에 관한 글로 창간호 전체를 채우기로 기획했다. 생물학자들과 진화심리학자들이 사회과학을 재편하고 있었다. 사회과학의 표준이 되었던 전후 시대의 합의가 무너지고 있었고, 인간의 본성이 다시 스포트라이트를 받았다. 인간은 백지로 혹은 다목적 학습 도구로 이 세상에 온 것이 아니다. 환경의 "산물"도 아니다. 우리가 어떤 존재인지 알고 싶다면, 우리가 어디서 왔는지부터 알아야 한다. 인간은 지구상의 다른 모든 생명체와 마찬가지로 진화했다. 인간은 한계와 능력을 가지고 이 세상에 태어나고, 그 한계와 능력은 유전적으로 이미 정해져 있다. 발 모양이나 눈 색깔 같은 인간의 많은 특징은 이미 정해져 있고, 사회적·성적 태도와 언어학습 같은 다른 특징은 살면서 자연스럽게 형성된다. 그러나 그 형성 과정이 셀 수 없을 정도로 다양한 것은 아니다. 인간에겐 본성이 있다. 인간을 연구하는 생물학자들이 말하는 그 본성이란 단어는 다윈의 주장이 옳다는 것을 증명해준다. 즉 인간이 얼굴에 감정을 표현하는 방식은 모든 문화에서 거의 똑같고, 영아의 미소는 따로 떼어내 연구하기가 특히 쉬운 사회적 신호이다. 미소는 미국 맨해튼 어퍼웨스트사이드에 사는 아기의 얼굴에서나 칼라하리 지역에 사는 쿵족 아기의 얼굴에서나 똑같이 나타나고 똑같은 효과를 낸다. 에드워드 O. 윌슨의 멋진 표현대로, 미소는 "부모의 더 풍부한 사랑과 애착을 유발한다". 윌슨은 이런 말도 했다. "동물학 용어에서 미소는 사회적 해발인解發因*이고, 기본적인 대인관계를 가능케 하는 선천적이고 비교적 변함없는 신호이다."

몇 년 전만 해도 과학 도서 편집자들의 머릿속은 오직 카오스로 가득차 있었다. 지금은 신다윈주의와 진화심리학, 유전학의 새로운 견해에 대한 이야기만 나와도 그들은 무릎을 쳤다. 나는 불평하지 않았지만—출판업이 잘되면 좋은 거니까—클래리사는 시류에 편승한 그런 프로젝트를 싫어했다. 합리주의가 미쳐 돌아간다고 개탄했다. "신근본주의의 등장이지." 어느 날 저녁 클래리사가 말했다. "20년 전엔 당신과 당신 친구들 모두 사회주의자였잖아. 모두의 불행이 환경 때문이라고 비난했어. 근데 이젠 우릴 유전자 속에 가둬놓고, 모든 것엔 다 이유가 있다고 난리들이니!" 내가 윌슨의 글을 읽어주자 클래리사는 못마땅해하는 기색이 역력했다. 모든 것이 까발려지고 있고, 그 과정에서 더 큰 의미를 잃게 됐다고 슬퍼했다. 동물학자가 아기의 미소에 대해 하는 말이 전혀 흥미롭지 않다고도 했다. 그 미소의 진실은 그 미소를 보는 부모의 눈과 마음에 있고, 세월이 흐르면서 의미가 더 커지는 부모 자식 간의 사랑에 있다면서.

우리는 종종 그랬듯 식탁에서 열띤 심야 토론을 벌이고 있었다. 나는 요즘 그녀가 존 키츠와 너무 많은 시간을 보내는 것 같다

---

* 동물의 특정 행동을 유발하는 소리, 냄새, 몸짓, 색채 등의 자극.

고 말했다. 키츠가 천재인 건 의심의 여지가 없는 사실이지만, 그는 과학이 세상에서 경이로움을 앗아간다고 생각한 반계몽주의자였다. 사실은 정반대였는데도 말이다. 우리가 아기의 미소를 소중하게 여긴다면, 그 미소의 근원에 대해 생각해보는 것이 당연한 일 아닐까? 모든 영아가 은밀한 농담을 즐긴다고 말해야 하는가? 아니면 하느님이 손을 뻗어 아기들을 간질인다고? 아니면, 그래도 이건 완전히 터무니없는 생각은 아니지만, 아기들이 엄마한테 웃는 법을 배운다고 생각해야 하는가? 하지만 시각이나 청각 장애가 있는 아기들도 웃는다. 그 미소는 하드웨어에 내장되어 있는 것이 분명하고, 타당한 진화론적 이유가 있을 것이다. 클래리사는 내가 자기 말을 이해 못한다고 말했다. 부분들을 분석하는 데는 문제없을지 몰라도 전체 그림을 놓치기는 쉽다면서. 나도 동의했다. 종합하는 일이 대단히 중요하다고 인정했다. 클래리사는 내가 여전히 이해 못한다고, 자신은 사랑에 관해 말하는 거라고 했다. 나는 나도 마찬가지로 사랑 이야기를 하는 거라고, 어떻게 말 못하는 아기들이 혼자 힘으로 사랑을 더 많이 받을 수 있겠느냐고 말했다. 그녀는 아직도 내가 이해를 못하고 있다고 말했다. 우리는 그 이야기는 그만하기로 했다. 서운한 감정도 갖지 않기로 했다. 우리는 이미 이 주제에 관해 여러 차례에 걸쳐 다양한 형태로 대화를 나눈 바 있었다. 지금 우리가 나눈 대화의 진정한 주제는 우리 삶에 아이가 없다는 거였다.

나는 딜런스 서점에서 주문한 책을 받은 뒤 20분 정도 훑어보았다. 빨리 글을 쓰고 싶은 마음에 택시를 타고 집에 왔다. 택시

요금을 내고 돌아서는데, 아파트 건물 밖 출입문 옆에 패리가 서 있는 것이 보였다. 나는 뭘 기대하고 있었던 걸까? 내가 다른 생각을 하고 있으니까 그가 사라졌을 거라고? 내가 다가가자 그는 약간 창피해하는 것 같았지만, 그래도 꿋꿋이 버티고 있었다.

아직 거리가 좀 떨어져 있는데도 그가 말을 하기 시작했다. "기다리라고 했잖아요. 그래서 기다렸어요."

나는 한 손에 열쇠를 쥐고 망설였다. 그런 말을 한 적이 없다고 말하고, 그가 한 "엄숙한 약속"을 상기시키고 싶었다. 또 그의 말을 끝까지 듣고 그의 정신 상태에 대해 더 알아보는 것이 내게 이로울까 고민도 했다. 그러나 이번에는 정돈된 쥐똥나무 덤불 사이로 난 좁은 벽돌 길에 서서 또다른 막장 드라마 속으로 끌려들어 갈 걸 생각하니 너무 끔찍했다.

나는 그에게 열쇠를 보여주며 말했다. "길 좀 비켜주지."

그는 출입문이 안 보이게 계속 막고 있었다. 그가 말했다. "그 사고에 대해 얘기 좀 해요."

"난 싫은데." 내가 그를 향해 두 걸음을 다가갔다. 마치 그가 유령이어서 손을 뻗으면 그의 몸을 통과해 자물쇠에 열쇠를 꽂을 수 있는 것처럼.

그는 징징거렸다. "이봐요, 조, 우린 할 얘기가 아주 많아요. 당신도 그렇게 생각하고 있잖아요. 어디 앉아서 뭘 어떻게 해결할 수 있는지 얘기 좀 해요."

"좀 지나갈게." 나는 퉁명스럽게 말하면서 어깨로 그를 밀치고 지나갔다. 놀랍게도 그는 나와 몸이 닿자 흐느적거렸다. 내가 생각했던 것보다 가벼웠다. 그가 힘없이 옆으로 밀려서 나는 문을 열 수 있었다.

"실은 난 용서라는 관점에서 이 문제에 접근하고 있어요." 그가 말했다.

나는 그가 따라들어오려고 하면 막아설 준비를 하면서 건물 안으로 들어갔다. 그러나 그는 제자리에서 움직이지 않았고, 출입문을 닫으면서 보니 강화유리 너머에서 그가 입 모양으로 한 단어를 말하고 있었는데, '용서'라는 단어인 것 같았다. 내가 엘리베이터를 타고 올라가서 우리집 문 앞에 이르렀을 때 집 안에서 전화벨 소리가 들렸다. 약속했던 대로 클래리사가 전화한 거라고 생각해 서둘러 복도를 걸어가 수화기를 집어들었다.

패리였다. "외면하지 말아요, 조." 그가 말했다.

나는 전화를 끊고 전화선을 빼버렸다. 그러나 곧 마음을 바꿔 전화선을 다시 꽂았다. 대신 신호음을 끄고 자동응답기를 켰다. 거실을 가로질러 창가로 향하는데 딸깍 하는 소리와 함께 자동응답기가 돌아가기 시작했다. 패리는 도로 건너편, 내 눈에 잘 보이는 곳에 서서 휴대전화를 귀에 대고 있었다. 내 뒤 복도에서 그의 목소리가 울려퍼졌다. "조, 하느님의 사랑이 당신을 찾아낼 거예요." 그가 고개를 들었고 내가 커튼 뒤로 물러서기 전에 내 모습을 얼핏 본 것이 틀림없었다. "거기 있는 거 알아요, 다 보여요. 내 얘길 듣고 있는 것도 알고요."

나는 복도로 돌아가서 자동응답기 볼륨을 낮췄다. 그러고는 화장실로 가서 찬물로 세수하고 물을 뚝뚝 흘리며 거울을 보았다.

나 같은 사람에게 집착하는 것은 어떤 느낌일까? 들판에서 클래리사가 내게 와인병을 건네던 순간뿐만 아니라 지금 이 순간도 하나의 출발점으로 기억될 것 같았다. 이 일이 하루 만에 쉽게 끝나지는 않을 것임을 진짜로 깨닫기 시작했던 게 바로 이 순간부터였기 때문이다. 복도로 나가 자동응답기 쪽으로 돌아가면서, 내가 어떤 관계에 들어섰다는 생각을 했다.

나는 자동응답기의 뚜껑을 들었다. 녹음테이프가 아직도 돌아가고 있었다. 볼륨 조절 장치를 한 단계 밀어올리자 패리가 맥없이 읊조리는 소리가 들렸다. "……피할 수 있는 게 아니에요, 조. 하지만 난 당신을 사랑해요. 당신이 시작한 일이에요. 이제 와서 나에게 등을 돌리면 안 되죠……"

나는 재빨리 서재로 들어가 팩스 전화기를 들고 경찰에 전화를 걸었다. 연결되기 몇 초 전, 나는 무슨 말을 해야 할지 모른다는 사실을 깨달았다. 여자가 전화를 받았다. 쇄도하는 공포와 비극에 단련되어 그런지 말이 간결하고 목소리에 의심이 깃들어 있었다.

나는 책임감 있는 시민의 무뚝뚝한 목소리로 조리 있게 말했다. "괴롭힘 사건을 신고하려고요. 의도적인 괴롭힘 사건이에요." 전화를 받은 여자 경찰과 마찬가지로 조심성 있고 차분한 목소리의 남자 경찰에게로 전화가 연결되었다. 그는 잠깐 망설이더니 바로 첫 질문을 던졌다.

"선생님이 괴롭힘을 당하는 당사자입니까?"

"네. 내가……"

"그럼 지금 가해자와 함께 계신가요?"

"가해자는 지금 내 집 밖에 서 있습니다."

"가해자가 선생님께 물리적 폭력을 가했습니까?"

"아뇨, 하지만 그가……"

"선생님을 해치겠다고 위협했나요?"

"아뇨." 나는 내 불만 사항을 관료주의의 틀에 적당히 쏟아부어야 한다는 사실을 이해했다. 모든 개인의 이야기를 자세히 듣고 처리해줄 세련된 시설은 없었다. 불만을 털어놓을 수 없게 된 나는 내 이야기가 남들도 쉽게 이해할 수 있는 공적인 형태로 동화된다는 데에서 위안을 얻으려고 노력했다. 패리의 행동은 범죄로 일반화되어야 했다.

"가해자가 선생님의 재산에 대해 협박을 했나요?"

"아뇨."

"제삼자에 대해 협박했나요?"

"아뇨."

"가해자가 선생님을 갈취하려고 하나요?"

"아뇨."

"그 사람에게 선생님을 괴롭힐 의도가 있다는 것을 입증하실 수 있습니까?"

"어, 아뇨."

목소리에서 공식적인 중립성이 사라지고 순수한 호기심이 느껴졌다. 요크셔 억양 같았다. "그럼 그 사람이 지금 무엇을 하고 있는지 말씀해주실 수 있을까요?"

"시도 때도 없이 내게 전화를 겁니다. 전화해서……"

목소리가 재빨리 중립성을 되찾았고, 매뉴얼대로 조사가 진행되었다. "그가 음란행위나 모욕적인 행동을 하고 있습니까?"

"아뇨, 이봐요. 형사님. 내가 설명할게요. 그는 이상한 사람이에요. 나를 혼자 내버려두지 않는다고요."

"그가 원하는 게 뭔지 아십니까?"

나는 머뭇거렸다. 처음으로 그 경찰 목소리 뒤로 여러 개의 다른 목소리가 들렸다. 아마 여러 명의 경찰관이 헤드셋을 끼고 강도, 살인, 자살, 성폭행 사건 신고를 하루종일 받을 것이다. 그런 곳에 나는 한낮의 개종 강요 사건을 신고하겠다고 전화한 것이다.

내가 말했다. "나를 구원하고 싶답니다."

"선생님을 구원한다고요?"

"날 개종시키고 싶대요. 강박적일 정도예요. 날 가만 내버려두질 않아요."

내 말을 자르는 경찰의 목소리에서 그가 인내심의 한계에 도달했다는 게 느껴졌다. "죄송합니다만, 선생님. 이건 경찰이 도와드릴 수 있는 문제가 아닙니다. 그 사람이 선생님이나 선생님의 재산에 위해를 가하거나 그렇게 하겠다고 협박하지 않는 이상, 위법행위가 아니거든요. 선생님을 개종시키려 하는 것은 위법이 아닙니다." 그러고 나서 그는 전화를 끊기 전에 훈계하듯 한마디했다. "우리 나라에는 종교의 자유가 있으니까요."

나는 거실 창가로 돌아가서 패리를 내려다보았다. 그는 더이상 자동응답기에 대고 말하고 있지 않았다. 두 손을 주머니에 찔러넣고 우리 아파트 건물을 향해 서 있는 모습이 동독의 비밀경찰처럼 무신경해 보였다.

　나는 커피와 샌드위치를 만들어 서재로 들어가 책상 앞에 앉아서 메모한 것들을 읽었다. 아니, 뒤적거렸다. 서재의 창문은 다른 거리를 향해 나 있었다. 집중력이 흐트러졌다. 패리에게 괴롭힘을 당하고는 예전부터 있었던 불만이 더 커졌다. 가끔, 보통 내가 다른 일로 불행할 때, 내가 다루는 모든 아이디어가 타인의 것이라는 생각이 든다. 나는 그들의 연구 결과를 수집하고 정리하고 소화해서 일반 독자에게 전달할 뿐이다. 사람들은 내게 정리의 재능이 있다고 말한다. 나는 대다수의 과학적 돌파구 뒤에 숨어 있는 좌절과 퇴보와 우연한 성공이라는 재료에서 멋진 이야기를 뽑아낼 수 있다. 사실 누군가는 연구자와 일반인들 사이에서 보통의 연구자들이 실험실에서 너무 바쁘거나 혹은 너무 조심스러워서 하지 못하는 고차원적인 설명을 일반인에게 해줄 필요가 있다. 또한 내가 공룡, 블랙홀, 양자역학, 카오스, 초현 이론, 신경과학, 다윈의 부활 등 과학의 정글에서 가장 높은 나무들 사이를 거미원숭이가 그네를 타듯 옮겨 다니면서 많은 돈을 번 것도 사실이다. 아름다운 삽화를 곁들인 양장본 저서들, TV 다큐멘터리 출연, 라디오 토론 패널 참여, 지구상에서 가장 쾌적한 곳에서 열리는 학술회의.

　기분이 우울할 땐 내가 기생충이라는 생각이 다시 고개를 내민다. 좋은 대학에서 딴 물리학 학사학위와 양자전자역학 박사학위가 없었다면 이런 기분이 들지 않았을 것이다. 내가 직접 과학의 현장으로 뛰어들어 인간 지식의 거대한 산에 작은 돌멩이를 쌓았어야 했다. 하지만 대학원을 졸업했을 때 나는 힘든 공부를 7년이나 하고 난 터라 마음이 한껏 들떠 있었다. 세상 곳곳을 정처 없이 아주 오랫동안 방랑하고 돌아다녔다. 마침내 런던으로 돌아와서는 친구와 사업을 시작했다. 내가 대학원을 다닐 때 여유 시간에 개발한 정교한 회로 세트를 상품화하려고 한 것이다. 이 작은 장치는 특정 마이크로프로세서의 성능을 향상시켜줄 거라 여겨졌고, 당시에는 세상 모든 컴퓨터가 이 장치를 필요로 할 거라는 전망이 있었다. 독일의 한 기업이 우리를 일등석에 태워 하노버로 모셔갔고, 2년 동안 우리는 곧 억만장자가 될 꿈에 부풀어 있었다. 그러나 특허출원이 무산됐다. 에든버러 외곽의 첨단 과학산업단지에 있는 한 연구팀이 더 좋은 전자장치를 개발해 우리보다 앞서 특허를 받은 것이다. 그러더니 컴퓨터 산업이 다른 방향으로 달려나갔다. 우리 회사는 거래 한번 못해봤고 에든버러 팀은 파산했다. 내가 양자전자역학으로 돌아왔을 땐 이력서의 구멍이 너무 커져 있었고, 수학 실력은 녹슬었으며, 20대 후반이긴 했지만 이렇게 경쟁이 치열한 분야에서 일하기에는 너무 늦어 보였다.

나는 마지막 취업 면접을 끝내고 나왔을 때, 학자로서의 경력은 끝났다는 것을 알아차렸다. 연로한 내 지도교수님이 나를 문 앞까지 배웅하는 과잉 친절을 베풀었기 때문이다. 나는 비를 맞으며 엑시비션 거리를 걸어가면서 앞으로 뭘 해서 먹고살지 고민했다. 자연사박물관 앞을 지나가는데 비가 폭우로 바뀌었고, 나를 포함해 수십 명이 비를 피해 박물관으로 뛰어들어갔다. 나는 실물 크기의 거대한 디플로도쿠스 모형 옆에 앉아 몸을 말리면서 사람

구경이라는 이상하게도 만족감을 주는 상태로 빠져들었다. 많은 수의 사람들은 종종 내게 인간 혐오증을 불러일으키곤 했다. 그러나 이번에는 사람들이 보인 호기심과 경외감 때문에 그들이 고상한 인간으로 보였다. 박물관으로 걸어들어온 사람들은 나이와 상관없이 모두 이 멋진 야수에게로 홀린 듯이 다가와서 감탄하는 표정으로 바라보았다. 나는 사람들의 대화를 엿들었는데, 그들의 열성적인 태도뿐만 아니라 전반적인 무식함에 관심이 일었다. 열 살짜리 소년이 같이 온 어른 세 명에게 이런 동물은 사람을 쫓아가서 잡아먹었느냐고 물었다. 어른들의 즉각적인 대답을 들으니 진화적 시간표에 대한 지식이 잘못돼도 한참 잘못되어 있었다.

나는 거기 앉아서 내가 알고 있는 공룡에 대한 몇 가지 이질적인 지식을 정리하기 시작했다. 『비글호 항해기』에서 찰스 다윈이 남아메리카 대륙에서 커다란 화석 뼈를 발견한 사실과 그 화석의 나이가 자신의 이론에 얼마나 중요한 의미가 있는지에 대해 이야기한 것이 기억났다. 그는 지질학자 찰스 라이엘의 주장에 깊은 인상을 받았다. 지구는 교회가 주장하듯 4천 년 전에 생긴 것이 아니라 그보다 훨씬 이전에 생겨났다는 주장이었다. 우리 시대에는 냉혈/온혈 논쟁이 후자의 손을 들어주는 쪽으로 정리되고 있었다. 지구상의 생명체를 괴롭힌 다양한 대재앙에 관해 새로운 지질학적 증거들이 속속 나오고 있었다. 멕시코의 거대한 분화구는 유성으로 인해 생겨났을 가능성이 컸다. 유성은 공룡 제국을 멸망시키고 그 괴물들의 발치를 돌아다니던 작은 쥐새끼 같은 생명체들에게 영역을 넓힐 기회를 주었으며 그렇게 해서 포유류가, 궁극적으로는 영장류가 번영할 기회를 주었다. 또한 공룡이 멸종되지 않았다는 매력적인 주장도 제기되었다. 공룡이 환경적 필요에 굴복해서 우리가 뒤뜰에서 키우는 무해한 새들로 진화했다는 의견이었다.

박물관을 나올 때 내 손에는 면접 통지서 뒷면에 휘갈겨쓴 출판 계획서가 들려 있었다. 그후 3개월은 연구를 했고 6개월은 책을 썼다. 나와 사업을 계획했다가 실패한 친구의 누이가 사진조사원이었는데 친절하게도 요금 결제를 연기해주었다. 내 책은 공룡 관련 서적이라면 실패를 모르던 시기에 나왔고, 평판과 매출이 좋아 블랙홀에 관한 다음 책의 출간 계약까지 성사되었다. 본격적인 작가생활이 시작되었고, 내가 쓴 과학 도서들이 연이어 성공을 거두자 과학 분야에서의 다른 기회도 찾아왔다. 나는 칼럼니스트이자 해설가였고, 내 전공 분야의 아웃사이더였다. 그때 나는 전자의 자기장에 관한 박사학위 연구를 진행하면서, 재정상화 가능 이론에서의 무한성 문제에 관한 세미나에 관찰자가 아니라 능동적인 참여자로—비록 부차적인 역할이었지만—참가했었다. 돌이켜보면 아주 신나던 시절이지만, 그 시절로 돌아가지는 않을 것이다. 이젠 어떤 과학자도, 심지어 실험실 연구원이나 대학교 수위조차도 나를 과학자로 대우하지 않을 것이다.

이 특이한 날, 나는 커피와 샌드위치를 갖고 서재에 앉아 있었지만 미소에 관한 글에는 전혀 진척이 없고 패리는 인도에 진을 치고 서 있는 상황이라 내가 어쩌다 이렇게 되었나 하는 생각만 자꾸 들었다. 가끔 딸깍 하고 자동응답기 돌아가는 소리가 들렸다. 거의 한 시간마다 한 번씩 거실로 가서 보면, 패리는 상점 밖에 묶여 있는 개처럼 계속 그 자리에 서서 아파트 공동 현관문을 쳐다보고 있었다. 그가 전화기를 들고 내 자동응답기에 말하는 것을 본 것은 딱 한 번이었다. 그 외에는 줄곧 다리를 약간 벌리고 두 손은 주머니에 푹 찌른 채 가만히 서 있었다. 내 눈에는 집중하는 표정, 혹은 곧 다가올 행복을 기다리며 기대감에 찬 표정으로 보였다.

5시에 밖을 내다보니 패리가 가고 없었다. 창가에 좀더 머물면서 바라보니 빈 공간에 그의 윤곽이 보이는 것 같았다. 늦은 오후의 스러지는 햇빛 속에 빛나는 부재의 기둥. 나는 자동응답기 앞으로 갔다. 액정 화면에 33개의 메시지가 있다고 떠 있었다. 나는 앞부분 들어보기 기능을 이용해서 메시지를 확인해가다 클래리사의 목소리를 발견했다. 그녀는 내가 잘 지내고 있기를 바란다고, 6시에 집에 온다고, 그리고 나를 사랑한다고 말했다. 일과 관련한 메시지가 3개이고, 패리가 남긴 메시지가 모두 29개였다. 그 숫자에 대해 생각하고 있는데, 또 녹음테이프가 돌아가기 시작했다. 볼륨 조절 장치를 조절해 소리를 높였다. 택시 안인 것 같았다. "조. 커튼은 정말 기발한 아이디어였어요. 하지만 내가 즉시 알아차렸죠? 하고 싶은 말은 또 이거예요. 나도 같은 감정이라는 것. 나도 진심이라는 것." 마지막 말을 할 땐 감정이 복받치는지 목소리가 조금 올라갔다.

커튼? 거실로 가서 커튼을 살펴봤다. 커튼은 평소대로 걷혀 있었다. 우리는 절대로 커튼을 치지 않았다. 나는 어리석게도 뭔가 단서를 찾아내기를 기대하며 한쪽 커튼 옆으로 다가서서 자세히 살펴보았다.

그러고 나서 다시 서재에 앉아 클래리사를 기다리며 상념에 잠겼다. 또다시 나는 어쩌다 이런 성격이 되었나 하는 주제로 돌아갔고, 내가 다른 사람이 될 수 있었을까 상상하다, 터무니없지만 대학원에서 하던 연구로 되돌아가서 쉰 살이 되기 전에 뭔가 새로운 업적을 남길 수 있지 않을까 하는 생각도 했다.

아홉

클래리사의 귀가를 그녀의 관점에서 이야기하는 것이 이해를
도울 수 있을 것이다. 적어도 내가 나중에 그녀의 귀가를 이해할
땐 그랬다. 그녀는 5킬로그램에 달하는 책과 서류를 담은 가죽 서
류가방을 들고 지하철역에서 우리집까지 700~800미터를 걸어와
서 3층까지 올라온다. 돌이켜 생각해보니 아주 힘든 하루였다. 학
교에 출근하자마자 전날 논문을 지도해준 여학생한테서 전화를
받았는데, 랭커스터 출신의 순박한 이 여학생이 울면서 횡설수설
했다. 클래리사가 진정시키자 그 학생은 자신에게 불가능한 읽기
숙제를 내줬다고, 자신을 연구의 막다른 골목으로 몰고 갔다고 클
래리사를 비난했다. 낭만주의 시대 시에 관한 세미나는 발제자로
선정된 두 학생이 아무것도 준비하지 않았고 나머지 학생들은 시
를 읽어 오지도 않아서 엉망으로 끝났다. 점심시간이 가까워질 무

렵엔 약속을 적어놓는 수첩이 사라진 것을 알아차렸다. 점심시간
엔 동료가 자기 남편은 침대에서 너무 점잖고, 자신을 압도할
성적인 공격력이 부족하고, 자신이 당연히 누릴 권리가 있는 오르
가슴을 느끼게 해주지도 못한다고 불평했다. 오후엔 세 시간 동안
대학평의회에 참석했는데, 국문학과 예산 7퍼센트 감축이라는 가
장 무난한 선택안에 투표하도록 교묘히 조종당한다는 느낌을 받
았다. 평의회가 끝난 후 곧바로 교학처가 실시하는 교원능력평가
면접에 들어가야 했다. 거기서 클래리사는 항상 학사 일정 제출이
늦고, 강의와 연구와 학사 업무가 조화롭게 이뤄지지 않는다는 지
적을 받았다.

클래리사는 무거운 가방을 메고 계단을 올라가면서 이렇게까
지 무겁게 들고 다녀야 하나 생각하고, 감기 기운을 느낀다. 콧날
이 얼얼하고 눈이 따갑다. 등허리의 아픈 부분이 점차 확대되는
것 같은데, 이것은 그녀가 바이러스에 감염됐을 때 항상 나타나는
증상이다. 최악인 것은 기구 사고의 기억이 되살아났다는 것이다.
그녀가 그 일을 잊은 적은 결코 없었지만, 하루 중 상당 시간 동안
그 기억을 어느 정도 밀어내어 일화로 만들어서 작은 칸에 넣어놓
고 있다. 근데 그 기억이 탈출해서 마음속을 헤집고 다니고 있다.
그 기억은 손가락 끝에 묻어 있는 냄새 같다. 로건이 떨어지던 모
습이 오후 늦게부터 줄곧 머릿속에 박혀 있었다. 그걸 봤을 때의
느낌이, 끔찍한 공포와 무기력감이 함께 찾아와서 감기나 독감 증
상을 일으킨 것 같다. 이젠 무감각한 상태에 이르렀기 때문에, 그
사건에 대해 친구들과 이야기하는 것도 도움이 안 되는 것 같다.

마지막 계단을 오르는데 통증이 무릎관절까지 퍼진 것이 느껴진다. 아니면 20대가 지난 사람이 무거운 책을 위층으로 나를 때 느끼는 일반적인 증상인가? 현관문에 열쇠를 꽂으면서 조가 집에 있을 거라는 생각이 들자 기분이 약간 좋아진다. 조는 그녀가 필요로 할 때 항상 잘 보살펴준다.

그녀가 현관 안으로 들어설 때, 그는 자기 서재 문 옆에 서서 그녀를 기다리고 있다. 그는 한동안 보지 못했던 몹시 흥분한 표정을 짓고 있다. 그녀는 이 표정이 자신이 사랑하는 침착하고 계획적인 이 남자를 종종 괴롭히는 지나치게 야심차고 어리석은 구상과 관련이 있다고 생각한다. 그녀가 집 안으로 완전히 들어서지도 않았는데 그가 다가오면서 이야기를 시작한다. 키스도 다른 어떤 인사도 없이 자신이 괴롭힘을 당한 이야기를 늘어놓는데, 그 이면에는 그녀에 대한 비난과 분노가 숨어 있는 것 같다. 그는 그녀의 생각이 틀렸다고, 이젠 자신의 의심이 사실인 것으로 확인됐다고 말한다. 그녀가 도대체 무슨 이야기를 하는 거냐고 묻기도 전에, 실은 그녀가 가방을 내려놓기도 전에 그는 화제를 돌린다. 그리고 글로스터 거리의 입자물리학 실험실에서 근무하는 옛 친구와 이야기해봤는데, 이 친구가 교수와의 면담을 주선해줄 수 있을 것 같다고 말한다. 클래리사는 소리치고 싶어진다. 왜 키스 안 해줘? 나를 안아줘야지! 나를 보듬어줘야지! 그러나 조는 1년 동안 사람 그림자도 보지 못한 사람처럼 정신없이 이야기를 쏟아내고 있다.

이 순간 그는 대화 상대로는 귀먹고 눈먼 사람이나 마찬가지라, 클래리사는 두 손을 들어 손바닥을 내보이며 항복하는 제스처를 취하면서 말한다. "잘됐네. 근데 나 목욕 좀 하고." 그런데도 그는 말을 멈추지 않는다. 그녀의 말을 못 들은 모양이다. 그녀가 돌아서서 침실로 들어가자, 그는 따라들어오면서 자신이 과학계로 돌아가야 한다는 말을 방식을 바꿔가며 하고 또 한다. 사실 2년 전 진짜 위기가 닥쳤을 때 그는 이젠 이 삶을 받아들이겠다고, 이 삶도 그리 나쁘지 않다고 결론 내렸고, 그 이야기는 그것으로 끝났어야 했다. 수도꼭지에서 천둥 같은 소리를 내며 물이 쏟아지는데도 그는 이젠 괴롭힘을 당한 이야기를 목청 높여 늘어놓는데, 클래리사는 패리라는 이름을 듣고 기억해낸다. 아, 그 사람. 그녀는 패리를 충분히 이해할 수 있다고 생각한다. 외톨이에 무능력한 인간. 아직도 부모에게 기대어 살고, 다른 사람과, 누구하고라도, 심지어 조하고라도 친해지고 싶어 안달이 난 불쌍한 예수쟁이.

조는 새로 발견된 쉴새없이 말하는 유인원처럼 화장실 문 앞에서 떠들고 있다. 말하면서도 자각하지 못한다. 클래리사는 그를 지나쳐서 침실로 돌아간다. 그에게 화이트와인 한 잔 갖다달라고 하고 싶지만, 그러면 자기 것도 챙겨와 옆에 앉아 있을 것 같다. 그가 돌봐주지 않을 거라면 목욕하는 동안 혼자 있고 싶다. 그녀는 침대에 걸터앉아 부츠 끈을 풀기 시작한다. 아프면 아프다고 말할 수 있다. 그런데 지금은 애매하다. 단지 좀 피곤하고 일요일에 일어난 일 때문에 마음이 싱숭생숭할 뿐이다. 게다가 호들갑을 떠는 성격도 아니다. 그래서 그녀는 별 내색 하지 않고 한 발을 들었는데, 조가 자신의 부츠를 벗기기 쉽게 한 무릎을 꿇고 앉더니 부츠를 벗기면서도 이야기를 멈추지 않는다. 그는 이론물리학으로 돌아가고 싶고, 학과의 지원을 받고 싶다고 말한다. 무슨 강의든 기꺼이 할 생각이고, 가상 광자에 대한 아이디어를 갖고 있다고 한다.

그녀는 스타킹을 신은 채로 서서 블라우스 단추를 푼다. 노출, 그리고 발바닥이 두꺼운 카펫에 닿으면서 느끼는 감촉 때문에 살짝 흥분되고, 어젯밤과 그 전날 밤이, 슬픔과 널을 뛰던 감정과 섹스가 떠오른다. 둘이 서로 사랑한다는 사실도 기억난다. 그러나 지금은 어쩌다보니 매우 다른 욕구를 가지고 너무나 다른 정신세계에 있게 되었을 뿐이다. 그것도 바뀔 것이고, 그러니 지금 중요한 결론을 내릴 이유가 없다. 지금 기분 같아선 빨리 결론을 내리고 싶지만. 그녀는 블라우스를 벗고 브래지어 훅을 만지다가 마음을 바꾼다. 기분이 좀 나아지긴 했지만 충분히 좋아진 것은 아니고, 그래서 조에게 잘못된 신호를 주고 싶지 않다. 어차피 알아차리지도 못하겠지만. 그녀가 30분만 목욕하면서 혼자 있을 수 있다면, 그다음엔 그의 이야기에 귀를 기울일 수 있고 그도 그녀의 이야기를 들어줄 수 있을 것이다. 이런 대화와 경청이 커플에게 권장되는 좋은 소통법이다. 그녀는 방을 가로질러가 치마를 옷걸이에 건 후, 다시 침대에 걸터앉아 스타킹을 벗는다. 조의 이야기를 흘려들으면서, 점심시간에 자기 남편이 너무 점잖고 성적으로 재미없다고 불평했던 동료 제시카 말로를 떠올린다. 무의식적인 배우자 선택에 따르는 수많은 결과들도 그렇지만, 우리가 누구를 만나는가 또는 그 관계가 어떻게 되는가 하는 문제에는 운이 굉장히 많이 작용한다. 따라서 배우자와의 관계가 불만족스럽다고 해도 누구도, 아무리 많은 대화도 그 문제를 해결해줄 수 없다.

조는 요즘에는 소프트웨어가 다 알아서 해주기 때문에 자신의 한참 뒤처진 수학 실력이 큰 문제가 안 된다고 클래리사에게 말하고 있다. 클래리사는 조가 일하는 것을 봤기 때문에, 이론물리학자도 시인처럼 재능과 좋은 아이디어 외에 종이 한 장과 잘 깎은 연필 한 자루, 혹은 성능 좋은 컴퓨터만 있으면 된다는 사실을 알고 있다. 그는 원한다면 당장이라도 서재로 들어가 "과학으로 돌아갈" 수 있다. 그가 필요하다고 말하는 학과와 교수들과 동료들과 사무실은 전혀 중요한 게 아니다. 그들은 결코 그를 받아주지 않음으로써(그녀는 그들의 폐쇄성에 신물이 난다) 그의 실패를 막아줄 것이다. 그녀는 속옷 위에 목욕 가운을 입는다. 그가 그 오래된 광적인 야망에 다시 사로잡힌 것은 괴롭기 때문이다. 일요일의 참사가 여러 가지 다른 방식으로 그도 괴롭히고 있는 것이다. 조의 정확하고 신중한 마음이 가진 문제는 그 마음에 존재하는 감정을 보살피지 않는다는 것이다. 그는 자신의 주장이 헛소리에 지나지 않고, 일탈이며, 원인이 있다는 사실을 모르는 것 같다. 그가 약해져 있긴 하지만, 현재로선 그를 보호해주고 싶은 마음이 들지 않는다. 그녀와 마찬가지로 그도 로건의 비극에 대해 무감각해지는 상태에 도달했지만, 그런 사실을 알지 못하고 있다. 그녀가 뜨거운 비눗물에 몸을 담그고 쉬고 싶은 반면, 그는 자신의 운명을 바꾸는 일을 시작하고 싶어한다.

화장실로 돌아온 클래리사는 뜨거운 물에 찬물을 좀 섞고 손잡이가 긴 솔로 휘휘 저은 후 파인 오일과 라일락 크리스털 입욕제를 푼다. 그러고는 잠깐 고민하다가 대녀에게 크리스마스 선물로 받은 에센스를 푼다. 그 에센스 병에 붙은 라벨에는 고대 이집트인들이 사용했고 지혜와 마음의 평화를 주는 에센스라는 설명이 적혀 있다. 그녀는 한 병을 통째로 붓는다. 조는 변기 뚜껑을 내리고 그 위에 앉는다. 두 사람의 관계는 혼자 있게 해달라고 말해도 전혀 문제가 없는 사이지만, 그의 열띤 모습 때문에 그녀는 차마 그 말을 못하고 있다. 그가 파리 이야기로 돌아온 지금은 특히 더 그렇다. 클래리사는 뜨거운 초록색 물에 천천히 몸을 담그면서 그의 이야기에 온전히 집중한다. 경찰? 경찰에 신고했다고? 자동응답기에 메시지가 33통이 들어와 있었다고? 하지만 그녀가 들어오면서 봤을 땐, 액정 화면에 0이라고 나와 있었다. 그는 자기가 메시지를 다 지웠다고 주장하고, 클래리사는 그 말에 물속에서 벌떡 일어나 앉아 그를 쳐다본다. 그도 그녀의 눈을 응시한다. 열두 살 때 아버지를 치매로 잃은 그녀는 미친 사람과 함께 살게 될까 봐 항상 두려워했다. 이성적인 조를 애인으로 고른 것도 그 때문이었다.

클래리사의 표정에서 이상한 기색을 느꼈는지, 아니면 그녀가 아픈 등허리를 갑자기 곧게 편 것 때문인지, 그것도 아니라면 놀라서 그녀의 입이 떡 벌어진 것 때문인지는 몰라도 조는 더듬거리면서 '현상'이라고 말하더니 천천히 입을 다문다. 그러나 곧 낮은 어조로 묻는다. "왜?"

그녀는 그에게서 눈을 떼지 않은 채 말한다. "당신, 내가 들어온 후로 잠시도 쉬지 않고 말했어. 잠깐 쉬어, 조. 심호흡 좀 해봐."

그가 자신이 말한 대로 하는 것을 보고 그녀는 가슴이 찡해진다.

"기분이 어때?"

그는 자기 앞쪽 바닥을 주시하면서 두 손을 두 무릎에 올려놓고 크게 숨을 내뱉는다. "불안해."

그녀는 그가 불안한 이유에 대해 계속 이야기하기를 기다리지만, 그는 그녀의 반응을 기다리고 있다. 욕조 뒤의 온수관이 수축하면서 불규칙적으로 딱딱 소리를 낸다. 그녀가 말한다. "전에도 내가 이 말을 했다는 거 아니까, 화내지 마. 당신이 패리라는 이 남자를 너무 과하게 생각하는 거 아냐? 실은 그렇게 큰 문제가 아닐 수 있는데. 차 한잔하자고 집으로 불러서 얘기해봐. 그럼 다시는 괴롭히지 않을 거야. 그 사람은 당신이 불안한 원인이 아니라, 증상이야." 그녀는 이 말을 하면서 그가 지웠다는 33개의 메시지를 떠올린다. 어쩌면 패리는, 혹은 조가 묘사하는 패리는 존재하지 않을지도 모른다. 클래리사는 몸을 부르르 떤 후 물속으로 몸을 더 깊이 담그면서도, 계속 그를 바라보고 있다.

그는 그녀의 말을 깊이 생각해보는 눈치다. "무엇의 증상이라는 거야, 정확히?"

차갑게 내뱉는 마지막 단어에서 경고를 느낀 그녀는 애써 가벼운 투로 대답한다. "글쎄. 박사과정 연구를 중단한 것에 대한 좌절감?" 그녀는 정말로 그것뿐이기를 바란다.

이번에도 그는 신중히 생각한다. 그녀의 질문에 대한 대답을 찾다 갑자기 피곤해진 것처럼 보인다. 자야 할 시간인데도 막무가내로 변기 뚜껑 위에 앉아 엄마가 목욕하는 것을 보고 있는 아이 같다. 그가 말한다. "그 반대야. 내가 어쩔 수 없는 이 말도 안 되는 상황에 처해보니까 화가 나서 내 일에 대해 생각하기 시작한 거야. 내가 해야 할 일에 대해서."

"왜 어쩔 수 없다고 생각해, 그러니까 이 남자에 대해서?"

"말했잖아. 그가 나와 얘기한 다음 우리 아파트 밖에 서서 일곱 시간 동안 거의 움직이질 않았어. 하루종일 전화를 해댔고. 근데 경찰은 자기네 소관이 아니래. 이럴 때 내가 어떻게 해야 해?"

클래리사는 분노가 자신에게 향할 때 항상 그렇듯 심장이 쿵 하고 내려앉는 느낌이 든다. 그러나 동시에 자신이 정말 하고 싶지 않았던 일을 했다는 것을 알아차린다. 조의 심리 상태와 그의 문제들과 딜레마와 욕구 속으로 끌려들어가고 만 것이다. 보호본능이 일기 시작하면 자신도 어쩔 수 없었다. 그녀의 신중한 질문들은 그를 돕기 위해 설계된 것이었지만, 이제 그녀의 욕구는 무시당한 채 보답 대신 공격이 돌아오고 있었다. 그가 그녀의 욕구를 살펴줄 입장이 아니었기 때문에 그녀 스스로 알아서 하려고 하는데, 그것조차 허용되지 않았다. 그녀는 그의 질문을 회피하기 위해 재빨리 질문을 던진다. "녹음된 메시지들은 왜 지웠어?"

그가 당황한 표정을 짓는다. "무슨 말이야?"

"단순한 질문이야. 30개의 메시지를 괴롭힘의 증거로 경찰에 제출할 수 있을 텐데."

"글쎄, 경찰은 자기네……"

"그래, 알아. 근데 나라면 그 메시지를 다 들어볼 것 같거든. 나에게 이로운 증거잖아." 그녀가 욕조에서 일어서서 수건을 잡아채서 몸을 가린다. 갑자기 움직이니 어지럽다. 아무래도 심장에 이상이 있는 것 같다.

조도 일어선다. "이럴 줄 알았어. 당신은 내 말 안 믿지."

"어떻게 생각해야 할지 나도 모르겠어." 그녀는 평소보다 거칠게 몸을 닦고 있다. "내가 아는 건 끔찍한 하루를 보내고 집에 왔더니 당신의 끔찍한 하루가 기다리고 있었다는 거야."

"'끔찍한 하루'? 진짜 이게 끔찍한 하루에 대한 이야기라고 생각해?"

그들은 이제 침실로 돌아와 있다. 클래리사는 너무 지나쳤나 싶어 벌써 후회하고 있다. 하지만 지금 그녀는 목욕도 제대로 못하고 나와 속옷을 찾고 있고, 등의 통증은 온몸으로 번져가고 있다. 클래리사와 조는 다툰 적이 거의 없다. 특히 클래리사가 언쟁에 서툴다. 그녀는 원래 의도가 아닌 말, 왜곡된 진실, 혹은 전혀 진실이 아닌 말을 하도록 허용하거나 요구하는 교전의 규칙을 결코 받아들일 수 없었다. 자신이 내뱉는 적대적인 언사가 조의 사랑뿐만 아니라 이제까지 받아왔던 모든 이의 사랑으로부터 그녀를 멀어지게 만들고, 꼭꼭 묻어둔 비열한 본성을 드러냈다고 느끼게 만들 거라는 생각이 든다.

조에게는 다른 문제가 있다. 처음에 감정이 분노로 바뀌는 속도가 아주 느리고, 그렇게 분노로 바뀌었을 때도 상황에 맞지 않는 지성 때문에 자신이 해야 할 말을 잊어버리고 득점을 올리지 못한다. 또한 비난에 대응할 때 자신도 비난으로 맞받아치는 대신 상세하고 논리정연한 대답으로 대응하는 습관을 버리지도 못한다.

상대방이 갑자기 상관없는 말을 하면 쉽게 허를 찔린다. 짜증이 치밀어 자기주장조차 이해하지 못하고, 나중에 차분해지고 나서야 분명한 자기 논리를 떠올린다. 뿐만 아니라 클래리사에게 특히 가혹하게 굴지 못하는데, 그것은 그녀가 너무나 쉽게 상처를 받기 때문이다. 화가 나서 한마디 하면 즉시 그녀의 얼굴에 고통스러운 표정이 떠오른다.

그러나 지금 그들은 멈출 수 없는 연극에 캐스팅된 것 같은 상황이고, 끔찍한 자유가 공기 중에 퍼져 있다. "이 친구 진짜 어이없는 인간이야." 조가 말을 잇는다. "집착이 심하고." 클래리사가 말하려고 하자, 그가 손을 들어 막는다. "또 별일 아니라고 말하려는 거지? 당신한테 별일은 당신이 힘든 하루를 보내고 왔는데 내가 빌어먹을 당신 발을 마사지해주지 않은 것뿐이잖아." 화목했던 지난 30분에 대한 이런 평가에 클래리사는 물론이고, 그 말을 한 조 자신도 깜짝 놀란다. 그는 그 시간 동안 아무런 반감이 없었고, 사실 그 시간을 즐겼다. 그녀는 고개를 돌리지만, 하려던 말은 기어이 한다. "처음 만난 순간부터 지나치게 신경썼잖아. 어쩌면 당신이 그를 그런 사람으로 만든 건지도 몰라."

"아, 무슨 말인지 알겠어. 자업자득이라는 거지? 내가 내 운명을 이렇게 만들었다, 그게 다 내 업보다, 그거지? 당신조차 이런 뉴에이지*의 헛소리에 빠질 줄은 몰랐네."

---

* 현대의 서구적 가치를 거부하고 영적 사상, 점성술 등에 기반을 둔 생활 방식과 관련된 것을 이르는 말.

뜬금없이 등장한 '−조차'라는 말은 리듬을 맞추는 충전재이자 경솔한 강조어다. 클래리사는 뉴에이지 사조에 눈곱만큼의 관심도 표현한 적이 없다. 그녀가 놀란 얼굴로 그를 바라본다. 모욕이 오히려 그녀를 자유롭게 했다. "누가 누구한테 집착하는지는 당신 자신에게 한번 물어봐." "빌어먹을!" 자신이 패리에게 집착하는 거라는 암시가 담긴 클래리사의 말이 너무 충격적이어서, 조는 욕을 내뱉는 것 말고는 아무것도 생각하지 못한다. 동기 없는 에너지가 그를 성큼성큼 창가로 걸어가게 만든다. 밖에는 아무도 없다. 공기 중에 퍼진 강렬한 분노를 감지한 클래리사는 속옷 차림으로 있는 것에 불안을 느끼고, 조가 움직이는 틈을 타서 외투 옷걸이에서 치마를 잡아채듯 꺼낸다. 다른 옷걸이 두 개가 바닥에 떨어지지만, 그녀는 평소와는 달리 옷걸이를 집어들지 않는다.

조는 창가에서 깊이 숨을 들이마셨다가 돌아서며 내쉰다. 그는 자신을 진정시키고 합리적인 전제에서 다시 시작하려고, 자신이 극단으로 내몰리기를 거부하는 합리적인 인간임을 보여주려고 애쓰고 있다. 그는 숨을 거칠게 쉬며 낮은 어조로, 지나치게 느리게 말한다. 그런 술수들을 어디서 배웠을까? 다른 감정들과 함께 인간의 마음속에 새겨져 있나? 아니면 영화에서 배운 건가? 그가 말한다. "클래리사, 저 밖에 골칫덩어리가 있었어." 그가 창문을 가리키며 말한다. "난 단지 당신의 지지와 도움을 바란 거였다고."

그러나 클래리사의 귀에는 이성적인 논리가 들어오지 않는다. 그의 쉰 목소리와 "바란 거였다고"라고 과거시제를 쓴 것이 그가 자기 연민에 빠져 그녀를 비난하고 있다는 증거로 보여 그녀는 화가 난다. 그녀는 항상 그를 지지하고 도왔다고 굳이 그에게 말해줄 필요를 느끼지 못한다. 대신 그녀는 불평거리를 생각해내고 그걸 심리적으로 이용해 그에게 의외의 공격을 가한다. "그가 처음 전화해서 당신을 사랑한다고 했을 때, 당신은 나에게 거짓말을 했다고 인정했어."

조가 너무 놀란 나머지 클래리사를 멍하니 보면서 무슨 말인가 하려고 애쓰는 모습을 보자, 이런 말싸움에 미숙한 그녀는 정당성과 쉽게 혼동되는 승리감을 느낀다. 순간 그녀는 배신당한 기분이 들어 당당하게 덧붙인다. "그런데 내가 어떻게 생각해야 해? 당신이 말해봐. 그래야 당신한테 어떤 지지와 도움이 필요한지 알 수 있지." 그녀가 슬리퍼를 신으면서 말한다.

조는 서서히 말을 할 수 있는 상태가 된다. 상반된 생각이 너무나 많이 뒤죽박죽 섞여 있어서 마음이 안갯속 같다. "잠깐만. 당신은 그러니까……"

토론하면 자신의 언변으로는 버틸 수 없다는 것을 잘 아는 클래리사는 우세할 때 빠지기로 하고, 배신당했다는 느낌이 아직 감미로울 때 방을 나간다. "그래, 꺼져, 그럼." 조가 그녀의 등에 대고 외친다. 그는 화장대 의자를 집어들어 창문에 던져버리고 싶은 강렬한 충동을 느낀다. 집을 나가야 할 사람은 바로 자신이라는 생각도 든다. 그는 잠깐 망설이다 서둘러 방을 나간다. 복도에서 클래리사를 지나쳐 걸어가 옷걸이에 걸린 외투를 낚아챈다. 그러고는 현관문을 나가 있는 힘껏 문을 닫는다. 그녀가 가까이 있어

쾅 하는 그 큰 소리를 다 들었을 거라고 생각하니 속이 시원하다.

　건물 밖으로 나온 그는 벌써 어두워진 것을 보고 놀란다. 비도 내리고 있다. 그는 외투를 잘 여미고 벨트를 맨다. 벽돌 길 끝에서 패리가 기다리고 있는 것을 보고도 걸음을 늦추지는 않는다.

열

내가 현관문을 나선 순간 비가 거세졌던 것으로 기억한다. 하지만 나는 모자나 우산을 가지러 다시 들어갈 생각이 없었다. 나는 패리를 못 본 척했고 어찌나 맹렬한 속도로 걸었던지 길모퉁이에 이르러 뒤를 돌아보았을 땐 그가 50미터 가까이 뒤처져 있었다. 내 머리는 푹 젖었고, 오래전에 밑창이 찢어진 신발 오른짝도 빗물이 스며들어 다 젖어 있었다. 내 분노는 차갑게 번득였고, 유치하게도 아무 데로나 날아갔다. 물론 클래리사와 나 사이에 끼어든 패리는 비난받아 마땅했지만, 내 분노는 고통의 원인인 패리와 그에 맞서는 나를 지지해주지 않은 클래리사, 둘 다를 향해 있었다. 뿐만 아니라 모든 사람과 모든 것에, 특히 온몸을 적시는 비와 내가 갈 곳이 없다는 데 분노가 치밀었다.

분노 외에 다른 것도 있었다. 분노라는 알맹이를 감싸고 있는 껍질 혹은 피부 같은 것으로, 분노를 제한해서 훨씬 더 과장되고 연극적으로 보이게 만들었다. 그것은 파편적인 기억, 은근한 걱정거리, 지금은 잊었지만 한때 열심히 읽었던 책의 내용과의 희미한 연관성이었다. 그것은 당시에는 내 목표와 아무 관련이 없었지만 오래도록 기억되는 어린 시절 꿈의 한 조각처럼 내 마음속에 깊이 새겨져 있었다. 이젠 내 목표와 관련이 있었고, 나를 도와줄 수 있을 터였다. 핵심 단어는 '커튼'으로, 내가 손수 글을 쓰면서 상상한 단어였다. 눈썹에 내려앉은 비가 가로등 불빛을 가르고 굴절시키듯, 이 단어도 회상의 스크린에서 튀어나온 연상작용에 의해 이리저리 끌려다니며 부서지는 것 같았다. 회상의 스크린 속 저 멀리 웅장한 주택이 보였다. 옛날 신문에 실린 얼룩진 흑백사진 속의 저택을 재현한 것으로, 높은 철책과 경비원 혹은 보초도 있었다. 그러나 이 집이 그 중요한 커튼이 드리워진 그 집이라도 내게는 아무런 의미도 없었다.

　나는 실제 주택들을, 대문 높이 인터폰이 달려 있고 불이 켜진 저택들을 지나쳐 계속 걸었다. 대문 안쪽에 아무렇게나 세워둔 자동차들이 보였다. 너무 화나고 비참한 기분이었던 나는 50만 파운드를 호가하는 우리 아파트를 기꺼이 의식적으로 잊고, 내가 비를 맞으며 부잣집 앞을 기웃거리는 가난하고 불쌍한 노숙자가 된 듯한 환상에 푹 빠져 있을 수 있었다. 행운은 전부 남들이 가졌고, 나는 그나마 찾아왔던 몇 번의 기회도 날려버리고 별 볼 일 없는 사람이 되었는데, 나를 보살펴줄 사람 하나 없었다. 나는 청소년기 이후로 이런 식으로 감정을 속인 적이 없었는데, 아직도 이렇게 속일 수 있다는 걸 알고 나니 1킬로미터를 3분 이내에 달렸을 때만큼이나 큰 기쁨을 느꼈다. 그러나 그때 '커튼'이란 단어가 다시 떠올랐을 땐, 아무것도 연상되지 않았다. 그림자조차 떠오르지 않았다. 걷는 속도를 줄이기 시작하면서부터는 두뇌가 너무나 섬세하고 민감해서 백만 개에 달하는 다른 느낌 없는 회로를 변경하지 않고는 두뇌에서 벌어지는 감정 상태의 변화를 위조조차 할 수 없겠다는 생각이 들었다.

나의 고문자가 다가오는 것을 느낀 것과 거의 동시에 반은 소리치고 반은 요들송을 부르듯 내 이름을 부르는 소리가 들렸다. 잠시 후 패리가 또다시 소리쳐 불렀다. "조! 조!" 그는 흐느끼고 있었다. "당신이었잖아. 당신이 시작했어, 당신이 일을 이 지경으로 만들었다고. 계속 나를 갖고 놀고, 그러고도 아닌 척……" 그는 말을 끝맺지 못했다. 나는 다시 속도를 냈고 다음 도로를 건너갈 때 거의 뛰다시피 했다. 귀에 거슬리는 걸음소리와 함께 울음소리도 작아졌다. 너무 혐오스러웠고 겁이 났다. 길을 다 건너가서 뒤를 돌아보았다. 그는 나를 따라오다 도로 중간에 갇혀서, 지나가는 차들 사이로 빈틈을 엿보고 있었다. 한번은 그가 넘어져서 차에 치일 뻔하기도 했다. 나는 그가 넘어지길 바랐고, 그 열망이 너무도 강렬했다. 나는 그런 나 자신이 놀랍지도, 부끄럽지도 않았다. 마침내 그는 자신을 돌아다보는 나를 발견하고 질문을 쏟아냈다. "언제 나를 놔줄 거야? 당신한테 온통 지배당하고 있어서 아무것도 할 수가 없다고. 근데 왜 당신이 하는 짓을 인정하지 않는 거지? 왜 자꾸 내가 하는 말을 모르는 척해? 그리고 그 신호들

말이야, 조. 왜 계속 켜놓는 거야?"

그는 여전히 도로 가운데 발이 묶여 있었고 자동차들의 소음 때문에 그의 모습과 말이 불규칙한 간격으로 사라졌지만, 쉰 목소리로 비명에 가까운 소리를 질러대서 그를 외면할 수 없었다. 그를 떼어낼 절호의 기회를 놓치지 않고 계속 달렸어야 했는데, 그의 분노가 너무 강력해서 나는 놀란 눈으로 지켜보고 있을 수밖에 없었다. 그러면서도 그가 7~8미터 떨어진 곳에 서서 나를 비난하고 애원하기를 반복하는 동안 버스가 그를 깔아뭉개는 구원의 가능성에 대한 믿음을 버릴 수 없었다.

그는 동물원에 있는 외로운 새 한 마리가 마치 인간이 되어 꽥꽥거리는 목소리로 질문하듯 끝을 올리면서 말했다. "당신이 원하는 게 뭐야? 나를 사랑하면서도 나를 파괴하려 하고. 아무 일도 없는 것처럼 시치미 떼고 있고. 아무 일도 안 일어났다고? 개새끼! 날 갖고 놀고…… 고문하고…… 빌어먹을 비밀 신호를 계속 보내서 자기한테 오게 만들고. 당신이 뭘 원하는지 나도 알아! 개새끼! 내가 모를 줄 알았어? 당신은 나를 떼어놓으려고……" 집채만한 이삿짐 트럭 때문에 그의 말소리가 묻혔다. "……당신은 나를 그분에게서 떼어놓을 수 있다고 생각하지. 하지만 당신이 나한테 오게 될걸. 결국에는 말이야. 그분께로 오게 될 거야, 왜냐면 그렇게 할 수밖에 없을 테니까. 개새끼, 당신은 자비를 베풀어달라고 빌게 될 거야. 엎드려 기면서……"

패리는 오열하느라 말을 잇지 못했다. 나를 향해 한 걸음 다가왔지만, 도로 중앙차선에 붙어 달려오는 자동차가 분노의 경적을 울려대는 바람에 어쩔 수 없이 뒤로 물러섰고, 경적의 점차 줄어드는 도플러효과*가 그의 슬픈 소리를 덮어버렸다. 나는 그에게 적대감과 혐오감을 느끼면서도, 어느 순간에는 그가 안됐다는 생각이 들기도 했다. 그러나 슬프지는 않았다. 그가 오도 가도 못하고 서서 열변을 토하는 걸 보면서, 거기 있는 게 내가 아니어서 안도감을 느꼈다. 꼭 술 취한 사람이나 조현병 환자가 교통정리하는 것을 보는 느낌이었다. 또한 나는 그가 상당히 심각한 상태인데다 현실을 잘 이해하지 못하고 있어서, 그가 나에게 해를 끼칠 수는 없을 거라고 생각했다. 그는 도움을 필요로 했다. 내 도움은 아니더라도. 이런 마음이 이 골칫거리가 아스팔트에서 흔적 없이 사라지는 것을 보고 싶다는 관념적인 욕구와 함께 내 마음속에 공존했다.

나는 그의 말을 듣다 생각과 느낌이라는 제삼의 조류에서 무언가를 건졌다. 그것은 그가 두 번 사용한 **신호**라는 말에서 비롯되었다. 두 번 다 그것은 이전에 나를 괴롭혔던 커튼이 흔들리다 확 걷히게 만들었고, 두 단어는 합쳐져 기본적인 구문을 만들어냈다. 신호로 사용되는 커튼. 이제 나는 과거 어느 때보다도 더 가까워져 있었다. 거의 다 손에 넣었다. 웅장한 저택, 런던에서 유명한 주택, 그 창가에 드리운 커튼은……

이런 부서지기 쉬운 연상된 이미지들을 부여잡으려고 애쓰다 보니 내 서재의 커튼이, 그리고 내 서재가 떠올랐다. 내 마음에 떠

---

* 소리나 빛이 발원체에서 나와 발원체와 상대적 운동을 하는 관측자에게 도착했을 때 진동수에 차이가 나는 현상.

오른 것은 서재의 안락함도 아니었고, 양피지 갓이 씌워진 램프의 불빛이나, 강렬한 적색과 청색이 어우러진 부하라 러그, 혹은 깊은 바닷속 물빛 같은 샤갈의 위조품(《누워 있는 시인》, 1915년)도 아니었다. 한쪽 벽 전체를 차지하는 다섯 칸짜리 책장을 가득 채워서 총 30미터쯤 되는 문서보관함, 스크랩한 기사로 꽉 채워 검은색 라벨을 붙여놓은 상자들, 그 반대쪽 남쪽으로 난 창문 옆에 놓인 작은 고층 건물 모형 같은 하드디스크드라이브, 내가 이 대저택과 이 두 단어 사이에 다리를 놓는 것을 돕기 위해 그 안에서 기다리고 있는 3기가바이트의 데이터였다.

갑자기 두근거리는 사랑의 감정이 차오르면서 클래리사가 떠올랐다. 우리의 반목을 바로잡는 게 어렵지 않을 것 같았다. 내 행동이 나빴거나 내 생각이 틀렸기 때문이 아니라, 내가 너무도 명백하게, 이론의 여지 없이 옳고, 그녀의 생각이 틀렸기 때문이었다. 어서 집으로 돌아가야 했다.

여전히 비가 내리고 있었지만, 빗줄기는 많이 약해져 있었다. 200미터 앞 도로의 신호등이 벌써 바뀌었고, 달려오는 차들의 위치를 보니 패리가 몇 초 안에 길을 건너올 수 있을 것 같았다. 그래서 나는 두 손으로 얼굴을 가린 채 울고 있는 패리를 그대로 두고 출발했다. 패리는 돌아서서 좁은 주택가 골목길을 빠른 걸음으로 걷기 시작한 나를 보지 못한 것 같았다. 그가 그렇게 울면서도 지금 내가 걷는 속도로 나를 쫓아올 용기를 낸다고 해도, 나는 블록을 돌아가며 속도를 두 배로 올려서 바로 그를 떼어낼 수 있었을 것이다.

열하나

사랑하는 조,

행복감이 전류처럼 온몸에 흐르는 게 느껴져요. 눈을 감으면 어젯밤 비를 맞으며 길 건너편에 서 있던 당신의 모습이 보여요. 굳이 말하지 않아도 우리는 서로에게 강철 케이블처럼 강한 사랑을 느끼고 있었죠. 나는 눈을 감고 하느님께 큰 소리로 감사드려요. 당신이 존재하게 해주셔서, 당신과 같은 시간 같은 공간에 내가 존재하게 해주셔서, 우리가 이 낯선 모험을 시작하게 해주신 것에 대해. 난 우리 사이에 일어나는 아주 작은 일들까지 모두 그분께 감사드려요. 오늘 아침에 일어났을 땐 햇빛이 침대 옆 벽에 완벽한 원을 그려놓았더라고요. 그것을 보고 똑같은 햇빛을 당신에게도 비추신 그분께 감사드렸어요. 어젯밤엔 당신을 흠뻑 적신 비가 나도 흠뻑 적셔 우리를 하나로 만들어주었죠. 나를 당신에게 보내주신 그분을 찬미해요. 우리 앞에 어려움과 고통이 놓여 있다는 거 알아요. 하지만 그분이 우리를 위해 마련하신 길이 험한 것은 목적이 있기 때문이에요. 그분의 목적인 거예요! 그것이 우리를 시험하고 우리를 강하게 만들고, 결국에는 우리를 훨씬 더 큰 기쁨으로 인도할 거예요.

당신에게 사과해야 한다는 거 알아요. 사과라는 말로는 부족하다는 것도 알아요. 나는 당신 앞에 벌거벗은 채 무방비로 서서 당신의 자비와 용서를 간청하고 있어요. 당신은 처음부터 우리의 사랑을 알고 있었으니까요. 그가 추락한 후 그 언덕 위에서 우리의 눈길이 잠깐 스치고 지나갔을 때 당신은 그 안에 깃든 사랑의 전기와 힘과 축복을 알아보았지만, 나는 멍청하게도 그것을 부정했고, 그것으로부터 나 자신을 보호하려고 했고, 그런 일이 일어나지 않는다고, 이런 식으로 일어날 리 없다고 애써 믿으려고 했어요. 당신이 눈빛과 몸짓으로 내게 하는 말들을 무시했어요. 언덕을 따라내려가서 당신에게 함께 기도하자고 제안하는 것만으로 충분하다고 생각했죠. 당신이 이미 본 것을 내가 알아보지 못해 나한테 화가 난 건 당연한 일이에요. 너무나 분명한 일이 일어났으니까요. 나는 왜 그것을 인정하지 않으려고 했을까요? 당신은 내가 너무나 둔감하다고, 한심한 멍청이라고 생각했을 거예요. 그렇게 돌아서서 가버린 건 당연한 일이었어요. 지금도 당신이 다시 언덕을 오르기 시작하던 그 순간을 떠올리면, 거절당한 슬픔을 보여주던 당신의 굽은 어깨와 무거운 발걸음을 떠올리면 내 태도에 화가 나서 나도 모르게 탄식이 흘러나와요. 조, 주님의 이름으로,

부디 나를 용서해줘요.

이젠 알 거예요, 당신이 본 것을 나도 봤다는 사실을. 당신은, 당신이 처한 상황과 클래리사의 감정을 세심하게 배려하느라 행동에 제약을 받는 당신은, 어떤 간섭하는 귀와 눈도 알아채지 못할 방식으로, 오직 나만이 알 수 있는 방식으로 나를 환영해줬어요. 당신은 내가 당신에게 갈 수밖에 없는 운명이란 것을 알고 있었어요. 나를 기다리고 있었어요. 그래서 당신이 눈으로 내게 한 말의 의미를 깨닫자마자 그날 밤 늦게 당신에게 전화한 거예요. 전화를 받은 당신의 목소리에서 안도감이 느껴졌어요. 당신은 조용히 내 말을 듣고만 있었지만, 당신이 고마워하는 것을 내가 알아차리지 못했다고는 생각하지 말아요. 나는 수화기를 내려놓고 기쁨의 눈물을 흘렸어요. 당신도 울고 있을 거라고 생각했고요. 이제 드디어 삶이 시작된 거니까요. 모든 기다림과 외로움과 기도가 결실을 맺었잖아요. 그래서 나는 무릎을 꿇고 하느님께 감사기도를 드렸어요. 동이 틀 때까지 계속. 그날 밤 당신은 잠을 잤나요? 아마 못 잤겠죠. 당신은 어둠 속에서 깨어 있었을 거예요. 클래리사의 숨소리를 들으면서 이 모든 일이 우리를 어디로 데려갈지 궁금해하고 있었을 거예요, 아닌가요?

조, 당신은 정말 대단한 일을 시작한 거예요!

우리는 서로에게 할 이야기가 많고, 빨리 해나가야 할 일도 많아요. 해저 탐험은 시작됐지만, 해수면은 전혀 영향을 받지 않고 잔잔하잖아요. 무슨 말이냐 하면, 당신은 내 영혼을 보았고(그렇다고 확신해요), 내 마음 깊숙이 들어오는 방법도 알고 있지만,

내 일상생활에 대해서는 아는 게 거의 없다는 거예요. 직업이 뭔지, 어디 사는지, 어떻게 살아왔는지 등등 내 이야기를 모르잖아요. 알아요. 그건 껍데기에 불과하다는 거. 하지만 우리 사랑은 모든 것을 포괄해야 하니까요. 난 이미 당신 삶에 대해 많이 알고 있어요. 당신을 알아가는 것을 내 일과 내 사명으로 삼았거든요. 당신은 나를 당신의 일상으로 끌어들였고, 그걸 이해하라고 요구했어요. 중요한 건 난 당신의 요구를 아무것도 거절할 수 없다는 거예요. 당신에 관한 시험이 있다면, 내가 1등 할 거예요. 한 문제도 안 틀릴 자신 있어요. 당신도 내가 엄청 자랑스러울 거예요!

자, 그럼 나의 해수면, 나의 껍데기에 관한 이야기를 할게요. 당신이 조만간 여기 올 거라는 걸 알아요. 나는 프로그날 길에서 약간 안쪽에 들어가 있는 아름다운 주택에서 살고 있어요. 잔디밭에 둘러싸여 있고, 안마당은 아무도 볼 수 없죠. 대문 안으로 들어와서(우체부 외에는 그럴 사람도 거의 없지만) 현관까지 와도 잘 안 보여요. 웅장한 프랑스식 저택의 축소판이에요. 연녹색 미늘창이 달린 덧문도 있고, 지붕에는 어린 수탉 모양의 풍향계가 달려 있어요. 원래는 엄마 집이었는데, 4년 전에 엄마가 암으로 돌아가셨어요. 엄마는 이모한테 그 집을 상속받았는데, 그 이모는 이혼 위자료로 그 집을 받고 몇 주 후에 교통사고로 돌아가셨죠. 당신에게 이런 이야기를 시시콜콜 하는 이유는 우리 가족에 대해 잘못된 인상을 가질까봐 걱정돼서예요. 이모는 부동산 경기가 한창 좋을 때 부자가 된 사기꾼과 결혼해서 불행하게 살았고, 나머지 가족은 평범한 직업을 갖고 근근이 먹고살았어요. 내 아버지는 내가 여덟 살 때 돌아가셨고요. 누나가 하나 있는데 호주에 살고 있고, 어머니가 돌아가셨을 때도 연락할 수가 없었어요. 무슨 이유에선지 유언장에도 누나 이름이 빠져 있더라고요. 사촌이 너덧 명 있지만 교류는 없어요. 내가 알기로 우리 가족 중에 열여섯 살 넘어서까지 교육을 받은 사람은 나밖에 없어요. 그래서 내가 여기 있는 거예요. 하느님이 당신의 목적을 이루기 위해 내게 주신 성의 왕으로.

나는 당신이 내 주변 어디에나 함께 있음을 느껴요. 다시는 당신에게 전화하지 않을 거예요. 클래리사도 있고 너무 어색하거든요. 편지가 당신을 더 가깝게 느끼게도 하고요. 당신이 여기 내 옆에 앉아 내가 보는 것을 함께 보는 모습을 상상해요. 나는 서재를 확장해 만든 실내 발코니 공간에 놓인 작은 나무 탁자 앞에 앉아서 안뜰을 내다보고 있어요. 꽃이 핀 두 그루의 벚나무에도 비가 내리고 있네요. 가지에 앉은 타원형 빗방울이 꼭 벚꽃잎의 연한 분홍색에 물든 것처럼 보여요. 가지 하나가 철책 너머로 뻗어 있어서 잘 보여요. 사랑이 내게 새로운 눈을 선사했고, 그래서 나는 명료하고 자세하게 사물을 봐요. 오래된 나무 기둥의 결, 그 아래 젖은 잔디밭의 풀잎들, 1분 전 내 손을 가로질러 기어간 무당벌레의 가늘고 간질거리는 검은색 다리들. 보이는 모든 것을 만지고 쓰다듬고 싶어요. 드디어 내가 깨어났어요. 살아 있는 느낌이 너무나 생생하고, 사랑으로 정신이 번쩍 드는 것 같아요.

촉감과 젖은 풀잎 얘기를 하니까 생각나는 게 있어요. 어제저녁 당신이 집에서 나와 산울타리 위쪽을 손으로 쓱 훑고 지나가는 걸 보고 처음에는 이해를 못했어요. 나도 그곳으로 가서 손을 뻗어 당신이 만진 나뭇잎들을 만져보았죠. 하나하나 만져보니, 정말 놀랍게도 당신이 만진 잎들은 만지지 않은 잎들과 다르더군요. 잎에서 빛이 났고, 젖은 잎들을 훑고 간 손가락에서 타는 듯한 열감이 느껴졌어요. 그제야 깨달았죠. 당신이 특정한 방식으로 그 잎들을 만지면서 간단한 메시지를 전하고 있다는 걸요. 내가 그걸 놓칠 거라고 생각했어요? 조! 당신은 너무나 단순하고, 너무나 영리하고, 너무나 다정해요. 비와 나뭇잎과 피부를 통해 사랑을 전해 듣다니 참으로 멋진 일이에요. 하느님의 감각적인 창조의 실타래를 풀어 뜨거운 촉감을 느끼면서 짜는 아름다운 무늬, 그게 바로 사랑이에요. 경이로움을 느끼면서 거기에 한 시간이라도 서 있을 수 있었지만, 당신을 놓치기 싫었어요. 당신이 빗속을 뚫고 나를 어디로 데려가는지 알고 싶었죠.

　그 이야기는 나중에 하고, 먼저 해수면 이야기로 돌아갈게요. 난 레스터 광장 근처에 있는 학원에서 외국인 학생들에게 영어를 가르쳤어요. 그런대로 견딜 만했지만, 다른 교사들하고 어울리질 못했어요. 다들 진지하지 못했는데, 그게 나랑 안 맞았어요. 내가 종교활동을 열심히 하는 걸 보고 다들 내 뒤에서 많이 흉봤을 거예요. 분명히. 요즘엔 그런 거 촌스럽게 보잖아요! 집과 예금을 물려받자마자 그 일을 관두고 이 집으로 들어왔어요. 피정이라고, 기다리는 거라고 생각했죠. 이토록 아름다운 저택을 내가 물려받은 데는 무슨 목적이 있을 거라고 굳게 믿었어요. 아르노스 그로브에 있는 방 한 칸짜리 허름한 아파트에 살다가 하루아침에 햄프스테드의 대저택과 은행에 예치된 거금의 주인이 되었으니까요. 분명히 하느님의 계획이 있을 거라고 생각했어요. 그리고 내 의무는 마음을 가라앉히고 침묵의 소리에 귀 기울이고 준비하는 거라고 생각했죠. 시간이 흐르면서 내 생각이 맞았다는 걸 알게 됐어요. 나는 기도하고 묵상하고 때로는 시골에 가서 오래도록 산책도 했어요. 조만간 그분의 목적이 밝혀질 거라고 생각했죠. 그때를 위해 마음의 미세한 부분까지 조정해놓고 최초의 신호를 알아볼 수 있게 준비하는 것이 내가 해야 할 일이었어요. 그래서 열심히 준비했는데도 놓치고 만 거예요! 그 언덕 위에서 당신과 눈이 마주쳤을 때 알았어야 했는데. 그날 저녁 이곳의 침묵과 고독 속으로 돌아오고 나서야 이해하기 시작했어요. 그래서 당신에게 전화를 건 거예요…… 그런데 지금도 난 제자리걸음만 하고 있을 뿐이네요.

이 집이 당신을 기다리고 있어요. 조. 서재와 포켓볼 룸, 아름다운 벽난로와 커다랗고 고풍스러운 소파가 있는 거실이 당신을 기다려요. 심지어 소형 영화관(물론 비디오도 많이 있어요)과 운동실, 사우나까지 있어요. 물론 장애물도 존재해요. 산맥처럼 높은 장벽! 그 가운데 가장 큰 것은 당신이 하느님을 부정한다는 사실이에요. 하지만 난 그걸 꿰뚫어봤고, 당신도 그 사실을 알고 있어요. 사실 당신이 계획적으로 그러는 건지도 모르죠. 나와 게임을 하는 건지도. 절반은 유혹이고 절반은 시련인 게임. 당신은 내 신앙의 한계를 알아내려고 애쓰고 있어요. 내가 이렇게 쉽게 당신을 꿰뚫어볼 수 있다는 게 무섭지 않나요? 당신이 그 사실에 전율을 느끼면 좋을 텐데. 당신이 메시지와, 내 영혼을 두드리는 암호들을 가지고 나를 이끌 때 내가 전율을 느끼듯이. 나는 당신이 하느님께로 나아올 거라는 걸 알아요. 사랑을 통해 당신을 하느님 앞으로 이끄는 것이 내 목적임을 아는 것처럼. 아니면 이렇게 표현해볼까요? 나는 사랑의 치유력을 통해 당신과 하느님 사이의 벌어진 틈을 메울 거예요.

조, 조, 조…… 고백할 게 있어요. 당신 이름을 계속 써서 종이 다섯 장을 채웠어요. 비웃어도 되지만, 너무 심하게 비웃진 말아요. 나를 잔인하게 대할 수도 있겠지만, 너무 잔인하게 굴진 말고요. 우리가 하는 게임 뒤에는 당신의 것도 내 것도 아닌 목적이 숨어 있어요. 우리가 함께하는 모든 행동, 우리를 구성하는 모든 것이 하느님의 보살핌을 받고 있고, 우리의 사랑도 그분의 사랑이 있기 때문에 존재하고 형태를 갖추고 의미를 갖는 거예요. 우리 클래리사 문제도 의논해야 하는데. 무엇이 최선인지 당신이 결정하고 내게 알려주는 것이 맞을 것 같아요. 내가 그녀와 이야기하길 원하나요? 그렇다면 기꺼이 할게요. 아니, 물론 기쁜 건 아니고, 마음의 준비가 되어 있다는 뜻이에요. 아니면 셋이 같이 만나 결론을 낼까요? 난 그녀에게 고통을 훨씬 덜 주는 방식으로 이 문제를 해결할 수 있다고 확신해요. 하지만 이건 당신이 결정할 일이고, 난 당신의 결정을 기다릴 거예요. 이 편지를 쓰는 동안 당신이 함께 있다는 것을 느꼈어요. 바로 내 팔꿈치 옆에. 어느새 비가 그쳤고, 새들이 다시 노래를 부르고, 공기는 훨씬 더 산뜻해졌어요. 이 편지를 끝맺는 것이 이별하는 것처럼 느껴져요. 내가 당신

곁을 떠날 때마다 당신을 실망시키고 있다는 느낌이 자꾸만 드네요. 나는 언덕 밑에서의 그때를 결코 잊지 못할 거예요. 당신을 처음 본 순간 우리의 사랑을 알아보길 거부한 나 때문에 충격받고 상처받은 모습으로 내게서 돌아서던 당신 모습을 결코 잊지 못할 거예요. 미안하다는 말을 절대 멈추지 않을게요. 조, 나를 용서해 줄래요?

제드

열둘

과학계에서 실패했다는 느낌과 내가 기생충 같고 주변인 같다는 느낌이 나를 떠난 적은 별로 없었다. 아니, 전혀 없었다. 예전부터 느껴왔던 불안감은 로건의 추락 사건으로 인해, 혹은 패리 문제로 인해, 혹은 클래리사와의 관계에 틈이 생기고 소원해진 느낌으로 인해 다시 강렬해졌다. 분명한 것은, 서재에 앉아 열심히 생각한다고 해도 내 불안감의 원인이나 해결책에 접근할 수 없다는 것이었다. 20년 전이었다면 전문가에게 상담을 받았겠지만, 어느 순간엔가 상담 치료에 대한 신뢰를 잃었다. 내 눈엔 고상한 사기로밖에 보이지 않았다. 요즘엔 드라이브가 좋았다. 패리의 편지가―그러니까 첫번째 편지가―도착하고 이틀 후 나는 로건의 부인, 진 로건을 만나러 차를 몰고 옥스퍼드에 갔다.

그날 아침 고속도로는 왠지 모르게 한산했고, 희끄무레한 하늘에는 아무것도 없어 차분한 느낌이 들었다. 뒤쪽에서는 상쾌한 바람이 불고 있었다. 급경사면이 나타나기 전까지는 길게 뻗은 도로를 제한속도의 두 배 가까이 속도를 높여 달렸다. 강한 질주, 집중력의 일부는 (경찰이나 패리 때문에) 룸미러를 보는 데 써야 한다는 사실, 그리고 운전에 집중해야 한다는 당위성 때문에 마음이 차분해졌고, 마음이 정화된다는 착각마저 들었다. 사고 현장에서 북쪽으로 5킬로미터쯤 가면 나오는 백악이 잘려나간 경사면을 통과해 달려내려가자, 옥스퍼드 계곡이 마치 외국의 풍경처럼 내 앞에 불쑥 나타났다. 나는 빅토리아시대풍의 대저택에 감금되어 있는 슬픔을 마주하러 평평한 초록의 안갯속을 25킬로미터나 달려가고 있었다. 나는 속도를 시속 110킬로미터 정도로 줄이고 잠시 생각할 시간을 가졌다.

나는 커튼과 신호에 대한 데이터베이스를 샅샅이 뒤졌지만 전혀 성과가 없었다. 스크랩 기사를 모아둔 문서보관함 몇 개를 무작위로 열어보았지만, 단서가 될 만한 분명한 제목 하나가 없어 30분 만에 포기했다. 신호로 사용되는 커튼에 관해 어디서 무슨 글을 읽은 건 분명했고, 그것은 패리와 관련이 있었다. 나는 적극적으로 찾기를 중단하고, 더 강력한 연상이 꿈에서라도 나타나주기를 바라는 것이 최선이겠다고 생각했다.

클래리사와의 문제도 크게 좋아지지 않았다. 사실 우리는 대화도 하고, 다정하게 대하고, 출근 전에 잠깐이긴 했지만 심지어 사랑도 나누었다. 나는 아침 식탁에서 패리의 편지를 읽었고, 다 읽고 나선 클래리사에게 건넸다. 그녀는 패리가 미쳤다고, 내가 괴롭힘을 당한다고 느낄 만했다고 말하면서, 나와 의견을 같이하는 것으로 보였다. "보였다"라고 한 것은 그녀가 전폭적으로 내 의견에 동의를 표한 건 아니었고, 내가 옳았다고 말했다 하더라도—실제로 그렇게 말했던 것으로 기억한다—자신이 틀렸다는 것을 진심으로 인정한 적은 한 번도 없었기 때문이다. 나는 그녀가 여러 선택지를 열어놓고 있다고 느꼈지만, 내가 물어보자 그녀는 부인했다. 그녀는 찌푸린 표정으로 그 편지를 끝까지 읽었고, 어느 순간엔 잠깐 고개를 들고 말했다. "이 사람 글, 꼭 당신이 쓴 글 같은데."

그러고는 패리한테 정확히 무슨 말을 했느냐고 내게 물었다.

"꺼지라고 했지." 내가 지나치게 흥분하면서 말했다. 그러고는 그녀가 다시 물어보자, 화가 나서 목소리를 높였다. "산울타리 나뭇잎 타령하는 거 봐봐! 미친놈이야, 모르겠어?"

"알아." 그녀는 조용히 말하고 나서 계속 편지를 읽었다. 나는 그녀가 마음에 걸려하는 게 무엇인지 알 것 같았다. 나와의 과거, 약속과 음모가 있었음을, 우리 둘이 서로 시선과 몸짓을 교환하며 은밀하게 사귀고 있었음을 패리가 교묘하게 암시하고 있었기 때문이다. 그리고 나는 그런 일이 실제로 있을 때 보여줄 것 같은 태도로 그 사실을 부인하고 있는 것처럼 보였기 때문이다. 아무것도 숨길 게 없다면 뭣하러 그렇게 필사적으로 부인하겠는가? 마지막에서 두번째 페이지에 나온 "클래리사 문제"에 이르자 그녀는 읽다 말고 고개를 돌려 나를 외면했다. 그녀는 천천히 심호흡을 했다. 그러고는 들고 있던 종이를 내려놓고 손끝으로 이마를 만졌다. 그녀가 패리의 말을 믿어서 그런 반응을 보이는 게 아니라고 나는 스스로를 안심시켰다. 그의 편지에서 너무나 열정적인 자기 확신이 느껴지고 감정이 숨김없이 드러나 있어서—패리는 분명 자신이 묘사한 감정들을 실제로 경험했을 것이다—그 내용에 어울리는 적절한 반응이 자동적으로 나올 수밖에 없었을 것이다. 쓰레기 같은 영화도 관객을 울릴 수 있지 않은가. 우리 둘다 고차원적 추론 과정의 검열을 피하면서 우리의 역할을—나는 불륜이 들통나 분개한 애인 역할을, 클래리사는 잔인하게 배신당한 여자 역할을—시늉만이라도 하도록 강요하는 깊은 감정적 반응을 자연스레 보이고 있는 거였다. 하지만 내가 이런 말을 하려고 하는데 클래리사가 나를 보더니 내 어리석음에 놀란 듯한 표정으로 고개를 약간 가로저었다. 그녀는 편지의 마지막 몇 줄은 흘끗 쳐다보고 제대로 읽지도 않았다.

그녀가 갑자기 일어서자 내가 물었다. "어디 가려고?"

"출근 준비해야지." 그녀가 서둘러 부엌을 나갔고, 나는 그녀가 결론 내기를 거부한다는 느낌을 받았다. 서로의 사랑을 확인하고, 서로를 안심시키는 시간을 가졌어야 했다. 나란히 혹은 등을 맞대고 서서 우리의 사생활을 침범하려는 이런 시도에 맞서 서로를 보호해줬어야 했다. 그러나 이미 우리는 사생활을 침범당한 것으로 보였다. 그녀가 돌아왔을 때 나는 이 말을 하려고 했지만, 이번에는 그녀가 웃는 얼굴로 다가와 내 입에 키스했다. 우리는 부엌에서 1분은 족히 끌어안고 있으면서 사랑의 말을 주고받았다. 우리는 하나였고, 그래서 하려고 했던 말을 할 필요가 없었다. 잠시 후 그녀가 내게서 떨어져 서더니, 외투를 집어들고 집을 나갔다. 우리 사이에 언급되지 않은 갈등이 남아 있는 것 같은데 뭔지 정확히 알 수가 없었다.

나는 부엌에 좀더 머물면서 접시를 치우고 커피를 마저 마시고 여러 장에 쓰인 편지를 한데 모았다. 그 작은 파란색 종이들을 보니 무슨 이유에선지 반†문맹이 연상되었다. 클래리사와 내가 별다른 노력 없이 수년간 유지해온 편안한 관계가 이제는 들고 다니는 골동품 시계처럼 정교하게 만든 물건이나 세심하게 균형을 맞춘 책략으로 보였다. 우리는 그 관계를 지속하는 방법을, 혹은 힘들게 노력하지 않고 지속하는 방법을 잊어가고 있었다. 최근 들어 클래리사와 대화할 때마다, 나는 내가 하는 말이 가져올 수 있는 다양한 결과를 의식했다. 패리가 나에게 열중하는 것에 내가 은근히 우쭐댄다는 인상을 그녀에게 주었을까? 내가 무의식적으로 그를 유혹하고 있다거나, 의식하지 못하지만 그를 지배하는 것을, 혹은—아마도 클래리사는 이렇게 생각하겠지만—그녀를 지배하는 것을 즐기고 있다는 인상을 그녀에게 주었을까?

자의식은 성적인 기쁨을 파괴한다. 불과 한 시간 반 전에 우린 침대에서 어떤 이유에선지 서로에게 확신을 주지 못했다. 마치 우리의 점막 사이에 미세먼지나 모래 알갱이나 그에 상응하는 정신적인 먼지가, 그러나 해변의 모래처럼 만져볼 수 있는 것이 존재하는 느낌이 들었다. 클래리사가 출근한 후 나는 식탁에 앉아 정신에서 체세포에 이르는 우울한 일련의 과정—나쁜 생각, 흥분의 감소, 최소의 윤활—과 통증에 대해 생각했다.

무엇이 나쁜 생각이었을까? 하나는 논리의 책임을 거부하는 감정의 영역에서 클래리사가 패리를 나의 잘못이라고 생각하는 것 같다는 의심이었다. 그녀는 패리가 오직 나만이 불러낼 수 있는 유령, 혼란스럽고 불완전한 내 성격이 혹은 그녀가 즐겨 쓰는 표현대로 내 '순진함'이 만들어낸 유령이라고 생각했다. 내가 우리 사이에 패리를 끌어들였고, 그와의 관계를 부정하면서도 그를 계속 붙잡아두고 있다고 믿었다.

클래리사는 그렇게 생각하는 내가 틀렸다고, 말도 안 되는 소리라고 말했지만, 자신의 태도에 대해서는 해명하지 않았다. 그날 아침 옷을 입으면서 나의 태도에 대해서는 말했다. 내가 매우 불안해 보인다고 했다. 나는 부츠를 신으면서 잠자코 들었다. 그녀는 내가 좋은 환경에서 즐겁게 일하고 있고 일도 잘하면서 과학계로 돌아가겠다는 오랜 집착에 다시 빠져드는 것을 보는 게 너무 싫다고 말했다. 자기는 나를 도우려고 노력했지만, 단 이틀 만에 내가 패리에게 정신이 팔려 너무나 흥분해 있고, 너무나…… 그녀는 적절한 표현을 찾으려고 잠깐 말을 멈추었다. 그리고 문간에 서서 실크 안감을 댄 주름 스커트를 허리로 끌어올리고 있었다. 아침에 보니 창백한 안색 때문에 눈이 더 진한 초록색으로 보였다. 그녀는 아름다웠다. 범접할 수 없는 사람처럼 보였는데, 그녀가 고른 단어 때문에 그런 인상이 더 강해졌다. "……**외로워 보여**, 조. 이 모든 일의 와중에도, 심지어 나와 그 얘기를 하고 있을 때도, 너무 외로워 보인다고. 나를 마음에 들이지 않고 문을 닫아건 느낌이고. 내게 말하지 않는 게 있는 것 같아. 진심을 얘기하는 것 같지 않다고."

나는 그냥 그녀를 바라보았다. 둘 중 하나일 것이다. 지금 같은 때 내가 항상 그녀에게 진심을 말했거나, 아니면 단 한 번도 진심을 말한 적이 없고 진심을 말한다는 게 무슨 뜻인지 모르거나. 하지만 그때 나는 그런 생각을 하고 있지 않았다. 나는 그녀를 처음 만났을 때 했던 생각을 다시 하고 있었다. 나처럼 덩치 크고 평범하게 생긴 인간이 어떻게 이런 미인을 차지했지? 그러자 또다른 나쁜 생각이 떠올랐다. 그녀는 자기가 밑지는 장사를 했다고 생각하기 시작한 걸까?

그녀는 우리가 아직 온 줄도 모르고 있던 패리의 편지가 기다리는 복도로 나가려고 방을 나서다가 나를 흘끗 바라보았다. 그녀는 내 표정을 오해했다. 그러고는 비난이 아니라 간청하는 어조로 말했다. "지금 나를 보는 눈빛만 해도 그래. 당신은 내가 결코 알 수 없는 온갖 계산을 하고 있는 것 같아. 복식부기로 장부를 쓰듯 마음을 정리하는 게 진실에 이르는 최선의 길이라고 생각하는 것 같다고. 근데 그러면 당신한테 손해라는 걸 모르겠어?"

내가 "당신이 참 사랑스럽다고, 나한테 과분한 사람이라고 생각하고 있었어"라고 말했어도 그녀는 내 말을 믿지 않았을 것이다. 그렇다고 내가 일어서면서 어쩌면 나야말로 그녀에게 과분한 사람이라는 생각을 한 것도 아니다. 그렇다. 균형, 복식부기. 그녀가 옳았다. 그리고 두 번이나 내가 아무 말도 하지 않았기 때문에 그녀는 내 마음을 알지 못할 터였다. 나는 그녀에게 미소를 지으며 말했다. "아침 먹으면서 얘기해보자." 그러나 우리가 아침을 먹으면서 나눈 이야기는 패리의 편지에 대한 거였고, 대화는 좋지 않게 끝났다.

클래리사가 떠난 후 나는 식탁을 치우고 나서 다 식은 커피를 들고 식탁 앞에 앉았다. 그리고 마치 우리집을 공격하고 있는 바이러스 포자들을 억제하려는 것처럼 패리의 편지를 작고 비좁은 봉투에 밀어넣었다. 나쁜 생각이 더 삐져나왔다. 어쩌면 이 모든 것이 백일몽인데, 그 꿈이 끝까지 상영되게 내버려둬야 하는 것인지도 몰랐다. 클래리사가 패리를 위장막으로 이용하고 있다는 생각이 퍼뜩 들었다. 이번에 그녀가 보이는 반응이 많이 낯설었다. 그녀는 나를 패리와 연관시킴으로써 상황을 악화시키려고 하는 것 같았다. 그 이유를 어떻게 설명할 수 있을까? 나와의 동거를 후회하기 시작한 걸까? 혹시 다른 사람을 만난 것일까? 그녀가 나를 떠나고 싶은 거라면, 패리와 나 사이에 뭔가 있다고 확신하는 편이 떠나기에 더 수월하다고 생각했을 것이다. 진짜 다른 사람을 만난 건가? 직장에서? 동료? 학생? 이것이 인정받지 못한 자기 설득의 예가 될 수 있을까?

나는 자리에서 일어섰다. 자기 설득은 진화심리학자들이 매우 좋아하는 개념이었다. 나는 호주 잡지에 기고하기 위해 자기 설득에 관한 글을 쓴 적이 있었다. 그것은 순전히 심심풀이 과학이었고, 요지는 이랬다. 인간이 항상 그래왔듯 집단 속에서 산다면, 자신의 욕구와 이해관계를 타인에게 납득시키는 것이 자신의 건강과 행복에 중요한 역할을 할 것이다. 그러기 위해서는 때로는 계략도 써야 했다. 먼저 자신을 완벽히 설득해서 자신이 하는 말을 믿는 척 연기할 필요조차 없다면 가장 큰 설득력이 있을 것이다. 그렇게 자신을 속인 개인들은 출세해서 잘살았고, 그들의 유전자도 번성했다. 그래서 우리가 옥신각신 다툰 것이다. 우리의 고유한 지성이 우리에게 유리한 주장만 하기 위해 그리고 우리 주장의 약점을 선택적으로 모른 척하기 위해 항상 동원되고 있었기 때문에.

부엌을 가로질러갈 땐, 솔직히 내가 어디 가는지 몰랐다고 말할 수도 있었다. 클래리사의 서재 문 앞에 섰을 땐, 내 호치키스를 가지러 들어간다고 변명거리를 생각해냈다. 그녀의 책상을 향해 작은 방을 걸어갈 땐, 아침에 배달된 내 우편물이 그녀의 것과 섞이지는 않았는지―그런 일이 종종 일어나니까―확인하러 들어온 거라는 변명도 보탰다. 내가 타 넘어야 할 도덕적 장벽이 있었고, 그 장벽을 넘을 수단은 내가 그녀의 행동을 규정하는 데 썼던 바로 그 자기 설득이었다.

클래리사의 서재는 본인이 의도한 것과 달리 진지한 공간으로는 보이진 않았다. 그녀가 진짜 일을 하는 연구실은 대학교에 따로 있었다. 집의 서재는 가정과 직장 사이의 환승역이자 논문과 책, 학생들의 숙제를 쌓아두는 진열장이었다. 대자 대녀를 위한 관측소이기도 했다. 클래리사는 여기서 대자 대녀가 보낸 편지의 답장을 썼고, 그들에게 보낼 선물을 포장했으며, 그들이 보낸 그림과 선물을 여기저기 진열했다. 공과금 이체도 여기서 했고, 친구들에게 보내는 편지도 여기서 썼다. 우표와 고급 봉투와 작년에 있었던 주요 전시회의 기념엽서가 필요하면 그녀에게 부탁하면 됐다.

그녀의 책상 앞에 선 나는 호치키스 찾는 시늉을 했고, 신문 밑에서 찾았다. 심지어 만족하는 소리까지 냈다. 납득시키고 싶은

어떤 존재가, 경건한 구경꾼이 그 방안에 있었던 것일까? 이런 몸
짓은 우리를 지켜보는 신에 대한 믿음의 잔재일까? 유전적으로나
사회적으로 각인되어 있는 잔재? 내가 호치키스를 주머니에 쓱
밀어넣은 뒤에도 서재를 나가지 않고 책상 위에 놓인 잡다한 것들
을 들춰보는 순간, 나의 정직성과 순진성, 자존감뿐만 아니라 연
기력까지 무너졌다.

　당연히 이젠 내가 하는 행동을 부정할 수 없었다. 나는 내가 이
러는 게 매듭을 풀고, 무언의 혼돈에 빛을 비추어 이해하기 위해
서라고 스스로를 다독였다. 고통스럽지만 꼭 필요한 일이었다. 나
는 클래리사를 그녀 자신으로부터, 그리고 나를 패리로부터 구해
줄 작정이었다. 우리가 그동안 화목하게 잘살 수 있게 해준 그 사
랑과 유대감을 새로이 확인할 생각이었다. 확인해서 내 의심에 아
무 근거가 없으면, 의심을 버려야 했다. 나는 그녀가 최근에 받은
편지를 모아둔 서랍을 열었다. 그녀의 프라이버시를 침해하는 정
도가 심해지면서 내 행동은 갈수록 거칠어지고 있었다. 내가 나쁜
행동을 하고 있다는 사실에도 무감각해졌다. 질기고 단단한 무언
가가―방패막이나 껍질 같은 것이―나 자신을 양심으로부터 보
호하기 위해 생겨나고 있었다. 합리화가 정의라는 편파적인 개념
을 만나 단단해졌다. 나는 무엇 때문에 클래리사가 패리에 대해
내 기대와는 다른 반응을 보이는지 알 권리가 있었다. 무엇이 그
녀가 내 편이 되지 못하게 막는 것일까? 수염을 기른 애송이 대학
원생? 나는 봉투 한 개를 집어들었다. 3일 전 소인이 찍혀 있었
다. 작고 화려하게 갈겨쓴 이탤릭체로 주소가 적혀 있었다. 그 안

에 든 편지지 한 장을 꺼냈다. 인사말만 보고도 가슴이 철렁했다. **사랑하는 클래리사**. 하지만 별것 아니었다. 여자 동창이 가족에 관한 소식을 전하는 편지였다. 다시 집어든 편지는 클래리사의 대부인 저명한 케일 교수가 보낸 것인데, 클래리사의 생일날 식당에서 점심식사를 함께하자고 우리 두 사람을 초대하는 편지였다. 그건 이미 알고 있는 얘기였다. 세번째 편지는 그녀의 오빠 루크가 보낸 편지였다. 네번째, 다섯번째 편지, 비난할 거리가 없는 편지가 쌓여가자 마음이 불편해지기 시작했다. 세 통을 더 펴보았다. 그 편지들 속에는 내가 사랑하는 여자, 바쁘고 지적이고 공감 능력이 있고 복잡한 정신세계를 가진 여자의 삶이 들어 있었다. 너 여기서 뭐 하는 거야? 너의 독으로 우리 삶을 더럽히고 있잖아! 나가, 빨리! 나는 마지막 편지를 꺼내려다 포기했다. 나 자신이 얼마나 혐오스러운지 서재를 나오면서도 호치키스가 있는지 확인하느라, 혹은 확인하는 시늉을 하느라 주머니를 만졌다.

이제 나는 헤딩턴의 혼란스러운 일상으로 들어가려고 늘어선 차들 사이에 끼어 있었다. 저 앞 신호등 너머에서 이층 버스가 고장으로 서 있고, 수리팀이 차량통제를 하는 바람에 벌써 도로가 좁아져 있었다. 차들은 기다렸다가 순서대로 좁은 도로를 빠져나가야 했다. 내가 클래리사의 서재에 침입한 일은 우리 관계의 악화와 패리의 은밀한 성공을 보여주는 획기적인 사건이었다. 그날 밤 퇴근한 클래리사는 친절했고 활기가 넘치기까지 했지만, 나는 너무 부끄러워서 편히 쉴 수 없었다. 자의식이 더 커진 탓이었다. 그리고 이젠 정말로 그녀에게 숨길 일이 생겼다. 내 순수함의 선을 넘고 또 넘은 것이다.

　다음날 아침 내 서재에 홀로 앉아 지도교수가 보낸 편지를 읽고 학과 내에 나를 위한 자리가 없다는 사실을 알았을 땐, 나의 클래리사 서재 침입과 유사한 일이, 순수한 꿈의 죽음을 상징하는 일이 일어난 것처럼 느껴졌다. 지도교수는 임용 절차상의 문제와 순수과학에 할당된 연구 기금 축소라는 문제가 있을 뿐만 아니라, 내가 제안한 가상 광자에 대한 연구가 기존 연구와 많이 중복되어 큰 필요성을 느끼지 못한다고 말했다. "그 분야에 대한 해답을 이미 찾았기 때문이 아니라, 지난 5년간 그 분야에 대한 의문이 획기적으로 재구성되었기 때문이라는 사실을 분명히 하고 싶네. 자네는 이러한 재편 과정을 간과한 것 같아. 충고하는데 조지프, 자네가 이미 대단한 성공을 거두고 있는 그 일을 계속하게."

　나는 오도 가도 못하고 있었다. 헤딩턴 하이스트리트에서 25분 동안 차 안에 갇혀 고장난 버스 옆을 지나갈 차례를 기다리며, 사람들이 은행이나 약국, 비디오 가게를 드나드는 것을 지켜보았다. 15분 후면 로건 부인의 집에 도착할 텐데 무슨 말을 해야 할지 난감했다. 이젠 여기까지 온 동기도 불확실했다. 원래는 그녀의 남편이 보여준 용기에 대해 다른 사람이 말하지 않았을 경우를 대비해 그 이야기를 하려던 것인데, 그에 관한 신문 기사가 여러 차례 나왔다. 통화할 때, 로건 부인은 차분한 목소리로 내가 와준다니 기쁘다고 말했고, 나는 그 말만으로도 그 집을 방문할 충분한 이유가 된다고 생각했다. 그땐 그냥 가보자고, 어떻게 되겠지 생각했는데, 그 집에 거의 다 온 지금은 확신이 들지 않았다. 아침에 눈을 떴을 땐 집을 나가 차를 몰고 시외로 나갔다 올 생각에 마음이 들떴었다. 그러나 지금은 그런 기분이 완전히 사라지고 없었다. 진짜 비통한 사람과의 만남을 앞두고 혼란스러운 기분이었다.

노스옥스퍼드 전원주택가의 한복판, 한쪽 벽이 옆집과 붙어 있는 그 집은 울창한 초록의 나무와 풀에 둘러싸여 질식할 것처럼 보였다. 나는 언젠가는 우리가 빅토리아 양식 주택의 흉측함을 재발견할 것이고, 그날은 잘 설계된 집은 어떤 모습이어야 하는가를 우리 스스로 규정한 다음날일 거라고 생각했다. 그때까진 더 좋은 집은 생각할 수 없을 것이고, 빅토리아 양식도 괜찮았다. 차에서 내리면서 머리로 가는 혈액량이 약간 줄었는지 생각이 잠깐 과거로 돌아갔다. 난 나를 믿지 않아. 나는 생각했다. 클래리사의 프라이버시를 침해한 이후로는 절대로. 나는 대문 앞에 멈춰 섰다. 현관문까지 이어진 벽돌 길의 양옆으로 민들레와 블루벨이 길게 줄지어 피어 있었다. 그 집이 슬픔을 뿜어낸다는 느낌이 드는 것은 내 마음의 투사에 지나지 않는다고 생각하면서도, 나는 슬픔의 증거들을 찾아보았다. 방치된 정원, 위층 창문 두 개에 드리워진 커튼, 그리고 현관 앞 계단 밑에 있는 깨진 유리. 아마도 우유병이 깨진 것 같았다. 나는 나 자신을 믿지 않았다. 초인종을 누르면서 나는 다시 한번 호치키스를 생각했고, 우리가 자신을 위해 얼마나 부정직하게 현실을 조작할 수 있는지를 생각했다. 집 안에서 인기척이 들렸다. 나는 로건 부인에게 남편의 용기에 대해 말해주려고 온 것이 아니었다. 나는 결백하다는 것을, 그의 죽음과 관련해 나는 무죄라는 것을 설명하고 기정사실화하기 위해 이곳에 온 거였다.

열셋

현관문을 연 여자는 나를 보고 놀란 표정을 지었다. 우리는 2초 동안 서로를 쳐다보았고, 내가 서둘러서 약속을 상기시켜주었다. 그녀의 눈은 작고 말라 있었고, 울어서 충혈된 상태는 아니지만 퀭했으며, 눈빛은 피로에 지쳐 멍해져 있었다. 마치 외로운 북극 탐험가처럼 저 멀리, 말할 수 없을 정도로 험한 날씨에 홀로 서 있는 것 같은 표정이었다. 그녀에게서 온기와 음식 냄새가 풍겼고, 어쩌면 그녀는 어제 입은 옷 그대로 자고 있었는지도 모를 일이었다. 불규칙한 모양의 호박 알이 박힌 긴 목걸이를 했고, 왼손으로 어색하게 목걸이를 꼬고 있었다. 내가 머무는 동안 그녀는 다른 것보다 작은 호박 알 하나를 엄지와 검지로 계속 만지작거렸다. 내가 자기소개를 하자 그녀는 "아, 네, 네"라고 대꾸하면서 안간 힘을 다해 문을 좀더 열었다.

나는 예전에 과학계의 여러 교수 집을 방문한 적이 있었기 때문에 노스옥스퍼드 주택의 인테리어에 익숙했다. 이젠 학계가 아닌 다른 분야의 재력이 이 교외 지역을 사들이고 있어서 점차 사라져가는 인테리어 양식이었다. 인테리어의 큰 변화는 50년대와 60년대에 있었다. 책과 가구 몇 점이 들어왔고, 그 이후로는 거의 변화가 없었다. 색상도 갈색과 크림색뿐이었다. 세련된 디자인이나 스타일을 찾아볼 수 없었고, 편안하지도 않았고, 겨울에는 온기도 거의 없었다. 심지어 불빛조차 갈색이었고, 눅눅한 공기와 석탄가루와 비누 냄새와 잘 어울렸다. 침실에 난방장치가 없을 것이고, 집에 전화는 딱 한 대, 모든 의자로부터 멀리 떨어진 복도에 놓여 있는 다이얼식 전화기 한 대뿐인 듯했다. 바닥엔 리놀륨 장판이 깔려 있고, 벽엔 더러운 전기 배관이 붙어 있으며, 부엌에선 시큼한 가스 냄새가 났고, 금속 경첩으로 고정한 합판 선반 위에 갈색과 붉은색의 소스병들이 진열되어 있었다. 한때 지식인의 삶에 어울리고 영국인의 실용주의를 잘 반영한다고 여겨졌던, 검소한 생활 방식이 잘 드러나는 인테리어였다. 번잡하지 않고, 필요한 것만 꼭 있는, 상점하고는 멀리 떨어진 대학 사회에 어울리는 모습이었다. 이런 인테리어가 한창 유행이었을 땐, 이전 세대 에드워드 양식의 부담스러운 인테리어에 크게 한 방 날리는 것처럼 보였을 것이다. 지금은 슬픔을 위한 완벽한 배경으로 보였다.

진 로건은 나를 비좁은 뒷방으로 데려갔는데, 그 방은 담장에 둘러싸인 커다란 정원으로 통했다. 큰 벚나무 한 그루가 정원을 차지하고 있었다. 그녀는 뻣뻣하게 허리를 굽히고 쿠션과 홑이불이 어지러이 놓여 있는 이인용 소파 옆 바닥에서 담요를 주워들 었다. 그리고 두 손으로 담요를 뭉쳐 들고 서서 차를 마시겠느냐 고 내게 물었다. 내가 초인종을 눌렀을 때 그녀는 자고 있었거나 담요를 덮은 채 무기력하게 누워 있었을 것 같았다. 부엌에서 나도 돕겠다고 하자, 그녀가 피식 웃으면서 그냥 앉아 있으라고 말했다.

공기가 너무 탁해서 의식적으로 호흡을 해야 했다. 가스 벽난로 가 켜져 있어서 노란 불꽃이 타오르며 일산화탄소를 내뿜고 있었 다. 일산화탄소와 꼭꼭 숨은 슬픔. 진 로건이 방을 나가자 나는 난 방 온도를 조정해보려고 했지만 실패했고, 그래서 쌍여닫이창을 2~3센티미터 열어놓은 후 쿠션을 정리하고 소파에 앉았다.

그 방에는 이 집에 아이들이 산다는 걸 암시하는 흔적이 아무 것도 없었다. 업라이트피아노가 벽감에 바짝 붙어 있고, 그 위에 는 책과 잡지와 정기간행 논문이 수북이 쌓여 있었다. 그 옆에 놓 인 촛대 두 개에는 마른 나뭇가지들이 꽂혀 있었는데, 아마 작년 에 꺾어놓은 것들 같았다. 벽난로 양옆 책장에는 기번과 매콜리, 칼라일, 트리벨리언, 러스킨의 선집이 꽂혀 있었다. 한쪽 벽을 따 라서 짙은 색 가죽을 씌운 셰즈 롱그*가 놓여 있었는데, 옆쪽의 길 게 찢어진 부분 안에는 누렇게 변해가는 신문지가 잔뜩 들어 있었 다. 빛바래고 닳은 러그 여러 장이 바닥을 덮고 있었다. 소파 맞은 편에 있는 의자 두 개는 유독가스를 내뿜는 벽난로를 향해 놓여

---

* 다리를 뻗을 수 있을 만큼 길고 겉천이 있는 소파.

있었는데, 나무로 된 높은 팔걸이가 달려 있고 사각형의 낮은 좌석이 있는 것으로 보아 40년대 디자인이었다. 진 로건이나 존 로건이 부모님의 집을 그대로 물려받은 것이 틀림없었다. 나는 이곳에서 느껴지는 슬픔의 감정이 존 로건이 죽기 전부터 존재했던 것은 아닌가 하는 의문이 들었다.

진 로건이 차가 담긴 커다란 머그잔 두 개를 들고 돌아왔다. 그때 나는 이야기를 어떻게 시작할지 미리 생각해놓고 있었는데, 진이 불편한 낮은 의자의 끝에 걸터앉자마자 먼저 말을 꺼냈다.

"여기 왜 오셨는지 모르겠네요." 그녀가 말했다. "호기심 때문에 오신 건 아니었으면 좋겠어요. 서로 모르는 사이니 애도나 위로의 말씀은 하실 필요 없을 것 같고요." 감정을 들키지 않으려고 사무적으로 딱딱하게 말했지만, 그래서 오히려 더 강력하게 전달됐다. 그녀는 그걸 무마하려고 희미하게 웃으면서 덧붙였다. "어색한 순간에서 구해드리는 거예요, 제가."

나는 고개를 끄덕인 후, 두 손으로 감싸쥔 작은 도자기 양동이에서 입을 델 것같이 뜨거운 차를 한 모금 홀짝이려고 했다. 이렇게 고통스러운 시기에 이런 만남을 갖는 것이 그녀에게는 음주 운전을 하는 것처럼 느껴졌을 것이다. 적절한 대화의 속도를 측정하기 어렵고, 지나칠 정도로 운전대를 이리저리 거칠게 돌려야 하는.

남편과 사별한 아내라는 관점을 벗어나서 그녀를 보긴 어려웠다. 연한 파란색 캐시미어 스웨터의 오른쪽 가슴 바로 밑에 있는 갈색 얼룩이 슬픔에 빠져 자신을 돌보지 않은 결과물이 아닌 다른 것일 수 있을까? 기름기가 낀 머리는 아무렇게나 뒤로 넘겨 빨간색 고무줄로 하나로 묶어 틀어올렸다. 그것도 슬픔의 영향일 것이다. 아니면 학자의 헤어스타일인가? 그녀가 대학에서 역사를 가르친다는 얘기를 신문에서 보았다. 그녀에 대해 아무것도 모르는 사람이 그녀의 얼굴을 본다면, 앉아 있는 시간이 긴 사람이 심한 감기에 걸려 있는 거라고 추측할 수도 있을 것이다. 코를 얼마나 풀었는지 코끝과 코밑, 콧구멍 주위가 빨갛게 헐어 있었다. (내 발 옆에 있는 티슈 통이 거의 비어 있었다.) 그러나 얼굴은 매력적이었는데, 길고 단정하고 창백한 타원형 얼굴에 입술은 얇고, 눈썹과 속눈썹은 거의 보이지 않을 정도로 희미했다. 어떻게 보면 아름답고 어떻게 보면 평범했다. 눈은 흐릿한 모래색이었다. 강단 있고 독립적인 성격이고 화를 잘 낼 것 같은 인상이었다.

내가 그녀에게 말했다. "그때 거기에 있었던 사람들 중에 부인을 뵈러 온 사람이 있었는지 모르겠네요. 제 생각엔 없을 것 같은데. 부군이 정말 용기 있는 사람이었다는 얘기를 굳이 제 입을 통해 들으실 필요는 없다는 거 압니다. 하지만 그날 일에 대해 궁금하신 게 있을 수도 있어 왔습니다. 검시 법원은 6주는 더 있어야 심리를……"

나는 말끝을 흐렸다. 왜 갑자기 검시 법원이 생각났는지 알 수 없었다. 진 로건은 아직도 의자 끝에 걸터앉아서 머그잔 위로 몸을 숙이고 피어오르는 김을 쐬고 있었다. 아마도 눈을 진정시키기 위해서인 듯했다. 그녀가 말했다. "남편이 어떻게 목숨을 잃었는지 제가 자세히 알고 싶어할 거라고 생각하셨군요."

나는 그녀의 냉소적인 말투에 깜짝 놀라 그녀의 눈을 쳐다보았다. "알고 싶으신 게 있을 것 같아서요." 나는 아까보다 더 천천히 말했다. 그녀가 슬픔을 들킨 당혹감보다는 적대감을 내비치자 이야기하기가 더 편했다.

"알고 싶은 건 물론 있죠." 진 로건이 말했다. 갑자기 그녀의 목소리에서 분노가 느껴졌다. "물어볼 게 많아요, 모두에게요. 하지만 그들이 대답해줄 것 같진 않네요. 질문을 이해하지도 못하는 척하거든요." 그녀는 말을 멈추고 침을 꿀꺽 삼켰다. 그녀의 머릿속을 맴도는 이야기를 내가 건드린 것이다. 밤새도록 그녀를 괴롭힌 생각들을 내가 지금 엿듣고 있는 거였다. 그녀의 빈정거림이 얼마나 연극적이고 강렬한지, 나는 의문점을 되뇌고 또 되뇌다가 지쳐버린 그 마음의 무게를 느낄 수 있었다. "맞아요. 전 미쳤어요. 아무 관련 없는 얘기나 하고, 방해만 되고. 내 질문에 대답하려니 골치 아프겠죠, 이 이야기와 맞질 않으니까. 다들 뭐라는 줄 알아요? 로건 부인! 부인과 관계없고 중요하지도 않은 일에 너무 신경쓰지 마세요. 부인 남편이고, 부인 자식들의 아버지라는 건 알지만, 여기 책임자는 우리니까 방해하지 마시고……"

아버지와 자식들이라는 단어가 그녀의 빗장을 열어젖혔다. 그녀는 머그잔을 내려놓고 스웨터 소맷부리에서 구깃구깃한 휴지를 꺼내더니 양미간을 꾹꾹 누르고 눈가를 닦았다. 의자에서 일어서려고 했지만, 의자가 너무 낮아서 제대로 일어나지 못했다. 나는 이용 가능한 모든 감정을 방안에 있는 한 사람이 독점할 때 나타나는 공허감과 무감, 무심함을 느꼈다. 그 순간 내가 할 수 있는 일은 없었다. 기다리는 것 외엔. 그녀는 우는 모습을 남에게 들키기 싫어하는 사람인 듯했다. 그러나 최근에는 많이 익숙해졌을 것이다. 나는 그녀에게서 시선을 돌려 정원을 바라보았다. 벚꽃 너머에서 이 집에 아이들이 산다는 것을 보여주는 최초의 증거물을 발견했다. 잔디밭에 이글루 모양의 갈색 텐트가 관목에 반쯤 가려져 있었다. 한쪽 지지대가 무너져서 텐트가 화단 쪽으로 기울어져 흠뻑 젖은 채 방치되어 있었다. 존 로건이 죽기 얼마 전에 아이들을 위해 쳤을까? 아니면 아이들이 직접 쳤을까? 이 집에서 달아난 스포츠와 실외활동의 정신을 되찾아오기 위해? 어쩌면 아이들은 엄마의 고통이 드리운 그림자에서 벗어나 앉아 있을 곳이 필요했는지도 모른다.

진 로건은 아무 말이 없었다. 두 손을 깍지 낀 채 무릎에 올려놓고 바닥을 응시하는 모습이 혼자 있고 싶은 것 같았다. 코와 얇은 윗입술 사이 인중이 헐어 있었다. 내가 보고 있는 것이 사랑이고 사랑이 파괴되어 괴로워하는 모습이라고 생각하니, 무감하게 굳었던 마음이 한순간에 녹아내렸다. 죽음이나 나 자신의 어리석음으로 클래리사를 잃으면 어떤 마음일지 상상하자 등줄기가 화끈하고 따끔거렸고, 신선한 공기가 부족한 이 작은 방에서 숨이 막혀 죽을 것 같은 느낌이 들었다. 빨리 런던으로 돌아가 우리의 사랑을 구해야 했다. 당장 뭘 어떻게 하려는 계획은 없었지만, 일어서서 그만 가보겠다고 말하고 싶었다. 진 로건이 고개를 들고 말했다. "죄송해요. 와주셔서 감사하고요. 이렇게 먼 길을 와주시다니 정말 친절하세요."

나는 정중하게 판에 박힌 인사말을 했다. 넓적다리와 팔 근육이 나를 의자에서 일으켜세워 마이다 베일로 달리게 할 준비를 마친 듯 긴장해 있었다. 진 로건의 비통한 모습에 내 문제는 별로 복잡할 것 없는 일로, 단순한 상식과 분별의 주기율표로 전락했다. 사람들은 사랑이 사라지면 그제야 사랑이 얼마나 멋진 선물이었는지 알게 될 것이다. 그리고 이 여자처럼 고통받을 것이다. 그러니 돌아가서 사랑을 지키기 위해 싸워라. 패리를 포함해 다른 모든 일은 중요치 않다.

"제가 아까 물어볼 게 많다고 했잖아요……"

현관문이 열렸다가 닫히고 복도에서 걸음소리가 났지만, 목소리는 들리지 않았다. 그녀는 자기를 부르는 소리를 기다리는 것처럼 잠깐 말을 멈추고 가만히 있었다. 곧 걸음소리가―두 사람인 듯했다―위층으로 올라가자 그녀는 긴장을 풀었다. 그녀는 뭔가 중요한 얘길 하거나 물으려는 것 같았고, 따라서 내가 금방 여길 떠날 수는 없을 것 같았다. 내 다리를 쉬게 할 수도 없을 듯했다. 나는 정원으로 나가 신선한 공기를 호흡하며 나무 밑에서 얘기하자고 제안하고 싶었다.

그녀가 말했다. "남편 옆에 누가 있었어요. 보셨어요?"

나는 고개를 가로저었다. "제 여자친구 클래리사와 농장 인부 두 명, 그리고 패리라는 남자……"

"그분들은 알아요. 존이 차를 세웠을 때 차 안에 누가 또 있었어요. 존과 함께 차에서 내렸고요."

"존은 들판 반대편에서 왔어요. 기구를 향해 같이 달려가면서 처음 봤습니다. 그때 다른 사람은 없었어요. 그건 확실합니다."

진 로건은 만족하지 못했다. "존의 차가 보였나요?"

"네."

"근데 그 옆에 서서 지켜보고 있는 사람을 못 보셨다고요?"

"누가 있었다면 봤겠죠."

그녀가 고개를 돌렸다. 바라던 대답이 아니었던 것이다. 그녀는 다시 시작해보자는 말투로 뒤이어 물었다. 나는 상관없었다. 진심으로 그녀를 돕고 싶었다.

"차 문이 열려 있었던 건 기억하세요?"

"네."

"열려 있던 문이 하나였어요, 두 개였어요?"

나는 망설였다. 기억에서 불러낸 장면에는 양쪽 문이 다 열려 있었지만 확실하진 않았고, 그녀를 망상의 길로 인도하고 싶지도 않았다. 이 질문이 굉장히 중요한 문제이고, 굉장한 망상과 관계가 있는 듯했다. 내 대답으로 그녀가 상상의 나래를 펴게 하고 싶지 않았다. 그러나 결국에는 마지못해 대답했다. "두 개요. 하지만 100퍼센트 확실한 건 아닙니다. 그래도 두 개 같군요."

"존이 혼자 있었다면 왜 문이 두 개가 열려 있었을까요?"

나는 어깨를 으쓱했고, 그녀의 말을 기다렸다. 그녀는 목걸이의 호박 알을 아까보다 더 빠르게 굴렸다. 표정에서 슬픔은 사라지고 고통스러운 흥분감이 자리를 잡았다. 아무것도 모르는 나조차도 지금 확인한 내용이 그녀에게 더 큰 고통을 안겨줄 거라는 걸 알 수 있었다. 그녀는 알고 싶지 않은 일을 들어야 했다. 그러나 그녀가 먼저 공격적인 법정 변호사처럼 거칠게 질문을 던졌다. 나는 졸지에 그녀의 신랄한 질문에 대답해야 하는 증인이 되어버렸다.

"하나 여쭤볼게요. 여기서 런던은 어느 방향이죠?"

"동쪽이죠."

"칠턴스 언덕은 어느 방향이죠?"

"동쪽이죠."

그녀는 중요한 증거가 사실로 확인되었다는 듯 나를 바라보았다. 나는 무표정을 유지하면서도 기꺼이 도움을 주려 한다는 인상을 풍기려고 노력했다. 그녀는 자신이 겪고 있는 고통의 중심으로 나를 끌고들어가려는 중이었다. 그녀는 너무 오랫동안 그 고통스러운 생각을 품고 있어, 분노를 감추기 어려운 목소리로 말했다. "여기서 런던까지 거리가 얼마나 되죠?"

"90킬로미터쯤요."

"칠턴스는요?"

"30킬로미터가 조금 넘을 겁니다."

"선생님 같으면 옥스퍼드에서 런던으로 가면서 칠턴스를 거치시겠어요?"

"글쎄요. 칠턴스를 통과하는 직통 고속도로가 있는데."

"그런데도 와틀링턴과 그 근처의 좁은 시골길로 돌아서 런던으로 가시겠느냐고요?"

"아뇨."

진 로건은 자기주장도, 남편과 맞싸워 해결할 수도 없는 그 고통도 다 잊은 듯 멍한 표정으로 발밑의 올이 다 드러난 페르시아 카펫을 응시했다. 우리 머리 위의 방에서 걸음소리와 여자인지 어린아이인지 모를 목소리가 들렸다. 침묵 속에 2~3분이 흐른 후 내가 말했다. "그날 남편이 런던에 갈 예정이었군요."

그녀가 눈을 꽉 감고 고개를 끄덕였다. "주말 학회가 있었어요." 그녀가 중얼거렸다. "의사들 학회."

나는 부드럽게 목을 가다듬었다. "무슨 그럴 만한 이유가 있었을 겁니다."

그녀는 말할 수 없이 괴로웠던 날을 최면 상태에서 회상하고 있는 것처럼 눈을 꽉 감고 낮고 단조로운 목소리로 말했다. "차를 우리집에 가져다준 사람은 그 지역 경찰서 경사였어요. 열쇠를 못 찾았다고 견인차로 끌고 왔죠. 열쇠는 차에 있거나 존의 주머니에 있어야 했는데 없었어요. 그래서 내가 차 안을 살펴본 거예요. 그리고 경사에게 물었죠. '차 안을 살펴보셨어요? 지문을 찾았나요?' 그랬더니 수색도, 지문 채취도 하지 않았다는 거예요. 이유가 뭔지 아세요? 범죄가 일어난 게 아니어서래요."

그녀는 눈을 뜨고 내가 그 말의 중요성과 불합리함을 제대로 이해했는지 살펴보았다. 내가 완전히 이해했다고는 할 수 없었다. 입을 열고 범죄라는 단어를 따라 말하려 했지만, 그녀가 먼저 큰 소리로 그 단어를 반복했다.

"범죄! 범죄가 일어난 게 아니어서라뇨!!" 그녀가 벌떡 일어서서 방을 가로질러가더니 한구석에 허리 높이까지 쌓여 있는 책들 옆에서 비닐봉지를 집어들었다. 그리고 돌아서서 봉지를 내밀었다. "한번 보세요. 어서요. 보시고 그게 뭔지 좀 알려주세요."

그것은 흰색 비닐 쇼핑백으로 안에 무거운 것이 들어 있었는데, 겉에는 슈퍼마켓 이름의 안과 밖에서 춤추는 아이들을 그린 조잡한 그림이 인쇄되어 있었다. 쇼핑백 안에 뭐가 들었는지는 몰라도 무게 때문에 바닥이 축 처져 있었다. 나는 쇼핑백을 받아들자마자 그 안에서 나는 냄새가 뭔지 단박에 알아차렸다. 아주 잘 아는, 썩어가는 고기의 역한 냄새였다.

"한번 보세요. 선생님을 해치진 않으니까요."

나는 숨을 참고 봉지 입구를 벌려서 들여다보았지만, 내용물이 무엇인지 금방 알아차리지는 못했다. 잿빛이 도는 반죽을 비닐 랩으로 싸놓은 것과 포일로 싼 공 모양의 것, 정사각형 판지 위에 놓인 갈색 덩어리가 보였다. 그리고 유리병 속에 들었고 종이 라벨에 많이 가려진 암적색 액체도 보았다. 그건 와인병이었고, 그래서 이 봉지가 무거운 것이었다. 이제야 모든 퍼즐 조각이 맞아떨어졌다. 사과 두 개도 있었다.

"소풍 음식이군요." 내가 말했다. 속이 메스꺼웠는데 꼭 냄새 때문만은 아니었다.

"조수석 앞 바닥에 있었어요. 여자와 소풍을 가고 있었던 거예요. 숲속 어딘가로."

"여자요?" 내가 너무 고상한 척하나 싶기도 했지만, 그녀의 공상이 가진 암시의 힘에 계속 저항해야 한다는 생각이 들었다. 그녀는 치마 주머니에서 뭔가를 꺼내고 있었다. 내게서 쇼핑백을 받아들고 회색과 검은색의 얼룩말 무늬가 있는 작은 실크 스카프를 내 손에 쥐여주었다.

"냄새 좀 맡아보세요." 그녀가 비닐봉지를 원래 있던 구석에 조심스레 밀어넣으면서 지시했다.

짠 냄새가 났는데, 눈물이나 콧물 냄새, 혹은 불끈 쥔 그녀의 주먹에서 나는 땀냄새인 것도 같았다.

"숨을 좀더 깊이 들이쉬어보세요." 그녀가 말했다. 그녀가 내 앞에 서서 자신의 생각에 동조해주기를 바라는 마음이 가득한 눈빛으로 나를 내려다보고 있었다.

나는 실크 스카프를 들어 다시 냄새를 맡았다. "죄송하지만, 별 냄새 안 나는데요." 내가 말했다.

"장미 향수예요. 진짜 못 느끼시겠어요?"

그녀가 스카프를 가져갔다. 내가 들고 있을 자격이 없다고 생각하는 모양이었다. 그녀가 말했다. "난 이제까지 살면서 장미 향수를 써본 적이 단 한 번도 없어요. 근데 이게 조수석에 있었어요." 그녀는 의자에 앉아서 내 반응을 기다리고 있는 것 같았다. 내가 남자로서 자기 남편의 일탈에 어느 정도 책임이 있고, 남편 대신 사실을 실토하고 자백해야 한다고 생각했을까? 내가 아무 말도 하지 않자 그녀가 말했다. "그때 뭐라도 보셨으면 저를 보호해야 한다고 생각하지 마시고 말씀해주세요. 저는 알아야겠어요."

"로건 부인, 저는 부군이 다른 사람과 함께 있는 것을 보지 못했습니다."

"차에서 지문을 채취해달라고 경찰에 요청했어요. 이 여자를 찾을 수 있을……"

"그녀가 전과자라면 말이죠."

그녀는 내 말을 듣지 않았다. "둘이 언제부터 만났는지, 정확히 어떤 사이였는지 알아야겠어요. 이해하시죠, 제 마음?"

나는 고개를 끄덕였고 이해한다고 생각했다. 그녀는 자신이 잃은 것이 무엇인지 판단하고, 무엇을 슬퍼해야 하는지 알아야 했다. 모든 것을 알고 충분히 고통받은 후에야 어떤 식으로든 평정을 얻을 수 있을 것이다. 그러지 않으면 아무것도 모른 채 평생 의심하고, 추측하고, 최악의 상상을 하면서 고통받을 것이다.

"죄송합니다." 내가 입을 열었지만, 그녀가 내 말을 잘랐다.

"그 여자를 찾아야 해요. 만나봐야 한다고요. 무슨 일이 있었는지 다 봤을 거예요. 그러고는 도망갔겠죠. 너무 괴롭고 제정신이 아니어서. 그렇지 않겠어요?"

내가 말했다. "그럼 부인에게 연락할 기회가 충분히 있었을 겁니다. 부인을 만나러 오지 않을 수 없을 텐데."

"그 여자가 이 집 앞에 나타나면……" 진 로건이 단호하게 말했고, 이때 우리 뒤에서 문이 열리더니 어린아이 두 명이 들어왔다. "……죽여버릴 거예요. 주여, 저를 도우소서. 내가 꼭 그렇게 할 거예요."

열넷

가끔 클래리사는 슬픈 목소리로 내가 멋진 아빠가 되었을 거라고 말했다. 내가 아이들을 잘 다루고, 어른 노릇 하지 않으면서 아이들과 편하게 마음을 터놓고 얘기한다고 감탄하곤 했다. 나는 아이를 오랜 기간 돌본 적은 없었기 때문에, 부모들에게는 흔한 인내심 테스트를 받은 적이 없었고, 경청과 대화에도 능숙했다. 나는 클래리사의 대자 대녀 일곱 명 모두를 잘 안다. 그 아이들은 주말에 우리집에 와서 지내다 가기도 했고, 몇 아이는 우리와 함께 해외로 휴가를 다녀오기도 했으며, 어린 여자아이 둘은—펠리시티와 그레이스인데, 둘 다 침대에 오줌을 쌌다—부모가 일주일 동안 이혼 심리에서 서로를 물고 뜯을 때 우리가 데리고 있으면서 정성껏 보살폈다. 나는 클래리사의 가장 나이 많은 대자에게도 쓸모가 있었다. 그 아이는 열다섯 살 때 질풍노도의 시기를 겪으면서 대중문화에 열광하고 불량청소년들과 어울려 다녔다. 나는 아이를 데리고 나가 함께 술을 마시면서 학교를 중퇴하겠다는 아이의 마음을 되돌렸다. 4년 후 아이는 에든버러대학교에서 의학을 전공하고 있었고 성적도 우수했다.

그럼에도 나에게는 어린아이를 만날 때 숨겨야 하는 불안감이 있다. 아이의 눈을 통해 나 자신을 보면, 내가 어렸을 때 어른들을 어떻게 생각했는지가 기억나기 때문이다. 어린 나의 눈에 어른들은 평범한 말단 직원들 같아 보였다. 앉는 것을 너무 좋아하고, 잡담하느라 정신없고, 기대할 일이 아무것도 없는 것에 너무나 익숙한 직원들. 내 부모님과 부모님의 친구들, 그리고 삼촌 숙모들이 다른 사람들의, 우리와는 다른 부류의 더 중요한 사람들의 우선순위에 굴복하는 삶을 사는 것처럼 보였다. 어린 나의 눈에는 당연히 부끄러운 모습이었다. 나중에는 일부 어른들에게서 품위와 화려함을 발견했고, 내 부모님과 부모님의 지인들 대다수에게서 이런 자질을, 적어도 품위를 발견했다. 하지만 나는 에너지 넘치고 거만한 열 살 소년이었고, 어른들이 가득한 방안에 있으면서 죄책감을 느꼈으며, 내가 다른 곳에서 누리는 즐거움을 숨기는 것이 예의라고 생각했다. 나이든 사람이 내게 말을 걸면—사실 어른들은 모두 나이들었지만—나는 내 얼굴에 연민이 드러날까봐 걱정했다.

그래서 내가 의자에 앉아 뒤를 돌아보다 로건의 자녀들과 눈이 마주쳤을 때, 그 아이들의 눈에 비친 나는 어떤 모습일지 상상해보았다. 그 아이들 눈에 나는 최근 들어 자기네 집에 줄줄이 찾아오는 낯선 사람들 중 좀더 멍청해 보이는 남자, 구겨진 감청색 리넨 양복을 입은 덩치 큰 아저씨, 자기들이 서 있는 곳에서도 잘 보이는, 정수리에 동전만한 원형탈모가 있는 아저씨로 보일 것 같았다. 아이들은 내가 여기 온 목적을 이해할 수도, 상상할 수도 없을 것이다. 무엇보다도 나는 자기들의 아버지가 아닌 낯선 남자였다. 여자아이는 열 살쯤 되어 보였고, 남자아이는 그보다 두 살은 어려 보였다. 그 아이들 뒤로 베이비시터로 보이는 젊은 여성이 바로 방 바깥에 서 있었다. 그녀는 운동복 차림에 쾌활해 보였다. 아이들의 엄마가 살인의 결의를 다지는 동안, 아이들과 나는 서로를 물끄러미 쳐다보았다. 두 아이 모두 청바지에 디즈니 만화 캐릭터가 인쇄된 스웨터를 입고 운동화를 신고 있었다. 신나게 놀고 왔는지 꾀죄죄한 행색이 귀여웠는데, 아이들은 나에게 첫눈에 호감을 느낀 것 같지는 않았다.

소년은 내게서 눈을 떼지 않고 말했다. "사람을 죽이는 건 완전 나쁜 일인데." 소년의 누나가 관대하게 미소를 지었다. 진 로건이 베이비시터에게 지시를 내리고 있어서, 내가 소년에게 말했다. "그냥 말을 그렇게 한 거야. 누가 진짜 싫을 때 그렇게 말하기도 하거든."

"그렇게 하는 게 나쁜 일이면, 그렇게 하겠다고 말하는 것도 나쁜 거잖아요." 소년이 말했다.

내가 말했다. "혹시 '너무 배가 고파서 말이라도 먹을 수 있겠다'라는 말 들어봤니?"

소년은 진지하게 생각했다. "나도 그런 말 한 적 있는데." 소년이 인정했다.

"말을 먹는 건 나쁜 일일까?"

"우리 나라에서는요." 소년의 누나가 말했다. "하지만 프랑스에서는 아니에요. 프랑스 사람들은 말고기를 먹어요."

"맞아." 내가 말했다. "근데 우리 나라에서는 잘못된 일이 해협을 건너가면 왜 괜찮은 일이 되는지 모르겠다, 그치?"

나란히 서 있던 아이들이 조금 가까이 다가왔다. 아이들의 엄마와 심각한 대화를 나눈 뒤라, 도덕적 상대주의에 대한 토론은 차라리 달콤한 휴식이었다.

소녀가 말했다. "다른 나라에 사는 사람들은 생각도 달라요. 중국에서는 식사 후에 트림을 하는 게 예의바른 거래요."

"맞아." 내가 말했다. "내가 모로코에 있을 땐 아이들 머리를 쓰다듬으면 안 된다는 얘길 들었어."

"나도 머리 쓰다듬는 사람 진짜 싫은데." 소녀가 말하자, 동생이 흥분해서 누나보다 큰 소리로 말하며 끼어들었다. "우리 아빠는 인도에서 사람들이 염소 머리를 자르는 걸 봤대요."

"근데 그 사람들이 성직자였대요." 소녀가 덧붙였다. 아버지 이야기가 나왔지만 겉으로 보이는 변화는 전혀 없었고, 아이들은 슬픈 표정을 짓지도 않았다. 아이들의 아버지는 아직도 살아 있는 존재였다.

"그러면 전 세계 사람들이 동의할 수 있는 규칙은 없는 걸까?" 내가 말했다.

소년이 의기양양하게 말했다. "있어요. 사람을 죽이는 거요."

내가 소녀를 바라보자 소녀는 고개를 끄덕였다. 문이 닫히는 소리에 일제히 돌아보니, 아이들 엄마가 베이비시터와 이야기를 끝내고 거기 있었다.

"레이철과 레오예요. 그리고 이분은……"

"내 이름은 조야." 내가 말했다.

레오가 엄마에게 다가가 무릎에 앉았다. 진은 두 팔로 아들의 허리를 꽉 감싸안았다. 레이철은 창가로 걸어가서 정원을 내다보았다. "저 텐트." 소녀가 나지막이 중얼거렸다.

"그 여자를 찾아야 해요." 진 로건이 사무적인 말투로 다시 이야기를 꺼냈다. "그 여자를 보지 못하셨다니 정말 유감이네요. 그래도 절 도와주실 수 있지 않을까요. 경찰은 정말 아무짝에도 쓸모가 없더라고요. 그때 거기 계셨던 분들 중에 뭐라도 보신 분이 있을지 몰라요. 제가 직접 그분들에게 물어볼 수는 없지만, 괜찮으시다면 선생님이……"

"무슨 얘기 하는 거야, 엄마?" 레이철이 창가에서 돌아서서 물었다. 아이의 목소리에서 망설임과 보호 본능과 걱정이 느껴졌다. 과거에 어떤 장면들이 있었는데 그게 재현될까봐 무서워서 막아야 한다고 생각하는 모양이었다.

"아무것도 아니야, 딸. 신경쓰지 않아도 돼."

나는 거절하고 싶었지만, 방법이 없었다. 내 삶은 계속 이렇게 타인의 집착에 종속되어야 하는 걸까?

"농장에서 일하시는 분들의 전화번호는 갖고 있어요." 진 로건이 말했다. "그 젊은 남자분 전화번호는 찾기 어렵지 않을 거고요. 주소를 갖고 있거든요. 성이 패리예요. 전화 세 통만 걸어주세요. 그게 전부예요, 제가 부탁드리는 건."

거절하기에는 너무 복잡한 상황이었다. "알겠습니다." 내가 말했다. "제가 전화하죠." 동의하면서 생각해보니 내가 정보를 검열해 이 가족을 고통에서 구해줄 수 있는 위치에 있을 수 있겠다는 생각이 들었다. 거짓말하는 것이 옳은 일일 때도 있다는 것에 레이철과 레오도 동의해주지 않을까?

소년이 엄마 무릎에서 미끄러져내려와 누나에게로 걸어갔다. 진 로건은 미소로 고마움을 표현하더니 손바닥으로 치마를 매만졌다. 이제 나를 배웅할 준비가 됐다는 몸짓이었다. "전화번호 적어드릴게요."

나는 고개를 끄덕이고 나서 말했다. "로건 부인, 부군은 대단히 결단력 있고 용감한 사람이었습니다. 그걸 잊으시면 안 돼요." 레이철과 레오가 창가에서 떠들며 놀고 있어서 나는 목소리를 높여야 했다. "부군은 그 소년을 구하기로 굳게 마음먹고 끝까지 버텼어요. 송전선이 정말 위험했거든요. 소년이 자칫 사망할 수도 있는 상황이었어요. 부군은 끝까지 밧줄을 놓지 않으려고 했고, 그래서 다른 사람들을 부끄럽게 만들었죠."

"다른 사람들은 살아 있잖아요." 그녀가 말했다. 그러고는 잠시 숨을 고르는데, 쌍여닫이창에 드리워진 긴 커튼 뒤에서 레오가 꽥 하고 소리를 질러대자 그녀는 얼굴을 찌푸렸다. 레오의 누나가 커튼 안에 숨은 동생을 간질이고 있었다. 아이들 엄마는 조용히 하라고 얘기하려다가 마음을 바꿨다. 그녀도 나처럼 목소리를 높여야 했다. "내 머릿속은 온통 이 생각뿐이에요, 계속. 존은 산도 잘 타고 배 타는 데도 아주 능숙했어요. 그리고 의사였죠. 산악구조대에 있었고, 아주, 아주 신중한 사람이었어요." '아주'를 말할 때마다 그녀는 주먹을 더 세게 움켜쥐었다. "무모한 일은 절대로 하지 않았어요. 존은 등산할 때 항상 기상 변화나 낙석, 다른 위험 요소를 신경쓰고 경계했어요. 아무도 생각하지 않는 것들을 혼자 신경썼죠. 그래서 다들 존을 놀렸어요. 존은 소속 집단에서 늘 비관론자 역할을 했어요. 그래서 존이 소심하다고 말하는 사람들도 있었죠. 하지만 존은 개의치 않았어요. 불필요한 위험을 결코 무릅쓰지 않았어요. 레이철이 태어나자마자 전문 등반을 그만뒀을 정도니까요. 그래서 이 이야기가 도무지 이해가 안 가는 거예요." 그녀는 더 시끄럽게 떠드는 아이들을 나무라려고 몸을 약간 돌렸지만 금방 포기했다. 내게 꼭 해야만 하는 이야기를 마저 끝내는 데 열중해 있었고, 시끄러우니 아이들이 들을까봐 걱정할 필요도 없었다. 그녀가 다시 나를 돌아보았다. "그렇게 밧줄을 꼭 붙잡고 있었던 걸…… 생각해봤는데, 무엇이 그를 죽였는지 이제 알 것 같아요."

드디어 그 이야기의 중심에 이르렀다. 곧 나에 대한 비난이 터져나올 거였기 때문에 그녀의 말을 가로막아야 했다. 내 이야기부터 먼저 하고 싶었다. 내가 밧줄을 놓기 직전 누군가가 손을 놓고 떨어지는 이미지가 격려처럼 떠올랐다. 하지만 옛날에 대학원 다닐 때 보았던 경고 메시지도 기억났다. 믿는 대로 보인다. 내가 말했다. "로건 부인, 누구한테 무슨 이야기를 들으셨는지는 모르겠지만, 솔직히 말해서……"

그녀가 고개를 가로저으며 내 말을 잘랐다. "아뇨, 아뇨. 제 말부터 들어주세요. 현장에 있었던 사람은 선생님이지만, 이 일에 대해서는 제가 더 잘 알아요. 존에게 다른 면이 있었어요. 존은 항상 최고가 되고 싶어했지만, 이젠 옛날만큼 다방면에서 최고가 아니었죠. 나이가 마흔두 살인걸요. 존은 상처받았어요. 받아들이지 못했죠. 그리고 남자들이 그런 식으로 느끼기 시작하면…… 전 이 여자에 대해 전혀 몰랐어요. 아무것도 의심하지 않았고, 생각도 못했죠. 심지어 그 여자가 처음인지 딴 여자가 또 있었는지조차 몰라요. 하지만 이건 알겠어요. 그 여자가 존을 지켜보고 있었고, 존은 그 여자가 지켜보고 있다는 걸 알았던 거예요. 그녀에게 보여줘야 했던 거예요. 자신의 능력을 입증해야 했던 거죠. 뒤도 안 돌아보고 사고 현장 한복판으로 뛰어들어야 했고, 제일 먼저 밧줄을 잡고 제일 나중에 밧줄을 놓아야 했죠. 평소처럼 뒤로 물러서서 어떤 것이 최선일지 알아보지 않고 말이에요. 그 여자가 없었다면 그렇게 했을 텐데, 참 기가 막히죠. 존은 여자한테 자신을 과시하고 있었던 거예요. 로즈 씨. 그것 때문에 지금 우리 가족이 모두 고통을 겪고 있는 거고요."

이것은 그냥 이론이었고, 고통에서 비롯된 광기이자 비통한 마음만이 만들어낼 수 있는 이야기였다. "하지만 그게 사실이라고 할 수는 없어요." 내가 강변했다. "아주 자세하고 구체적이긴 해도 가설일 뿐입니다. 그런 이야기를 믿으시면 안 돼요."

그녀는 불쌍하다는 듯이 나를 쳐다보더니 고개를 돌려 아이들을 바라보았다. "얘들아, 너무 시끄럽잖니. 엄마랑 아저씨랑 얘기를 못하겠어." 그러고는 벌떡 일어섰다. 레오는 커튼 속에 숨어 몸을 커튼으로 칭칭 감아 발만 보였다. 레이철은 레오 곁을 콩콩 뛰어다니며 뭐라고 소리치기도 하고 동생을 쿡쿡 찔러 동생의 비명을 끌어내기도 했다. 이젠 뒤로 물러서서 엄마가 커튼을 풀어 동생을 끌어내는 것을 구경했다. 진 로건은 나무라지 않고 부드럽게 타일렀다. "너희 때문에 커튼 레일 또 떨어지겠다. 그러지 말라고 엄마가 어제 말했지? 너희는 안 그러겠다고 약속했고."

레오는 상기되고 행복한 얼굴로 나타났다. 동생이 누나의 눈길을 끌자 누나가 킥킥거리기 시작했다. 그러다 레오는 나를 기억해내고 나를 위해 엄마에게 맞섰다. "하지만 여긴 우리 궁전이고 내가 왕이야. 누나는 여왕이고. 왕은 여왕이 신호를 줄 때만 나오는 거야."

레오가 무슨 말인가를 더 했고, 아이 엄마가 부드러운 말로 질책했지만, 내게는 하나도 들리지 않았다. 그들을 보고 있으려니 마치 섬세한 레이스 작품이 복잡한 뜨개질 기술로 찢어진 부분을 스스로 감쪽같이 수선하는 장면을 보는 듯한 느낌이 들었다. 그때 갑자기 떠오르는 생각이 있었다. 내가 그것을 잊어버리고 있었을 것 같지는 않은데 불현듯 떠올랐다. 궁전은 버킹엄궁전이었고, 왕은 조지 5세, 궁전 밖에 서 있는 여자는 프랑스인이었으며, 때는 제1차세계대전이 끝난 직후였다. 그녀는 그동안 여러 차례 영국 여행을 했고, 그녀의 바람은 오직 하나, 궁전 출입문 밖에 서 있다가 자기가 사랑하는 왕의 모습을 잠깐이라도 보는 것뿐이었다. 그녀는 왕을 만난 적이 없었고 앞으로도 만날 수 없을 테지만, 깨어 있는 동안엔 줄곧 왕만 생각했다.

내가 일어서자 레이철이 무슨 말인가를 했고, 나는 그 말을 듣지 못했지만 연신 고개를 끄덕였다.

이 여성은 런던 사람 모두가 왕과 자신의 연애에 대해 떠들어대고 있고, 왕이 굉장히 당황했다고 굳게 믿었다. 언젠가 런던을 방문했을 때 묵을 호텔방을 구할 수 없었던 그녀는 왕이 영향력을 행사해서 자기가 런던에 머물지 못하게 막는 거라고 확신했다. 그녀가 확실히 아는 한 가지는 왕이 그녀를 사랑한다는 사실이었다. 그녀도 왕을 사랑하는 것으로 화답했지만, 왕의 태도에 분노한 것도 사실이었다. 왕은 그녀를 멀리하면서도 계속 그녀에게 희망을 주었다. 그녀만 읽을 수 있는 신호를 계속 보냈고, 아무리 불편하고 당혹스럽고 부적절하더라도 자신은 그녀를 사랑하고 앞으로도 영원히 사랑할 거라는 마음을 그녀에게 알렸다. 왕은 버킹엄궁전 창문에 드리워진 커튼을 사용해 그녀와 의사소통을 했다. 그녀는 어두운 감옥과도 같은 망상 속에 살았다. 그녀를 치료했던 프랑스 정신과 의사는 그녀의 쓸쓸하고 원통한 사랑에 증후군 진단을 내렸고, 그녀의 병적인 열정에 자기 이름을 붙였다. 드클레랑보.

내가 일어서는 것을 보고 진 로건은 내가 떠나려는 것으로 추측했던 것 같다. 그녀는 책상으로 가서 이름과 전화번호를 메모했다.

아이들이 다시 다가왔고 레이철이 말했다. "또다른 것도 생각났어요."

"정말?" 하지만 나는 소녀의 말에 집중하기가 어려웠다.

"우리 선생님이 그랬는데요, 세계 대다수의 나라에서는 손수건을 안 갖고 다녀서 이렇게 코를 풀어도 괜찮대요." 레이철이 검지와 엄지로 콧날을 잡고 나머지 손가락은 콧구멍을 가리지 않게 들고서, 혀를 입술 사이로 진동시키며 뿍 하고 야유하는 소리를 냈다. 레오가 신이 나서 꽥 소리를 질렀다. 나는 진 로건에게서 접은 종이를 받아들었고, 우리는 다 같이 그 방을 나가 갈색 복도를 걸어 현관문으로 갔다. 현관문 앞에 이르기도 전에, 드클레랑보가 내 머릿속에 돌아와 있었다. 드클레랑보 증후군. 그 이름이 마치 팡파르 같았고, 나 자신의 집착을 떠올리게 하는 분명한 트럼펫 소리 같았다. 지금까지 그 증후군에 관해 많은 연구가 이어졌고, 나는 정확히 어디서부터 시작할지 알고 있었다. 증후군은 예측의 토대였고, 일종의 위안을 주었다. 진 로건이 현관문을 열었고, 우리 네 사람이 작별인사를 하기 위해 벽돌을 간 진입로로 나왔을 때 나는 행복한 느낌마저 들었다. 드디어 내 지도교수로부터 연구직을 제안받은 것 같은 기분이 들 정도였다.

진 로건은 와줘서 고맙다고 말했고, 나는 세 남자와 통화하고 나서 바로 전화하겠다고 말했다. 내가 간다고 하자 아이들은 뒤로 물러서 있었다. 나는 다시 낯선 사람으로 돌아간 것이다. 나는 코를 잡고 레이철이 낸 소리를 좀더 점잖게 재현해 보였다. 아이들은 예의바르게 미소를 지어 보였다. 나는 아이들에게 악수를 청했다. 벽돌 길을 걷는데 내가 떠나면 아이들은 아버지의 부재로 되돌아가겠구나 하는 생각이 들었다. 가족이 현관문 앞에 서 있고, 엄마가 아이들의 어깨에 손을 얹고 있었다. 차에 이르러 문을 연 뒤 마지막 작별인사를 하러 돌아섰는데, 세 사람 모두 집 안으로 들어가버린 후였다.

열다섯

집으로 돌아갈 때 나는 칠턴스 언덕이 시작되는 곳에서 고속도로를 빠져나와 남쪽으로 방향을 틀고 들판으로 달려갔다. 존 로건이 차를 세웠던 길가 풀숲에 나도 똑같이 차를 세웠다. 그 여자가 조수석 문 옆에 서 있었다면, 기구와 바구니가 들판 위로 질질 끌려간 것부터 밧줄을 갖고 벌인 사투와 추락에 이르기까지 사고 장면을 모두 잘 볼 수 있었을 것이다. 그러나 존이 추락한 지점은 볼 수 없었을 것이다. 나는 충격에 빠진 20대 초반의 예쁜 아가씨가 가장 가까이 있는 마을을 향해 오르막 도로를 정신없이 달려가는 모습을 상상했다. 아니면 반대편에 있는 와틀링턴을 향해 언덕을 뛰어내려갔는지도 모르겠다. 나는 그녀가 있었던 자리에 서서 소풍을 오기 전 그들이 주고받았을 비밀 통화와 메모를 상상했다. 아마도 그들은 사랑하는 사이였을 것이다. 점잖고 가정적인 남자였던 존 로건은 죄책감과 망설임이라는 고문을 당했을까? 그리고 자신이 사랑했던 남자와 소풍을 즐길 꿈에 부풀었다가 악몽 같은 장면을 목격한 그녀에게는, 앞으로 자신의 인생을 좌우할 그 순간을 경험한 그녀에게는 얼마나 끔찍한 변화가 생겼을까? 공포 속에서도 그녀는 차에서 자기 물건을 챙겨야 한다는 사실을 기억했을 것이고—외투와 가방은 챙겼지만 소풍 도시락과 스카프는 미처 챙기지 못했다—정신없이 도망치기 시작했을 것이다. 나는 그녀가 나타나지 않는 걸 이해할 수 있었다. 그녀는 집에 틀어박혀 신문을 읽고 침대에 누워 흐느끼고 있을 것이다.

나는 특별한 목적도 없이 들판을 가로질러 걷기 시작했다. 모든 것이 달라 보였다. 2주도 안 되는 사이에 들판을 둘러싼 산울타리와 나무들은 봄의 성장기를 맞아 울창해졌고, 발밑의 잔디는 곧 초록 바다가 펼쳐질 것을 예고하고 있었다. 나는 마치 경찰이 재구성한 사고 당일을 재현하는 것처럼 클래리사와 내가 걸었던 길을 찾아 걷기 시작했고, 그날 우리가 바람을 피했던 곳으로 갔다. 그곳은 마치 기억이 희미하게 남아 있는 어린 시절 추억의 장소처럼 보였다. 그때 우리는 다시 만나 참으로 행복했고 서로에게 매우 편안함을 느꼈는데, 지금은 그 순수했던 시절로 돌아가는 길을 상상조차 할 수 없었다.

그곳에서 나는 들판 한가운데로 천천히 걸어들어갔다. 그날 내가 전력으로 달려갔던 방향을 따라 우리의 운명이 한데 모였던 지점으로 걸어갔고, 거기서부터는 바람이 우리를 끌어간 길을 더듬어 비탈진 언덕의 가장자리까지 갔다. 들판 저 너머에 패리를 내게로 데려다준 오솔길이 있었다. 그 길 끝에, 지금은 내 차가 서 있지만 사고 당일에는 로건이 차를 세웠던 곳이 있다. 우리는 이곳에서 로건이 하늘에서 추락하는 것을 지켜보았다. 또한 이곳은 패리가 처음으로 나와 눈을 마주치고 병적인 사랑에 빠진 곳이기도 했다. 나는 지금 그 사랑의 병증에 대해 연구하고 싶어 안달이 날 지경이었다.

이곳들이 내가 짊어진 십자가의 길이었다. 나는 언덕을 내려가 들판으로 들어섰고 그 옆의 큰 목초지로 이동했다. 양들이 보이지 않았고, 산울타리 너머의 작은 도로는 내 기억보다 거리가 가까웠다. 나는 바닥에서 움푹 팬 자국을 찾아보았지만, 어느새 쐐기풀이 자라기 시작해 경찰들이 타 넘었던 출입문까지 퍼져 있었다. 여기서 패리가 함께 기도하자고 했고, 나는 그를 두고 언덕으로 올라가버렸다. 등을 보이고 떠나면서 보여준 나의 거절 의사를 패리가 어떻게 받아들였을까 상상하면서 나는 다시 걸음을 옮겼다.

언덕을 올라가는 것이 지난번보다 힘들었다. 그땐 아드레날린이 솟구쳐서 팔다리에 힘이 들어갔고 생각의 속도가 빨라졌었다. 그러나 지금은 망설임이 넓적다리 근육에 깊이 박혀 있었고 귀에 심장 뛰는 소리가 들렸다. 나는 언덕 꼭대기에 서서 숨을 고르면서 주위를 둘러보았다. 40만 제곱미터가 넘는 들판이 펼쳐져 있고 한쪽에는 가파른 비탈이 있었다. 지금 나는 여기에 있고 이곳을 떠난 적이 없는 것처럼 느껴졌는데, 그것은 이곳이 내 집착의 무대, 초록의 배경이었기 때문이다. 클래리사, 존과 진 로건 부부, 이름이 알려지지 않은 여자, 패리와 드클레랑보가 각기 다른 구석에서 나를 향해 다가오는 것을 보았더라도 그렇게 놀랍지는 않았을 것이다. 그 모습을 상상하자, 그들이 나를 비탈 가장자리로 몰아가기 위해 말편자 대형으로 다가오는 것을 보자, 그들이 하나가 되어 나를 고발하기 위해 오고 있다는 확신이 들었다. 그런데 무슨 혐의로 고발한단 말인가? 내가 즉시 알았다면 그렇게 기소될 만한 죄를 짓지도 않았을 것이다. 부족, 결핍, 미적분학과의 첫 만남만큼이나 묘사하기 어려운 정신 영역으로의 확장 실패. 비록 우리가 현재는 서로의 판단을 신뢰하지 않았지만 나는 언제라도 클래리사의 충고를 새겨들을 준비가 되어 있었다. 그러나 현재 나를 매료시킨 사람은 더블버튼 정장을 입은 프랑스 남자였다.

나는 들판을 가로질러 내 차를 향해 걸어갔다. 단순한 추측에 불과하지만, 병적인 사랑에 관한 이론을 확립하고 그 이론에 자기 이름을 붙인 사람이라면 자신이 알지 못하는 사이에라도 틀림없이 사랑의 본질을 보여줄 수 있을 것이다. 제단 앞에 선 신랑처럼. 병이 있기 위해서는 건강이라는 숨어 있는 개념이 존재해야 했다. 드클레랑보 증후군은 더 밝은 세상을, 사랑이라는 명분을 향해 무모하게 달려드는 정상적인 연인들의 세상을 반영하고 패러디하는 어둡고 비뚤어진 거울이었다. (나는 더 빨리 걸었다. 그때 로건의 차는 이곳에서 400미터쯤 떨어진 곳에 있었고, 지금 생각해보니 앞문 두 개가 날개처럼 활짝 열려 있었던 게 확실했다.) 병과 건강. 그러니까, 패리에 대해 뭔가 알아내면 나를 클래리사에게 돌아가게 해줄 어떤 정보를 확보할 수 있지 않을까?

런던으로 들어가는 차가 많아 거의 두 시간이 지난 후에야 나는 우리 아파트 밖에 차를 세울 수 있었다. 오면서 줄곧 그 증후군에 대해 생각했고 그가 와 있을 거라고 예상도 했지만, 막상 차에서 내리다가 나를 기다리고 있는 그를 보자 가슴이 철렁 내려앉았다. 나는 잠깐 멈춰 섰다가 길을 건넜다. 그가 출입문 옆에 자리 잡고 있어서 그 옆을 지나가야 했다. 그는 말쑥한 정장 차림이었다. 검은색 정장에 흰 와이셔츠를 입었는데 단추를 다 잠갔고, 반짝반짝 윤이 나는 검은색 에나멜가죽 구두를 신고 있었다. 그는 나를 물끄러미 보고 있었는데, 표정으로는 감정을 가늠할 수 없었다. 나는 빠른 걸음으로 다가갔고, 그대로 그를 지나쳐 안으로 들어가고 싶었지만 그가 내 길을 가로막는 바람에 멈춰 서거나 그를 밀쳐야 했다. 그는 긴장한 표정이었고 화가 난 것도 같았다. 그의 손에 봉투 한 개가 들려 있었다.

"좀 비켜주지." 내가 말했다.

"내 편지 받았어요?"

나는 길 양옆으로 늘어선 키 작은 쥐똥나무 산울타리 쪽으로 밀고 들어가 그의 옆을 빠져나가려고 했지만, 그가 다가와서 막아섰고, 나는 그와 손가락 하나 닿고 싶지 않았다.

"비켜. 안 그러면 경찰에 신고할 거야."

그는 들어와서 술이나 한잔하자고 청하는 말을 들은 것처럼 기쁘게 고개를 끄덕였다. "먼저 이것부터 읽어요." 그가 말했다. "아주 중요하거든요?"

나는 봉투를 받아들면서 이젠 그가 비켜주기를 바랐다. 그러나 패리는 그것만으로는 충분하지 않은 모양이었다. 내게 하고 싶은 말이 있는 듯했다. 먼저 그는 자기 어깨 위의 존재를 흘끗 쳐다보았다. 그가 거친 숨소리를 내며 말하기 시작했고, 나는 그의 심장이 빠르게 뛰고 있을 거라고 추측했다. 지금이 그가 준비하고 기다려온 순간이었다.

그가 말했다. "사람 사서 당신이 쓴 기사를 다 찾았어요. 어젯밤에 다 읽었고요. 서른다섯 편 전부. 당신 책들도 다 구했어요."

나는 그를 보면서 다음 말을 기다렸다. 그의 태도에 변화가 있었다. 나에 대한 갈망은 그대로였지만 좀 냉정해진 것 같았고, 눈빛도 바뀌었다. 눈이 더 작아 보였다.

"당신이 무슨 일을 하려는지 알지만, 결코 성공하지 못할 거예요. 당신이 기사를 100만 편을 쓰고 내가 그걸 다 읽는다고 해도 안 돼요. 내가 가진 것을 결코 파괴하지 못할 거예요. 빼앗아갈 수도 없고."

그는 내가 반박하기를 기다리는 것 같았지만, 나는 팔짱을 끼고 그가 계속 말하기를 기다리면서 그의 턱에 생긴 면도 상처와 뺨에 난 검은색 수염 자국을 눈여겨보았다. 그다음에 그가 한 말이 당시에는 민간 조사원을 고용하기 쉽다는 것으로 들렸지만, 확실한 건 아니었다. 그후 찬찬히 그의 말을 곱씹어보니 내가 협박을 당했다는 생각이 들기 시작했다. 하지만 당시 상황을 보면 협박당한다고 느끼기 쉬웠고, 협박이었는지 아닌지 확실한 것은 알 수 없었다.

그가 말했다. "알겠지만 난 돈이 꽤 많아요. 사람을 사서 일을 시킬 수 있다고요. 내가 원하는 어떤 일이든 말이에요. 돈이 궁한 사람은 항상 있으니까. 놀라운 건, 내 손으로는 절대로 하지 않을 일을 시키는 데 수고료가 얼마나 싼 줄 알아요?" 그는 그 가짜 질문이 내 마음에 새겨질 시간을 주면서 나를 지켜보았다.

"차에 전화기 있거든. 안 비켜주면 바로 경찰에 신고할 거야."

패리의 표정이 예전처럼 온화하게 바뀌었다. 내 경고에서 애정을 감지하고 감사하게 받아들였는지 딱딱한 태도가 완전히 사라졌다. "괜찮아요, 조. 정말로 괜찮아요. 나도 힘들어요. 당신이 나를 이해하는 만큼 나도 당신을 이해해요. 이젠 내게 마음을 열어도 돼요. 암호로 꼭꼭 싸맬 필요 없어요. 정말 그럴 필요 없어요."

나는 뒤로 물러서다 차를 향해 돌아서며 말했다. "암호 같은 건 없어. 자넨 도움이 필요하다는 사실을 받아들여야 할 것 같아."

내 말이 끝나기도 전에 그가 웃음을 터뜨렸다. 아니, 카우보이처럼 와 하고 함성을 지르며 넓적다리를 철썩 때렸다. 내게서 큰소리로 사랑 고백을 들은 듯한 반응이었다. 그는 기뻐서 거의 소리를 지르고 있었다. "맞아요. 모두가, 모든 것이 내 편이에요. 다 내가 원하는 대로 될 거예요, 조. 당신이 할 수 있는 일은 아무것도 없다고요!"

패리는 이렇게 광적인 모습을 보이면서도 기꺼이 뒤로 물러서서 나를 들여보내주었다. 이게 다 계산된 행동이었을까? 이젠 그가 정신이상이라는 사실조차 믿을 수가 없었고, 그 이유 하나만으로도 대화를 끝내고 안으로 들어갈 수 있다는 게 기뻤다. 그리고 경찰에 신고했더라도 별 뾰족한 수는 없었을 것이다. 나는 그가 계속 기다릴 건지 보려고 뒤를 돌아보지 않았다. 자신의 행동이 나를 괴롭히고 있다는 사실을 깨닫는 만족감을 그에게 주고 싶지 않았다. 나는 그의 봉투를 뒷주머니에 넣고 한번에 두 계단씩 뛰어올라갔다. 단 15초 만에 우리 사이에 벌어진 거리와 높이가 내게는 진통제 같았다. 증후군을 참조하면서 패리를 연구하는 것은 참을 수 있고 심지어 즐길 수도 있었지만, 그를 거리에서 다시 만나자―특히 그의 첫번째 편지를 읽고 난 후라―덜컥 겁이 났다. 그를 두려워하는 것이 그에게 큰 힘을 줄 터였다. 어쩌면 내가 집에 들어오기 싫어질 수도 있었다. 우리 아파트 문 밖 층계참에 이르렀을 때, 나는 그가 실제로 나를 협박한 것은 아닌지 생각하고 있었다. 민간 조사원을 고용하는 것이 쉽다면, 나에게 접근해 폭력을 가할 깡패를 고용하는 것도 쉬울 것이다. 어쩌면 내가 너무 확대해석하고 있는 건지도 몰랐다. 애매모호함이 두려움을 키웠다. 협박은 완전히 뉘앙스의 문제였다.

나는 열쇠로 현관문을 열고 복도로 들어서면서 그런 생각을 했다. 잠깐 복도에 서서 숨을 고르면서 집 안의 정적에 귀를 기울이고 분위기를 살폈다. 문 옆 바닥에 가방이 없고 의자에 재킷이 걸쳐져 있진 않았지만, 나는 클래리사가 퇴근했고 뭔가 문제가 있다는 것을 피부로 느꼈다. 그녀의 이름을 불렀는데도 아무 반응이 없어 거실로 갔다. 거실은 L 자 모양이어서 몇 걸음 걸어들어간 후에야 그녀가 거기 없다는 걸 확인할 수 있었다. 방금 내가 지나온 복도에서 무슨 소리를 들은 것 같아 다시 그녀의 이름을 불렀다. 건물에서는 나름의 삐걱거리는 소리와 딸각거리는 소리가 나게 마련인데 대개는 작은 온도 변화 때문에 소리가 나는 거라 복도로 돌아갔을 때 아무도 없었지만 놀라지 않았다. 그래도 클래리사가 집 안 어딘가에 있다는 것은 의심하지 않았다. 낮잠을 자고 있나 싶어 침실에 들어가보았다. 출근할 때 신었던 신발이 가지런히 놓여 있고, 침대보에 그녀가 누웠던 자국이 있었다. 화장실을 사용한 흔적은 없었다. 나는 집 안의 다른 곳들—부엌과 그녀의 서재와 손님방—을 재빨리 살펴보았고 옥상으로 올라가는 문의 빗장을 확인했다. 그러고 나서야 마음을 바꿔 그녀의 동선을 논리적으로 추리해보았다. 그녀는 집에 와서, 신발을 벗고, 침대에 잠시 누워 있다, 다른 신발을 신고, 외출했다. 패리를 만나고 마음이 불안해진 상태라 내가 집 안 분위기를 제대로 파악하지 못한 것이다.

나는 부엌에 가서 주전자에 물을 채웠다. 그런 다음 내 서재로 갔는데, 거기에 클래리사가 있었다. 너무나 명백했고, 너무나 큰 충격이었다. 나는 처음 본 사람처럼 그녀를 바라보았다. 그녀는 맨발이었고, 책상을 등지고 회전의자에 편안하게 앉아 문 쪽을 보고 있었다. 그날 일어난 그 모든 일을 생각하면, 그녀가 여기 있을 거라고 추측했어야 했다. 나는 서재로 들어가면서 그녀의 눈을 마주보았다. "왜 대답 안 했어?"

그녀가 말했다. "당신이 여기부터 찾아볼 줄 알았지." 내가 얼굴을 찌푸리자 그녀가 덧붙였다. "당신 외출한 동안 내가 당신 책상 뒤질 거라고는 생각 안 했어? 우리 요즘 이러고 살지 않나?"

나는 맥이 빠져 소파에 풀썩 주저앉았다. 일이 완전히 잘못되면 오히려 속이 편할 수 있었다. 아등바등 싸울 필요가 없었고, 싸울 전략을 골치 아프게 짤 필요도 없었다.

그녀는 차분했고, 굉장히 화가 나 있었다. "30분 동안 여기 앉아서 나 자신을 끊임없이 부추기고 있었어. 서랍을 열어서 당신이 받은 편지들을 살펴보라고. 근데 말이야, 호기심이 안 생기더라. 너무 끔찍하지 않아? 내가 당신의 비밀에 관심이 없더라고. 비밀이 없다고 해도 관심 없고. 당신이 내가 받은 편지들을 보여달라고 했으면, 난 좋다고, 어서 보라고 했을 거야. 당신한테 숨기는 게 아무것도 없거든." 그녀의 목소리가 조금 커졌고 떨리고 있었다. 그녀가 이렇게까지 화를 내는 건 여태껏 본 적이 없었다. "심지어 서랍을 열어놓기까지 했더라. 그래서 서재에 들어가자마자 알았지. 그게 당신이 나에게 보내는 성명이자 메시지이고 신호라는 걸. 문제는 그게 무슨 의미인지를 모르겠다는 거야. 내가 바보가 되어가나봐. 그러니까 당신이 설명해줘, 조, 지금. 나에게 하려는 말이 뭐야?"

열여섯

사랑하는 조,

어제 오후 4시에 내가 고용한 학생이 초인종을 누르길래 대문 앞으로 가 만났어요. 수고비로 500파운드를 주자 대문 창살 사이로 꾸러미를 건네주더군요. 당신이 쓴 기사 서른다섯 편을 복사한 거였어요. 학생은 기분 좋게 떠났지만, 나는 어땠을 것 같아요? 어떤 밤이 펼쳐질지 그땐 정말 몰랐어요. 단언컨대 어젯밤은 내 인생에서 가장 끔찍한 시간이었어요. 당신의 슬프도록 메마른 생각을 마주하는 게 고문 같았어요, 조. 그런 글을 써줬다고 원고료를 두둑이 지불했을 바보들과 그런 글을 읽고 자신의 소중한 하루를 오염시킨 순진한 독자들을 생각하니 화도 났고요.

나는 책장이 늘 비어 있다시피 했는데도 어머니가 서재라고 불렀던 방에 앉아서 기사들을 꼼꼼히 다 읽어봤어요. 사실 내 머릿속에서는 당신이 직접 읽어주는 소리가 들렸어요. 나는 이 모든 기사를 당신이 우리 둘을 포함할 미래에 보내는 편지라고 생각하며 읽었어요. 당신이 나에게 무슨 짓을 하려는 것인가 계속 생각했죠. 나에게 상처 주려고 하는 걸까? 나를 모욕하려고? 나를 시험하려고? 그런 짓을 하는 당신이 너무 싫었지만, 당신을 사랑한다는 사실은 결코 잊지 않았어요. 그래서 계속 읽었던 거고요. 그는 내 도움이 필요해, 나는 포기하고 싶을 때마다 이렇게 다독였어요. 내가 이성이라는 작은 새장에서 그를 풀어주어야 해. 하느님이 내게 원하시는 것이 무엇인지 내가 진정으로 이해한 건지 궁금해지는 순간도 여러 번 있었어요. 주님께 맞서는 이 혐오스러운 기사들을 쓴 작가를 주님 곁으로 이끄는 것이 정말 나의 일일까? 어쩌면 나는 보다 단순하고 순수한 소명을 받은 사람인지 모른다는 생각도 들었어요. 당신이 과학에 대한 글을 쓴다는 것도 알고 있었고, 당혹스럽고 지루해질 것을 예상하고 마음의 준비를 했지만, 당신이 주님을 경멸하면서 글을 썼다는 건 몰랐거든요.

당신이 4년 전에 『뉴 사이언티스트』에 기고한, 성서학에 도움이 되는 최신 기술에 관한 기사를 기억해요? 방사성탄소를 이용해 토리노의 수의*의 연대를 측정해본 일에 사람들이 관심이 있을 거라고 생각해요, 정말? 그것이 중세의 거짓말이란 얘길 듣고 사람들이 믿음을 버렸다고 생각해요? 신앙이 썩어가는 천의 나이에 달

---

* 이탈리아 토리노 대성당에 1500년대부터 있는 아마포. 사람의 형상이 희미하게 보이는데, 예수 시신의 모습이라고 믿는 사람들도 있다.

려 있다고 생각해요? 하지만 정말 충격적이었던 것은 당신이 쓴 다른 기사였어요. 하느님에 관한 기사. 아마 농담으로 그런 글을 쓴 것 같은데, 그렇다면 훨씬 더 심각한 문제죠. 당신은 하느님이 소설 속 등장인물이라고 하면서, 그분이 누군지, 어떤 분인지 아는 척하고 있어요. 그뿐 아니라 그 분야 최고의 석학들이 야훼를 창조한 인물에 대해 "지성에 근거한 추측"을 할 준비가 되어 있다면서 그 증거가 기원전 1000년경에 살았던 밧세다라는 여자를, 다윗과 잤던 히타이트족의 여자를 가리킨다고도 했고요. 여자 소설가가 하느님을 창조했다고요! 그 최고의 석학이란 작자들보고 아무것도 모르면서 그렇게 아는 척을 하느니 콱 죽어버리라고 해요. 당신은 지구상의 어느 누구도 이해할 수 없는 힘을 다루고 있는 거예요. 더 나아가 당신은 예수 그리스도도 소설 속 등장인물이라고, 성 마르코 복음을 쓴 사람과 성 바오로가 주도해서 만들어낸 등장인물이라고 말했더군요. 당신을 위해 기도했어요. 그리고 내게 당신과 맞설 수 있는 힘을 달라고도 기도했어요. 당신에게 이끌려 나락으로 떨어지지 않고 당신을 계속 사랑할 힘을 달라고도 기도했고요. 어떻게 해야 하느님과 당신을 동시에 사랑할 수 있을까요? 오로지 신앙을 통해서만 가능해요, 조. 사실이나 가짜 사실, 지적인 오만함이 아니라, 우리 삶에 함께하시고, 소설 속 등장인물은 말할 것도 없고 어떤 인간도 가질 수 없는 존재감을 갖고 계시는 하느님의 지혜와 사랑을 믿음으로써 가능한 거라고요.

돌이켜보면 내가 참 고지식했다는 생각이 들어요. 처음에 당신을 향한 사랑의 감정이 휘몰아쳤을 때 다 잘될 거라고 생각했거든요. 내가 그 사랑을 너무도 원하니까 잘될 거라고. 새벽이 됐는데도 아직 읽지 못한 기사가 열 편이 남았을 때 나는 택시를 타고 당신 집으로 갔어요. 당신은 자고 있었어요. 자신이 얼마나 나약한 존재인지 모른 채, 당신이 존재를 부정하는 그분으로부터 보호받고 있다는 사실에 무관심한 채. 당신 집 밖에 서 있다보니 당신은 정말 편안하고 윤택한 삶을 살고 있으면서도 감사할 줄 모른다는 생각이 들기 시작했어요. 당신은 자신이 가진 것에 감사해야 한다는 생각, 해본 적 없죠? 그게 다 우연히 벌어진 일 같아요? 모든 것이 당신 스스로 성취한 거라고 생각해요? 당신이 걱정돼요, 조. 그 오만함이 당신에게 어떤 벌을 가져올지 걱정돼요. 나는 길을 건너가서 산울타리에 손을 얹었어요. 이번에는 아무런 메시지도 느껴지지 않았어요. 왜 당신은 그럴 필요가 없을 때 나에게 말을 거는 거죠? 당신은 모든 것을 갖고 있다고 생각하고, 스스로 모든 욕구를 충족시킬 수 있다고 생각해요. 하지만 하느님의 사랑을 알지 못하면 당신은 그냥 사막에서 살고 있는 거예요. 내가 당신에게 뭘 제안하는 것인지 당신이 완전히 이해할 수 있다면 얼마나 좋을까요. 이제 그만 잠에서 깨어나요!

당신은 내가 과학을 혐오한다는 인상을 받았을지도 모르겠네요. 학교에서 과학을 잘하지 못했고 최근의 과학 발전에 대해 개인적 관심이 없는 것은 사실이지만, 과학이 멋진 학문이라는 건 알고 있어요. 자연을 연구하고 평가하는 것은 기도의 연장이라고, 하느님이 창조하신 우주의 영광을 찬미하는 일이라고 생각하고요. 우리가 그분이 이루어내신 창조의 복잡성에 대해 더 많이 알

수록, 인간이 아는 것이 얼마나 미미하고 우리가 얼마나 미약한 존재인가를 더 잘 깨달을 수 있어요. 하느님은 인간에게 마음을 주셨고, 굉장한 총명함을 주셨어요. 인간들이 하느님의 현존을 부정하는 데 이 재능을 사용한다는 게 너무나 유치하고 슬프게 느껴져요. 당신은 기사에 요즘 우리가 화학에 대해 많이 알고 있다고, 지구상에서 생명이 어떻게 시작됐는가를 추측하기에 충분할 만큼 많이 알고 있다고 썼더군요. 태양이 데워주는 작은 미네랄 온천들, 화학결합, 단백질 체인, 아미노산 등등. 태초의 수프. 우리는 이 특별한 이야기에서 하느님을 빼버렸고, 그래서 그분은 마지막 보루인 양자물리학자들의 분자와 미립자 사이로 밀려나버렸어요. 하지만 그렇게 해선 아무것도 알아낼 수 없어요. 수프의 조리법을 설명하는 것이 수프가 만들어진 이유 혹은 요리사가 누군지를 아는 것과 같을 순 없어요. 그건 무한한 힘에 대해 쏟아내는 하잘것없는 불평에 불과하다고요. 당신이 하느님에 대해 늘어놓은 궤변 중에는 당신이 스스로 쳐놓은 논리의 덫에서 구해달라는 애원도 있더군요. 당신의 기사들은 전부 다 외롭다는 울부짖음에 지나지 않아요. 그 모든 부정否定 속에 행복은 없어요. 그렇게 부정해봤자 뭘 얻을 수 있겠어요?

당신이 내 말을 듣지 않을 거라는 거 알아요, 아직까지는. 당신의 마음은 닫혀 있고, 방어기제가 작동하겠죠. 내가 미친놈이라고 생각하는 게 당신한테는 편하겠죠. 보호막도 될 거고요. 도와줘! 어떤 놈이 우리집 밖에 서서 나한테 자신의 사랑과 하느님의 사랑을 주겠대! 경찰에 신고해, 구급차를 부르라고! 조 로즈에겐 아무 문제가 없죠. 그의 세계는 안정되어 있고, 모든 것이 딱딱 들어맞겠죠. 모든 문제는 제드 패리에게 있는 거지. 거지처럼 길바닥에 서서 사랑하는 사람 한번 보겠다고, 자신의 사랑을 주겠다고 기다리는 끈질긴 얼간이. 당신이 내 말에 귀 기울이게 하려면 나는 뭘 해야 할까요? 기도만이 이 질문에 답할 수 있고, 사랑만이 그 임무를 완수할 수 있겠죠. 하지만 이제 당신을 향한 나의 사랑은 무조건 애원하는 사랑이 아니에요. 이젠 전화기 옆에 붙어앉아 당신의 다정한 말을 기다리지 않는다는 뜻이에요. 당신은 나를 내려다보며 내 미래를 결정할 수 없고, 당신 뜻대로 나를 좌지우지할 힘도 없어요. 당신을 향한 나의 사랑은 굳건하고 맹렬하고, '아니오'를 대답으로 간주하지 않으며, 당신을 향해 꾸준히 나아가 당신을 소유하고 구원하는 사랑이에요. 다시 말해 나의 사랑은—그건 하느님의 사랑이기도 해요—당신의 운명이에요. 당신의 부정과 거절, 그리고 당신이 쓴 모든 기사와 책은 지친 아기가 짜증내느라 발을 구르는 것에 지나지 않아요. 시간문제이지만, 그 순간이 오면 당신도 감사할 거예요.

알겠어요? 당신의 글을 밤새 읽고 나서 나는 강해졌어요. 하느님의 사랑이 한 일이죠. 당신이 지금 불편한 감정을 느끼기 시작한다면 그건 당신 안에서 이미 변화가 시작됐다는 뜻이에요. 언젠가 당신은 기꺼이 말하겠죠, 당신을 무의미한 삶에서 구해달라고. 당신과 나의 이런 교류를 흐뭇하게 돌아볼 때가 올 거예요. 그땐 이런 교류가 우리를 어디로 데려갔는지 알게 될 거예요. 내가 얼마나 열심히 당신 등을 떠밀어야 했고, 당신은 내가 다가오는 것을 막으려고 얼마나 열심히 저항했는지를 떠올리며 미소 짓게 될 거예요. 그러니 지금 어떤 기분이 들더라도, 이 편지들을 찢어버리진 말아요.

새벽에 당신 집에 갔을 때는 당신이 쓴 글 때문에 당신이 너무 싫었어요. 당신에게 상처를 주고 싶었죠. 아니, 그보다 훨씬 더한 짓을 하고 싶었어요. 더한 짓을 해도 하느님이 용서해주실 거라고 생각했죠. 택시를 타고 당신 집으로 가면서 하느님과 그분의 독생자가 제임스 본드나 햄릿 같은 소설 속 등장인물일 뿐이라고 냉정하게 말하는 당신의 모습을 상상했어요. 대여섯 가지 화학물질과 200~300만 년만 준다면 당신도 실험실 플라스크 안에서 생명체를 만들 수 있다고 말하는 모습도 상상했고요. 그건 당신이 하느님의 존재를 부정할 뿐만 아니라, 하느님의 자리를 차지하고 싶어한다는 증거예요. 그런 오만이 당신을 파괴할 거예요. 우리가 건드리면 안 되는 불가사의가 있고 모두가 배워야 할 겸손이 있는데, 당신은 정말 오만하더군요. 그래서 당신을 혐오했어요. 당신은 모든 일에 대한 최종 결정권을 갖고 싶어해요. 당신이 쓴 서른다섯 편의 기사를 읽으니 분명히 알겠더라고요. 단 한순간의 의심이나 망설임도, 오만함에 대한 인정도 없더군요. 당신은 수많은 주제에 관해 최신의 진실을 전달하더군요. 박테리아, 미립자, 농업, 곤충, 토성의 고리, 음악적 하모니, 위험 이론, 새의 이동……내 뇌가 당신의 더러운 빨래를 넣고 휘젓고 돌리는 세탁기 같은 느낌이 들었어요. 인공위성, 나노기술, 유전공학, 바이오컴퓨터, 수소 엔진 같은, 당신의 마음을 가득 채운 것들 때문에 내가 당신을 혐오한다고 나를 비난할 수 있겠어요? 당신은 지식 쇼핑광이에요. 그 모든 지식을 사 모으고, 응원하고, 다른 사람들의 연구 업적을 광고해주더군요. 칼럼니스트로 활동해온 4년 동안 사랑과 신앙 같은 진짜 주제에 관해서는 단 한마디도 하지 않고.

정말 화가 나요. 우리가 함께하는 삶이 시작되기를 기다리느라 마음이 초조해져서 그런가봐요. 예전에 여름방학 때 학교 친구들과 스위스로 수학여행을 간 적이 있어요. 어느 날 우린 오전 내내 지루한 돌길을 올라가야 했죠. 이렇게 더운데 왜 올라가야 하느냐며 다들 불평하는데도 선생님은 못 들은 척했어요. 점심시간 직전에 우리는 알프스의 초원에 도착했어요. 햇살이 따사롭게 비치는 거대한 들판에 온갖 꽃과 풀이 자라고 있었고, 시냇가에는 진초록색 이끼가 덮여 있었어요. 정말 놀라운 곳이었죠. 나를 포함해 시끄럽게 떠들어대던 학생들 모두가 갑자기 조용해졌어요. 누군가가 중얼거리더군요. 꼭 천국에 와 있는 것 같다고. 내 인생에서 손꼽히는 멋진 순간이었어요. 우리의 시련이 끝나고 당신이 여기 와서 우리가 함께 산다면, 그 초원에 도착한 것과 같은 순간을 맞겠죠. 더 올라가야 할 돌길도 없고! 평화와 시간이 우리 앞에 쫙 펼쳐질 거예요.

할말이 하나 더 있어요. 당신이 내 삶 속으로 뛰어들어왔듯, 나도 당신의 삶 속으로 뛰어들어갔죠. 당신은 그런 일이 일어나지 않았어야 한다고 생각하겠지만. 당신의 삶은 곧 완전히 바뀔 거예요. 클래리사에게 말해야 하고, 당신 짐을 전부 옮겨야 할 거예요. 아마도 짐은 거의 다 버리고 싶어지겠지만. 당신은 친구들한테 주소가 바뀐 것뿐만 아니라 당신의 믿음에 일어난 혁명을 설명해야 할 거예요. 고통스럽고 성가셔서 피하고 싶겠지만. 내가 당신의 정돈 되고 만족스러운 삶을 흔들어놓지 않았기를 바라는 때도 생길 거예요. 내가 존재하지 않기를 바랄 거고요. 이해할 수 있는 일이니까, 그것 때문에 죄책감을 느끼지는 말아요. 내가 격변과 혼란을 대변하기 때문에 당신은 분노를 느낄 거고 나를 어디 멀리 쫓아버리고 싶어질 거예요. 그게 다 하느님의 계획에 있는 일이에요. 가파른 돌길인 거예요! 당신이 느끼는 모든 것에 적절한 표현을 찾아야 해요. 나를 욕하고, 내 머리에 돌을 던지고, 나에게 주먹을 휘둘러요. 그럴 용기가 있다면. 하지만 초원을 향해 가면서 당신이 절대로 해서는 안 되는 행동이 하나 있어요. 바로 나를 무시하고, 이런 일이 일어나지 않은 척하고, 시련이나 고통 혹은 사랑을 부인하는 거요. 내가 거기 없는 것처럼 모른 척하고 지나가지 말아요. 우리 둘 다 바보가 아니에요. 나의 존재를 부정하지 말아요. 나를 부정하는 건 결국 당신 자신을 부정하는 거니까. 내가 하느님을 거부하는 당신에게 절망한 것은 당신이 그렇게 나도 거부하고 있다는 느낌을 받았기 때문이에요. 나를 받아들여요. 그러면 아무 고민 없이 하느님을 받아들일 수 있을 거예요. 그러니까 나에게 약속해줘요. 나에게 당신의 분노와 신랄함을 보여줘요. 난 괜찮으니까. 난 절대로 당신을 버리지 않을 거예요. 하지만 내가 존재하지 않는 척하지는 말아요. 절대로, 절대로.

제드

열일곱

어쩌다 그랬는지는 모르지만, 우리는 아무 일도 없었던 것처럼 서로를 마주보며 침대에 누워 있었다. 단지 피곤했기 때문이었는 지도 모르겠다. 자정이 훌쩍 지난 늦은 시각이었다. 침묵이 얼마 나 짙은지 마치 눈에 보이는 듯했다. 페인트를 새로 칠한 듯 반짝 이고 선명하고 진한 침묵. 이런 공감각은 내가 방향감각을 상실했 기 때문에 생긴 것이 틀림없었다. 초록빛 들판 같은 그녀의 눈을 바라보고 그녀의 부드럽고 가느다란 팔을 만지며 여기 누워 있는 것이 너무도 익숙했다. 또한 전혀 예상치 못한 일이기도 했다. 우 리는 교전중은 아니었지만, 모든 것이 교착상태에 있었다. 미로 같은 참호들을 사이에 두고 대치하는 군대 같았다. 우리는 전혀 움직이지 못하는 상태였다. 유일한 움직임이라고는 머릿속에서 깃발처럼 나부끼는 조용한 비난의 함성뿐이었다. 그녀에게 나는 제정신이 아닌데다 비뚤어진 집착을 하고 있었으며, 무엇보다도 사적인 공간을 침범한 도둑이었다. 내 입장에서 보면 그녀는 이런 위기의 시기에 나에게 충실하지 않았고, 나를 지지해주지 않았으며, 비합리적인 의심을 품고 있었다.

우리는 한번 부딪치면 관계가 끝날 거라는 것을 느낀 것처럼 언쟁도 하지 않았고, 작은 일에서도 부딪치지 않았다. 딱딱하게나마 이야기도 계속 나누었다. 일에 관해 간단한 대화를 나눴고 쇼핑과 요리, 집안 수리 같은 문제에 대해 의견을 교환했다. 클래리사는 주중에는 세미나와 강의와 행정처와의 전투를 위해 매일 출근했다. 나는 인간의 의식에 관한 다섯 권의 책에 대해 길고 지루한 서평을 썼다. 내가 과학에 관한 글쓰기를 시작했을 때, 의식이란 단어는 과학 담론에서 거의 금지된 용어였다. 글의 주제가 아니었다. 그러나 지금은 블랙홀과 다윈과 함께, 그리고 공룡보다 훨씬 더 빈번하고 활발하게 다루어지고 있었다.

다른 어떤 것도 분명해 보이는 것이 없었기 때문에 우리는 일상생활을 계속했다. 우리는 사랑이 식었다는 걸 알았고, 실제로 사랑은 끝났다. 서로를 사랑하지 않았거나, 아니면 사랑의 기술을 잊었거나, 그 사실에 대해 어떻게 이야기를 시작해야 할지 알지 못했다. 우리는 같은 침대에서 잤지만, 서로를 안지 않았다. 같은 화장실을 썼지만, 서로의 벗은 몸을 보지 않았다. 우리는 애써 태연함을 유지했다. 그러지 않으면, 예를 들어 차갑고 정중하게 서로를 대할 경우 가식이 다 드러나고 우리가 그토록 피하고 싶어하는 갈등에 직면할 것이기 때문이었다. 사랑을 나누거나 오래 대화를 나누거나 조용히 함께 있는 것같이 예전에는 자연스러웠던 일들이 지금은 해리슨의 네번째 해상시계*처럼 억지로 짜맞춘 것처럼 보였고, 다시 만들어내기에는 시대착오적일 뿐만 아니라 불가능해 보였다. 그녀가 머리를 빗거나 허리를 굽히고 바닥에서 책을 집어드는 모습을 보면, 그녀가 아름답다는 사실이 교과서에서 배우고 암기한 지식처럼 새삼스럽게 떠올랐다. 사실이지만, 지금 당장 중요하진 않은 지식처럼. 그리고 나는 그녀의 눈 속에서 나의 모습을 확인할 수 있었다. 아둔해 보일 정도로 덩치만 크고 서투른 남자, 생물학적으로 동기가 부여된 몽둥이, 그녀가 실수로 관계를 맺은, 아무 영감 없는 논리의 거대한 폴립**. 그녀와 대화할 때 내 목소리는 내 머릿속에서 둔하고 단조롭게 울려퍼졌고, 모든 문장은 물론이고 모든 단어가 거짓이었다. 소리 없는 분노, 미세하게 퍼져 있는 자기혐오, 이런 것들이 나를 구성하는 요소였고, 나의 색깔이었다. 서로의 눈이 마주칠 때 마치 유령 같고 더 비열한 우리의 자아가 이해의 가능성을 막기 위해 두 손을 들어 우리의 얼굴을 가리는 것만 같았다. 눈이 마주치는 경우는 거의 없었고, 혹시 마주친다 해도 불안한 듯 바로 눈을 돌리곤 했다. 사랑에 빠진 이전의 자아들은 우리를 이해하거나 용서하지 못했을 것이다. 그리고 거기 그것이 있었다. 수치심. 그 당시 우리 가정을 지배했으나 인정받지 못했던 감정은 수치심이었다.

---

* 영국의 시계 제작자 존 해리슨이 만든 매우 정밀한 시계로, 항해중인 배가 천측을 이용해 위치를 계산하는 데 쓰인다.
** 인체 내에, 특히 비강에 생기는 작은 덩어리.

지금, 새벽 1시 30분에서 2시 사이, 우리는 침대에 누워 희미한 램프 불빛 속에서 서로를 바라보고 있었다. 나는 벌거벗은 상태였고 그녀는 가운을 입고 있었다. 서로의 팔과 손을 어루만지고 있었지만, 애정이 담기지 않은 건조한 손길이었다. 온갖 의문이 우리를 둘러싸고 있었고, 한동안 둘 다 입을 열지 못했다. 기껏해야 서로의 눈만 바라볼 뿐이었다.

조금 전, 우리가 일상사에 대해서는 대화를 나눴다고 말했지만, 일상사에 흡수되어버린 삶의 한 측면에 대해서는 차마 그러지 못했다. 사람들은 특별한 것들이 얼마나 빨리 흔한 일이 되어버리는지 이야기한다. 나는 밤에 고속도로를 달릴 때, 또는 비행기에 앉아 구름을 뚫고 햇빛 속으로 날아오를 때 그런 생각을 한다. 인간은 적응력이 뛰어난 동물이다. 예측 가능한 일은 말 그대로 배경이 되어 주의력을 흩트리지 않기 때문에, 무작위로 일어난 일이나 예측 못한 일을 다루기가 쉬워진다.

패리는 일주일에 서너 통씩 편지를 보내고 있었다. 그의 편지는 보통 길고 열정적이었고, 갈수록 현재시제로 쓰는 비중이 높아졌다. 그는 편지를 쓰는 과정 자체를 종종 편지의 주제로 삼을 정도였다. 편지를 쓰고 있는 방, 변화하는 빛과 날씨, 자기 기분의 변화, 내게 편지를 쓰면 내가 자기 바로 옆에 있는 것 같은 기분을 느낀다는 사실을 늘어놓았다. 편지를 끝맺을 땐 작별의 슬픔을 장황하게 표현했다. 종교적인 얘길 할 땐 너무도 열의에 넘쳐서 그 진심이 고스란히 느껴졌다. 그는 자신의 사랑이 하느님의 사랑처럼 인내심이 넘치고 모두를 포용한다고 했다. 하느님이 자신을 통해 나를 그분 앞으로 부르실 거라고 했다. 나를 비난하는 내용도 빠지지 않았는데, 편지 전반이 비난조일 때도 있고 고통에 찬 몇 구절에 집중되어 있을 때도 있었다. 이 연애를 먼저 시작한 사람은 나라면서 내가 자기를 책임져야 한다고 했다. 내가 자기를 갖고 놀고, 유혹하고, 격려의 메시지를 보내고는 획 돌아서서 외면해버린다고 했다. 내가 남을 놀리고 유혹하기 좋아하는 사람이고, 천천히 고문하는 데 일가견이 있으며, 그래놓고 내가 한 일을 절대로 인정하지 않는 재능이 뛰어나다고 말했다. 이젠 내가 커튼이나 쥐똥나무 산울타리를 통해서 메시지를 보낸다고는 생각하지 않는 모양이었다. 이젠 내가 그의 꿈에 나타나 그에게 말을 했다. 성서 속 선지자처럼 광채를 띠고 그의 앞에 나타났고, 그에게 내 사랑을 맹세했으며, 앞으로 더 행복한 날이 올 거라고 예언했다.

나는 이 편지들을 대충 훑어볼 수 있는 방법을 터득했다. 나를 비난한 대목이나 좌절감을 표현한 부분을 집중적으로 살피면서, 그가 집 밖에서 내게 했던 협박이 반복되고 있는 부분을 찾으려고 애썼다. 분노는 찾을 수 있었다. 그의 마음속에 자리한 어둠도 있었다. 하지만 그는 너무나 교활해서 편지에 협박 같은 것은 적지 않았다. 그래도 내가 자신이 겪는 모든 고통의 근원이라고 썼을 때, 내가 자기와 함께 살게 될 것 같지 않다고 추측했을 때, "우리가 상상했던 것보다 더 많은 눈물을 흘리면서 슬픔 속에 끝날 거예요, 조"라고 말하며 우리 관계의 결말을 암시했을 때, 분명 거기에 협박이 숨어 있는 것 같았다. 그러나 나는 그 이상을 원했다. 그 이상을 갈망했다. 제발, 무기를 나에게 넘겨, 제드. 구체적인 작은 협박 하나면 경찰에 신고하는 데 충분했을 텐데, 그는 나를 부인했고, 나를 갖고 놀았으며, 그러다 뒤로 물러서곤 했다. 내가 자신에게 그렇게 행동한다고 주장하지만 실제로는 그가 그러고 있었다. 나는 협박의 증거를 확실히 확보하고 싶었기 때문에 그가 다시 협박하기를 바랐다. 그는 내가 바라는 대로 하지 않을 것이고, 나는 조만간 그가 나를 해칠 거라는 의심을 버리지 못했다. 연구해보니 이런 의심이 사실로 확인된 사례가 많이 있었다. 한 연구 조사에서 드클레랑보 증후군을 앓는 남자 환자 가운데 절반 이상이 집착의 대상에게 폭력을 가하려고 했다는 사실이 밝혀졌다.

패리가 우리 아파트 밖에 서 있는 것도 편지처럼 일상사가 되었다. 그는 거의 매일 찾아왔고, 길 건너편에서 자리를 지키고 있었다. 시간의 요구와 자기 욕구의 압박 사이에서 적절한 균형을 찾은 듯했다. 나를 보지 못하면 한 시간 정도 서 있다가 돌아갔다. 내가 아파트에서 나오는 것을 보면, 길을 건너지 않고 그대로 나를 조금 따라오다 골목길에서 방향을 틀어 뒤도 돌아보지 않고 성큼성큼 가버렸다. 그 정도면 자신의 사랑을 지켜내기에 충분한 접촉을 했다고 생각하고, 편지를 쓰기 위해 햄프스테드에 있는 집으로 곧장 돌아가는 모양이었다. 어떤 편지는 이렇게 시작되었다. "오늘 아침 당신이 보낸 눈길의 의미를 이해했어요. 하지만 난 당신이 틀렸다고 생각해요……" 그가 다시는 나와 말하지 않겠다고 말한 적이 없는데 그냥 그렇게 가버리면 나는 갑자기 상실감을 느꼈다. 그가 편지로 나를 협박하지 않을 거라면, 그의 말을 녹음으로라도 남겨두고 싶었기 때문이다. 나는 작은 녹음기를 주머니에 넣고 옷깃 밑에 마이크를 달고 다녔다. 한번은 패리가 나를 지켜보는 것을 보고, 쥐똥나무 산울타리에 멈춰 서서 두 손으로 산울타리를 쓱 훑어서 거기에 메시지를 새기고는 돌아서서 그를 쳐다보기도 했다. 그러나 그는 다가오려 하지 않았고, 그날 쓴 편지에서 그 순간을 언급하지도 않았다. 그의 사랑은 외부 요인에 좌우되지 않았는데, 그 요인이 나에게서 비롯되었다고 해도 마찬가지였다. 그의 세상은 내부에서 결정되고 개인적인 필요성에 의해 움직이는 세상이었고, 이런 식으로 온전하게 유지되었다. 그가 틀렸다는 것을 입증할 수 있는 것은 아무것도 없었고, 그가 옳다는 것을 입증하기 위해 필요한 것도 없었다. 내가 그에게 열정적으로 사랑을 고백하는 편지를 썼어도 아무런 차이가 없었을 것이다. 그는 자신이 고안한 감방에 틀어박혀 의미를 알아내려 애쓰고, 실재하지 않는 교류에 희망이나 실망의 드라마를 채워넣었다. 물질적인 세계와 그 세계의 무작위적 배치와 혼돈의 소음과 색깔들을 세심히 살펴 자신의 현재 감정 상태와 상관관계가 있는 것을 찾고, 항상 만족에 도달했다. 그는 자기 감정의 빛으로 세상을 비추었고, 세상은 그의 감정이 바뀔 때마다 그가 옳다고 확인시켜주었다. 그가 절망감을 느꼈을 땐, 그가 어두운 대기 속에서 또는 나의 경멸을 그에게 말해주는 새의 지저귐에서 변화를 느꼈기 때문이다. 그가 기쁨을 느꼈을 땐, 꿈속에서 내가 친절한 메시지를 보냈거나 그가 기도나 명상을 하다 "발현한" 직감처럼, 더없이 행복하고 예상하지 못했던 이유가 효과를 발휘했기 때문이다.

이것은 자기 참조라는 사랑의 감옥이었지만, 그가 기쁨을 느끼든 절망감을 느끼든 나는 그가 나를 협박하게 할 수 없었고, 심지어 나에게 말을 걸게 만들지도 못했다. 나는 숨겨놓은 녹음기를 켠 채 세 번이나 길을 건너가 그에게 다가갔지만, 그는 바로 자리를 떴다.

"꺼져버려, 그럼!" 내가 물러서는 그의 등에 대고 외쳤다. "다신 여기서 얼쩡거리지 마. 같잖은 편지로 귀찮게 굴지도 말고." 돌아와서 나랑 얘기 좀 해. 진짜 하고 싶었던 말은 그거였다. 돌아와서 네 명분이 얼마나 가망 없는지를 직시하고 까놓고 협박을 하라고. 아니면 전화를 하든가. 자동응답기에 메시지로 남겨놓으란 말이야.

물론 그날 내가 외친 말이 그다음날 받은 편지의 어조에 영향을 미치진 않았다. 편지는 온통 행복과 희망으로 부풀어 있었다. 그는 못 말리는 유아론자*였고, 나는 초조해지고 있었다. 단숨에 그를 절망에서 혐오로, 사랑에서 파괴로 이끌어갈 수 있는 논리는 그의 개인적인 영역이라 내가 예측할 수 없을 것이다. 그러므로 그가 나에게 달려든다면 사전 경고 따위는 없을 것이다. 나는 밤마다 문단속에 더욱 신경썼다. 혼자 외출할 땐, 특히 밤에는 누가 나를 따라오지는 않는지 수시로 확인했다. 택시를 이용하는 경우가 잦아졌고, 택시에서 내리면 항상 주위를 두리번거렸다. 우리 동네 경찰서 경사와 어렵게 약속을 잡아놓았다. 그리고 나 자신을

---

* 실재하는 것은 자아뿐이고 다른 모든 것은 자아의 관념이거나 현상에 지나지 않는다고 생각하는 사람.

방어하기 위해 무엇이 필요할지 상상하기 시작했다. 전곤*? 브래스 너클**? 칼? 나는 항상 나의 승리로 끝나는 폭력적인 대치를 상상했지만, 따분한 상식과 논리의 장기臟器인 내 심장에서는 그가 나에게 정면으로 달려들 것 같지는 않다고 말하고 있었다.

적어도 클래리사는 패리의 머릿속에서 사라진 듯했다. 최근 그는 편지에서 그녀를 언급한 적이 없었고, 그녀와의 대화를 시도한 적도 없었다. 사실 그는 그녀를 적극적으로 피했다. 그녀가 외출할 때마다 나는 거실 창문으로 내다보았다. 그는 로비의 전면 유리창을 통해 그녀가 계단을 내려오는 것을 보자마자 서둘러 자리를 떴다. 그리고 그녀가 가고 나면 제자리로 돌아왔다. 그녀에게 감정 낭비를 하지 않겠다는 생각이었을까? 내가 그녀에게 모든 것을 설명했고, 그래서 그녀가 그림에서 빠졌다고 상상했을까? 아니면 자신이 어떤 식으로든 그 문제를 해결했다고 상상했을까? 그것도 아니라면 그의 이야기에는 일관성이란 것이 전혀 필요 없었을까?

우리는 지금 10분째 조용히 누워 있었다. 클래리사는 왼쪽으로 돌아누워 있었고, 그녀의 심장에서 나는 약강격의 맥박 소리가 내 베개에서 들리는 것 같았다. 어쩌면 내 맥박 소리였을 수도 있었다. 느린 소리가 더 느려지고 있었다. 이 침묵에서 긴장감은 전혀 느껴지지 않았다. 우리는 서로의 눈을 바라보았고, 상대방의 눈에

---

* 끝에 못 같은 게 박힌 곤봉 모양의 옛날 무기.
** 손가락 관절에 씌워 무기로 쓰는 금속.

서 입으로, 그리고 다시 눈으로 천천히 시선을 옮겼다. 그것은 천천히 기억을 되살리는 행위였고, 무언의 시간을 보내는 동안 우리의 몸과 마음은 천천히 회복되고 더 강해지고 있었다. 확실히 사랑의 관성력과 둘이 화목하게 살아온 세월이 현재 상황보다는 큰 힘을 가지고 있었다. 사랑이 비축한 힘이 있을 터였다. 지금 우리가 절대로 해서는 안 되는 일은 참을성 있는 설명과 경청의 늪에 빠져드는 것이었다. 대중심리학은 끝까지 이야기를 나누어서 해결하는 방법을 너무 자주 시도했고 거기에 너무 큰 기대를 걸었다. 갈등은 생명체처럼 자연 수명을 갖고 있었다. 중요한 건 그 갈등이 자연히 사라지게 내버려둘 때가 언제인지를 아는 일이었다. 잘못된 순간에는 말이 소섬유전류* 같은 역할을 할 수 있었다. 생명체, 즉 갈등은 흥미롭고 새로운 공식화나 이런저런 병적인 "새 관점"에 의해 열정적으로 재창조되어 병적인 형태로 부활할 수 있었다. 나는 그녀의 팔을 만지던 손가락에 약간 더 힘을 주었다. 그녀의 입술이 부드러운 파열음과 함께 관능적으로 벌어졌다. 우리가 할 일은 서로를 바라보며 기억을 되살리는 일밖에 없었다. 사랑을 나누면 나머지는 저절로 해결될 수 있었다. 클래리사의 입술이 내 이름 모양으로 오므라졌지만 소리는 나오지 않았고, 심지어 숨소리도 들리지 않았다. 나는 그녀의 입술에서 눈을 뗄 수가 없었다. 입술 색이 너무나 탐스럽고 선명했다. 립스틱은 여성들이 이런 입술을 흉내낼 수 있게 발명된 물건이었다. "조……" 그 입

---

* 섬유성 연축으로 알려진 심장의 불규칙한 활동을 초래하는 전류.

술이 다시 말했다. 지금 우리의 문제에 대해 대화하지 말아야 할 또하나의 이유가 있었다. 결국에는 패리를 우리 침실로, 우리 침대 속으로 끌어들여야 하기 때문이었다.

"조……" 이번에는 오므린 아름다운 입술 사이로 내 이름이 튀어나왔다. 그녀는 얼굴을 찌푸리며 숨을 깊이 들이쉬더니 낮은 목소리로 말했다. "조, 다 끝났어. 이젠 인정해야 돼. 난 우리 관계가 끝났다고 생각해. 당신은 어때?"

그녀가 그 말을 했을 때, 나는 그걸 개념으로 재구성하지 못했지만, 그렇다고 땅이나 침대가 꺼지지도 않았다. 오히려 나는 높은 공간으로 올라가 이런 일들이 일어나지 않는 것을 보고 있었다. 물론 나는 부정의 단계에 있었다. 아무것도 느끼지 못했다. 나는 아무 말도 하지 않았는데, 말문이 막혀서 그런 것이 아니라 아무것도 느끼지 못했기 때문이었다. 대신 나의 냉정한 생각은 진 로건에게로 개구리처럼 폴짝 뛰어갔는데, 이제 클래리사가 들어가 살게 될 내 마음속 공간에 그녀가 먼저 들어와 있었기 때문이다. 자신이 부당한 대접을 받았다고 믿고 나에게 뭔가를 기대하는 여자들이 사는 공간.

나는 부지런하게 살려고 노력하는 사람이다. 로건 부인에게 받은 종이쪽지를 갖고 책상 앞에 앉아 전화를 돌렸었다. 먼저 러셀스 워터에 사는 토비 그린에게 전화를 걸었는데, 깐깐하고 정정한 목소리의 노부인이 전화를 받았다. 그린의 어머니인 듯했다. 그린의 부러진 발목은 좀 어떠냐고 안부를 묻자, 그녀가 말을 잘랐다.

"토비는 왜 바꿔달라고 하는 거죠?"

"사고 때문에요. 기구 사고요. 그린 씨에게 여쭤보고 싶은 것이……"

"기자들이 시도 때도 없이 찾아와서 귀찮아 죽을 뻔했는데, 또 그러네. 그만해요, 좀."

그린의 어머니는 차분한 목소리로 단칼에 잘랐다. 나는 나중에 다시 하자고 생각했고, 두 시간 후에 다시 전화를 걸었다. 이번에는 내 이름을 말한 후 그린과 함께 밧줄에 매달려 있었던 사람이라고 재빨리 덧붙였다. 마침내 토비 그린이 절뚝거리며 와서 전화를 받았지만, 도움이 되진 못했다. 그는 들판에서 멀리 떨어져 있던 존 로건의 차를 보긴 했지만 산울타리를 손보느라 바빴고, 그 다음엔 기구를 향해 달려갔기 때문에 로건이 혼자였는지 어땠는지 모른다고 말했다. 자꾸 딴 길로 새는 그린을 붙잡기가 힘들었다. 그는 자기 발목 부상에 대해, 그리고 마땅히 받아야 했지만 받지 못하고 있는 병가 중 급여에 대해 말하고 싶어했다. "복지과 사람들을 세 번이나 찾아갔지만……" 나는 공무원들의 서툰 일 처리와 거들먹거리는 태도에 대해 20분이나 이야기를 들었는데, 그러다 어머니가 부르자 그는 작별인사도 없이 전화를 끊었다.

와틀링턴에 사는 그의 친구 조지프 레이시는 그다음날이나 집에 온다고 해서 전화를 끊고, 레딩에 전화를 걸어 기구 조종사 제임스 개드를 바꿔달라고 했다. 전화를 받은 사람은 그의 아내였다. 그녀의 목소리는 부드럽고 친절했다.

"남편분께 전해주세요, 손자가 바람에 떠밀려가는 걸 막으려고 목숨을 걸었던 사람들 중의 한 명이 전화했다고."

"말은 해볼게요." 그녀가 말했다. "근데 남편이 그 일에 대해 얘기하는 걸 별로 안 좋아해요."

전화선 너머로 텔레비전 뉴스와 제임스 개드의 목소리가 들렸다. "내가 할 말은 검시 법원에서 하겠다고 전해줘." 개드 부인이 돌아와 체념과 약간의 유감이 섞인 목소리로 남편의 말을 전했다. 그녀도 남편이 말을 하지 않으려고 해서 힘들어하는 것 같았다.

마침내 레이시와 통화가 되었는데, 그는 좀더 집중력이 있는 사람이었다.

"뭘 원한대요? 증인이 더 필요한 건 아닐 테고."

"그의 부인이 궁금해서요. 고인이 누구와 함께 있었다고 생각하더라고요."

"진짜 누가 있다면, 나서지 않는 이유가 있겠죠. 귀찮아서 그런 거 아니겠어요."

너무 확신에 차서 대답하는 것 같아 내가 부연 설명을 했다. "그의 부인은 함께 있었던 사람이 여자라고 생각하더라고요. 차 안에서 소풍 용품과 실크 스카프를 찾았답니다. 남편이 외도를 했다고 생각하더라고요. 그래서 너무 괴로워하고 있고요."

레이시가 혀를 끌끌 차더니 한참 동안 아무 말이 없었다.

"레이시 씨?"

"생각중입니다."

"그래서 그 여자를 보셨습니까?"

또다시 침묵이 흐른 후 레이시가 말했다. "전화상으로 할 얘기는 아닌 것 같은데. 당신이 여기 와틀링턴으로 와요. 만나서 얘기합시다." 그가 주소를 알려주었고, 시간 약속을 잡았다.

클래리사에게 물어봤더니, 그녀는 로건의 차에서 문 두 개가 열려 있었다고, 어쩌면 세 개였던 것도 같다고 하면서도 로건을 빼고는 아무도 보지 못했다고 말했다. 이젠 패리만 남았다. 내 기억으론, 패리가 오솔길로 왔기 때문에 거기 있던 사람들 가운데 그 차와 가장 가까이 있었다. 녹음기를 숨기고 그에게 다가가 사실관계를 조사하고 그를 부추겨서 나를 협박하게 만들 수 있을까? 어리석은 생각이었지만, 그에게서 직접적인 정보를 얻는다는 것은 굉장히 좋은 아이디어였다. 그의 세계는 감정과 지어낸 이야기와 열망으로 가득차 있었다. 그는 나쁜 꿈속에 나올 법한 인물이었다. 그가 면도를 하거나 공과금을 내는 것 같은 일상의 일을 하는 모습을 상상하기 힘들 정도로. 그는 존재하지 않는 것이나 마찬가지였다.

내가 한마디도 하지 않았고 대답하려는 마음도 딱히 들지 않는 가운데, 클래리사가 다시 입을 열었다. 아직도 우리는 서로를 바라보고 있었다. "당신은 항상 그 사람 생각을 하네. 도무지 멈추질 않아. 그때도 그 사람 생각을 하고 있었어, 안 그래? 솔직히 말 좀 해봐."

"그래, 맞아."

"당신한테 무슨 일이 벌어지고 있는 건지 모르겠어. 당신을 잃고 있는 것 같아. 그래서 무서워. 당신은 도움이 필요한데, 그 도움을 내가 줄 수 있는 게 아닌 것 같아서."

"수요일에 경찰 만날 거야. 경찰이 도와……"

"난 당신 정신 얘기를 하는 거야."

내가 일어나 앉았다. "내 정신은 아무 문제도 없어. 멀쩡하다고. 자기야, 그는 진짜 위협적인 존재야. 위험할 수 있다고."

그녀도 몸을 일으켜 앉으려고 애썼다. "오, 하느님." 그녀가 말했다. "내 말을 이해 못하는구나." 그녀가 울음을 터뜨렸다.

"난 이 증후군에 대해서 철저하게 연구하고 있어." 내가 그녀의 어깨에 한 손을 얹었지만, 그녀는 어깨를 움직여 손을 떨쳐냈다. 나는 계속 말했다. "내가 읽은 자료에 따르면 드클레랑보 증후군 환자는 두 부류로 나뉘는데……"

"연구 자료만 읽으면 해결 방법이 나와?" 그녀가 갑자기 화를 냈는데 이젠 울고 있지 않았다. "당신한테 문제가 있다는 거 정말 모르겠어?"

"물론 알아." 내가 말했다. "근데 들어봐. 아는 게 도움이 되니까. 한 부류는 일반적인 정신질환의 증상을 보이는 사람들이야. 이런 사람들은 찾아내기가 매우 쉬워. 다른 부류는 정말로 그 병을 앓는 사람들인데, 사랑의 대상에 완전히 집착하면서도 삶의 다른 영역에서는 완벽하게 기능한대."

"조!" 그녀가 외쳤다. "당신은 그가 밖에 있다고 말하지만, 내가 나가보면 아무도 없어. 아무도."

"당신이 로비로 나오는 걸 보면 저 위로 올라가서 나무 뒤에 숨어. 이유는 나한테 묻지 마."

"그리고 편지하고 손글씨도……" 그녀가 나를 바라보았고, 아랫입술이 처졌다. 갑자기 무슨 생각이 나서 망설이는 거였다.

내가 말했다. "편지가 뭐?"

그녀는 고개를 가로저었다. 그러고는 침대에서 내려가 내일 입을 옷을 꺼내들었다. 그녀가 옷가지를 들고 문간에 서서 말했다. "너무 무서워."

"나도 그래. 그가 폭력을 휘두를 수도 있어."

그녀는 내가 아니라 내 머리 위의 공간을 바라보았다. 그녀가 쉰 목소리로 말했다. "오늘밤엔 손님방에서 잘게."

"제발 여기 있어, 클래리사."

그러나 그녀는 가버렸고, 다음날엔 자기 물건들을 그 방으로 옮겼으며, 그러다보니 충동적인 결정은 합의된 약속이 되었다. 우리는 계속 함께 살았지만, 사실 나 혼자 사는 것이나 마찬가지였다.

열여덟

수요일은 클래리사의 생일이었다. 내가 생일 축하 카드를 주었을 때, 그녀는 내 입술에 진하게 키스를 했다. 내가 불안정한 상태라고 그녀의 마음에 입력되고 나자, 우린 끝났다고 선언하고 나자, 그녀는 더없이 행복해 보였고 관대해졌다. 새 삶이 시작되려하고 있었고, 친절해서 잃을 건 하나도 없었다. 며칠 전이었다면 나는 그녀가 이렇게 들뜬 것을 보고 의심하거나 질투했겠지만, 지금은 그저 그녀가 연구도 생각도 하지 않았다는 나의 추론을 확인시켜주는 모습이라는 것을 알았다. 패리는 현상現狀을 유지할 수 있는 상태가 아니었다. 사랑을 성취하지 못할 거라는 생각이 들면, 그의 사랑은 무관심이나 증오로 변할 것이 틀림없었다. 정말 필요한 것은 정보와 예지력, 신중한 계산인데, 클래리사는 자신의 감정이 적절한 가이드라고, 자신의 감정을 따라가면 진실에 이를 수 있다고 생각했다. 그러므로 그녀가 나를 미친놈으로 보는 것은 당연한 결과였다. 우리 둘에겐 재난이나 다름없는 일이었지만.

클래리사가 출근하자마자 나는 내 서재로 가서 그녀에게 줄 생일 선물을 포장했다. 점심때 그녀의 대부인 케일 교수와 함께 식사를 하면서 줄 계획이었다. 그리고 패리의 편지를 모두 모아 날짜순으로 정리한 뒤 집게로 집었다. 셰즈 롱그에 누워 처음부터 천천히 편지지를 넘기면서 의미심장한 구절을 찾아 표시했다. 그런 다음 그 구절들을 타이핑한 후 출처를 괄호 안에 표시했다. 끝내고 나니 넉 장의 발췌문이 나와서 그것을 세 부 복사한 후 한 부씩 비닐 파일에 넣었다. 인내심을 요구하는 단순노동을 하다보니 어느새 아무 생각 없이 그 일에 빠져들었고, 세상의 모든 슬픔은 자판을 보지 않고 하는 타이핑과 성능 좋은 레이저프린터와 페이퍼 클립 한 통으로 정복할 수 있다는 행정가의 착각에 빠져들었다.

나는 협박 증거를 모아보려고 애쓰고 있었다. 명백한 증거는 하나도 없었지만, 협박을 암시하는 말이나 논리적인 결함은 분명히 있었고, 그런 것들이 축적돼 야기할 효과를 경찰이 모를 리 없었다. 사랑이라고 주장하는 글의 행간을 읽는 데는 클래리사 같은 문학비평가의 기술이 필요했지만, 그녀가 도와주지 않을 것은 뻔했다. 한 시간쯤 지나자 좌절감과 실망감을 보여주는 말들, 이를테면 이 모든 일은 내가 먼저 시작했고, 내가 그를 유혹하고 있었고, 거짓 약속으로 그를 괴롭히고 있었고, 그와 함께 살겠다고 약속해놓고 어기고 있다는 말들에 매달리는 것이 실수였다는 것을 깨달았다. 내가 자료 수집을 시작했을 때는 이런 주장들이 위협적으로 느껴졌지만, 생각해보니 그냥 한심한 넋두리였을 뿐이었다. 진짜 위협은 다른 데 있다는 것이 보이기 시작했다.

예를 들어, 그는 나와 떨어져 있어서 얼마나 외로운지를 이야기하다 말고 고독에 대한 이야기를 늘어놓더니, 열네 살 때 시골 삼촌 집에 얹혀살았던 이야기를 했다. 패리는 22구경 소총을 빌려 토끼 사냥을 하곤 했다. 모든 감각의 문을 열어놓고 바짝 긴장하고 집중한 상태에서 산울타리를 따라 기어가는 것이 그가 가장 사랑하는 고독이었다. 그가 살생의 즐거움에 대해 그렇게 열성적으로 설명하지 않았다면, 그런 묘사는 아무런 해가 되지 않았을 것이다. "내 손가락에서 튀어오르는 죽음의 힘을 느꼈어요. 저 멀리서 발현되는 힘을요. 어? 나도 할 수 있네! 나도 할 수 있어! 나는 생각했어요. 도망가는 토끼를 발견하고 총을 빵 쐈더니 토끼가 재주를 넘듯 폴짝 뛰었다가 바닥에 떨어지더라고요. 그러고는 몸을 비틀고 꿈틀대다 잠잠해졌어요. 나는 다가가서 놈을 보았죠. 이런 게 운명인가 하는 생각이 들었고, 방금 내가 파괴한 작은 생명체에 연민을 느꼈어요. 삶과 죽음의 힘이라니. 조, 하느님은 그 힘을 갖고 계시고, 그분의 형상으로 만들어진 우리 인간 역시 그 힘을 갖고 있어요."

나는 다른 편지에서도 세 문장을 발췌했다. "당신에게 상처를 주고 싶었어요. 아니, 그보다 훨씬 더한 짓을 하고 싶었어요. 더한 짓을 해도 하느님이 용서해주실 거라고 생각했죠." 최근에 쓴 또 다른 편지에는 내가 옥스퍼드에서 돌아온 날 나에게 했던 말이 그대로 적혀 있기도 했다. "당신이 먼저 이 일을 시작한 거고, 이젠 여기서 도망칠 수 없어요. 나는 사람을 사서 일을 시킬 수 있어요. 그건 이미 알 거예요. 이 편지를 쓰고 있는 지금 이 순간에도 인부 두 명이 화장실 리모델링을 하고 있어요! 예전이었다면 돈이 있든 없든 내 손으로 직접 했을 거예요. 하지만 이젠 전문가에게 일을 맡기는 법을 알게 됐죠." 나는 이 발췌문을 오랫동안 바라보았다. 내가 도망칠 수 없는 것과 그가 사람을 사서 일을 시키는 것 사이에 정확히 무슨 관계가 있는 걸까? 분명 중간에 빠진 이야기가 있었다. 가장 최근에 보낸 편지에서는 뜬금없는 말을 했다. "어제 마일 엔드 거리에 갔었어요. 당신도 알겠지만, 거긴 진짜 악당들이 사는 곳이에요. 리모델링하는 데 사람이 더 필요했거든요!"

다른 편지에는 하느님의 어두운 면을 언급하는 불길한 구절들도 있었다. "하느님의 사랑은 분노의 형태로 나타날 수도 있어요. 그래서 우리에겐 재앙으로 보일 수도 있죠. 그게 내가 평생 걸려 어렵게 배운 교훈이에요." 이렇게도 말했다. "하느님의 사랑이 항상 온화한 건 아니에요. 사람들이 떨쳐낼 수 없는 그런 사랑이 지속되어야 하는데, 어떻게 온화하기만 하겠어요? 하느님의 사랑은 따사롭지만 뜨겁기도 해요. 그래서 당신을 불태워버릴 수 있어요, 조. 당신을 완전히 파괴할 수 있다고요."

패리의 편지에서 성서를 인용한 부분은 거의 찾아볼 수 없었다. 그가 믿는 교리의 세부 사항은 어렴풋하고 모호했고, 그가 어느 특정 교단에 소속되어 있다는 인상도 주지 않았다. 그의 믿음은 대체로 개인의 성장과 성취의 문화와 관련된, 그가 스스로 만든 작품이었다. 그는 운명과 자신의 "길", 그리고 자신은 무슨 일이 있어도 그 길을 주저 없이 가겠다는 맹세에 대해 자주 언급했다. 그리고 자신과 나를 얽은 숙명에 대해서도 수없이 이야기했다. 하느님이 '자신'으로 대체되어 쓰이는 경우도 자주 있었다. 인류에 대한 하느님의 사랑은 나에 대한 패리의 사랑으로 서서히 바뀌었다. 하느님은 분명히 천국이 아니라 "마음속"에 계셨고, 그러므로 하느님을 믿는다는 것은 감정이나 직감의 부름에 반응해도된다는 허락이었다. 그것은 대단히 불안정한 마음에 완벽하게 어울리는 엄밀하지 못한 믿음 체계였다. 종교의 우주론이 실패했다고는 하나, 신학적 계율이나 종교 의식상의 제약도, 사회적 제재또는 신도로서의 소명에 대한 제재도 없었으며, 종교가 존재하는의미인 도덕적 뼈대도 없었다. 패리는 자기 마음속에서 자신의 하느님이 하는 이야기에만 귀 기울였다.

패리가 자신의 이야기 외의 것을 인용한 것은 「욥기」의 내용을두 번 정도 언급했을 때뿐이었다. 그때도 그가 정말 「욥기」를 읽었는지는 확실하지 않았다. "당신이 불편해 보였어요." 언젠가 그가 거리에서 나를 봤다면서 그렇게 썼다. "심지어 고통스러워하는 것 같아 보이던데, 그렇다고 그 고통을 핑계로 우릴 의심해서는 안 돼요. 욥이 얼마나 큰 고통을 받았는지 기억해요. 그 순간에도 하느님은 항상 그를 사랑하셨다는 사실도요." 이번에도 하느님과 패리는 한몸이고, 그 둘이 우리의 공동 운명을 결정할 거라는 검증되지 않은 추측이 난무했다. 또 한번 욥을 언급했을 땐 내가 하느님일 가능성까지 제기했다. "우리 둘 다 힘들어하고 있어요. 우리 둘 다 고통받고 있다고요. 문제는, 우리 중 누가 욥이냐는 거예요."

그날 오전 늦게 내가 꼼꼼히 발췌한 자료를 넣은 갈색 봉투를 들고 주머니엔 클래리사에게 줄 선물을 넣고 아파트를 나섰을 때, 패리는 그곳에 없었다. 그가 나무 뒤에서 나타날지 몰라 나는 걸음을 멈추고 주위를 둘러보았다. 규칙적인 일상에 변화가 생기자 불안했다. 전날 아침 이후로 패리가 보이지 않았다. 그가 쓴 편지를 다 읽고 모든 가능성을 파악하고 나니 내가 볼 수 있는 곳에 그가 있었으면 했다. 경찰서로 가면서 나는 몇 번이고 뒤를 돌아보며 그가 따라오고 있지는 않은지 확인했다.

하루 중 한가한 시간대였지만, 나는 한 시간 이상 대기실에 앉아 있어야 했다. 질서에 대한 인간의 욕망이 파괴욕과 맞부딪는 곳, 문명이 문명에 대한 불만과 정면충돌하는 곳에서 우리는 마찰과 대규모의 소모전을 확인할 수 있다. 문턱마다 깔린 리놀륨에 난 지저분한 구멍에, 접수대 뒤에 있는 젖빛유리에 수직으로 생긴 뱀처럼 꾸불거리는 실금에, 방문객은 재킷을 벗게 만들고 경찰관은 와이셔츠 차림으로 있게 만드는 무덥고 지친 공기에, 그것이 있었다. 서로에게 너무 화가 나서 한마디 말도 없이 자기 발만 노려보고 있는 패딩 차림의 두 청소년이 웅크린 자세에, 내가 앉아 있는 의자의 팔걸이에 끌로 새긴 낙서에, 그것이 있었다. **빌어먹을, 빌어먹을, 빌어먹을.** 나약한 저항, 혹은 커지는 고통. 그리고 당직인 린리 경사의 크고 둥근 얼굴의 핏기 없는 창백한 낯빛에서 그것을 보았다. 지친 얼굴로 나를 조사실로 안내한 그는 밖에는 거의 나가지 않는 사람처럼 보였다. 사실 모든 문제가 여기로 몰려들어오는데 그가 나갈 필요는 없을 것이었다.

타블로이드 신문의 범죄 담당 기자로 3년간 근무했던 한 친구가 경찰이 내 사건에 눈곱만큼이라도 관심을 갖게 할 유일한 방법을 알려주었다. 내 사건이 지금까지 처리된 방식에 대해 공식적으로 민원을 제기하고 패리를 고소하는 것이었다. 나는 그 충고를 따랐고, 민원실을 지키고 있는 안경 낀 여성 경찰관 앞을 통과할 수 있었다. 고소 건은 반드시 처리되어야 했기 때문에, 나는 좀더 높은 계급의 경찰관에게 내 문제를 설명할 기회를 얻을 수 있었다. 그러나 그 기자 친구는 나에게 너무 많은 것을 기대하진 말라고 언질을 주었다. 내 담당은 정년퇴직을 앞두고 조용히 살고 싶어할 거라고 말했다. 그의 업무는 민원을 해결하는 척하면서 뭉개는 것이라고도 했다.

린리가 포개진 철제 의자를 손짓으로 가리켜 보였다. 우리는 동그란 커피 얼룩이 군데군데 찍혀 있는 포마이카 테이블을 가운데 두고 마주앉았다. 내가 앉은 차가운 의자는 손 닿는 데마다 기름기가 느껴졌다. 재떨이는 플라스틱 콜라병을 잘라서 만든 것이었다. 재떨이 옆엔 차를 우려낸 티백을 올려놓은 찻숟가락이 있었다. 이곳의 불결함은 누구에게 불만을 제기해야 할지 알 수 없었다.

나는 일전에 민원을 제기했었고, 드디어 린리 경사가 내게 전화했을 때 그간의 일을 다 설명했다. 그때 나는 린리가 조금이라도 영리한 구석이 있는 건지 아니면 아주 어리석은 건지 판단하기가 힘들었었다. 그의 목소리는 코미디언이 종종 관료들을 흉내낼 때 내는 것처럼 끅끅거렸다. 게다가 약간 아둔한 느낌도 있었다. 반면 말을 많이 하지는 않았다. 지금도 그는 서류철을 펼치면서 인사도 하지 않았고, 우리가 어디까지 얘기했느냐고 묻지도 않았고, 목청을 가다듬지도 않았다. 코털 사이로 새어나오는 콧바람 소리만 들렸다. 이렇게 조용하면 용의자들과 목격자들이 의도했던 것보다 많은 이야기를 할 것 같아, 나는 입을 꾹 다물고 린리가 뾰족뾰족한 글씨를 기울여 써서 작성한 사건 기록을 들춰보는 모습을 지켜보기만 했다.

린리가 눈을 들었지만 나를 보는 건 아니었다. 그는 내 가슴을 쳐다보고 있었다. 그가 말을 하려고 숨을 들이쉴 때에야 비로소 그의 작은 회색 눈이 내 눈을 스쳐지나갔다. "그러니까 선생님은 이 사람한테 괴롭힘과 협박을 당하고 계시는군요. 그 일을 신고하셨는데, 만족할 만한 결과를 얻지 못하셨고요."

"그렇습니다." 내가 말했다.

"괴롭힘이라는 게 구체적으로 어떤……?"

"전에 다 말씀드렸는데요." 나는 거꾸로 보이는 그의 메모를 읽어보려고 했다. 그는 내 말을 귀담아듣지 않은 것일까? "그 사람이 일주일에 서너 통의 편지를 보내옵니다."

"음란한 내용입니까?"

"아뇨."

"외설적인 암시가 있습니까?"

"아뇨."

"모욕적인 언사는요?"

"아뇨, 없어요."

"그럼 성적인 얘길 하나보죠?"

"섹스 이야기는 아닌 것 같고요. 문제는 집착이에요. 그는 전적으로 나에게 집착하고 있어요. 다른 건 생각도 안 하고."

"그가 전화도 겁니까?"

"이젠 안 걸어요. 편지만 보내죠."

"선생님을 사랑하는군요."

내가 말했다. "그는 드클레랑보 증후군이라는 병을 앓고 있어요. 망상장애죠. 내가 먼저 자길 유혹했다고 생각하고, 비밀 신호를 보내 자기를 자극한다고 확신하고 있어요."

"정신과 의사신가요, 로즈 씨?"

"아뇨."

"하지만 동성애자시고."

"아닙니다."

"그를 어떻게 만나셨어요?"

"전에 말했잖아요. 기구 사고가 있었다고."

린리가 사건 기록 페이지를 휙휙 넘겼다. "그 기록은 없는 것 같은데요."

내가 짧게 설명하는 동안 그는 좌우 균형이 잘 맞는 커다란 얼굴을 두 손에 괴고 있었고, 메모할 생각은 전혀 없어 보였다. 내가 이야기를 끝내자 그가 말했다. "그래서, 두 사람 관계는 어떻게 시작됐죠?"

"그날 밤 늦게 그가 전화를 했습니다."

"그가 선생님을 사랑한다고 말했고 선생님은 전화를 끊었고요. 혼란스러우셨겠네요."

"많이 당황했죠."

"그래서 그 일에 대해 부인과 상의를 하셨고요."

"다음날 아침에요."

"왜 바로 안 하시고?"

"그 사고 때문에 엄청 피곤했고 스트레스를 받았거든요."

"그래서 이야기를 듣고 부인은 어떤 반응을 보이시던가요?"

"혼란스러워했죠. 우리 둘 다 굉장히 신경이 쓰였어요."

린리는 고개를 돌리고 보란듯이 입술을 꽉 다물었다. "부인이 이 일로 선생님께 화를 내신 적이 있습니까? 아니면 선생님이 부인에게 화를 내신 적은요?"

"이 일이 우리 관계에 골칫거리가 됐습니다. 그전에는 굉장히 행복하게 지냈는데요."

"혹시 정신질환을 앓으신 적이 있나요, 로즈 씨?"

"전혀 없습니다."

"일로 스트레스를 받는다든가 하는 일은요?"

"전혀요."

"굉장히 힘든 일이죠, 기자 생활이라는 게, 안 그렇습니까?"

나는 고개를 끄덕였다. 린리와 호기심 어린 그의 둥근 얼굴이 못마땅해지기 시작했다. 나는 잠시 이어진 침묵을 깨고 말했다. "이자가 폭력적으로 변할 거라고 믿을 만한 충분한 이유가 있어요. 그래서 경찰에 도움을 요청하러 온 거고요."

"잘하셨습니다." 린리가 말했다. "저라도 그렇게 했을 겁니다. 이런 일과 관련한 법이 좀더 강화될 것 같기도 하고요. 그러니까 그 사람이 선생님 집 밖에 서 있다가 선생님이 나오면 귀찮게 하는군요."

"예전에는 그랬는데, 요즘은 그냥 서 있기만 해요. 내가 말을 걸면 가버리고요."

"그렇다면 그가 실제로……" 린리가 말끝을 흐리면서 메모를 훑어보았거나 훑어보는 시늉을 했다. 그가 혼잣말처럼 중얼거렸다. "그게 괴롭힘이다. 음……" 그러더니 밝게 말했다. "그럼 협박은요?"

"편지의 몇 구절을 베껴 왔어요. 겉으로는 딱 드러나지 않으니까 주의깊게 읽어보셔야 할 겁니다."

린리 경사는 등을 뒤로 젖히고 발췌문을 읽기 시작했고, 그의 눈길이 서서히 아래쪽으로 내려가는 동안 나는 그의 얼굴을 물끄러미 쳐다보았다. 그의 얼굴이 보기 싫은 것은 안색이 창백해서가 아니라, 사람의 얼굴이라고 하기엔 이상할 정도로 둥글고 빵빵하기 때문이었다. 작고 둥근 코를 중심으로 위로는 흰 반구형 지붕 같은 대머리와 아래로는 둥글고 살찐 턱이 거의 완벽에 가까운 원을 이루었다. 이 원은 흠잡을 데 없는 구의 표면에 내접해 있었다. 이마는 툭 튀어나오고, 작은 회색 눈 아래의 불룩한 볼살, 푸르스름한 인중이 또다시 눈에 띄게 곡선을 이루었다.

그는 발췌문을 책상으로 툭 던지고는 두 손을 머리 뒤에서 깍지 끼고 몇 초간 천장을 올려다보더니, 연민 어린 눈빛으로 나를 바라보았다. "스토커가 아니라요, 선생님, 선생님을 좋아하는 팬 같은데요. 우리가 어떻게 해드리길 바라십니까? 체포라도 할까요?"

내가 말했다. "그의 망상이 얼마나 심한지, 좌절감이 얼마나 커져가고 있는지 이해 못하시는군요. 자기가 하고 싶은 일이라고 다 할 수는 없다는 걸 그가……"

"여기에는 공공질서법 5조에 규정된 위협적이거나 폭력적이거나 모욕적인 언사가 전혀 없습니다." 린리의 말이 빨라졌다. 나를 빨리 쫓아버리고 싶은 거였다. "1861년에 제정된 상해에 관한 법률에 저촉되는 부분도 전혀 없고요. 주의를 줄 수도 없을 정도예요. 그는 하느님을 사랑하고, 선생님한테는 안된 일이지만, 선생님을 사랑하는 것뿐이지 법을 어기지는 않았거든요." 그가 발췌문을 집어들었다가 다시 떨어뜨렸다. "협박이 어디 있다는 거죠, 정확히?"

"신중하게 읽고 논리적으로 생각하면, 그가 누구를 시켜서, 누구를 고용해서, 나를 죽도록 패줄 수 있다고 넌지시 말하고 있다는 걸 알 수 있을 텐데요."

"그 정도로는 너무 약해요. 현실을 좀 객관적으로 보세요. 그가 선생님 차를 부순 것도 아니고, 선생님에게 칼을 휘두른 것도 아니고, 쓰레기통을 선생님 댁 진입로로 밀어 쓰러뜨린 것도 아니잖습니까. 선생님에게 욕한 것도 아니고요. 들어와서 차 한잔하면서 얘기해보자고 초대하실 생각은 안 해보셨습니까?"

나는 침착함을 잘 유지하고 있다고 생각했다. "이봐요, 경사님, 그는 전형적인 환자입니다. 드클레랑보 증후군, 호색증, 스토킹 등등을 앓는 환자라고요. 내가 꽤 자세히 조사해봤어요. 저 발췌문은, 그가 원하는 것을 얻을 수 없다는 걸 깨달으면 폭력을 쓸 위험이 실재한다는 걸 보여주고 있고요. 그의 주거지로 순찰대를 보내 경찰이 주시하고 있다는 걸 알릴 수는 있지 않을까요?"

린리 경사가 일어섰지만, 나는 계속 버티고 앉아 있었다. 린리가 문손잡이를 잡았다. 그가 보여주는 인내심은 일종의 조롱이었다. "우리가 사는, 혹은 우리가 지향하는 사회에서는, 시민 A가 책 몇 권 읽고 시민 B에게서 폭력의 분위기가 감돈다는 결론을 내렸다는 이유로 시민 B에게 경찰을 보낼 수는 없습니다. 인력이 부족하기도 하고요. 제 부하 직원들을 동시에 두 곳에 보내, 한 곳에서는 그를 감시하는 동시에 다른 곳에서는 선생님을 보호해줄 수도 없고요."

내가 대답하려는 순간, 린리가 문을 열고 밖으로 나갔다. 그가 복도에서 내게 말했다. "이렇게 할게요. 다음주에 지역 담당 경찰을 선생님 댁에 보내겠습니다. 10년간 지역사회 고충 처리를 담당해온 사람이니 선생님에게 도움이 될 만한 조언을 해줄 겁니다." 그러고는 자리를 떴고, 대기실에서 그가 큰 소리로 하는 말이 들렸다. 패딩을 입은 청소년들에게 하는 말이 틀림없었다. "고소? 너희 둘이? 웃기고 있네! 내 말 잘 들어. 둘 다 지금 당장 꺼져. 그럼 고소고 나발이고 다 없던 일로 해줄 테니."

점심 약속에 늦은 나는 경찰서에서 나와 부지런히 걸으면서 택시가 오는지 보느라 어깨 너머를 힐끔힐끔 뒤돌아보았다. 린리에게 면박을 당했으니 화가 나거나 충격을 받았어야 하는데, 이상하게도 머리가 맑아지면서 상황이 명확하게 정리되었다. 나는 두 번이나 경찰의 주의를 환기시키려고 시도했다. 이제는 더 애쓸 필요가 없었다. 주머니에 든 클래리사에게 줄 선물의 무게감 때문인지 내 생각은 곧 그녀에게로, 우리의 불행한 동거생활로 옮겨갔다. 우리 관계는 이제 끝났다는 그녀의 주장을 심각하게 받아들일 수가 없었다. 내게는 항상 우리의 사랑이 영원히 지속될 사랑으로 보였다. 이제 해로 거리를 따라 바삐 걸어가는 도중에, 골치 아픈 일 없이 축하할 수 있었던 그녀의 작년 생일이 떠올랐다. 어쩌면 린리 경사가 말한 표현 때문에 떠올랐는지도 모른다.

린리 경사는 "동시에 두 곳에"라고 표현했고, 나는 그 말에 작년 클래리사의 생일날 이른 아침이 떠올랐다. 나는 자고 있는 그녀 곁을 살짝 빠져나와 차를 끓이러 부엌으로 갔다. 아마 복도 바닥에서 우편물을 집어들고 생일 축하 카드만 골라 쟁반에 담았을 것이다. 물이 끓기를 기다리면서 그날 오후에 라디오 대담 프로그램을 녹음할 때 쓰려고 준비한 자료를 보았다. 나중에 그 자료를 이용해 책의 첫 장을 썼기 때문에 그 내용이 생생하게 기억난다. 종교적 믿음에는 유전적 토대가 있을까, 아니면 그런 생각이 단지 참신한 발상의 전환에 불과한 걸까? 믿음이 선택적 이득을 준다면 그걸 가능하게 할 방법은 많겠지만, 그 어떤 것도 입증할 순 없을 것이다. 예를 들어 종교가 지위를 준다면, 특히 성직자 계급에게 부여한다면 거기서 누리는 사회적 이득이 어마어마할 것이다. 종교가 역경을 이겨낼 힘과 위로의 힘, 무신론자를 파괴해버릴지 모를 재난에서 살아남을 가능성을 준다면? 아마도 종교는 믿는 이들에게 열정적인 확신과 외골수적이고 폭력적인 추진력을 주었을 것이다.

종교는 개인뿐만 아니라 집단에도 영향을 미쳐, 결속력과 정체성, 그리고 나와 나의 교우들이 옳다는─심지어 그리고 특히 우리가 틀렸을 때도─느낌을 심어준다. 하느님이 우리 편이 된 것이다. 광적인 하나 됨에 고무되고, 끔찍한 확신으로 무장한 우리는 이웃 부족을 급습해 의식을 잃을 정도로 그들을 두들겨패고 강간한 후, 정의감에 불타고 우리의 신들이 약속한 바로 그 승리감에 취해서 집으로 돌아온다. 수천 년에 걸쳐 그런 일이 5만 번 반복되면, 근거 없는 확신을 관리하는 복잡한 유전자들이 널리 퍼져나갈 수 있을 것이다. 나는 이런 생각에 골몰했다 빠져나오기를 반복했다. 주전자의 물이 끓었고 나는 차를 만들었다.

전날 밤, 클래리사는 머리카락을 하나로 땋아 검은 벨벳 끈으로 묶었었다. 내가 차와 생일 축하 카드와 조간신문을 들고 들어갔을 때, 그녀는 침대에 일어나 앉아 머리를 풀어서 흔들고 있었다. 사랑하는 사람과 침대에 있는 것도 좋지만, 따뜻한 침대에서 나왔다가 그녀에게로 돌아가는 것도 기분을 달뜨게 한다. 나는 차로 그녀의 몸을 덥혀준 후, 함께 카드를 읽고 포옹을 나누었다. 몸무게가 나보다 35킬로그램 정도 가벼운 클래리사는 가끔은 내 위에서 시작하는 것을 좋아한다. 그녀는 이불을 신혼 열차처럼 자기 주위로 모아놓고 졸린 눈으로 두 다리를 벌리고 내 위에 올라앉았다. 그 특별한 날 아침 우리는 게임을 시작했다. 나는 누워서 신문을 읽는 척했다. 그녀가 나를 끌어당기고 깊은 숨을 쉬고 몸을 비틀고 떠는데도 나는 그녀를 모르는 척했고, 신문을 넘기면서 얼굴을 찌푸리며 기사를 읽는 척했다. 그녀를 알아보지 못하고 그녀가 거기 없는 것처럼 행동하는 나에게 무시당한다는 느낌이 그녀에게 피학적인 흥분감을 주었다. 소멸! 그러자 그녀는 내 집중력을 파괴하고, 광란의 공적인 영역에서 전적으로 그녀 자신만이 존재하는 깊은 세계로 나를 끌어들이는 것에서 통제의 즐거움을 느끼기 시작했다. 이제 소멸되어야 할 사람은 바로 나였다. 나와 더불어, 그녀가 아닌 모든 것이 소멸되어야 했다.

그러나 그 특별한 날엔 그녀가 그다지 성공을 거두지 못했는데, 그것은 린리가 자기 부하 경찰관들에겐 불가능한 일이라고 주장했던 것을 내가 짧게나마 이뤄냈기 때문이었다. 나는 클래리사 때문에 흥분한 상태였지만, 그와 동시에 여왕에 대한 기사를 읽고 있었다. 여왕은 캐나다의 노스웨스트 테리토리스*에 있는 옐로나이프라는 마을을 방문했다. 노스웨스트 테리토리스는 크기가 유럽에 맞먹지만 인구는 5만 7천 명 정도였는데, 대다수가 술꾼들과 깡패들이었다. 클래리사가 내 위에서 몸부림을 치는 동안 내 관심은 그 지역의 끔찍한 날씨에 관해 적은 한 문단과 종잡을 수 없는 다음 두 문장에 가 있었다. "최근 옐로나이프 북쪽에서 발생한 눈보라가 축구 경기장을 집어삼켰다. 안전하게 빠져나오지 못

---

* 캐나다 북서부의 연방 직할지.

한 양 팀 선수들이 모두 얼어죽었다." "이것 좀 들어봐." 내가 클래리사에게 말했다. 그러나 그때 그녀가 나를 보았고, 내가 얻은 것은 그것뿐이었다. 나는 그녀의 것이었다.

　독서와 이해라는 활동은 별개이면서 중복되기도 하는 두뇌의 많은 기능을 필요로 하지만, 성기능을 관장하는 부분은 보다 낮은 단계에서 작동하고 진화적으로 보다 오래됐으며 수많은 생명체가 똑같이 갖고 있는 것이다. 또한 기억과 감정과 공상이라는 고차원적 기능이 끼어들려고 하면 기꺼이 자리를 비켜준다. 내가 작년 클래리사의 생일날 아침을, 침대에 흩어져 있던 카드와 뜯긴 봉투, 커튼 사이로 쏟아져 들어오던 강렬한 햇빛 등을 그토록 잘 기억하고 있는 것은 평생 처음으로 동시에 완벽하게 두 곳에 있어 보는 경험을 할 수 있었기 때문이다. 나는 클래리사 때문에 흥분하고 느끼고 즐기면서도, 신문 기사 뒤에 숨은 비극에, 경기장 곳곳에 흩어져 뛰던 두 팀 선수들이 갑자기 불어닥친 광포한 눈보라에 휩쓸려 한 치 앞도 볼 수 없는 경기장 가장자리에 쓰러져 비명횡사한 그 비극적인 이야기에 마음이 온통 사로잡혀 있었다. 교미하는 모든 생명체는 공격에 약하지만, 세월이 흐르면서 밝혀진 자연선택은 생식에 온전히 집중할 때 최고의 성공을 거둔다는 것을 입증한 것이 틀림없다. 가끔 만나는 커플은 활발한 생식욕을 조금씩 희석시키느니 황홀경에 사로잡혔을 때 산 채로 잡아먹히는 것이 낫다. 그러나 나는 몇 초 동안 독서와 섹스라는, 인생에서 가장 중요하고 상반되는 두 가지 즐거움에 완전하게 그리고 동시에 탐닉했다.

"내가 진화적 선도자 같지 않아?" 그날 화장실에서 내가 클래리사에게 물었었다.

존 키츠 연구자인 클래리사는 벌거벗은 몸으로 코르크나무 걸상에 웅크리고 앉아 생일 기념으로 발톱에 매니큐어를 칠하고 있었다. "아니." 그녀가 말했다. "당신은 그냥 늙는 거야. 그리고 어쨌든"—여기서 그녀는 모르는 게 없는 라디오 진행자의 목소리를 흉내냈다—"진화적 변화, 즉 종의 분화는 세월이 흐르고 나중에 돌이켜볼 때만 알 수 있는 사건이고."

지금 나는 그녀의 혜안에 감탄하고 있었고, 택시가 다가오는 것을 보면서 우리가 함께한 예전의 삶을 내가 얼마나 그리워하는지 깨달았다. 어떻게 하면 우리가 그 사랑과 즐거움과 편안한 친밀감으로 돌아갈 수 있을까. 클래리사는 내가 미쳤다고 생각했고, 경찰은 내가 바보라고 생각했다. 한 가지는 확실했다. 우리를 있던 자리로 되돌리는 일은 오로지 나의 과제라는 것.

열아홉

   나는 20분 늦게 도착했다. 점심 무렵의 레스토랑은 사람들로 붐비고 있었고, 여기저기서 왁자지껄한 소리가 들렸다. 거리에서 레스토랑으로 들어가는데 마치 폭풍 속으로 걸어들어가는 느낌이었다. 다들 하나의 화제를 놓고 떠들어대는 것 같았고, 한 시간이 지나도 마찬가지일 것 같았다. 교수는 앉아 있고 클래리사는 서 있었는데, 한껏 들떠 있는 것이 멀리서도 보였다. 그녀 주위에서 작은 소란이 일고 있었다. 웨이터가 그녀 발치에서 기도하듯 무릎을 꿇고 앉아 테이블 다리를 고정하고 있고, 다른 웨이터는 그녀에게 다른 의자를 가져다주고 있었다. 그녀는 나를 보자마자 경쾌하게 소음을 헤치고 다가와 내 손을 잡고 마치 시각장애인을 안내하듯 나를 테이블로 데려갔다. 나는 소심함을 잠시 내려놓고 축제 분위기에 어울리기로 했는데, 클래리사의 생일을 축하하는 것 말고도 축배의 잔을 들어야 할 또다른 이유가 있었기 때문이다. 클래리사의 대부인 조슬린 케일 교수가 인간게놈프로젝트의 자문위원으로 임명되는 경사가 있었다.

나는 자리에 앉기 전에, 클래리사에게 키스했다. 요즘에는 서로의 혀가 닿지 않았는데, 이번에는 그렇지 않았다. 조슬린이 엉거주춤 일어서서 나와 악수를 했다. 이와 동시에 웨이터가 샴페인을 얼음통에 담아 가져왔고, 주변이 떠들썩해서 우리는 목소리를 높였다. 얼음통은 햇빛이 흰 테이블보 위에 만들어낸 마름모 속에 놓여 있었고, 건물 사이로 모습을 드러낸 직사각형의 푸른 하늘이 레스토랑의 기다란 창문들 너머로 보였다. 나는 키스 때문에 발기하고 말았다. 돌이켜보면, 성공적이고 명료하고 소란스러운 시간이었다. 돌이켜보면, 초반에 식탁에 오른 음식은 모두 붉은색이었다. 브레사올라,* 염소 치즈 위에 통통한 혀처럼 생긴 빨간 피망을 구워서 올려놓은 요리, 적색 치커리, 흰 도자기 샐러드 그릇에 담긴 빨간 무. 그때 우리가 서로를 향해 몸을 기울이고 소리치듯 대화를 나누던 것을 떠올리자, 마치 물속에서 일어난 사건을 떠올리는 듯한 느낌이 들었다.

조슬린은 주머니에서 얇은 청색 포장지에 싼 작은 꾸러미를 꺼냈다. 클래리사가 선물을 뜯어보는 동안 우리는 짐짓 침묵하며 기대감에 찬 분위기를 만들었다. 내가 왼쪽으로 고개를 돌려 옆 테

---

* 소금과 향신료를 넣고 건조시킨 이탈리아식 쇠고기 햄. 얇게 잘라 올리브기름, 레몬즙, 블랙페퍼 등의 드레싱을 곁들여 먹는다.

이블을 흘끗 본 게 아마 그때였을 것이다. 한 남자가 딸과 아버지와 함께 앉아 있었다. 그의 이름이 콜린 탭이라는 것은 나중에 알았다. 어쩌면 시간이 좀더 지난 후에 그들을 보았는지도 모르겠다. 내가 그때 5~6미터 떨어진 테이블에서 우리에게 등을 보이고 혼자 앉아 식사하는 사람을 봤다고 해도, 내 기억엔 아무런 흔적도 남지 않았다. 포장지 안에는 검은 상자가 있었고, 상자 안 폭신한 솜 위에 금 브로치가 놓여 있었다. 클래리사는 깜짝 놀라 할말을 잃고 그것을 꺼내들었고, 우리는 그녀의 손바닥에 놓인 브로치를 들여다보았다.

금으로 된 두 개의 밴드가 이중나선 구조로 꼬여 있었다. 밴드 사이에는 염기쌍—모든 생명체를 세 개의 염기서열로 부호화하는 알파벳 네 글자—을 상징하는 세 개의 작은 은색 가로대가 놓여 있었다. 나선형 밴드에는 세 개의 염기로 이루어진 코돈*이 만들어내는 스무 개의 아미노산이 작은 구형으로 새겨져 있었다. 테이블 위를 비추는 밝은 조명 아래 클래리사의 손에 놓인 그 브로치는 단순한 모형 이상의 것으로 보였다. 한데 섞여 단백질 분자가 될 아미노산 사슬을 만들 준비를 끝낸, 진짜 이중나선 구조로 보였다. 그녀의 손안에서 분리되어 또하나의 선물을 만들 수도 있을 것 같았다. 클래리사가 한숨 쉬듯 조슬린의 이름을 나지막이 부르는 순간, 레스토랑 안의 소음이 되살아났다.

"오, 정말 아름다워요." 그녀가 감탄하면서 대부의 뺨에 키스

---

* 유전정보의 최소 단위.

했다.

홍채가 노란 조슬린의 생기 없는 파란 눈에 물기가 맺혔다. 그가 말했다. "질리언 거였다. 네가 다는 걸 보면 좋아했을 텐데."

나는 내 선물을 빨리 꺼내고 싶었지만, 아직 우리는 조슬린의 선물이 건 마법에 빠져 있었다. 클래리사가 회색 실크 블라우스에 브로치를 달았다.

그다음에 벌어진 일이 아니었다면 내가 그 대화를 지금도 기억할 수 있었을까?

우리는 게놈프로젝트가 그런 보석을 한 다스씩 공짜로 나눠준다는 농담을 했다. 그런 다음에는 조슬린이 DNA 발견에 관한 이야기를 들려주었다. 나는 고개를 돌려 웨이터에게 물 좀 갖다달라고 했고, 아마 그때 옆 테이블에 앉은 두 남자와 소녀를 보았을 것이다. 우리는 샴페인을 다 마셨고 전채 요리 접시도 깨끗이 비웠다. 그다음에 어떤 음식을 시켰는지는 기억나지 않는다. 조슬린은 1869년에 DNA를 발견한 스위스의 화학자 요한 미셰르에 대해 이야기하기 시작했다. 이 일은 과학사에서 굉장한 기회를 놓친 안타까운 사례 중 하나로 회자됐다. 미셰르는 병원에서 고름을 닦은 붕대를 꾸준히 공급받았다(조슬린이 클래리사의 이해를 돕기 위해, 그 붕대에는 백혈구 세포가 풍부했다고 덧붙였다). 미셰르는 세포핵의 화학작용에 관심을 가지고 있었다. 그는 세포핵에서 인을 발견했는데, 그것은 당시 개념에 잘 들어맞지 않는, 있을 법하지 않은 물질이었다. 미셰르는 엄청난 발견을 이루어냈지만, 그의 논문은 지도교수의 반대로 공개되지 못했고, 지도교수는 2년에 걸쳐 제자의 연구 결과를 검증하고 확인했다.

나는 미셰르 이야기를 알고 있었지만 집중하지 못했는데, 지루해서 그런 건 아니었다. 경찰 조사를 받고 나서 해방감과 초조함에 휩싸여 있었다. 나는 린리 경사를 만난 이야기를 살짝 양념을 쳐서 재미있게 말하고 싶었지만, 그러면 클래리사와 나의 갈등에 대한 이야기가 나올 수밖에 없었다. 옆 테이블에서는 소녀가 아빠의 도움을 받아 메뉴를 고르고 있었는데, 그는 요즘 내가 그러듯 안경을 코끝으로 내리고 메뉴판 글씨를 읽었다. 소녀는 아빠의 팔에 다정하게 몸을 기댔다.

한편 조슬린은 나이와 명성, 선물을 준 사람이라는 삼중 특권을 누리며 이야기를 계속했다. 미셰르는 연구를 계속했다. 연구팀을 꾸려서 본인이 핵산이라고 명명한 물질의 화학적 성질을 연구하기 시작했다. 그 결과, 그는 모든 생명체를 표현하는 언어의 네 알파벳을 구성하는 물질, 즉 아데닌, 티민, 구아닌, 시토신을 발견했다. 그 발견은 아무런 주목도 받지 못했다. 참 이상하게도 세월이 흘러도 별 주목을 받지 못했다. 유전법칙에 관한 멘델의 연구는 널리 인정받았고, 세포핵 속에서 염색체가 발견되었으며, 염색체에는 유전정보가 담겨 있다고 추측되고 있었다. DNA는 염색체 속에 들어 있고, DNA의 화학적 성질은 미셰르가 설명했다고 알려져 있었다. 미셰르는 1892년 삼촌에게 쓴 편지에서 알파벳이 언어와 개념을 암호화하듯 DNA는 생명체의 유전정보를 암호화해 갖고 있을 거라고 추측했다.

"DNA가 그들의 얼굴을 똑바로 쳐다보고 있었던 거지." 조슬린이 말했다. "그런데도 그들은 DNA를 볼 수 없었고, 보려고 하지 않았어. 물론 문제는 화학자들이었고……"

소음과 싸우면서 말하는 것은 힘든 일이었다. 조슬린이 물을 마시는 동안 우리는 잠자코 기다렸다. 미셰르 이야기는 클래리사를 위한 것이었고, 선물에 붙이는 장식 같은 것이었다. 조슬린이 잠깐 쉬는 동안, 나는 내 뒤에서 인기척을 느끼고 소녀가 지나갈 수 있게 의자를 끌어당겼다. 소녀가 화장실 쪽으로 걸어갔다. 잠시 후에 보니 소녀가 자리로 돌아와 앉아 있었다.

"화학자들은 대단한 영향력과 화려한 명성을 누렸지. 그들에게 19세기는 영광의 세기였어. 그들은 권위가 있었지만, 까탈스럽고 화를 잘 내는 인간들이었지. 록펠러연구소의 피버스 레빈만 봐도 그래. 레빈은 DNA가 ACGT라는 네 개의 철자를 무작위로 배열한 분자로 흥미롭지도 않고 별로 중요하지 않다고 철석같이 믿었어. 그래서 DNA를 무시해버렸고, 인간이 다 그렇듯 그에겐 믿음의 문제, 깊은 신앙의 문제가 된 거야. 자기가 아는 것만 진실이라 믿었고, DNA 분자는 별 의미가 없는 하찮은 물질이라고 생각했지. 젊은 학자들 가운데 그를 설득할 수 있는 사람은 아무도 없었어. 그래서 1920년대에 그리피스의 박테리아 연구가 나올 때까지 오랜 세월을 기다려야 했지. 워싱턴에서 오즈월드 에이버리가 연구를 이어받았을 때, 레빈은 물론 사망하고 없었어. 오즈월드의 연구는 굉장히 오래 걸려, 40년대까지 이어졌지. 그러고 나서 알렉산더 토드가 나타나 런던에서 당과 인산의 관계에 대해 연구했고, 52년과 53년엔 모리스 윌킨스와 로절린드 프랭클린, 그다음엔 크릭과 왓슨이 나왔고. 그들이 로절린드에게 DNA 분자로 만든 모형을 보여주었을 때 가여운 로절린드가 뭐라고 한 줄 아니? 너무나 아름다워서 사실이 아닐 수가 없다고 했단다……"

끊임없이 이름들이 소환되고 늘 등장하는 레퍼토리인 과학의 아름다움까지 나온 뒤, 조슬린은 점차 말을 잃고 추억에 잠겼다. 그는 냅킨을 만지작거렸다. 여든두 살인 그는 학생으로든 동료로든 그 모든 과학자를 직접 만난 적이 있었고 알고 지냈다. 그리고 질리언은 크릭이 연결자분자에 관한 최초의 위대한 돌파구를 마련한 후에 그와 함께 일했다. 질리언도 프랭클린처럼 백혈병으로 사망했다.

조슬린이 멋진 신호를 주었는데, 내가 1~2초 정도 늦게 알아들었다. 나는 재킷 주머니에 손을 넣으면서 초콜릿 상자에 적혀 있는 글귀를 읊조리지 않을 수 없었다. "아름다움은 진실이요, 진실은 곧 아름다움……"* 클래리사가 미소 지었다. 선물로 키츠를 받을지 모른다고 오래전부터 추측했던 것이 틀림없지만, 지금 자신이 들고 있는 평범한 갈색 포장지에 싸인 것이 무엇인지 상상조차 하지 못했을 것이다. 포장지를 다 벗기기도 전에 그녀는 그것이 무엇인지 알아채고 꺄악 소리를 질렀다. 옆 테이블에 앉은 소녀가 클래리사를 돌아보았다가 아빠가 자신의 팔을 톡톡 치자 다시 고개를 돌렸다. 담갈색 표지 뒷면에 라벨이 붙은 풀스캡** 옥타

---

* 존 키츠의 시 「그리스 항아리에 바치는 송가」의 한 구절.
** 가로세로 108mm×170mm의 작은 판형.

보관이었다. 상태는 안 좋아 누런 얼룩이 져 있고 물에 젖은 자국도 약간 남아 있었다. 존 키츠가 1817년에 출간한 첫 시집 『시집』의 초판본이었다.

"이럴 수가!" 클래리사가 말했다. 그러고는 벌떡 일어서더니 내 목을 와락 끌어안았다. "수천 파운드는 나갈 텐데……" 그러고는 예전에 그랬던 것처럼 내 귀에 입술을 갖다댔다. "이렇게 큰 돈을 쓰다니, 나쁜 남자 같으니라고. 각오해, 오후 내내 힘 좀 쓰게 해줄 테니까."

진심이 아닐 거라고 생각했지만, 그래도 장단을 맞춰주었다. "좋지. 당신 기분이 좋아진다면야." 샴페인도 마신 김에 고마운 마음에서 나온 입에 발린 말이란 건 알았지만, 그렇다고 기쁨이 사라지진 않았다.

하루 정도 지나자 우리 옆 테이블 사람들에 대한 세세한 사실을 만들어내거나, 내가 감지하지 못한 것에 대해 기억을 짜내기라도 하고 싶었다. 하지만 콜린 탭이라는 그 남자가 아버지의 팔을 잡고 안심시키고 위로하는 모습을 본 것만은 분명했다. 내가 나중에 발견한 사실과 당시에 느꼈던 것을 구분하는 것 역시 어려워졌다. 사실 탭은 나보다 두 살 많았고, 그의 딸은 열네 살, 그의 아버지는 일흔세 살이었다. 나는 그들의 나이를 짐작하는 것 같은 의도적인 일은 절대 하지 않았다. 그즈음엔 내 집중력이 흐트러진 상태도 아니었고, 나는 우리 모임에 온 관심을 기울이고 있었다. 우리는 즐거운 시간을 보내고 있었다. 그러나 내가 우리 옆에 앉은 사람들의 관계에 대해 이런저런 추측을 꽤 했던 것은 사실이다. 거의 의식적으로, 곁눈질로, 말없이, 언어학자들이 멘털리즈라고 부르는 즉각적인 사고의 언어로 추측했었다. 흘끗 보긴 했지만 소녀의 모습은 확실히 기억났다. 일부 10대 청소년들이 그러듯 등을 꼿꼿하게 펴고 앉아서, 속물처럼 보이려고 애쓰지만 사실은 정반대임을 드러내는 냉정하고 침착한 태도를 보여주고 있었다. 피부는 짙은 갈색이고 검은색 머리는 단발로 잘랐는데, 목 아래쪽의 피부색이 좀더 옅은 것으로 보아 최근에 머리를 자른 것으로 보였다. 이런 자세한 사실은 내가 아수라장 속에서 관찰한 것인가, 아니면 아수라장이 잦아든 후 나중에 관찰한 것인가? 나중에 알게 된 것이 기억에 영향을 미쳐 혼란을 가중시킨 예는 또 있었다. 나는 우리를 등지고 혼자 앉아서 식사하는 남자의 이미지를 내가 현장 회상 장면에 끼워넣고 있는 것을 알아차렸다. 당시에 나는 그를 보지 못했고, 끝까지 보지 못했지만, 나중에 그 순간을 기억 속에서 재현할 때 그를 배제할 수 없었다.

우리 테이블에서는 클래리사가 다시 자리에 앉았고 아버지, 선생, 스승, 혹은 우상 같은 연장자들에게 억압받거나 무시당하거나 가로막힌 젊은이에 대한 이야기가 오고 가고 있었다. 시작은 요한 미셰르와 그의 지도교수인 호페자일러였다. 호페자일러는 제자가 세포핵에서 인을 발견한 사실을 발표하지 못하게 막았다. 그는 미셰르가 논문을 제출한 과학잡지의 편집위원이기도 했다. 거기부터—나중에 나는 우리의 대화를 거꾸로 거슬러올라가며 기억을 되살려보았다—그러니까 미셰르와 호페자일러로부터 시작해서 우리는 키츠와 워즈워스에 도달했다.

조슬린은 자신의 전문 분야 외에도 거의 모든 부분에 대해 조금씩은 알고 있었고, 기팅스 전기를 읽은 덕분에 젊은 키츠가 존경하는 시인을 방문하는 유명한 일화 역시 알고 있었지만, 지금은 클래리사가 이야기를 이끌어나갔다. 나도 클래리사한테 이 일화를 들은 적이 있어 알고 있었다. 1817년 후반, 키츠는 노스다운스의 박스 힐 옆에 있는 폭스앤드하운스라는 여인숙에 묵고 있었고, 거기서 「엔디미온」이라는 장편 시를 썼다. 그는 그곳에서 일주일을 머물면서 창작의 흥분에 들떠 산야를 거닐었다. 당시 그는 스물한 살이었고, 사랑에 관해 길고 진지하고 아름다운 시를 쓴 뒤라 런던으로 돌아왔을 땐 기분이 한껏 고양되어 있었다. 그는 자신의 우상인 윌리엄 워즈워스가 런던에 와 있다는 소식을 듣고 뛸듯이 기뻐했다. 키츠는 자신의 『시집』에 "W. 워즈워스 님께 진정한 존경심을 담아 드립니다"라는 제사를 써서 워즈워스에게 보냈다. (그걸 클래리사에게 선물할 수도 있었을 것이다. 그러나 그것은 프린스턴대학교 도서관에 있었고, 클래리사 말로는 페이지가 잘리지 않고 붙어 있는 부분이 많다고 한다.) 키츠는 워즈워스의 시를 읽으면서 성장했다. 그는 「유람」을 "이 시대가 향유해야 할 세 편의 시 중 하나"라고 일컬었다. 그는 시 쓰기가 성스러운 직업이고 가장 고귀한 노력이라는 사실을 워즈워스로부터 배웠다. 그는 헤이든이라는 화가 친구에게 워즈워스와의 만남을 주선해 달라고 부탁했고, 두 사람은 위대한 천재를 방문하기 위해 리슨 그로브에 있는 헤이든의 작업실에서 함께 출발해 퀸앤 거리를 향해 걸어갔다. 헤이든은 키츠가 "워즈워스를 만난다는 생각에 가장 크고, 가장 순수한 기쁨"을 표현했다고 일기에 적었다.

　당시 마흔일곱 살이었던 워즈워스는 불평불만이 많은 것으로 악명 높았지만 키츠에게는 대단히 친절했고, 몇 분간 한담을 나눈 뒤 그에게 어떤 작품을 썼느냐고 물었다. 헤이든이 끼어들어 대신 대답하고는 키츠에게 「엔디미온」에 나오는 '목신에게 부치는 송가'를 암송하라고 청했다. 그러자 키츠는 위대한 시인 앞을 서성이면서 "평소처럼 주문을 외우듯 읊조리는 소리로(굉장히 감동적으로)……" 시를 암송했다. 이 대목에 이르자 클래리사는 레스토랑 안의 떠들썩한 소리에 맞서 큰 소리로 시를 인용했다.

> 여전히 상상도 할 수 없는 오두막이 되어라
> 혼자 상념에 잠길 수 있는. 피해라
> 천국이라는 목적지에 대한 상념을,
> 그런 다음 헐벗은 두뇌를 떠나라.

　열정적인 청년이 시 암송을 마치자, 워즈워스는 청년의 숭배를 더이상 견디기 어려웠는지 조용히 평을 기다리는 젊은 시인과 화가에게 충격적인 혹평을 건조하게 내뱉었다. "이교도적인 작품치고는 나쁘지 않군." 헤이든에 따르면 그것은 "굉장히 냉정한, 그런 천재적인 작가가 키츠 같은 숭배자에게 내렸다고는 도저히 믿기 어려운 평가여서 키츠는 굉장한 모욕으로 받아들였고", 그는 워즈워스를 절대로 용서하지 않았다.

　"근데 이 이야기를 믿니?" 조슬린이 물었다. "기팅스의 책에는 믿으면 안 된다고 쓰여 있었던 것 같은데."

"안 믿어요." 클래리사가 믿지 않는 이유를 열거하기 시작했다.

그녀가 이야기하는 동안 내가 일어서서 입구 쪽을 돌아봤다면, 2천 제곱미터에 달하는 넓은 공간을 채우고 이야기를 나누는 머리들 너머로 두 남자가 걸어들어와 레스토랑 지배인에게 말하는 모습을 보았을 것이다. 두 사람 중 한 명은 키가 컸지만, 그땐 그 사실을 인지하지 못했다. 그 사실은 나중에 알았다. 하지만 기억이 술수를 부려 마치 내가 그때 일어서서 모든 것을 본 것처럼 레스토랑의 모습이 내 머릿속에 새겨져 있다. 붐비는 레스토랑 안, 키 큰 남자, 고개를 끄덕이더니 손을 들어 우리 쪽을 애매하게 가리키는 지배인. 정말 그 모든 것을 봤다면, 클래리사와 조슬린과 옆 테이블에 앉은 낯선 사람들에게 식사를 중단하고 나와 함께 계단을 뛰어올라가 문을 열고 거리로 나가자고 설득할 수 있었을까? 그후 잠들지 못하고 지새우던 수많은 밤마다 나는 그때로 돌아가서 그들에게 도망가자고 간청한다. 이봐요, 내가 옆 사람들에게 말한다. 당신들은 나를 모르지만, 나는 이제 무슨 일이 일어날 건지 알아요. 나는 오염된 미래에서 왔거든요. 이제부터 일어날 일은 실수였고, 굳이 일어날 필요가 없는 일이에요. 우리는 다른 결과를 선택할 수 있어요. 나이프와 포크를 내려놓고 나를 따라와요, 빨리! 아뇨, 정말로, 제발 나를 믿어줘요. 나를 믿어달라고요. 갑시다!

그러나 그들은 나를 보지도, 내 말을 듣지도 않는다. 계속 먹고 마시면서 대화를 나누고 있다. 그래서 나도 그렇게 한다.

내가 말했다. "하지만 그 이야기는 계속 살아 있죠. 천재 시인을 퇴짜놓은 유명한 일화로요."

"그렇지." 조슬린이 반색하며 말했다. "사실은 아니지만, 필요는 하지. 일종의 신화 같은 거랄까."

우리는 클래리사의 눈치를 살폈다. 대개 그녀는 자신이 정말 잘 알고 있는 것에 대해서는 잘 말하지 않았다. 몇 년 전 파티에서 나는 술에 취해 그녀에게 무릎을 꿇고 「무정한 미녀」를 암송해달라고 부탁했지만 그녀는 들어주지 않았었다. 그러나 오늘은 생일을 축하하며 최근 일들을 잊으려고 노력하고 있었고, 그럴 땐 이야기가 끊기지 않게 계속 떠드는 것이 최고의 선택이었다.

"사실은 아니지만, 진실을 말해드릴게요. 워즈워스는 다른 작가들을 혐오할 정도로 오만했어요. 기팅스는 키츠와의 일화를 통해 워즈워스가 40대의 후반기를 힘들게 보냈다는 것을 잘 보여주고 있고요. 그래도 쉰 살이 넘으면서부터는 많이 차분해지고 밝아져서 주변 사람들도 한숨 돌렸죠. 하지만 그때 키츠는 이미 사망한 후였어요. 젊은 천재가 유력 인사에게 퇴짜당한 일화는 항상 흥미로운 이야깃거리가 되죠. 비틀스를 퇴짜놨던 데카 관계자처럼요. 이런 사례를 보면 신은 역사라는 형태로 복수를 한다는 걸 알 수 있고……"

그때쯤 두 남자가 테이블 사이를 걸어서 우리를 향해 오고 있었을 것이다. 확실하진 않다. 그 마지막 30초를 열심히 파헤쳐본 결과, 두 가지는 확실하다. 하나는 웨이터가 우리에게 셔벗을 가져다주었다는 사실이다. 또다른 하나는 내가 백일몽에 빠져들었다는 사실이다. 자주 겪는 일이다. 단어의 정의를 봐도 알 수 있듯이 백일몽은 흔적을 남기지 않는다. 백일몽은 천국이라는 목적지에 대한 상념을 피하고, 그런 다음 헐벗은 두뇌를 떠난다. 그러나 수없이 그 순간으로 돌아간 끝에 무엇이 백일몽을 야기한 것인지 기억해냈고, 백일몽의 내용 역시 되살려냈다. 그것은 클래리사의 이 한마디였다. 그때 키츠는 이미 사망한 후였어요.

죽음을 상징하는 그 말에 나는 저 멀리 떠내려갔다. 나는 잠깐 사라졌다. 나는 그들이, 워즈워스와 헤이든과 키츠가 퀸앤 거리에 있는 몽크턴의 집에 함께 있는 것을 보았고, 그들이 느꼈을 모든 감각과 생각을 상상했다. 옷의 감촉, 의자와 마룻널의 삐걱거림, 그들의 가슴에서 느껴지는 목소리의 울림, 명성이 주는 약간의 열기, 발가락이 신발에 딱 들어맞는 느낌, 주머니 속 물건들, 얼마 전에 있었던 일과 다음에 할 일에 대한 각자의 생각들, 그들이 각자의 인생사에서 서 있는 지점에 관해 갖고 있던 틀이 점점 흔들리는 느낌. 이 모든 것은 달그락거리고 떠들썩한 이 레스토랑만큼이나 밝고 분명했고, 모두 사라졌다. 풀밭에 앉아 있던 로건이 그랬듯이.

묘사하는 데 1분 걸리는 것이 경험하는 데는 2초밖에 걸리지 않았다. 나는 현실로 돌아와, 클래리사와 조슬린에게 내가 아는 천재가 퇴짜맞은 이야기를 해줌으로써 잠시 동안 딴생각한 것을 벌충했다. 물리학자인 내 친구와 결혼했고 이제는 은퇴한 출판인이 오래전인 50년대에 「우리 안의 이방인들」이란 소설을 거절했었다고 내게 말했다. (아까 들어온 두 남자는 이때쯤 3미터가량 떨어진 곳까지, 우리 테이블 바로 뒤까지 다가와 있었을 것이다. 그러나 그들이 우리를 보았을 것 같지는 않다.) 문제는 내 친구가 자신의 실수를 30년이 지나서야 깨달았다는 것이다. 그는 사무실에서 아주 오래된 파일을 하나 발견했는데, 타이핑한 원고에 적힌 작가의 이름을 기억하지 못했고―매달 수십 편을 읽고 있었으니 그럴 만도 했다―그 원고가 마침내 출간되었을 때 그 책도 읽지 않았다. 적어도 처음에는 읽지 않았다. 작가인 윌리엄 골딩은 그 작품의 제목을 『파리 대왕』으로 바꿨고, 내 친구가 싫어했던 길고 지루한 첫번째 장을 삭제했다.

내가 최악의 실수에서 우리를 보호하는 것은 시간이라는 굉장한 결론을 도출하려는 순간, 클래리사와 조슬린은 내 말을 듣고 있지 않았다. 나도 이미 한쪽에서 움직임을 감지하고 있던 차였다. 나는 그들의 시선을 따라 고개를 돌렸다. 우리 옆 테이블로 다가와 서 있던 두 남자는 얼굴에 화상을 입은 것처럼 보였다. 사람의 피부가 아니라 인공 보형물처럼 칙칙한 분홍색, 인형이나 일회용 반창고의 색을 띠었다. 그리고 로봇처럼 얼굴에 표정이 없었다. 나중에야 라텍스 가면에 대해 알게 됐지만, 그땐 몰랐기 때문에 그들의 모습은 가히 충격적이었고, 심지어 그들이 무슨 짓을 저지르기 이전에도 그랬다. 웨이터가 스테인리스 그릇에 디저트를 담아 가져온 것이 잠시나마 위로가 되었다. 두 남자는 검은색 외투를 입고 있어 성직자처럼 보였고, 둘 다 아무 말 없이 침묵하는 것이 무슨 의식을 치르는 듯한 느낌을 주기도 했다. 내가 선택한 셔벗은 라임 맛으로, 흰 바탕에 초록색 부분이 약간 섞여 있었다. 나는 이미 숟가락을 들고 있었지만 사용하진 않았다. 우리 테이블에 앉은 사람들은 예의도 잊고 그들을 홀린 듯이 바라보고 있었다.

침입자들은 테이블 앞에 버티고 서서 우리 옆 테이블 사람들을 내려다보았고, 옆 테이블 사람들은 어리둥절한 표정으로 돌아보면서 그들이 무언가 말할 때를 기다렸다. 소녀는 아빠와 그 남자들을 번갈아 쳐다보았다. 노인은 빈 포크를 내려놓고 무슨 말을 하려다가 그만두었다. 다양한 가능성이 내 앞에 빠르게 펼쳐졌다. 사람들의 관심을 끌려는 학생들, 행상인들, 아니면 콜린 탭이 의사나 변호사이고 이 사람들은 그의 환자거나 의뢰인일 수도 있었다. 새로운 형태의 깜짝 축하공연 서비스일 수도 있었고, 가족 중 미친 인간들이 곤란한 상황을 만들려고 나타난 것일 수도 있었다. 두 사람 중 키 큰 남자가 외투에서 검은색 막대기 혹은 지팡이를 꺼내들었을 때, 내 생각은 깜짝 축하공연 쪽으로 기울었다. 그런데 천천히 레스토랑 안을 둘러보는 그의 동료는 누구일까? 우리가 콜린 탭과 워낙 가까이 있어서인지, 그는 우리 테이블을 보지 못했다. 인공 피부 속 돼지 눈 같은 그의 눈은 내 눈과 마주치지 않았다. 마법을 걸 준비가 끝난 키 큰 남자가 지팡이를 들어 콜린 탭을 가리켰다.

그리고 콜린 탭이 갑자기 우리 앞에 나타났다. 그의 표정에 우리가 이해하지 못한 마법이 뭔지 드러나 있었다. 얼떨떨한 표정이 갑작스러운 공포에 굳어 있었고, 그는 우리에게 한마디도 하지 못했다. 시간이 없기도 했다. 소음기를 단 총에서 발사된 총알이 흰 셔츠를 입은 그의 어깨를 관통했고, 그는 의자에서 붕 떠올라 벽에 가 부딪쳤다. 엄청나게 빠른 속도로 충격이 가해졌기 때문에 피가 사방으로 튀었고, 우리 테이블의 식탁보와 디저트와 손과 시야에도 비산흔이 생겼다. 나의 첫 느낌은 단순하고 자기방어적이었다. 나는 눈앞에서 벌어지고 있는 일을 믿을 수 없었다. 클리셰는 과연 진실에 뿌리를 두고 있었다. 나는 내 눈을 믿을 수 없었다. 탭이 테이블 위로 고꾸라졌다. 그의 아버지는 그대로 얼어붙어버렸고 얼굴 근육 하나도 움직이지 않았다. 그의 딸은 그 상황에서 자기가 유일하게 할 수 있는 일을 했다. 기절해버린 것이다. 이 끔찍한 상황 앞에서 소녀의 마음이 문을 닫아건 것이다. 의자에 앉은 채 소녀의 몸이 조슬린 쪽으로 기울어지자 조슬린은 연로한 스포츠맨의 본능으로 손을 내밀었고, 소녀가 바닥으로 쓰러지는 건 막을 수 없었지만, 소녀의 팔뚝을 잡아 머리가 바닥에 세게 부딪치는 것은 막았다.

소녀가 쓰러지는 와중에 남자는 다시 총을 들어 탭의 정수리를 겨누었고, 그대로 두었다면 확인 사살까지 했을 것이다. 그런데 그때 혼자 식사를 하던 남자가 버럭 고함을 지르며 벌떡 일어서더니 제때 달려들어 팔을 뻗어 총열을 들어올렸다. 덕분에 두번째 총알은 벽 높은 쪽에 가서 박혔다. 머리를 짧게 깎았지만, 내가 어떻게 패리를 알아보지 못했겠는가?

우리 테이블에 있는 사람들은 움직일 수도, 말을 할 수도 없었다. 두 남자는 입구를 향해 재빨리 걸음을 옮겼다. 키 큰 남자는 권총과 소음기를 외투 속에 집어넣으면서 걸어갔다. 패리가 떠나는 것을 보진 못했지만, 다른 방향으로 가서 비상구로 나간 것이 틀림없었다. 딱 두 테이블 사람들만 이 사건을 목격했다. 비명을 질렀을 것이고, 몇 초간은 마비된 듯 아무도 움직이지 못했을 것이다. 그러나 다른 테이블의 사람들은 아무 소리도 듣지 못한 모양이었다. 왁자지껄한 말소리와 포크며 나이프가 땡그랑거리며 접시에 부딪치는 소리가 무심하게 이어졌다.

나는 클래리사를 바라보았다. 뺨 한쪽에 피가 묻어 있었다. 그녀에게 그렇다고 말해주려는 순간 나는 깨달았다. 사물 자체보다 사물 간의 관계를 더 잘 인식하는 전前 언어적 신경에 불이 켜지면서 별다른 노력 없이도 완벽하게 이해했다. 상상도 할 수 없는 조합. 우리 두 테이블의 인원 구성, 인원수, 성비, 상대적인 연령. 패리가 그걸 어떻게 알았겠는가?

그것은 실수였다. 개인적인 원한이 있었던 게 아니었다. 그것은 청부살인이었고, 실수로 엉망이 된 것이다. 총을 맞은 사람은 나였어야 했다.

그러나 나는 아무것도 느끼지 못했고, 내 추측을 확인해야 한다는 생각조차 들지 않았다. 이때는 느낌이 만들어지기 전이었고, 생각이 분화되기 전이었으며, 공포와 죄책감과 모든 선택지가 생기기 전이었다. 그래서 우리는 충격에 멍해진 상태로 우두커니 앉아 있었고, 우리의 침묵을 중심으로 무슨 일이 벌어졌음을 인식한 움직임이 퍼져감에 따라 점심시간의 소란도 차츰 잦아들었다. 웨이터 두 명이 당황한 얼굴로 우리를 향해 바삐 걸어오고 있었고, 나는 그들이 우리에게 다가왔을 때에야 비로소 우리의 이야기가 계속될 수 있다는 걸 깨달았다.

스물

그날 오후 두번째로, 그리고 내 인생에서 두번째로 나는 경찰서에 앉아 조사 차례를 기다리고 있었다. 이번에는 보 거리에 있는 경찰서였다. 통계학자들은 이런 일을 무작위 군집화라고 부르는데, 해당 집단의 중요성을 부정하는 유용한 방법이다. 거기에는 클래리사와 조슬린 외에도 일곱 명의 증인이 더 있었다. 근처 두 테이블에 앉았던 손님 네 명과 웨이터 두 명, 그리고 레스토랑 지배인이었다. 콜린 탭은 하루 정도 지나면 병상에서 진술할 수 있을 것이라 했다. 소녀와 노인은 아직도 큰 충격에 빠져 있어서 대화를 나누기 힘든 상황이었다.

겨우 두세 시간밖에 지나지 않았는데 벌써 우리가 석간신문 헤드라인을 장식했다. 웨이터 한 명이 밖에 나가 신문을 사 왔고, 우리는 함께 둘러앉아 묘한 흥분감 속에 "레스토랑 총기 난사 사건"

"점심시간의 악몽" "유혈 참사" 등의 제목으로 소개된 우리가 겪은 일을 읽었다. 레스토랑 지배인은 나를 "유명한 과학 칼럼니스트"로, 조슬린을 "저명한 과학자"로, 그러나 클래리사는 단지 "미모의 여성"으로 묘사한 문장을 가리켰다. 그는 우리에게 고개를 약간 숙여 존경심을 표했다. 신문 기사를 읽고 우리는 콜린 탭이 무역산업부 차관이란 사실을 알았다. 그는 전직 사업가로, 평의원으로 있다가 최근에 입각했는데 "중동에 적이 많을 뿐 아니라 광범위한 네트워크"를 가지고 있을 것으로 추정되었다. 탭의 생명을 구하고 홀연히 사라진 "용감하게 범죄에 맞선 레스토랑 손님"에 대한 추측도 있었다. 그리고 신문 안쪽 면에는 "광적인 테러분자들의 놀이터"로 전락한 런던을 소개하고 총기 규제의 필요성을 제기한 관련 기사가 있었고, "우리가 알았던 순수하고 비폭력적인 삶의 방식"이 사라지는 것을 안타까워하는 사설도 있었다. 보도가 기이할 정도로 신속하게 나왔을 뿐만 아니라 그 내용도 굉장히 친숙하게 느껴졌다. 마치 오래전부터 그 주제와 관련된 계획을 세워놓았는데, 그 내용을 강조해서 보여주기 위해 우리가 목격한 사건이 벌어진 것만 같았다.

형사 두 명이 목격자 진술을 받을 모양이었지만, 준비하는 데 시간이 좀 걸렸다. 신문 기사를 읽으며 느낀 흥분이 가라앉자 우리는 각자의 자리로 돌아갔고, 무거운 침묵이 흘렀다. 번갈아가며 하품을 했고, 하품의 전염성을 인정하면서 힘없이 미소를 지었다. 마침내 형사들이 준비를 끝냈고, 클래리사와 조슬린이 먼저 들어갔다. 클래리사는 20분 뒤에 나와서 내 옆에 앉아 대부를 기다렸다. 그녀는 키츠의 시집을 포장지에서 꺼내 펼치더니 쿵쿵 냄새를 맡았다. 그러고는 내 손을 꼭 잡고 내 귀에 입을 갖다댔다. "정말 멋진 선물이야." 그러고는 잠깐 멈췄다가 말을 이었다. "근데 조, 형사들한테 당신이 본 것만 얘기해, 알았지? 요즘 하던 그런 얘기는 하지 말고."

나는 아까 클래리사가 한 말을 듣고 그녀는 패리를 알아보지 못했다는 사실을 이미 알고 있었다. 지금 그녀와 언쟁을 벌일 생각은 없었다. 나는 혼자였다. 나는 고개를 끄덕이면서 말했다. "대부님을 댁까지 모셔다드릴 거지?"

"응. 집에서 기다릴게."

조슬린이 나왔고, 나와 악수를 나눈 뒤 클래리사와 함께 떠났다. 나는 앉아서 기다리며 마음을 가라앉히고 할말을 준비했다. 지배인이 나오고, 레스토랑 손님 한 명이 들어갔고, 나중에는 웨이터 한 명이 들어갔다. 나는 마지막에서 두번째였고, 자신을 월리스 경사라고 소개한 예의바른 젊은 경찰관의 안내를 받아 조사실로 들어갔다.

나는 자리에 앉기도 전에 내 주장을 펼치기 시작했다. "바로 말씀드리는 게 좋겠습니다. 일이 어떻게 된 건지 내가 잘 알아요. 탭씨를 맞힌 총알은 사실은 나를 노린 거였어요. 혼자 식사하고 있다 개입했던 그 남자는 나를 괴롭혀온 사람이고요. 이름은 패리입니다. 사실 오늘 몇 시간 전에 그를 경찰에 고소했어요. 해로 거리 경찰서의 린리 경사에게 연락해보세요. 심지어 그에게 패리가 누군가를 고용해서 나를 해치려 들 수도 있다는 말까지 했습니다."

내가 이 말을 하는 동안, 윌리스는 나를 유심히 쳐다보았지만 별로 놀란 것 같지는 않았다. 내 이야기가 끝나자 그는 의자를 가리켰다. "네, 그럼 처음부터 시작할까요?" 그러고는 이름과 주소를 받아 적은 뒤 내가 레스토랑에 도착했던 순간부터 이야기를 모두 들었다. 그러면서 세세한 것까지 다 물었고, 가끔은 이 사건과 상관없는 것까지 물었다. 우리 테이블에서는 무슨 이야기를 나눴는지 물었고, 동석자들의 기분에 대해 설명해달라고 요청하기도 했다. 음식에 대해서도 물었고, 서비스에 대한 평가를 부탁하기도 했다. 패러나 외투를 입은 두 남자가 큰 소리로 무슨 말을 했는지 들었느냐고 두 번이나 물었다. 조사를 마칠 무렵 그는 내가 한 진술을 다 읽어줬는데, 각 문장을 체크리스트에 나온 항목처럼 읽었다. 나는 듣자마자 쫙쫙 찢어버리고 싶은 문장이었다. 그가 진술서를 읽었다. "우리가 점심을 먹고 있던 테이블에서 그리 멀지 않은 테이블에 어떤 남자가 혼자 앉아서 점심을 먹고 있었는데, 나는 이 남자가……" 내가 그의 말을 잘랐다. "미안하지만, 내가 그렇게 말하지 않았는데."

"그럼 누가 있다는 걸 모르셨던 건가요?"

"보긴 봤는데 처음에는 누군지 몰랐어요."

윌리스가 얼굴을 찌푸렸다. "하지만 많이 보셨다면서요, 집 밖에 서 있는 것도 보고."

"머리를 자른데다 우리를 등지고 앉아 있어서요."

윌리스가 문장을 고쳐 쓴 후 진술서를 끝까지 읽었다. 내가 서명을 하는 동안 그가 말했다. "경찰서에 좀더 머물러도 괜찮으시다면, 로즈 씨, 조금 있다가 다시 이야기를 나누고 싶은데요."

"괜찮고말고요." 내가 말했다. "밖에 나가면 나를 죽이고 싶어 하는 남자가 있는데." 월리스가 고개를 끄덕이며 미소를 지었다. 사실 입술을 꼭 다문 채 양옆으로 늘이는 정도였다.

레스토랑 목격자들이 모두 떠난 후, 나는 화가 난 미국인 관광객 한 무리와 함께 대기실에 앉아 있었다. 자기들끼리 하는 이야기를 들어보니, 호텔 밖에서 버스에 짐을 싣는 동안 짐을 도난당했다고 했다. 한 소녀는 따로 떨어져 앉아 도무지 믿어지지 않는다는 표정으로 조용히 고개를 가로저으면서 눈물을 참으려고 했지만, 결국엔 울고 말았다.

나는 클래리사와 함께 앉아 있을 때는 경찰에게 너무 따지지 않기로 결심했었다. 연이어 일어나는 사건들이 알아서 경찰을 움직이게 할 거라고 믿었다. 패리를 고소했으니 이미 그는 입건되었을 것이다. 레스토랑에서 벌어진 일은 절대적인 증거였다. 패리는 살인미수로 기소되어야 했고, 그때까지 나는 신변 보호를 받아야 했다. 레스토랑에서 온 사람 가운데 남아 있는 사람은 나밖에 없었고, 흥분감이 사라지고 나니 내가 외롭고 약해진 느낌이 들었다. 사방에 패리가 있었다. 나는 하나뿐인 창문에서 멀리 떨어져 있고 문을 바라보는 자리를 골라 앉았다. 누군가가 문을 열고 들어올 때마다 가슴이 철렁했다. 피해망상이 패리의 이미지를 만들어냈다. 그는 경찰서 길 건너편에 서 있었고, 그 옆에는 외투를 입은 두 남자가 서 있었다. 나는 경찰서를 걸어나가 출입문 앞에 서서 주변을 살펴보았다. 패리가 거기 없어도 놀라지 않았고 안도감을 느끼지도 않았다. 택시와 운전기사가 모는 자가용이 속속 도착해 오페라를 보러 온 관객들을 내려놓고 있었다. 벌써 7시 15분이 다 되어가고 있었다. 시간이 차곡차곡 쌓이고 있었다. 내 옆을 지나쳐 집이나 바나 카페로 가는 행복한 사람들은 축복받은 사람들이었다. 그들은 느끼지 못하고 나는 갖지 못한 축복을. 그들을 방해하는 것도, 죽이겠다고 협박하는 사람도 없었다.

예전에 불치병이라고 오진을 받았던 한 친구가 병원을 나서면서 그동안 느꼈던 외로움에 대해 얘기해준 적이 있었다. 친구들의 위로는 자신이 다른 운명을 타고났다는 사실을 더 분명하게 느끼게 했었다고 말했다. 자신이 아는 사람들 가운데 죽은 사람이 꽤 있었기 때문에, 그녀는 자기가 없어도 세상이 잘 굴러갈 거라는 사실을 잘 알고 있었다. 물이 그녀의 머리 위로 넘치면* 친구들은 슬퍼하겠지만 곧 회복할 것이고, 좀더 현명해질 것이다. 그리고 기록되지 않는 평일과 파티와 저녁 만찬은 계속될 것이다. 경찰서로 돌아가면서 나는 이런 생각을 하고 있었다. 자기 연민은 아니었다. 물론 그런 요소가 전혀 없는 것은 아니었지만. 그보다는 오히려 자아가 움츠러들어 핵심만 남은 상태에 가까웠고, 너무나 깊이 움츠러든 나머지, 화를 내는 관광객들과 충격을 받은 소녀를 포함해 다른 모든 것이 두꺼운 창유리 반대편에 있는 것처럼 보였다. 대기실로 돌아가는 동안 내 생각은 그 작은 수족관을 뼁뼁 헤엄치며 돌아다니고 있었다. 내가 겪은 일을 경험한 사람은 아무도

* 죽음을 의미하는 말. 「예레미야 애가」 3장 54절 참조.

없었다. 내가 겪은 일을 오페라 입장권 한 장이나 잃어버린 가방 하나, 혹은 소녀를 괴롭히는 일과 바꿀 수 있다면 얼마나 좋을까.

나는 월리스와 부딪칠 뻔했는데, 그는 나를 찾아다니던 중이었다고 했다. 그는 조금 덜 정중한 태도에 조금 더 활기찬 모습을 보였다. "이쪽입니다." 그가 나를 다시 조사실로 안내했다. 자리에 앉는데 책상 위에 팩스로 받은 린리 경사의 메모가 몇 장 있어 반가운 마음이 들었다.

월리스는 새로운 관심을 보이며 나를 쳐다보고 있었다. 이제는 형식적인 참고인 조사가 아닌 게 분명했다. "린리 경사와 얘기를 좀 했는데요."

"잘하셨네요. 이제 무슨 얘긴지 감이 좀 잡히겠군요."

월리스가 싱긋 웃었다. 생기가 넘치는 모습이었다. "네, 뭐, 그렇죠. 불쾌해하지 말고 들으세요, 로즈 씨. 다시 한번 솔직히 말씀해달라고 부탁을 드려야겠습니다."

"진술이요? 왜 그래야 하죠?"

"처음부터 시작할까요? 모이기로 한 분들 가운데 선생님이 레스토랑에 가장 늦게 도착하셨다고 했죠. 오늘 아침 행적부터 말씀해주시죠. 9시부터 할까요?"

나는 배움이 느린 사람이었지만, 40대에 들어선 이후 어떤 요구가 합리적이거나 합리적으로 표현되었다고 해서 그걸 꼭 들어줄 필요는 없다는 것을 깨달았다. 나이는 거절을 용이하게 하는 좋은 방패였다. 싫으면 싫다고 거절할 수 있었다. 나는 팔짱을 끼고 억지로 미소를 지었다. 그러고는 친절한 말로 거절 의사를 표시했다. "미안합니다. 내가 다시 이야기한다고 더 잘할 수는 없을 것 같은데요. 경찰이 어떤 조치를 취할 건지부터 알고 싶군요."

"멜런 씨는 8시 30분에 출근하셨죠? 9시였나요?"

"프로그날 길로 순찰차를 보냈습니까?"

"괜찮으시다면 이 이야기를 더 해보죠. 그런 다음엔 뭘 하셨습니까? 전화를 거셨나요? 기사를 쓰셨어요?"

나는 목소리를 높이지 않으려고 애썼다. "이해를 못하는 것 같은데, 이자는 위험인물이에요."

월리스는 앞에 놓인 린리의 메모들과 자신이 적어놓은 것들을 뒤적이면서 중얼거렸다. "여기 어디에 메모가 있었는데."

"그는 한번으로 끝낼 사람이 아니에요. 이미 들은 진술을 분석하면서 시간을 보내느니 뭔가 더 생산적인 일을 해주면 좋겠다고요."

"여기 있네요." 월리스가 쾌활하게 말하더니, 반으로 찢긴 종이 한 장을 꺼냈다.

나는 애써 화를 누르면서 말했다. "정오에 내가 경찰에 고소한 남자가 잠시 후 레스토랑에서 바로 옆자리에 앉아 있었다는 것이 완전한 우연이라고 말할 생각이 아니라면……"

"키츠와 워즈워스요?" 월리스가 물었다.

나는 잠깐 멍한 기분이 들었다. 월리스의 입에서 나온 이름을 들으니, 그들이 용의자나 깡패 혹은 동네 술집을 드나드는 술친구 같은 느낌이 들었다.

"점심식사를 하면서 그들에 대해 이야기를 나누셨다고요."

"맞습니다……"

"한 명이 다른 한 명을 무시했다면서요, 그렇죠? 누가 누구를 무시했죠?"

"워즈워스가 키츠를 무시했죠. 그런 이야기가 있다는 거죠."

"그럼 사실이 아니었나요?"

나는 참을 수가 없었다. 내가 완벽하게 끌려다니고 있었다. "우리가 알고 있는 유일한 이야기이긴 하지만 믿을 수는 없어요." 월리스 앞에 놓인 쪽지에 번호를 매긴 목록이 있는 것이 보였다.

그가 말했다. "그것 참 굉장히 이례적인 일이네요."

"무슨 뜻이죠?"

"아, 아시다시피, 선생님처럼 교육을 많이 받으신 분들은, 작가들이나 학자들은 계속 일기를 쓰고 기록을 남기지 않나요? 명확히 기록을 남기는 사람이 있다면, 바로 그런 사람들일 텐데요."

나는 아무 말도 하지 않았다. 내가 어딘가로 이끌려가고 있었다. 저항하지 않고 순순히 끌려가는 게 제일 나았다.

월리스가 목록을 살폈다. "잘 들어보세요." 그가 말했다. "상당히 흥미롭네요. 쟁점 제1번. 탭 씨 일행은 선생님이 도착하고 30분 후에 도착했답니다……" 그가 손가락을 들어 내 반론을 막았다. "케일 교수가 한 말이에요. 2번. 이것도 케일 교수의 진술인데, 화장실에 간 사람은 탭 씨였다는군요. 딸이 아니라. 3번. 케일 교수는 선생님 테이블 근처에 혼자 앉아 있었던 사람이 없었다고 했습니다. 근데 클래리사 멜런 씨는 근처에 혼자 앉아 있던 사람은 있었는데, 전에 본 적이 없는 사람이었다고 했고요. 확실하다고 장

담했습니다. 4번, 이건 멜런 씨의 진술인데, 두 남자가 탭 씨의 테이블로 다가올 때 벌써 총을 꺼내들고 있었다고 했네요. 5번은 선생님만 빼고 모든 목격자가 한 말인데요. 두 남자 중 한 명이 외국어를 썼답니다. 세 명은 아랍어였다고 하고, 한 명은 프랑스어라고 하고, 나머지는 모르겠다고 했어요. 그 세 명 가운데 아랍어를 할 줄 아는 사람은 아무도 없고요. 프랑스어라고 한 사람은 프랑스어나 다른 어떤 외국어도 할 줄 모른다고 했고요. 6번은……"

월리스는 6번에서 마음을 바꾸어 종이를 접어 재킷 가슴주머니에 넣었다. 테이블에 팔꿈치를 괴고 나에게로 몸을 기울이며 연민이 담긴 은밀한 투로 말했다. "정보 하나 공짜로 알려드릴까요? 18개월 전에도 탭 씨를 살해하려는 시도가 있었답니다. 아디스아바바의 어느 호텔 로비에서요."

둘 다 잠시 말이 없었고, 나는 실수로 총에 맞은 사람이 진짜 표적이 되어 총을 맞은 적이 있었다는 게 참으로 부당하다고 생각했다. 이럴 때 내가 내세울 수 있는 논리는 의미 없는 우연의 일치밖에 없었다.

월리스가 부드럽게 목청을 가다듬었다. "그런 얘긴 처음부터 끝까지 다 할 필요는 없을 것 같고요. 아이스크림 이야기를 해볼까요? 웨이터 말로는 총격 당시에 자신이 선생님 테이블로 아이스크림을 가져가던 중이었다고 하던데요."

"내 기억과는 다르군요. 우리는 아이스크림을 먹기 시작했고, 총격 후에 아이스크림에 피가 다 튀었거든요."

"웨이터는 피가 자기한테까지 튀었다고 하더라고요. 그래서 아이스크림을 테이블에 내려놓으면서 보니 피가 잔뜩 튀어 있었다고 했고요."

내가 말했다. "하지만 난 두 숟가락 먹은 기억이 있어요."

나는 익숙한 실망감을 느꼈다. 이젠 인간이 어떤 문제에 대해 타인의 동의를 얻는 것이 불가능했다. 우리는 절반만 공유되는 믿을 수 없는 인식의 안개 속에서 살았고, 우리의 감각 정보는 욕망과 믿음의 프리즘에 의해 왜곡되었으며, 그 프리즘은 우리의 기억까지도 왜곡했다. 우리는 우리에게 이로운 것을 보고 이롭게 기억했고, 그러면서 우리 자신을 설득했다. 냉혹한 객관성은, 특히 우리 자신에 관한 냉혹한 객관성은 늘 불운한 사회적 전략이었다. 우리는 분개해 반쪽짜리 진실을 열정적으로 이야기하는 사람들의 후계자이고, 이 이야기꾼들은 남을 확신시키기 위해 동시에 자기 자신을 설득했다. 수세대에 걸쳐 성공이 우리를 걸러내왔고 성공과 함께 우리의 결점도 나타났는데, 결점은 우마차가 다니는 시골길에 난 바큇자국처럼 우리의 유전자에 깊이 새겨져 있었다. 그 결점이 우리에게 맞지 않을 때, 우리는 우리 앞에 놓인 것에 동의하지 못한다. 믿는 대로 보인다. 그것이 바로 이혼과 국경분쟁과 전쟁이 벌어지는 이유이고, 성모상이 피눈물을 흘리는 이유이며, 가네샤 신이 우유를 마시는 이유이다. 그리고 그것이 바로 형이상학과 과학이 그토록 용감한 사업이고, 바퀴나 농업보다도 위대한 놀라운 발명품이며, 인간 본성에 맞서는 인간의 인공적인 작품인 이유이다. 객관적인 진실. 그러나 그것은 우리 자신으로부터 우리를 구할 수 없었다. 바큇자국이 너무 깊었다. 객관성에서 사적인 구원은 있을 수 없었다.

그런데 레스토랑에서의 점심식사에 관한 나의 이야기는 나의 어떤 이해관계에 도움이 되었을까?

월리스는 참을성 있게 질문을 반복하고 있었다. "아이스크림이 무슨 맛이었죠?"

"사과 맛이요. 그 웨이터가 다르게 말했다면, 그럼 우리가 얘기하는 웨이터와 다른 사람이겠죠."

"선생님의 교수 친구는 바닐라 맛이었다고 하던데요."

내가 말했다. "하나만 물읍시다. 왜 패리를 만나보지 않는 거죠?"

월리스의 턱살에 잔물결이 일었고 콧구멍이 약간 벌름거렸다. 그는 하품을 참고 있었다. "그 사람도 명단에 있어요. 만날 거고요. 현재 우선순위는 무장한 남자들을 찾는 겁니다. 근데 괜찮으시다면, 아이스크림 이야기를 좀더 할까요? 사과 맛입니까, 바닐라 맛입니까?"

"그게 총잡이들을 찾는 데 도움이 되나요?"

"우리 목격자들이 최선을 다하고 있다는 사실을 아는 데 도움이 되죠. 세세한 정보까지 알아야 해서요, 로즈 씨."

"사과 맛이요."

"두 남자 중 어느 쪽이 키가 더 컸죠?"

"총을 가진 자요."

"그가 더 말랐습니까?"

"둘 다 보통 체격이었어요."

"그들의 손에 대해서는 뭐 기억나는 거 있습니까?"

기억나는 것은 없었지만, 얼굴을 찌푸리고 고개를 돌리고 눈을 감아보기도 하면서 기억을 더듬는 시늉을 했다. 자기공명영상장치 아래서 어떤 장면을 회상하라는 요청을 받은 조사 대상자들은 시각 영역에서 활발한 움직임을 보이지만, 기억이 제공하는 이미지는 너무나 유감스러운 수준이라고, 희미한 그림자나 속삭임의 메아리의 시각 버전 같은 거라고 신경과학자들은 말한다. 아무리 기억을 되살려보아도 새 정보를 얻을 수 없다는 것이다. 정밀 조사도 실패한다. 나는 긴 검은색 외투의 소매를 보았다. 다게레오타이프 사진*같이 흐릿한 이미지 속에서 소매 끝엔…… 아무것도 없었다. 아니, 뭐라도 있었다. 손, 장갑, 동물의 발, 발굽. 내가 말했다. "손에 대해서는 기억나는 게 없네요."

"계속 기억을 더듬어보세요. 예를 들어 반지를 꼈던가요?"

나는 내 손과 거의 비슷한 손을 떠올렸고, 클래리사가 내게 준 반지를 그 손에 끼웠다. 금과 은으로 된 밴드가 결합된 그 반지는 고상하고 소박한 디자인에 의도적으로 작게 만들었다. 클래리사는 내 손가락 마디에 버터를 바르고 반지를 끼웠다. 그 반지를 쉽게 뺄 수 없다는 사실이 한때 우리 둘에게 즐거움을 안겨주었다. 내가 말했다. "기억이 안 나요." 그러고 나서 덧붙였다. "이제 가야겠군요." 그러고는 일어섰다.

월리스도 따라 일어섰다. "좀더 계시면서 우리를 도와주시면

---

* 사진술 초창기에 은판 사진법으로 찍은 사진.

좋겠는데요."

"경사님이 나를 좀 도와주시면 좋겠는데요."

월리스가 책상을 돌아서 다가왔다. "패리는 이 일의 배후가 아닙니다, 제 말을 믿으세요. 그렇다고 선생님에게 도움이 필요 없다는 말은 아니고요." 그러면서 재킷 주머니를 뒤지더니 은색 블리스터 팩*을 꺼내 내 얼굴 앞에서 흔들었다. "이게 뭔지 아세요? 제가 아침 먹기 전에 복용하는 약입니다. 두 알씩 먹죠. 40밀리그램. 평균 복용량의 두 배예요, 로즈 씨."

나는 서둘러 복도를 걸어가면서 다시 한번 움츠러드는 느낌을, 외로움을 느꼈다. 어쩌면 결국 자기 연민이었는지도 모르겠다. 어느 미치광이가 나를 죽이려고 하는데 법이 내게 줄 수 있는 것은 프로작**을 복용하라는 권유뿐이라니.

*

우리 아파트 앞 도로 어귀에서 택시에서 내렸을 땐 이미 날이 어두워져 있었다. 나는 줄지어 서 있는 플라타너스를 엄폐물 삼아 우리 아파트 쪽으로 걸어가기 시작했다. 패리는 늘 있던 자리에 없었고, 클래리사가 거리로 나설 때 종종 도망가 숨는 곳에도 없었다. 내 뒤에도, 골목에도, 쥐똥나무 산울타리 뒤에도, 건물 옆쪽

---

* 알약 같은 것을 기포같이 생긴 투명 플라스틱 칸 안에 개별 포장한 것.

** 항우울제.

에도 없었다. 나는 아파트 안으로 들어선 후 로비에 서서 귀를 기울였다. 1층의 어느 집에서 교향곡의 클라이맥스 부분이 작게 들렸는데, 진부하고 과장된 것이 아마도 브루크너의 곡인 듯했다. 머리 위 천장 어딘가에서는 배관에서 물 흐르는 소리가 들렸다. 나는 천천히 계단을 오르기 시작했고 층계참을 돌 때마다 항상 바깥쪽으로 걸었다. 그가 건물 안으로 들어오는 방법을 알아냈을 거라고는 생각하지 않았지만, 늘 하던 대로 조심하는 게 마음이 놓였다. 나는 우리집으로 들어가서 데드록 열쇠로 현관문을 한 번 더 잠갔다. 집 안이 고요한 것을 보니 클래리사는 손님 방에서 자고 있는 게 분명했고, 과연 부엌 식탁에 쪽지가 놓여 있었다. "너무 피곤해서 먼저 잘게. 아침에 얘기해, 사랑해, 클래리사." 나는 'Love'라는 글자에 쓰인 대문자 L에서 의미나 희망을 끌어내려고 애썼다. 채광창의 잠금장치를 확인한 뒤 방마다 돌아다니면서 램프를 켜고 창문이 잠겼는지 확인했다. 그런 다음 큰 잔에 그라파*를 가득 따라 들고 서재로 들어갔다.

나는 항상 두 권의 주소록을 갖고 있었다. 소형 양장본 수첩은 내가 매일 갖고 다니는 것으로 여행 갈 때도 갖고 간다. 지난 20년 동안 호텔방에 놓고 온 적도 두세 번 있었고, 한번은 함부르크의 공중전화 부스에 두고 와서 새로 만들어야 했다. 다른 주소록은 흠집이 여기저기 있는 풀스캡판 크기의 장부책이었는데, 20대 때부터 갖고 있었던 것이고 서재 밖으로 나간 적이 한 번도 없다. 이

---

* 포도주를 만들고 남은 포도 찌꺼기로 만드는 이탈리아 브랜디.

주소록은 수첩을 잃어버릴 경우에 대비한 것이지만, 오랜 세월이 흐르면서 개인과 사회의 역사로 발전했다. 거기에는 점점 더 복잡해지는 전화번호와 주소의 변천사가 모두 담겨 있다. 초반에 기입한 알파벳 세 자리로 이루어진 런던 우편번호는 에드워드 시대의 고색창연함을 느끼게 한다. 제외된 주소들은 많은 친구가 여기저기 이사를 다녔거나 사회적 지위가 상승했음을 보여준다. 기록할 필요가 없는 이름들도 있었다. 사망했거나, 내 삶에서 걸어나갔거나, 나와 사이가 틀어졌거나, 어떤 식으로든 정체성을 잃어버린 사람들이다. 지금도 내게 아무런 의미가 없는 이름이 수십 개 들어 있다.

나는 셰즈 롱그 옆에 있는 램프를 켠 뒤 그라파를 들고 거기 앉아 장부책의 첫 장을 폈다. 썼다 지운 이름 가운데 혹시 범죄와 관련이 있는 이름들을 찾을 수도 있지 않을까 기대하면서 주소들이 빼곡히 적힌 페이지를 한 장 한 장 넘겼다. 아는 사람 가운데 나쁜 사람, 나쁜 일을 조직적으로 하는 사람은 전혀 없는 것을 보면, 결국 내가 편협한 삶을 산 셈이다. H 밑에서 중고차를 팔던 약간 의심스러운 지인의 이름을 발견했다. 그는 암으로 사망했다. K 밑에는 우울증을 앓고 있고 한동안 카지노에서 일했던 옛 동창의 이름이 보였다. 그는 주변 사람들의 시야에서 사라져 순탄치 않은 결혼생활을 했는데, 그에게 전기충격 치료를 받게 한 사람은 바로 정신과 의사인 그의 아내였다. 그후 그들은 벨기에에 정착했다.

나는 장부책을 넘기면서 친구들과 반쪽짜리 친구들과 4분의 1쪽짜리 친구들과 한번 보고 스쳐간 낯선 이들을 떠올렸다. 대부분이 건전하고 좋은 사람들이었다. 물론 거짓말쟁이 한두 명과 게으름뱅이와 허풍쟁이와 망상가는 있었지만, 불법적인 사업을 하는 사람이나 직무상 불법적인 일을 하는 사람은 한 명도 없었다. N 밑에는 1968년 가을에 알았던 영국인 여자가 있었는데, 그녀와 나는 카불과 마자리샤리프에서 한 개의 슬리핑백을 함께 썼다. 몇 년 후 영국으로 돌아온 그녀는 상점에서 전문적으로 좀도둑질하는 데 재미를 붙였다. 그러나 지금은 첼튼엄에 있는 어느 학교의 교장선생님이었다. 끈기라고는 눈곱만큼도 없었다. 그리고 또 N 밑에는 20년 전 동물살해죄로 유죄평결을 받은 존 놀런이 있었다. 파티에서 술을 잔뜩 퍼마신 그는 2층 발코니에서 고양이를 던졌고, 고양이는 난간 쇠꼬챙이에 꿰여 죽었다. 왕립동물학대방지협회가 당연히 그를 고발했고 그는 50파운드의 벌금을 선고받았다. 그런데도 내국세청에서 쫓겨나지 않고 아직도 일하고 있었다.

내가 사반세기 넘게 확장하고 개정해온 인적 교류와 스쳐가는 소유를 담은 이 토지대장은 현대의 악惡에 관한 특별한 이야기를 들려주었다. 이 이야기의 출연진은 너무나 세밀하게 걸러지고, 결함이 있는 성격의 편향적 관점과 속임수와 관련이 있는 정도여서 사법제도에 호소하지 못했다. 내 사회의 알파벳은 제한된 정도의 실패와 상당한 성공을 묘사했고, 그 모든 것이 교육과 돈이라는 좁은 테두리 안에서 일어났다. 대체로 큰 부를 쌓지는 못했지만, 합리적인 풍족함은 누렸다. 다른 사람의 현금을 빼앗을 필요가 없었다. 중산층의 범죄는 주로 머리에서, 혹은 침대 안이나 침대 주위에서 일어난다. 구타, 폭행, 납치, 강간, 살인은 상상 속에서나 벌어진다. 우리를 가로막는 것은 도덕보다는 약한 것, 이를테면 취향, **폴리테스**politesse(예절)이다. 언젠가 클라리사가 들려준 "Le Mauvais goût mène aux crimes*"이라는 스탕달의 말처럼.

실망감이 커지는 가운데 나는 토지대장을 계속 넘겼고, 어떤 이름들이 일으키는 호기심이나 희미한 죄책감은 무시했다. 그러다 보니 마침내 관목이 듬성듬성 있는 사막 같은 최종 목적지 U, V, X, Y, Z에 이르렀다. 이 건조한 사막이 W라는 마지막 기회의 오아시스를 에워싸고 있었다. 이 오아시스에 들어 있는 목가적인 우즈와 위트필즈, 워터스, 워런스 사이에 평소의 내 서체와는 달리 거미줄 같은 연필 글씨로 흐릿하게 적어놓은 이름이 있었다. 조니 B. 웰. 내 기억으론 범죄자는 아니고 뉴런처럼 광범위하게 여기저기 관련이 있는, 발이 넓은 인물이었다.

그의 본명은 존 웰이었는데, 중간의 B는 종을 치듯 기타를 쳤던 척 베리의 어린이 영웅**의 이름에서 본인이 빌려 썼거나 다른 사람이 붙여주었을 것이다. 내가 기억하기로, 우리의 조니에겐 세상 사는 게 결코 쉽지 않았고, 그가 제일 잘할 수 있었던 일은 대중교통으로 런던 북부와 남부의 교외 지역을 돌아다니면서 너무나 까탈스러워 직접 나오지 않는 사람들의 아파트로 마리화나와 대마를 배달해주는 일이었다. 어떻게 정의하든 그는 마약상이었

---

* '나쁜 취향이 범죄를 야기한다'는 의미의 프랑스어.
** 기타리스트 척 베리의 노래 〈조니 비 굿〉에 나오는 기타 치는 소년.

지만, 그 용어는 그에게 너무 거슬리고 모욕적이었다. 왜냐하면 조니 B. 웰은 상점 주인이나 사명감 있는 고급 와인 조달업자, 분주한 델리카테슨 주인 역할에 더 어울리는 사람이기 때문이었다. 그는 물건 가격을 책정할 때 신중했고, 최고 품질의 물건만을 취급했으며, 듣는 사람이 지루해질 정도로 자기 물건에 대해 잘 알고 있었다. 또한 그는 대단히 정직했다. 거스름돈으로 5파운드 지폐를 셀 때 아주 정확했고, 거래가 무산되어 선금을 돌려줄 때도 보란듯이 꼼꼼하게 세서 돌려주었다. 그는 남에게 해를 끼치지 않았고 신중했으며, 어디서든 누구와도 잘 어울렸다. 모든 거래는 약부터 한 대 피우고 나서 이루어졌기 때문에 계속 약에 취한 상태로 돌아다녔다. 안과 의사와 차 한잔하고 나와, 변호사 친구네 집에 가서 목욕을 하고, 록스타의 집에서 저녁을 먹은 후, 간호사들의 숙소에서 하룻밤 잠을 청하기도 했다.

조니에게도 자기 집이 있었는데, 청소 도구 창고 같긴 해도 배수관 시설과 전기 등이 갖춰진 집으로, 스트릿섬에 있었다. 어느 날 저녁 조니가 현관문을 열었더니 지미 카터 마스크를 쓴 남자 네 명이 활짝 웃고 있었는데—지미 카터 마스크라니, 얼마나 오래전 일인가—다들 쇠지렛대를 들고 있었다. 그들은 아무 말도 하지 않았고 조니를 건드리지도 않았다. 그냥 조니의 어깨를 밀치고 안으로 들어가 그의 아파트를 박살 냈다. 그러는 데 5초밖에 안 걸렸고, 그들은 바로 떠났다. 범죄 조직이 히피들을 멸종시키려고 애쓰던 시절이었다.

그것은 시장 합리화의 초창기 사례였다. 그전엔 수입과 유통이 위험 투자가들, 불룩 튀어나온 향기로운 배낭에 모든 것을 걸고 진리를 찾아 헤매는 외로운 방랑자들의 영역이었다. 정장들과 쇠 지렛대가 절차를 간소화하고 민주화했고, 상품은 파키스탄산 3급 대마로 좁혀졌으며, 사업장은 펍과 축구장 테라스와 감옥으로까지 확장되었다.

처음에는 조니 B. 웰이 다른 직업을 찾아야 할 것처럼 보였지만, 서너 달 후엔 그의 집을 뒤집어엎었던 바로 그 정장들이 그를 보호해주겠다고 나섰다. 그에게 약간의 기본급과 판매 실적에 따른 수수료를 주겠다고 했다. 이때 그는 인맥을 확장하지 않을 수 없게 되었고, 지금 그가 나를 도울 수도 있겠다고 생각한 것 역시 바로 그 때문이었다. 털스 힐의 술집 '더 도그'의 밀실에 죽치고 있던 야심 찬 조직폭력배들이 그의 고용주가 되었다. 그들은 친구가 많았고, 조니를 곳곳에 심부름 보냈다. 그들은 조니를 정직한 상인이라고 생각했고, 그는 멸시당하거나 다치는 일 없이 무탈하게 그들 사이를 오갔다. 동시에 그는 자신의 까다로운 옛 고객들을 위해 최상의 상품을 계속 공급했다. 잎을 꿰맨 원뿔형의 나이지리아산, 꼰 막대 모양의 나탈산과 태국산, 오렌지 카운티에서 온 인공 마약, 얇은 금박 종이 같은 레바논산. 새로운 체제하에서 조니는 점심때는 현대화주의자들과 라거를 마시는 실험을 하고, 오후에는 그들을 쫓아낸 정장들과 티타임을 갖는 삶을 살았다.

조니 B. 웰은 외롭고 힘든, 종을 치는 것보다 훨씬 더 힘든 삶을 살았다. 그리고 결코 부자가 되지 못했다. 그는 너무 진지했고, 너무 정직했으며, 너무 약에 취해 있었다. 그는 절대로 택시를 타지 않았다. 닳아빠진 신발을 신고 35분을 서성이며 버스를 기다리는 마약상이 이 세상에 그 말고 또 있을까? 그는 자선가로서의 자신에 대해 단순하고 자부심 넘치는 믿음을 갖고 있었고, 수지나 과일 향이 나는 꽃이 달린 잎에 불을 붙여 그 향기를 들이마시면 인류가 점점 기분이 좋아질 거라고 믿었다. 온화한 성질이 우세해지고, 영혼이 빛에 문을 열어주어, 공적인 전투와 사적인 전투가 중단될 거라고 확신했다. 한편 1980년대가 시작되면서 정장과 쇠지렛대, 변호사, 자문가, 록스타 들은 돈에 혈안이 됐다.

서재 안, 나를 비추는 빛의 동그라미는 더 밝아졌고 크기는 더 줄어든 듯했다. 언제 다 마셨는지 기억도 없는데 그라파잔이 비어 있었다. 나는 거미줄 같은 글씨로 쓴 조니의 이름과 그 옆에 있는 일곱 자리 숫자를 물끄러미 바라보았다. 이 친구보다 나를 더 잘 도와줄 수 있는 사람이 있을까? 왜 이전에는 그를 생각해내지 못했을까? 왜 그가 즉시 떠오르지 않았을까? 그것은 내가 11년 동안 그를 본 적이 없었기 때문이었다.

나 이전의 많은 사람처럼, 나는 스트레스를 많이 받고 성공을 거둔 중산층 사람들이 자유로이 선택할 수 있는 향정신성 물질이 술이라는 사실을 점차로 인정하게 되었다. 합법적이고, 사회적이고, 다들 중독되어 있어 약하게 중독된 사실을 쉽게 숨길 수 있고, 무한하고 독창적인 방식으로 자신을 드러내며, 너무나 다채롭고, 너무나 맛이 있는, 내 손에 들고 있는 술은 그 자체로 승리자이다. 술이라는 액체는 매일의 일상과 우유, 차, 커피, 물과 하나가 되고, 그리하여 인생 그 자체와 하나가 된다. 알약을 먹는 것과 음식을 먹는 것이 엄연히 다르듯이, 타들어가는 풀 냄새를 흡입하는 것과 숨 쉬는 것은 분명히 다르지만, 술을 마시는 것은 자연스러운 일이다. 자연에는 곤충의 침을 제외하고는 바늘로 찌르는 것처럼 짜릿한 느낌을 주는 것이 전혀 없다. 싱글몰트와 생수, 차가운 샤블리* 한 잔이 우리의 세계관을 약간이나마 개선할 수는 있겠지만, 깨지기 쉬운 유리 같은 자아는 바꾸지 못할 것이다. 물론 주취와 관련해 고려해야 할 것들은 많다. 주정, 상스러움, 구토, 폭력, 비겁한 중독, 신체적·정신적 유기, 퇴화, 고통스러운 죽음. 그러나 이런 것들은 단순한 남용의 결과이고, 남용은 인간의 약점과 성격적 결함에서 병 속의 클라레**처럼 흘러나온다. 술을 비난할 수는 없다. 초콜릿 비스킷조차 피해자를 만들 수 있고, 나보다 나이가 많은 친구들 중에는 30년간 꾸준히 순수 헤로인을 흡입했는데도 충만하고 의미 있는 삶을 살아온 이도 있다.

나는 어두컴컴한 복도에 서서 귀를 기울였다. 나무가 수축하면서 삐걱거리는 소리와 금속이 땡그랑거리는 소리가 났고, 배관에서는 물 흐르는 소리가 났다. 부엌에선 냉장고 돌아가는 소리가 났고, 저 밖에서는 밤을 맞은 도시가 쿵쾅거리며 돌아가는 소리가 위로처럼 들려왔다. 서재로 돌아온 나는 전화기를 무릎에 얹고 앉아, 전환점이 될 이 순간에 대해 생각했다. 나는 두려움과 정교한 백일몽이라는 채색된 봉투에서 걸어나와 냉철한 결과의 세계로

---

* 프랑스산 백포도주.
** 프랑스 보르도산 적포도주.

들어가려 하고 있었다. 하나의 행동, 하나의 사건이 또다른 행동과 사건을 수반할 것이고, 그런 일은 기차가 내 통제를 벗어날 때까지 계속될 터였다. 조금이라도 의심이 든다면, 지금 그만둬야 했다.

전화벨이 네 번 울리자 조니가 전화를 받았고, 내가 이름을 말하자 그는 1초도 안 걸려 나를 기억해냈다.

"조! 조 로즈. 여어! 어떻게 지내?"

"저기, 도움이 필요해."

"아, 그래? 진짜 흥미로운 게 있는데……"

"아냐, 조니. 그런 게 아니야. 자네의 도움이 필요해. 총이 필요해."

스물하나

다음날 아침 나는 조니를 태우고 노스 다운스에 있는 집으로 갔다. 내 바지 뒷주머니에는 지폐로 750파운드가 들어 있었는데, 주로 20파운드짜리였다. 50파운드 지폐는 잘 쓰이지 않았다.

투팅의 숨 막히고 지루한 도로를 기어가는 동안, 조니는 계속 좌석 난방 버튼을 갖고 헤맸고, 실내등과 계기판 스위치를 누르면서 혼잣말처럼 중얼거렸다. "그러니까 자넨 잘 지낸 거군…… 그래, 자넨 잘될 줄 알았어."

그는 의자를 뒤로 젖히고 거의 누운 자세에서 나에게 총기 구매 시의 태도를 가르쳤다. "은행 가는 것과 비슷해. 은행에선 돈이라고 말 안 하잖아. 장례식장에선 죽음이라는 말 안 쓰고. 마찬가지야. 총 사러 가서 총이라는 단어는 안 써. TV를 보는 멍청한 놈들이나 총잡이가 어떠니 하면서 말을 하지. 가능하면 총 모델도 말하지 마. 꼭 말해야 하면, 물건이나 수단, 필요한 거라고 말하고."

"총알도 주겠지?"

"그럼 그럼. 근데 총알 말고, '발'이라고 해. 한 발, 두 발."

"누가 사용법 알려줘야 하는데."

"헉, 안 돼, 그건. 그게 뭐야, 모양 빠지게. 숲에 가서 직접 쏴봐. 건네주면 받아서 주머니에 넣고 나오는 거야." 조니가 일어나 앉았다. "진짜로 총 들고 돌아다니려고?"

나는 아무 말도 하지 않았다. 조니에게 수고료를 두둑이 지불할 생각이었다. 배경 설명을 하지 않는 것이 우리 둘을 모두 보호하는 일이었다. 도로에 꼬리를 물고 늘어선 차들은 여전히 가다서다를 반복했다. 라디오에선 재즈 방송이 어느새 무조의 음악 프로그램으로 바뀌어 있었고, 합성과 쿵쾅거리는 소리가 시끄럽게 흘러나와 신경을 건드렸다. 나는 라디오를 끄고 말했다. "이 사람들에 대해서 더 얘기해봐." 나는 그들이 코카인 밀매로 부자가 된 전 히피족이라는 것을 이미 알고 있었다. 그들은 80년대 중반부터는 합법적인 사업 영역으로 진출해 부동산 거래를 했다. 그러나 현재는 상황이 별로 좋지 않았고, 그래서 나에게 뻥튀기한 가격으로 총을 팔려고 하는 거였다.

"가서 보면 알겠지만, 이 사람들 지성인이야." 조니가 말했다.

"무슨 뜻이야?"

"집에 책이 얼마나 많은데. 인생의 큰 의문들에 대해 토론하길 좋아하고. 자기들이 버트런드 러셀이라도 되는 줄 아나봐. 자네가 싫어할 타입이야."

이미 나는 싫어하고 있었다.

고속도로로 진입할 무렵, 조니는 다시 드러누운 자세로 돌아가 잠들어 있었다. 평소 땐 정오가 지나야 일어난다고 했다. 도로가 조용하고 직선으로 뻗어 있어서 그를 살펴볼 여유가 있었다. 그는 여전히 미국의 개척자 스타일로 콧수염을 길렀는데, 이젠 끄트머리가 하얗게 센 수염이 윗입술 위에서 멋진 곡선을 그리며 내려와 입속으로 들어가려고 했다. 저 수염은 여자들이 키스할 때 반하는 무뚝뚝한 남성의 상징일까, 아니면 식어버린 빈달루* 같은 것일까? 그는 35년간 싱긋 웃고 담배를 피울 때 눈을 가늘게 뜨다보니 눈가에서 귀까지 잔주름이 생겼다. 콧구멍에서 입가까지는 팔자 주름이 깊게 패어 있었다. 나는 조금 전 스트릿섬에 가서 조니를 태우고 왔기 때문에 계속 바뀌는 의뢰인들과 새 여자친구를 빼면 조니의 삶에 큰 변화가 없었다는 사실을 알고 있었다. 그러나 주변인의 삶은 더이상 색다르지 않았고, 가치 있는 물건을 갖고 있지 못한 것 역시 더는 무소유를 상징하지 않았다. 이런 보편적인 메시지는 고된 삶의 경험에서 나와 피부에 새겨지고 거울 속에 들어 있었다. 조니는 계속 낡은 신발을 신고 있었고, 학생처럼 혹은 자선단체 봉사자처럼 살면서, 암스테르담에서 새로 들여온 스컹크**가 너무 강하고 심장에 나쁘다고 걱정했다.

---

* 보통 고기나 생선을 넣어 아주 매콤하게 만든 인도 요리.
** 독한 마리화나의 일종.

차가 고속도로를 빠져나오면서 타이어 노면 마찰음의 조성이 바뀌자 조니가 잠에서 깼다. 그는 조수석에 누운 채 가슴께의 주머니에서 가느다란 마리화나 담배를 꺼내 불을 붙였다. 연기를 두 번 깊숙이 들이마시더니 좌석 버튼을 눌러 의자를 일으켰고, 후 소리를 내며 내 앞으로 연기를 내뿜었다. 그러나 담배를 건네진 않았다. 그것은 그만의 하루를 시작하는 의식, 차와 토스트와 함께하는 아침식사의 일부였다.

그는 마리화나 담배 연기를 다시 들이마시더니 옛날식으로 목청껏 외쳤다. 대단한 성인聖人이었다. "좌회전. 표지판 잘 보고 어빙거 방향으로." 곧 우리는 뒤틀린 나뭇가지와 나무줄기들을 지나, 높은 둑에 난 일차선도로 위의 음울한 초록 터널을 통과하고 있었다. 나는 전조등을 켰다. 맞은편에서 오는 차가 지나갈 수 있게 길 옆에 붙어 자리를 비켜주었다. 운전자들끼리 엄숙한 얼굴로 미소를 지으며 가볍게 목례를 나누어, 좁은 공간이 주는 모욕에 영향을 받지 않는 척했다. 우리는 교외 지역에서도 아주 깊은 시골에 들어와 있었다. 200~300미터마다 벽돌과 철로 만든 20년대식 대문이나, 코치 랜턴이 달려 있고 가로대가 다섯 개 있는 나무 출입문이 나타났다. 숲속에서 갑자기 공터와 도로 합류 지점과 절반은 목재로 지은 펍이 나타났고, 밖에 주차된 100대의 차들은 열기에 익어가고 있었다. 빈 과자 봉지가 햇빛 속으로 꿈같이 날아올라 우리 차 앞유리를 건드렸다. 셰퍼드 두 마리가 땅을 노려보고 있었다. 다시 터널이 나타났고, 차 안에는 연기가 자욱했다.

"도시를 벗어나니까 좋다." 조니가 말했다. 나는 창문을 내렸다. 간접흡연으로 나도 약에 취했을지 모른다는 생각이 들었다. 지폐 다발 때문에 엉덩이가 배겼고, 모든 것이 마치 눈에 보이지 않는 이탤릭체로 쓰인 듯 지나치게 강조되어 보였다. 두려움이었던 것 같다.

10분 후 우리는 방향을 틀어 부서지는 아스팔트 사이로 잡초가 삐져나오고 바큇자국이 깊이 팬 진입로로 들어갔다.

"인생이란 게 참으로 놀라운 게, 어떻게든 끝을 보잖아?" 조니가 말했다. 형이상학적 질문이었고, 곧 만나게 될 사람들과 어울리기 위한 예행연습인 것 같았다. 시간만 있었다면 실전을 위해 대답을 시도해보았겠지만, 바로 그때 튜더 양식을 모방한 흉한 모습의 주택이 눈에 들어와서 말이 목구멍에서 사라졌다.

구부러진 진입로를 돌아가자 차 두 대가 들어가는 차고가 나왔다. 시멘트 블록으로 지어진 차고에는 보라색 페인트가 얼룩덜룩 칠해져 있었다. 녹슨 셔터식 차고 문엔 맹꽁이자물쇠가 채워져 있었다. 그 앞쪽에 길게 자란 풀과 쐐기풀 사이로 모토바이크 대여섯 대의 뼈대와 부품이 널려 있었다. 별다른 제약 없이 범죄가 자행될 수 있는 곳으로 보였다. 차고 벽에 있는 쇠고리에 긴 사슬이 걸려 있었지만 그 끝에 개가 매여 있지는 않았다. 우리는 이곳에 차를 세우고 내렸다. 쐐기풀이 조지 왕조풍의 현관문 높이까지 자라 있었다. 집 안에서 베이스기타가 세 개의 음을 어설프게 반복하는 소리가 들렸다.

"그래서, 지성인들은 어디 있지?"

조니가 움찔하더니 한 손을 들어 아래로 누르며 자제하라는 시늉을 했는데, 마치 내 말을 병에 꾹꾹 눌러 담으려는 것처럼 보였다. 현관문으로 다가가면서 그가 거의 속삭이는 소리로 말했다. "자네가 고마워할 충고 하나 해줄게. 이 사람들 놀리지 마. 이 사람들은 유머와 위트 같은 거 잘 모르고, 마음이 그렇게 안정된 상태가 아니거든."

"미리 말해줬어야지. 그냥 가자." 내가 조니의 소매를 잡아끌었지만, 조니는 자유로운 손으로 초인종을 누르고 있었다.

"괜찮아." 그가 말했다. "말조심만 하면 돼."

내가 한 걸음 물러나 반쯤 돌아서서 여차하면 도망갈 태세를 취하는데 문이 활짝 열렸고, 습관적인 예의범절이 내 발목을 잡았다. 집 안에서 음식 탄내와 지독한 암모니아 냄새가 쏟아져나왔다. 그리고 곧바로 남자의 실루엣이 문간에 나타났다.

"조니 B. 웰!" 남자가 말했다. 머리를 빡빡 밀었고 헤나 염색을 한 조그만 콧수염은 왁스를 발라 정돈한 모습이었다. "여긴 어쩐 일이야?"

"어젯밤에 전화했잖아, 기억 안 나?"

"아, 맞다, 근데 토요일이라며?"

"오늘이 토요일이야, 스티브."

"뭔 소리야. 오늘은 금요일이야, 조니."

두 남자가 나를 쳐다보았다. 내가 레스토랑 총격 사건에 관한 기사를 읽었던 신문은 내 차 뒷좌석에 있었다. "사실은 일요일인데요."

조니가 고개를 가로저었다. 배신당한 표정이었다. 스티브는 혐오스럽다는 표정으로 나를 노려보고 있었다. 잃어버린 이틀이 문제가 아니라 내가 한 '사실은'이란 말이 문제인 것 같았다. 조니가말한 대로 여긴 분위기가 좀 안 좋았지만, 나는 스티브를 똑바로쳐다보았다. 그는 쐐기풀에 가래를 퉤 뱉고 나서 말했다. "권총하고 총알을 사고 싶다는 분이구먼."

조니는 하늘에서 흥미로운 것을 찾아낸 모양이었다. 그가 말했다. "그래서, 들어가, 말아?"

스티브가 망설였다. "오늘이 일요일이라면 점심 먹으러 손님들이 올 건데."

"그래, 우리."

"그건 어제였고, 조니."

우리는 애써 소리 내어 웃었다. 스티브가 옆으로 비켜서서 악취가 나는 집 안으로 우리를 들였다.

현관문이 닫히자 집 안이 어두컴컴했다. 스티브가 변명조로 말했다. "마침 토스트를 굽던 중이었어. 그리고 개가 부엌 여기저기 똥을 쌌났고." 우리는 그의 윤곽을 따라 집 안으로 걸어들어갔다. 개 이야기를 들으니까 왠지 750파운드라는 총의 가격이 비싸게 느껴졌다.

우리는 커다란 부엌으로 들어갔다. 빵에서 나는 푸르스름한 연기가 어깨 높이에 구름처럼 떠 있는 것이 쌍여닫이창으로 들어온 빛에 드러나 보였다. 작업복 바지를 입고 고무장화를 신은 남자가 함석 양동이에 담긴 표백제 원액으로 부엌 바닥을 걸레질하고 있었다. 그는 큰 소리로 조니의 이름을 불렀고 나를 향해 고개를 끄덕여 보였다. 개는 어디 있는지 보이지 않았다. 스토브 앞에서는 한 여자가 냄비를 젓고 있었다. 곱게 빗질한 생머리가 허리까지 내려왔다. 그녀가 물에 둥둥 떠내려오는 듯한 걸음걸이로 천천히 우리를 향해 다가왔고, 나는 그녀의 스타일을 알아차렸다. 영국에서는 히피 스타일이 주로 남자들의 생활 방식이었었다. 히피들 가운데 여성은 한구석에 책상다리를 하고 조용히 앉아 있다 약에 취해 차를 마시는 게 다였다. 제1차세계대전이 발발하자 대저택에서 하인들이 자취를 감추었듯이, 이 여성들도 여성해방운동의 첫 나팔 소리가 울리자마자 하룻밤 사이에 모두 사라졌다. 갑자기 모두 행방이 묘연해졌다. 그러나 데이지는 머물러 있었다. 그녀가 다가와서 나에게 자기소개를 했다. 물론 그녀도 조니를 알고 있었고, 그의 팔을 만지면서 그의 이름을 불렀다.

데이지는 쉰 살쯤 되어 보였다. 긴 생머리는 젊음의 말뚝에 묶은 마지막 밧줄이었다. 실패가 조니의 얼굴에는 주름살로 새겨져 있었지만, 그녀에게는 입가의 팔자 주름으로 나타났다. 최근에 내 또래의 여성들에게서 이런 입을 자주 보았다. 평생 주기만 하고 돌려받지는 못한 사람들의 입. 남자들은 개자식들이었고, 사회계약은 불공평했으며, 신체의 노화는 고통이었다. 모든 실망감의 무게가 이 입들을 아래로 잡아당기고 끌어내리는 바람에 큐피드의 화살 같은 입술 선이 사라졌다. 언뜻 보면 그 입술이 못마땅함을 표현하는 듯했지만, 사실은 더 깊은 후회의 이야기를 담고 있었고, 입의 주인도 모르는 사이에 그런 이야기가 튀어나오는 경우도 많았다.

나는 데이지에게 내 이름을 말해주었다. 그녀는 조니의 팔을 잡은 채 나에게 말했다. "우린 늦은 아침을 먹는 중이에요. 다시 시작해야 했거든요."

몇 분 후 우리는 죽 한 그릇과 식은 토스트 한 장을 앞에 두고 기다란 식탁에 둘러앉아 있었다. 내 맞은편에는 바닥을 걸레질하던 남자가 앉아 있었다. 이름이 잰이라는 그 남자의 거대한 팔뚝에는 솜털 하나 없고 살이 많았다. 나는 그가 나를 마뜩잖아한다는 것을 느꼈다.

식탁 상석에 앉은 스티브는 두 손바닥을 맞대고 고개를 든 후 눈을 감았다. 그와 동시에 코로 숨을 깊이 들이쉬었다. 콧속 깊숙한 곳 어딘가에서 두 음으로 된 콧물의 팬파이프 소리가 울려나왔고, 우리는 그 소리를 들을 수밖에 없었다. 그는 우리가 불편하게 느낄 정도로 오랫동안 숨을 참았다가 길게 내쉬었다. 이것이 호흡 조절, 명상 혹은 감사 기도였다.

스티브의 콧수염을 쳐다보지 않기란 불가능했다. 조니의 콧수염과는 전혀 달랐다. 불타는 오렌지색으로 염색한 수염은 대꼬챙이처럼 뻣뻣했으며, 점잔 빼는 프로이센 남자의 콧수염처럼 끝이 뾰족하게 말려 올라가게 왁스가 발려 있었다. 나는 웃음이 나오는 걸 막기 위해 손을 들어 입을 가렸다. 몸이 깃털처럼 가벼워지고 떨렸다. 어제 총격 사건의 충격과 이 무모한 총기 구입 계획, 이 모든 일의 배경이 되는 두려움, 이 모든 것이 더해져서 사실은 내가 여기에 있지 않은 듯한 느낌이 들었고, 내가 무슨 어리석은 행동이나 말을 할까봐 걱정됐다. 가슴이 자꾸만 철렁철렁 내려앉고, 경박하고 변덕스러운 느낌과 함께 웃음이 비실비실 새어나왔는데, 내가 이 식탁 앞에 앉아 있는 것이 함정에 빠진 거라는 기분이 들면서 그런 감정은 더욱 심해졌다. 아마도 차를 몰고 오면서 마리화나를 간접 흡입했기 때문인 것 같았다. 나는 스티브의 콧수염에 관한 직유의 표현이 쌓이는 것을 막을 수 없었다. 윗잇몸에 밖으로 향하게 박혀 있는 두 개의 녹슨 못. 어릴 때 만들었던 스쿠너 범선의 뾰족한 돛대. 마른행주를 걸어두는 고리.

이 사람들 놀리지 마…… 마음이 그렇게 안정된 상태가 아니거든. 조니의 경고가 기억나고 웃으면 안 된다는 생각이 들자마자, 내가 졌다는 것을 알았다. 제일 처음 코로 터져나온 경미한 숨의 폭발은 재채기로 가장했다. 은폐를 위해 숟가락을 들었다. 그러나 아직 아무도 음식을 먹고 있지 않았다. 이야기하는 사람도 없었다. 우리는 스티브를 기다리고 있었다. 스티브는 폐가 터질 듯 숨을 가득 들이마셨다가 대머리를 숙이며 숨을 내쉬었고, 그 바람에 콧수염 끝이 벌벌 떠는 생쥐처럼 미세하게 떨렸다. 내가 앉은 곳에서 보니, 가라앉는 배 같은 그의 얼굴에서 인간의 모습이 사라지고 있는 것 같았다. 내 근심과 익살이라는 소용돌이 속에서 예상치 못한 어린 시절의 이미지들이 튀어나왔다. 나는 그것들을 외면하려 했지만, 그 우스운 콧수염이 소환해낸 기억의 힘은 압도적이었다. 비스킷 깡통 뚜껑에 그려져 있던 빅토리아시대의 역도선수, 프랑켄슈타인의 괴물 목에 꽂혀 있는 볼트, 사람 얼굴의 콧수염이 2시 45분을 가리키는 그림이 있는 신박한 알람시계, 매드 해터*의 다과회에 온 주머니겨울잠쥐, 학교 연극 〈토드 홀의 토드〉에 나오는 래티.

이 사람이 내게 총을 팔려는 사람이라니.

내가 할 수 있는 일은 아무것도 없었다. 손에 든 숟가락이 떨리고 있었다. 나는 숟가락을 조심스럽게 내려놓은 뒤 턱에 힘을 주었고 윗입술에 땀이 맺히는 것을 느꼈다. 나는 흔들리기 시작했다. 잰이 의심스러운 눈초리로 나를 보고 있었다. 내 의자에서 삐걱거리는 소리가 났고, 내 입에서는 작게 혀를 차는 소리가 났다. 너무나 많은 양의 공기가 폐에서 빠져나갔기 때문에 숨을 들이쉬려면 시끄러운 소리가 날 것을 알았지만, 내 선택지는 당혹감이냐 죽음이냐로 좁혀져 있었다. 내가 불가피한 선택을 하는 동안 시간은 느리게 흘렀다. 나는 의자에서 몸을 돌리고 두 손에 얼굴을 묻은 후 끼익 하는 소리를 내면서 숨을 들이쉬었다. 폐에 숨이 가득 차자, 웃음이 더 나오려 한다는 것을 알아차렸다. 나는 요들처럼 큰 소리로 연거푸 재채기를 하면서 웃음을 숨겼다. 내가 자리에서 일어서자 모두 따라 일어섰다. 누군가의 의자가 탁 하는 소리를 내며 바닥으로 쓰러졌다.

"표백제 때문에 그러는구나." 조니가 말했다.

그는 진정한 친구였다. 덕분에 둘러댈 변명거리가 생겼다. 비틀거리며 소동을 헤쳐나오고는 있었지만, 스티브의 콧수염을 완

---

* 루이스 캐럴의 『이상한 나라의 앨리스』에 나오는 등장인물로, 앨리스와 이상한 다과회를 갖는다. '모자 장수'로 번역되기도 한다.

전히 극복하진 못했다. 나는 코웃음을 치고 기침을 하면서 눈물에 시야가 반쯤 가려진 채로 방을 가로질러 쌍여닫이창 쪽으로 걸어 갔다. 내가 다가가자 창문이 물결치듯 열리는 것 같았다. 나는 나무 계단을 몇 칸 내려가서 햇볕에 데워진 흙과 민들레가 있는 잔디밭으로 내려섰다.

나는 모두의 눈길을 느끼면서 집을 등지고 돌아서서 침을 뱉은 후 숨을 깊이 들이쉬었다. 마침내 진정이 되자, 허리를 꼿꼿하게 펴고 바로 내 앞에 있는 것을 쳐다보았다. 녹슨 침대 프레임에 개 한 마리가 전깃줄로 묶여 있었는데, 부엌 바닥에 똥을 쌌다는 그 개인 듯했다. 개가 벌떡 일어서더니 고개를 갸우뚱하고 나를 보면서 망설이듯, 사과하듯 꼬리를 슬쩍 흔들었다. 인간과 다른 영장류들 빼고 절망적인 수치심이라는 감정을 길게 경험하는 동물이 또 있을까? 그 개가 나를 쳐다보았고, 나도 그 개를 쳐다보았다. 개는 나와 함께 종種 간의 연합작전을 펼치고 싶은 것처럼 보였다. 그러나 나는 끌려 들어가지 않을 생각이었다. 나는 돌아서서 집을 향해 걸어가며 큰 소리로 말했다. "미안해요! 암모니아 때문에 그래요! 알레르기도 있고!" 그리고 생성 문법*과 나를 이용한 속임수의 기회를 빼앗긴 개는 흙바닥에 풀썩 엎드려서 용서를 기다리는 듯했다.

창문과 문을 모두 활짝 열어놓은 채 우리는 식탁에 다시 모여

---

* 언어는 무한한 수의 문장을 지배하는 한정된 수의 규칙으로 이루어지며, 이 유한한 수의 규칙이 곧 문법이라는 이론. 1950년대 중반에 미국의 언어학자 촘스키가 창시했다.

알레르기에 대한 대화를 나눴다. 잰은 '기본적으로'라는 수식어를 자꾸 써서 자기 생각이 근본적으로 진실이라는 느낌을 전달했다.

"기본적으로 당신 알레르기는 몸의 균형이 깨져서 생긴 거야."

그 말이 사실이 아님을 입증할 수는 없겠다고 내가 말하자, 잰은 기쁜 표정을 지었다. 그가 나를 혐오하는 것이 아닐지도 모른다는 생각이 들기 시작했다. 그는 나를 볼 때와 똑같은 적대적인 눈빛으로 죽을 노려보았다. 특별한 감정을 담은 표정이라고 생각했던 것이 사실은 그의 기본적인 표정이었던 것이다. 그의 윗입술이 그리는 곡선 때문에 오해한 것도 있었는데, 유전적 결함이 그런 모습으로 바꾸어놓은 것이다.

"기본적으로 알레르기에는 원인이 있기 마련인데, 연구에 따르면 유년기 때 충족되지 못한 욕구가 근본적인 원인인 경우가 알레르기 환자의 70퍼센트가 넘는다는 거야."

아무 데서나 가져온 확률, 출처를 알 수 없는 연구 결과, 측정이 불가능한 것의 측정 같은, 이런 근거를 바탕으로 한 주장을 듣는 것도 참으로 오랜만이었다. 그의 주장은 상당히 유치한 느낌을 주었다.

내가 말했다. "그럼 나는 30퍼센트 미만의 그룹에 속하네요."

데이지가 일어서서 죽을 더 가지러 갔다 오면서, 진실을 알지만 그 진실을 위해 싸울 생각은 전혀 없는 사람의 조용한 목소리로 말했다. "행성과 별자리로도 원인을 찾아볼 수 있지. 태양자리가 흙이고 사회적 지위에 관심이 많은 사람 중에 알레르기 환자가 많다거나 하는 식으로."

이때 조니가 활기를 되찾았다. 내가 또 무슨 말이나 행동으로 실수할까봐 걱정돼서, 우리가 식탁에 다시 모여 앉은 이후로 긴장을 감추지 못했던 그였다. "알레르기와 관련해선 산업혁명이 이정표였지. 1800년대 전에는 아무도 알레르기를 앓지 않았어, 건초열에 대해 들어본 사람도 없었고. 그러다 사람들이 쓰레기 같은 화학물질을 공기 중으로 토해내고, 음식과 물에도 토해내기 시작하면서, 면역체계가 말을 듣지 않기 시작한 거야. 우리 몸은 이런 쓰레기를 받아들이게 만들어지지 않……"

조니가 열변을 토하는데 스티브가 끼어들었다. "미안하지만, 조니, 그건 다 헛소리야. 산업혁명이 우리에게 영향을 미친 건 온전히 정신적인 측면이었어. 바로 그 정신에서 우리의 모든 병이 시작되는 거라고." 그가 갑자기 나를 돌아보았다. "당신 생각은 어때요?"

내 생각은 누가 총을 가져와야 한다는 것이었다. 내가 말했다. "나야 물론 정신 쪽이죠. 내 기분이 좋으면, 암모니아 냄새도 아무 문제가 안 되거든요."

"그럼 당신은 불행한 거네요, 지금." 데이지가 말했다. 그러면서 팔자 주름이 지고 불행해 보이는 입을 꽉 다물었다. "어쩐지, 당신 기운 속에 더러운 노란색이 많이 보인다 했어요." 식탁이 좁았다면, 그녀가 팔을 뻗어 내 손을 잡았을지도 모른다.

"사실이에요." 내가 말했다. 희망이 보였다. "그러니까 여기 온 거죠." 내가 스티브를 쳐다보자, 그는 고개를 돌렸다. 내가 잠자코 있는 동안 긴장감이 느껴지는 침묵이 흘렀다. 조니는 무기력한 표정으로 앉아 있었고, 나는 그가 실수를 한 건 아닐까 하는 생각을 했다.

다들 누가 먼저 말을 할까 눈치를 보는 가운데 침묵이 계속되었다. 그 침묵을 깬 사람은 잰이었다. "기본적으로 우리는 총을 갖고 다닐 사람들이 아닌데."

그가 말끝을 흐렸고, 그를 도와준 사람은 데이지였다. "맞아, 총을 가지고 있었던 지난 12년 동안, 한 번도 쏜 적이 없으니까."

스티브가 재빨리 끼어들어 그녀가 이미 알고 있어야 하는 내용을 귀띔해주었다. "그래도 정기적으로 기름 치고 소제는 했어."

그러자 데이지가 나도 들으라고 그에게 대꾸했다. "맞아, 하지만 언젠가 쏠 때가 있을 거라고 생각해서 그런 건 아니잖아."

혼란스러운 침묵이 흘렀다. 우리가 지금 무슨 이야기를 하는 건지 아는 사람은 아무도 없었다. 잰이 다시 침묵을 깼다. "어쨌든 우리는 이 총을 좋아하지 않아……"

"어떤 총도 좋아하지 않지." 데이지가 말했다.

스티브가 내게 총에 대해 설명했다. "스톨러 32구경이에요. 노르웨이 사람들이 원래 그 총을 개발했던 네덜란드와 독일 합작 대기업에 공장을 되팔기 전에 생산된 거고. 카바이드 트윈액션 릴리스가 있고……"

"스티브." 잰이 침착하게 말했다. "기본적으로 이 물건은 지금과는 완전히 다른 상황이었을 때 우리 손에 들어온 거잖아. 다들 제정신이 아니고 미쳐 돌아가고 있을 때. 그때 이 총이 필요할지 몰라서 구한 거라고."

"맞아, 자기방어용으로." 스티브가 말했다.

"당신이 오기 전에 한창 이 얘길 하던 중이었어요." 데이지가 말했다. "우리는 이 총을, 그러니까 누군가에게 뺏기고 싶지 않거든요. 그리고……"

데이지가 말을 끝맺지 못해서 내가 말했다. "그래서 팔 겁니까, 말 겁니까?"

잰이 거대한 팔뚝으로 팔짱을 꼈다. "그런 게 아니에요. 그리고 돈 문제도 아니고."

"어, 잠깐만." 스티브가 말했다. "그것도 사실이 아니잖아."

"빌어먹을!" 잰의 목소리에 짜증이 섞여 있었다. 그는 생각을 제대로 말로 표현하지 못하고 있었다. 표현하기도 어렵거니와, 사람들이 자꾸 끼어들고 있었다. 그의 태도도 말처럼 거칠어지고 있었다. "알아." 그가 말했다. "예전엔 돈이 제일 중요한 때가 있었지. 돈만 있으면 다 되던 때. 그만큼 단순했다고 할 수 있어. 그게 잘못됐다는 건 아니지만, 무슨 일이 있었는지 봐봐. 사람들이 원하는 대로 된 일이 하나도 없잖아. 우린 그것만 따로 떼어놓고 생각할 수 없어. 어떤 것도 그것만 따로 떼어놓고 생각할 수 없다고. 모든 것이 연결되어 있고, 이제까지 우리 눈으로 지켜봤듯이, 기본적으로 중요한 건 사회니까. 기본적으로 전체적이란 말이지."

스티브가 데이지 쪽으로 몸을 기울이더니 손을 들어 입을 가리는 척하면서 말했다. "뭐라는 거야, 대체?"

데이지가 내게 말했다. 그녀는 아직도 나의 불행에 대해 생각하고 있는 것 같았다. "어렵게 생각하지 말아요. 총을 안 팔려는 게 아니라, 총을 갖고 뭘 하려는 건지 알고 싶은 거예요."

내가 말했다. "당신들은 돈을 갖고, 나는 총을 가지면 그뿐이에요."

조니가 다시 동요했다. 자기가 중개한 거래가 무산될지도 모른다는 생각이 든 모양이었다. "이것 봐, 조는 신중할 수밖에 없다고. 조 자신을 위해서도, 우리를 위해서도."

나는 자꾸만 내 이름이 불리는 게 싫었다. 내 이름이 앞으로도 몇 주 동안이나 다른 모든 것과 함께 이 부엌 안에 머물면서 익숙해질 수도 있었다.

"하지만 들어봐……" 조니가 내 팔을 만지고 있었다. "조금만이라도 설명해서 이분들 마음 좀 편하게 해주는 것도 좋을 것 같은데."

모두가 나를 보고 있었다. 열린 쌍여닫이창으로 잡종견이 낑낑거리는 소리가 들렸다. 참으려고 애쓰지만 기어코 나오는 소리처럼 들렸다. 내 머릿속에는 총을 갖고 가든 말든 어서 떠나고 싶다는 생각밖에 없었다. 나는 손목시계를 보는 시늉을 하며 말했다. "딱 네 단어로 말할게요. 누가 나를 죽이려고 해요."

침묵하는 가운데 나를 포함해 모두가 그 말을 곱씹어보고 있었다.

"그러니까 자기방어용이군." 잰이 희망 섞인 목소리로 말했다.

나는 어깨를 으쓱여서 그렇다는 표시를 했다. 다들 망설이는 표정이었다. 그들은 돈도 원했고 면죄부도 원했다. 이 코카인 밀매업자들은, 역자산과 확신의 부족 때문에 가난해진 부동산 사기꾼들은 도덕적으로 행동하려고 애쓰고 있었고, 내가 자기들을 도와주기를 바랐다. 나는 기분이 나아지기 시작했다. 그러니까 내가 나쁜 사람이었다. 갑자기 해방감을 느꼈다. 나는 지폐 다발을 꺼내 식탁 위로 툭 던졌다. 흥정할 필요가 뭐 있겠는가?

내가 말했다. "세어보시죠."

처음에는 아무도 움직이지 않았다. 갑자기 뭔가 획 움직이는 것 같더니 스티브의 손이 간발의 차이로 잰보다 빨리 지폐를 집었다. 데이지가 무섭게 노려보았다. 심각해 보였다. 어쩌면 그들은 토스트와 죽으로 연명하고 있었던 건지도 몰랐다.

스티브가 은행 직원처럼 빠른 속도로 지폐를 세더니 자기 주머니에 넣으면서 내게 말했다. "맞네. 자, 그럼 꺼져주시지, 조!"

감정을 드러내지 않으려고 나도 스티브를 따라 신경질적으로 웃었다.

잠시 후 나는 잰이 웃고 있지 않다는 것을 알아차렸다. 그는 가만히 앉아 팔짱을 낀 채 아무 말 없이 기다리고 있었다. 그의 오른팔 근육—내겐 없는 근육—이 보이지 않는 그의 손 움직임에 따라 리듬감 있게 씰룩였다. 웃음이 잦아들자 그가 입을 열었지만, 전체론을 주장할 때의 목소리가 아니었다. 훨씬 높은 음조의 쉰 목소리였고, 혀가 입천장을 끌끌 차기도 했다. 침착해 보였지만 그 피부 밑에서, 목 아래쪽에서 맥박이 팔딱거리는 것이 보였다. 그러자 내 심장도 빠르게 뛰기 시작했다. 잰이 말했다. "스티브, 돈 도로 식탁에 올려놓고, 총 가져와."

스티브는 자신을 노려보는 잰의 눈길을 피하지 않고 같이 노려

보면서 일어서고 있었다. "알았어." 그가 조용히 말하고 방을 가로질러가기 시작했다.

잰이 의자에서 일어섰다. "그 돈은 주석 상자에 안 들어갈 거야."

스티브는 돌아보지 않고, 잰처럼 분명하게 의사표시를 했다. "내 몫도 있잖아." 그러고는 계속 걸어갔다.

잰과 가장 가까이 있는 물건은 그의 빈 죽 그릇이었다. 그는 그 그릇을 엄지와 검지로 잡고 균형을 맞추기 위해 왼손은 쭉 뻗어서 벌린 후, 그릇을 뒤로 가져갔다가 원반 던지듯 홱 던졌다. 그 릇이 스티브의 목에서 2~3센티미터 빗나갔고 문틀에 부딪혀 박살났다.

"안 돼!" 데이지가 소리쳤다. 지치고 초조한 엄마가 외치는 듯한 느낌이었다. 그녀는 더 말하지 않고 방을 나갔다. 우리는 멀어져가는 그녀의 등과 허리에서 찰랑거리는 머리카락을 바라보았다. 그녀의 모습이 사라졌고, 그녀가 계단을 올라가는 소리가 들렸다. 조니가 나를 쳐다보았다. 나는 그가 무슨 생각을 하는지 알았다. 싸움의 책임이 우리에게 있다고 생각하는 것이 틀림없었다. 사실, 전적으로 내 책임이라고 할 수 있었다. 조니는 앉아서 담배를 말았고, 고개를 가로젓다 떨리는 손가락을 보며 한숨만 푹푹 쉬고 있었으니까.

스티브가 돌아서서 식탁으로 오고 있었다. 잰이 그에게 다가가 그의 멱살을 잡고 벽으로 밀어붙이려고 했다. "괜한 일 시작하지 마." 잰이 씩씩거리며 말했다. "돈, 식탁에 올려놔." 그러나 스티브는 쉽게 밀리지 않았다. 그의 몸은 건장하고 단단했고, 그는 잔혹한 사람으로 보였다. 부엌 한가운데서 두 남자가 양보 없는 힘겨루기를 하고 있었다. 그들이 가장 힘들게 노력하는 것은 숨쉬기인 것 같았다. 둘이 너무 가까이 있었고, 둘의 얼굴 사이에 게슈탈트 촛대*가 걸려 있었다.

스티브가 재빨리 말했다. "생활비는 내가 냈잖아. 너희 둘 다 나한테 빚지지 않았냐고. 그러니까 이 더러운 손 좀 치워." 그러면서도 잰이 자기 말에 따라주기를 기다리지는 않았다. 그의 왼손이 잰의 목으로 날아가 멱살을 잡았다. 잰의 자유로운 팔이 넓은 호를 그리며 뒤로 젖혀지더니 재빨리 날아가 스티브의 뺨을 후려갈겼다. 풍선이 터지듯 찰싹 하는 소리가 났고, 그 힘에 떠밀려 두 남자가 떨어졌다. 한순간 얼어붙은 듯했지만 두 사람은 다시 달려들어 서로 부둥켜안고 대치했다. 네발 달린 짐승들이 이리저리 몸을 부딪히며 부엌 바닥에서 뒹굴다가 다시 식탁 쪽으로 오고 있었다. 씩씩거리는 신음소리가 들렸다. 고개를 숙이고 눈을 감고 입은 꽉 다문 채 그들은 애인처럼 서로를 더듬고 올라타기도 하고 엎치락뒤치락하며 몸을 휘감기도 했다.

강한 한 방이 필요했다. 잰이 스티브의 턱 밑을 손으로 잡고 그의 머리를 뒤로 밀어붙이기 시작했다. 어떤 목근육도 거대하고 강력한 팔에는 견줄 게 못 됐지만, 잰은 팔이 떨릴 정도로 힘을 써야

---

* 두 사람의 얼굴이 마주보고 있는 모습이 관점에 따라서는 촛대로 보이기도 하는 걸 비유한 것이다.

했다. 스티브가 잰의 콧구멍에 엄지를 쑤셔넣어 걸고 잰의 눈을 찾아 더듬거리는 바람에 고개를 옆으로 젖히고 전력을 다해 피해야 했기 때문이다. 스티브의 머리가 돌아오고 있었고, 그러자 잰은 그에게 헤드록을 걸었다. 스티브의 목을 오른팔로 두르고 왼손으로 오른쪽 손목을 잡아 더 강하게 힘을 주었다. 나는 그들에게 다가갔다. 스티브가 천천히 무릎을 꿇고 있었다. 신음하면서 두 손을 휘두르다 잰의 다리를 힘없이 치고 있었다.

나는 손등으로 잰의 얼굴을 툭툭 친 후 쪼그리고 앉아 그의 귀에 대고 말했다. "그러다 죽이겠는데. 그걸 원해요?"

"당신은 빠져. 오래 참았어."

나는 그의 귀를 잡아당겨 고개를 내 쪽으로 향하게 했다. "이 사람이 죽으면, 남은 생을 감옥에서 지내야 할 텐데."

"그래도 아깝지 않아!"

"조니, 좀 도와줘!" 내가 외쳤다.

나는 데이지가 부엌으로 돌아오는 것을 보았다. 그녀는 두 손으로 구두 상자를 받쳐 들고 있었는데 지친 표정이었다. 그녀의 팔자 주름은 우리에게 자신이 무엇을 견디며 살아야 했는지를 봐 달라고 요구하는 것 같았다. 물리적인 우위를 위해, 한 사람이 다른 사람의 목을 부러뜨릴 수 있을 정도의 영향력을 위해, 피 터지게 싸우는 그녀 인생의 남자들.

"받아요." 그녀가 중얼거렸다. "받아요, 받으라고요!"

내가 일어서서 구두 상자를 받아들었다. 상자는 무거웠고, 얇은 판지로 되어 있어 두 손으로 받쳐 들어야 했다. 스티브가 다시

신음했고, 나는 조니를 쳐다보았다. 조니가 애원하는 표정으로 문을 향해 고갯짓을 했다.

"그래요." 데이지가 단호하게 말했다. "가시는 게 좋겠어요."

그녀의 지친 모습을 보니 이것이 일종의 가정의례가 아닌가, 그동안 빈번하게 연주했던 난잡한 성관계의 서곡이 아닌가 하는 의문이 들었다. 한편으론 우리가 스티브의 목숨을 구해야 한다는 생각도 들었다.

조니가 내 소매를 잡아끌었다. 나는 그와 함께 부엌을 몇 걸음 가로질렀다. 그가 내 귀에 대고 속삭였다. "무슨 일이 벌어질 경우 난 목격자가 되고 싶지 않아."

나는 그의 말뜻을 알아들었다. 그래서 우리는 데이지에게 목례를 했고, 잰의 미세하게 떨리는 강력한 팔뚝에 목이 졸리고 있는 스티브를 마지막으로 흘끗 쳐다본 후, 현관문을 향해 어두운 복도를 서둘러 걸어갔다.

차에 타자마자 조니가 마리화나 담배를 꺼내 불을 붙였다. 그 순간 내가 제일 원하지 않았을 약이 바로 그거였다. 차라리 바에 들러서 스카치위스키나 한잔하며 마음을 진정시키는 편이 훨씬 나을 것 같았다. 나는 차에 시동을 걸고 거칠게 운전해서 진입로를 올라갔다.

"재밌단 말이야." 조니가 연기를 내뿜으면서 말했다. "예전에도 몇 번 여기 왔었는데, 올 때마다 이렇게 재밌는 대화를 하게 되네."

내가 도로로 진입하면서 대꾸하려는 순간 전화벨이 울렸다. 전화기를 시가 잭에 꽂아두었었다.

　　패리였다. "조, 당신이에요?"

　　"응."

　　"나 당신 집에서 클래리사와 함께 앉아 있어요. 클래리사 바꿔
줄게요. 거기 있어요? 조? 거기 있어요?"

스물둘

내가 1~2초 동안 정신을 잃었던 것 같다. 귀가 터질 듯 웅웅거리는 소리는 자동차 엔진 소리라는 것을 깨달았다. 차가 거의 시속 100킬로미터의 속도로 달리고 있는데 기어 변속을 잊은 탓이었다. 나는 기어를 2단에서 4단으로 바꾼 후 속도를 줄였다.

"듣고 있어." 내가 말했다.

"잘 들어요." 패리가 말했다. "클래리사 바꿔줄게요."

"조?" 나는 그녀가 공포에 질려 있다는 걸 금방 알아차렸다. 목소리의 음조가 높았다. 침착하게 대처하려고 애쓰고 있는 게 분명했다.

"클래리사, 괜찮아?"

"집으로 곧장 와. 아무한테도 말하지 마. 경찰에 신고하지 말고." 단조로운 말투는 그 말이 그녀의 말이 아니라는 뜻이었다.

"나 서리*에 있어." 내가 말했다. "두 시간은 걸릴 거야."

클래리사가 이 말을 패리에게 전하는 소리가 들렸지만, 패리가 한 말은 알아들을 수 없었다.

"어쨌든 곧장 와." 그녀가 말했다.

"무슨 일이야? 괜찮아, 당신?"

그녀는 전화로 시각을 말해주는 안내원 같았다. "곧장 와. 아무도 데려오지 마. 그가 창문에서 내다보고 있을 거야."

"하라는 대로 할게, 걱정하지 마." 그러고 나서 덧붙였다. "사랑해."

패리가 전화기를 건네받는 소리가 들렸다. "이제 알았죠? 이젠 나를 실망시키지 않을 거죠?"

"내 말 잘 들어, 패리." 내가 말했다. "뭐든 자네가 하라는 대로 할게. 두 시간이면 도착할 거야. 아무한테도 말하지 않을 거고. 그러니까 클래리사를 건드리지 마. 제발 해치지 말라고."

"다 당신한테 달렸어요, 조." 이 말만 하고 패리가 전화를 끊었다.

조니가 나를 보고 있었다. "집에 문제가 있나보군." 그가 안됐다는 듯이 중얼거렸다.

나는 운전석 창문을 내리고 바깥 공기를 몇 번이고 들이마셨다. 우리는 펍을 지나 숲으로 들어서고 있었다. 도로에서 흙길로 빠져 1.5킬로미터 정도를 달리자 폐허가 된 집 옆에 작은 공터가 나왔다. 콘크리트 혼합기와 비계와 벽돌더미 등 개조 공사의 흔적

---

* 영국 남동부의 주.

이 있었지만, 사람은 보이지 않았다. 나는 시동을 끄고 뒷좌석에 있는 구두 상자 쪽으로 팔을 뻗었다. "여기서 좀 보고 가지."

나는 구두 상자 뚜껑을 들고 안을 들여다보았다. 전에 권총을 쏴본 적도 직접 본 적도 없었지만, 다 찢어진 낡은 흰색 셔츠로 고이 싸놓아 일부만 보이는 그 물건은 영화에서 자주 보아서 그런지 친숙하게 느껴졌다. 단지 감촉은 낯설었다. 내가 예상했던 것보다 가볍고 건조하고 따뜻했다. 기름을 발라 미끄럽고, 차갑고, 무거울 거라 상상했었는데. 그것을 들어 앞유리를 겨누며 보니 치명적인 잠재력의 신비로운 빛을 뿜어내지도 않았다. 휴대전화나 VCR, 전자레인지처럼 사갖고 와 집에서 포장을 풀며 이것들을 제대로 작동시키기는 얼마나 어려울까 생각하게 되는, 무기력한 상태에 있는 장치들 가운데 하나에 불과했다. 60페이지에 달하는 사용 설명서가 없는 것이 다행이었다. 나는 총을 뒤집어서 총알 넣는 곳을 찾아보았다. 조니는 셔츠 속에 손을 넣어 작은 빨간색 판지 상자를 꺼내 열었다.

"열 발짜리네." 그가 말하더니 내게서 총을 받아들고 개머리판 아래쪽의 걸쇠를 밀어내린 후 탄창을 밀어넣었다. 그리고 누렇게 변한 집게손가락으로 안전장치를 가리켰다. "딸각 소리가 날 때까지 앞으로 미는 거야." 그러고는 총을 찬찬히 살펴보았다. "상태 좋은데. 뭐야, 스티브, 개소리였잖아. 브라우닝 9밀리미터야. 손잡이가 폴리아미드라 좋네. 월넛보다 좋아, 진짜로."

우리는 차에서 내렸고 조니가 내게 총을 돌려주었다.

"총에 대해 잘 아는 줄은 몰랐는데." 내가 말했다. 우리는 숲으로 들어가기 위해 지붕이 없는 집 뒤를 걸어가고 있었다.

"한동안 총에 관심이 많았어." 그가 꿈을 꾸듯 말했다. "그땐 총기 사업이 한창 잘나갈 때였거든. 미국에 갔을 때 테네시에서 배웠어. 쿠거 목장이라는 데서. 거기 있던 사람 중 일부는 나치였을 거야, 아마. 확실하진 않고. 어쨌든 그자들이 내내 떠들어대던 두 가지 전술이 있었어. 첫째, 항상 이겨라. 둘째, 항상 속여라."

다른 때 같았으면 나는 어떤 사회적 동물이든 항상 속이는 것은 멸종으로 가는 확실한 길이라며 게임이론에서 도출한 진화론적 관점을 자세하게 설명하려 들었을 것이다. 그러나 지금은 배가 아팠다. 다리가 후들거렸고, 금방이라도 설사가 나올 것만 같았다. 너도밤나무 아래 쌓여 있는 바삭거리는 낙엽을 밟고 걸어가면서 괄약근을 계속 조이고 있으려고 의식적으로 노력했다. 시간을 낭비해선 안 된다는 것을 알고 있었다. 어서 빨리 런던으로 달려가야 한다는 것도 알고 있었다. 그러나 총을 어떻게 다루는지 확실히 아는 것이 급선무였다. "여기가 좋겠는데." 내가 말했다. 한 걸음만 더 걸었다면, 바지에 똥을 쌌을지도 모른다.

"두 손으로 쏴." 조니가 말했다. "총에 익숙하지 않은 사람이 쏘면 충격이 대단하거든. 다리를 벌리고 양다리에 무게를 균등하게 실어. 천천히 숨을 내쉬면서 방아쇠를 당기고." 그가 시키는 대로 하자 내 손안에서 총이 발사되면서 총구가 위로 들렸다. 우리는 너도밤나무로 걸어가서 총알구멍을 찾아보았다. 한참 후에 찾은 총알구멍에서 총알은 겨우 보일까 말까 했지만, 부드러운 껍질 속으로 5센티미터 정도 들어가 박혀 있었다. 차로 돌아가면서 조니가 말했다. "나무를 쏘는 것하고 사람에게 총을 겨누는 건 완전 달라, 아주 큰일이지. 기본적으로 그들에게 자넬 쏴도 된다고 허가해주는 거니까."

나는 조니를 조수석에 남겨두고 휴지를 챙겨서 숲으로 돌아가 신발 뒤꿈치로 얕은 구덩이를 팠다. 바지를 발목까지 내리고 쭈그려 앉아, 바삭거리는 오래된 낙엽을 치우고 손바닥에 흙을 한 줌 퍼담으며 마음을 달랬다. 별과 은하계에서 장기적 전망을 찾는 사람들이 있지만, 나는 지상의 생물학계에서 전망을 찾는다. 손바닥을 얼굴 가까이 대고 살펴보았다. 비옥하고 잘 바스러지는 검은 뿌리 덮개 속에서 검은 개미 두 마리와 톡토기 한 마리, 옅은 갈색 다리가 스무 개쯤 있는 선홍색 벌레를 발견했다. 이것들은 이 지하계에서는 지축을 쿵쿵 울리며 걸어 다니는 거인들이었는데, 그것은 가시성可視性의 문지방을 넘어 그리 멀리 내려가지 않아도 회충과, 죽은 동물을 먹는 동물과, 이런 동물들을 먹이로 삼는 포식자들이 마구 엉켜 살고 있는 세상이 있기 때문이었다. 이런 동물들도 기생 곰팡이와 박테리아—내가 쥐고 있는 이 한 줌의 흙 속에도 천만 마리는 족히 살고 있을 것이다—같은 미생물 영역의 주민들에 비하면 거인들이었다. 이런 생명체들이 먹고 마시고 배설하려는 맹목적인 충동이 토지를 비옥하게 만들었고, 그래서 식물과 나무와 그 속에 사는 생명체들이 살 수 있었는데, 예전에는 그런 생명체 속에 우리 인간도 포함되어 있었다. 그래도 내 마음에 위로가 된 것은 우리의 염려에도 불구하고 인간은 상호의존적인 이 자연의 일부라는 사실이다. 왜냐고? 그것은 이런 작은 생명체들이 만들어낸 흙에서 영양분을 먹고 자란 채소와 과일 같은 식물을 동물이 뜯어먹고 인간이 그 동물을 먹기 때문이다. 그러나 임상林床에 영양분을 공급하느라 쭈그리고 앉아 있는 동안에도, 나는 이 거대한 순환의 중요성을 믿지 못했다. 산소를 내뿜는 나무들 너머에 유독가스를 내뿜는 내 차가 있고, 그 안에는 내 총이 있었으며, 차가 넘쳐나는 도로를 60킬로미터쯤 달려가면 거대도시가 있고, 그 도시의 북쪽에 내 아파트가 있었다. 그리고 그 아파트에 미치광이, 드클레랑보 증후군 환자, 나의 드클레랑보와 인질로 잡힌 사랑하는 내 애인이 기다리고 있었다. 이 묘사 속에 탄소 순환이나 질소 고착이 들어갈 자리가 있을까? 우린 이제 위대한 사슬에 속해 있지 않았다. 우리 자신의 복잡성이 우리를 대자연의 정원에서 쫓아냈다. 우린 우리가 파괴하는 엉망진창인 세상 속에 살고 있었다. 나는 일어서서 벨트 버클을 채운 다음, 집고양이처럼 부지런히 흙을 발로 차서 구덩이를 메웠다.

볼일을 다 보고 돌아와보니 놀랍게도 조니는 또 자고 있었다. 나는 그를 깨워 집에 빨리 가봐야 할 것 같다고 설명했다. 원한다면 기차역 근처에 내려주겠다고 말했다. 그는 좋다고 대답했다. "근데 잘 들어, 조. 자네가 싸움에 휘말리고 경찰이 개입하면, 브라우닝은 나하고는 아무 관련 없는 거야, 알겠지?" 나는 내 재킷의 오른쪽 주머니를 톡톡 두드려 보인 후 시동을 걸었다.

나는 전조등을 켜고 일차선도로를 질주했고 맞은편에서 차가 와도 비켜주지 않았다. 운전자들은 후진해서 갓길로 비켜주면서 나를 노려보았다. 고속도로를 타자마자, 조니는 그날 세번째 마리화나 담배에 불을 붙였다. 나는 시속 185킬로미터를 유지하면서, 가끔 백미러로 순찰차가 따라오는지 살폈다. 집에 전화를 걸었지만 받지 않았다. 경찰에 신고할까 고민했다. 그것도 괜찮을 것 같았다. 패리가 클래리사를 해치기 전에 특공대를 보내 그를 제압하게 지시해줄 사람을 찾을 수만 있다면. 그러나 내가 통화할 수 있는 경찰이라곤, 그것도 운이 좋아서 전화 한 통화로 경사나 형사와 통화가 된다면, 기껏해야 린리나 월리스 혹은 피곤에 지친 행정 직원 정도일 터였다.

나는 스트릿섬 고속도로에서 차를 세우고 조니에게 수고비를 준 뒤 그를 내려줬다. 그는 허리를 굽히고 열린 조수석 문 안으로 나를 들여다보며 작별인사를 했다. "총 다 쓰면 갖고 있거나 팔지 말고, 강에 던져."

"오늘 정말 고마웠어, 조니."

"걱정된다, 조, 하지만 내리니까 좋네."

정오가 지난 이른 오후, 런던 시내에는 놀랄 정도로 차가 없어서 통화 후 1시간 30분 만에 우리집이 있는 길로 들어섰다. 아파트 건물을 돌아가서 뒤쪽에 주차했다. 뒤로 돌아가면 건물 옆면 쓰레기통이 있는 곳에 비상계단이 있었는데, 그 문은 자물쇠로 잠겨 있고 주민들만 열쇠를 갖고 있었다. 나는 그 문을 열고 조용히 옥상으로 올라갔다. 로건의 사고가 벌어진 다음날 아침, 패리의 첫번째 전화를 받고 올라간 이후로 처음이었다. 옥상 테이블엔 내가 그날 아침에 마셨던 커피 얼룩이 남아 있었다. 햇빛이 쨍쨍해 나는 무릎을 꿇고 두 손을 우묵하게 모아 유리에 대고 채광창을 들여다보아야 했다. 안을 들여다보니 복도 전체와 부엌 일부가 보였다. 클래리사의 가방만 보이고 다른 것은 보이지 않았다.

두번째 채광창을 들여다보니 복도를 따라 반대편에 있는 거실이 보였다. 다행히도 거실 문이 활짝 열려 있었다. 클래리사가 내쪽으로 놓인 소파에 앉아 있었지만, 표정은 잘 보이지 않았다. 패리는 나무로 된 식탁 의자를 그녀 맞은편에 갖다놓고 앉아 있었다. 나를 등지고 있었는데, 말을 하고 있는 것 같았다. 그는 기껏해야 10미터 떨어진 곳에 있었고, 나는 지금 당장 그를 향해 총을 쏘는 모습을 상상했다. 하지만 그가 클래리사와 너무 가까이 있었고, 나는 내 조준 실력을 믿지 못했으며, 총에 관해 아는 것이 별로 없어서 채광창 유리가 총알이 날아가는 방향을 어떻게 바꿀지도 알 수 없었다.

이 공상은 내 주머니 속에서 점점 더 무거워지고 있던 실제 총과는 관계가 없었다. 나는 아래로 내려와 다시 건물 앞쪽으로 차를 몰고 간 다음 경적을 한 번 울린 뒤 차에서 내렸다. 패리가 창가로 다가와 커튼 뒤에 반쯤 숨어서 밖을 내다보았다. 그와 나의 눈이 마주쳤지만, 이번에는 서로의 입장이 바뀌어 있었다. 나는 계단을 올라가면서 총을 만져보았고, 안전장치를 찾아 푸는 연습을 했다. 초인종을 누르고 안으로 들어갔다. 셔츠 안에서 심장이 쿵쾅거리는 소리가 들리는 듯했고, 맥박의 압력이 어찌나 센지 시야가 맥박 리듬에 맞춰 흔들리는 느낌이었다. 클래리사를 부를 땐 '크'와 'ㄹ' 사이에서 혀가 굳은 듯 발음이 꼬였다.

"여기야." 그녀가 대답했고 조심하라는 뜻을 담아 높은 음조로 덧붙였다. "조······" 그러나 패리가 쉿 하고 말을 막았다. 나는 거실을 향해 천천히 걸어가서 문간에 멈춰 섰다. 그의 돌발 행동을 부추길까봐 두려웠다. 그는 식탁 의자를 옆으로 밀고 소파에, 클래리사의 오른쪽에 바짝 붙어앉아 있었다. 클래리사는 나와 눈이 마주치자 0.5초 동안 눈을 감았다 떴다. 나는 그것을 상황이 안 좋다는 의미로, 패리가 위험하니 조심하라는 뜻으로 받아들였다. 그는 이발을 해서 젊고 어리숙해 보였다. 그리고 손을 떨고 있었다.

내가 그들 앞에 나타난 이후로 완벽한 침묵이 흐르고 있었다. 그 침묵을 깨기 위해 내가 말했다. "말총머리가 좋았는데."

그는 자신의 오른쪽 어깨에 앉아 있는 투명한 존재를 흘끗 돌아본 후 다시 고개를 돌려 내 눈을 바라보았다. "내가 왜 왔는지 알 거예요."

"글쎄······" 나는 거실로 두 걸음 걸어들어갔다.

패리의 목소리가 높아지면서 갈라졌다. "가까이 오지 마요. 클래리사한테도 움직이지 말라고 했는데."

나는 그의 옷을 유심히 살피면서 무기를 어디 숨겼을지 짐작해 보았다. 무기를 갖고 있을 게 분명했다. 맨손으로 나를 죽이러 오지는 않았을 것이다. 그가 고용한 사람들에게서 쉽게 빌리거나 살 수 있었을 것이다. 입고 있는 베이지색 면 재킷에 불룩 튀어나온 부분은 없었지만, 품이 넉넉한 옷이라 혹시 모르는 일이었다. 검은 무언가의 끝이, 빗 같은 것이, 가슴주머니 위로 삐죽 나와 있었다. 그가 딱 달라붙는 청바지를 입고 회색 가죽 부츠를 신고 있으니 무엇이 됐든 무기는 재킷 안에 있을 터였다. 그는 클래리사 옆에 허리를 꼿꼿이 세우고 앉아 있었고, 그의 왼쪽 다리가 그녀의 오른쪽 다리를 건드리는 바람에 그녀는 소파 팔걸이 쪽으로 몸을 붙였다. 그러면서도 그녀는 완벽하게 평정을 유지하고, 두 손바닥으로 무릎을 꽉 잡고 있었다. 그의 다리가 닿자 그녀의 몸이 혐오와 두려움을 발산했다. 그를 향해 고개를 약간 돌리고, 그가 무슨 짓을 하더라도 대응할 준비를 하고 있었다. 그녀는 평온했지만, 목 아래쪽 잔근육과 힘줄이 씰룩이는 것이 그녀가 뱀처럼 똬리를 틀고 금방이라도 튀어나갈 태세라는 것을 암시했다.

"자, 이제 내가 왔으니 클래리사는 필요 없잖아." 내가 말했다.

"둘 다 필요해요." 그가 재빨리 말했다. 그는 손을 심하게 떨고 있었고, 떨리는 걸 억제하기 위해 두 손을 깍지 꼈다. 이마에 땀이 송골송골 맺혀 있고 달콤한 풀냄새가 나는 것 같았다. 그가 생각한 일이 지금 실제로 벌어지려는 중이었다. 그런데도 그가 바로 내 눈앞에 있으니 그에게 총을 겨눈다는 생각이 굉장히 터무니없어 보였다. 그리고 나는 앉고 싶었다. 갑자기 너무 피곤했다. 어디 누워서 쉬고 싶었다. 긴장과 활력을 주어야 할 아드레날린이 나를 배신한 기분이었다. 하품이 나오는 걸 참을 수 없었고, 패리는 내가 굉장히 태평하다고 생각했을 것이다.

"남의 집에 침입했군." 내가 말했다.

"당신을 사랑해요, 조." 패리가 단호하게 말했다. "그리고 그 사랑이 내 인생을 파괴했어요." 그는 같은 말을 반복해서 미안하다는 듯 클래리사를 흘끗 쳐다보았다. "내가 원한 것도 아닌데. 알고 있었죠, 당신도? 하지만 당신은 나를 가만 놔두지 않았고, 그래서 나는 당신이 그러는 데는 무슨 뜻이 있을 거라 생각했어요. 나를 유혹해야만 하는 이유가 있을 거라고. 당신은 하느님의 부르심을 받았지만, 거기에 저항하고 있었고, 그래서 당신이 나에게 도움을 요청하는 것처럼 보였어요……" 그는 잠깐 말을 멈추고 다음 생각을 찾아 어깨 너머를 돌아보았다. 나는 집중력이 흐트러지진 않았지만, 그가 클래리사 옆에 있어 걱정이 점점 커졌다. 왜 클래리사를 움직이지 못하게 할까? 로건의 집을 방문했을 때 클래리사를 잃는 것이 어떤 의미일지 깨달았던 순간이 기억났다. 지금 무슨 행동을 취해야 할까? 조니의 경고도 기억났다. 내가 총을 꺼내는 순간 패리에게 나를 죽여도 된다고 허가해주는 셈이었다. 어쩌면 대화를 통해 위험이 소멸할 수도 있었다. 한 가지 확실한 것은 그의 말에 반박해서는 안 된다는 점이었다.

클래리사의 목소리는 매우 조용하고 작았다. 그녀는 위험을 무릅쓰고 패리를 설득하고 있었다. "조가 당신한테 해를 끼칠 의도는 전혀 없었을 거예요."

패리의 이마에서 땀이 흐르는 것이 보였다. 당장이라도 무슨 짓을 하려는 것 같았다. 그가 억지웃음을 터뜨렸다. "그건 알 수 없죠!"

"사실 조는 당신을 굉장히 두려워했어요. 당신이 집 밖에 서 있고 편지를 계속 보내서요. 조는 당신에 대해 아무것도 몰랐는데, 갑자기 당신이 나타나서……"

패리는 고개를 좌우로 까딱거렸다. 자기도 모르게 보이는 경련으로, 불안한 곁눈질에서 더 심해진 증상이었다. 우리는 그가 앓는 질병의 핵심 증상을 목격하고 있었다. 그는 자기 생각에 들어 맞지 않는 사실들은 마음에서 차단해야 하는 모양이었다. "이해를 못하네요. 둘 다 이해를 못해, 근데 당신이 특히 더." 그가 클래리사를 돌아보며 말했다.

나는 재킷 주머니에 오른손을 넣고 안전장치를 찾아 더듬거렸지만, 도무지 찾을 수가 없었다.

"이게 어떤 일인지 전혀 모르는군요. 어떻게 그럴 수가 있죠? 하지만 그 얘길 하러 온 건 아니에요. 다 지난 일이니까. 이제 와서 이렇다 저렇다 따질 필요는 없죠, 안 그래요, 조? 우린 끝났잖아요, 안 그래요? 우리 모두." 그가 손가락으로 눈썹에 맺힌 땀을 닦으면서 크게 한숨을 쉬었다. 우리는 잠자코 있었다. 패리가 고개를 들고 나를 쳐다보았다. "그 얘긴 더 안 할게요. 그것 때문에 온 게 아니니까. 당신에게 부탁할 게 있어서 온 거예요. 뭔지 알거라고 생각하는데."

"알 것 같아." 나는 거짓말을 했다.

패리가 심호흡을 했다. 우리는 문제의 핵심에 다가가고 있었다. "용서?" 그가 질문하듯 끝을 올려서 말했다. "부디 용서해줘요, 조, 내가 어제 했던 일, 내가 하려고 했던 일을."

나는 너무 놀라서 말이 얼른 나오지 않았다. 나는 주머니에서 손을 빼낸 후 말했다. "자네가 날 죽이려 했군." 나는 그가 시인하는 것을 듣고 싶었다. 클래리사도 듣기를 바랐다.

"내가 계획했고, 내가 의뢰했어요. 당신이 내 사랑에 응답하지 않는다면, 차라리 당신이 죽는 게 낫다고 생각했거든요. 미친 생각이었어요. 조. 용서해줘요."

　내가 그에게 클래리사를 놔주라고 다시 요청하려는 순간, 그가 클래리사 쪽으로 몸을 돌리더니 가슴주머니에 손을 넣어 단도를 꺼내들었다. 내가 움직일 틈이 없었다. 클래리사가 두 손을 들어 목으로 가져갔지만, 패리는 그녀의 목을 겨눈 게 아니었다. 그는 칼로 허공에 커다란 반원을 그리며 자기 귀로 가져가더니 뾰족한 칼날 끝을 자기 귓불 밑에 갖다댔다. 칼을 쥔 손이 덜덜 떨리자 힘을 주어 꽉 잡는 것이 보였다. 그는 그 모습을 그녀에게 보여주었고, 그다음에는 빙 돌아서 나에게 보여주었다.

　그가 점점 더 큰 소리로 오열하면서 간청했다. 그 울음소리는 정말 견디기 힘들었다. "당신은 이제까지 나에게 뭐 하나 준 적이 없어요. 그러니 이거 하나는 줘요. 어찌 됐든 난 내 할 일을 할 거지만. 이거 하나는 당신한테 받고 싶어요. 용서요, 조. 당신이 나를 용서하면, 하느님도 용서해주실 테니까."

　충격이 나를 어리석게 만들고, 안도감이 내 반응을 혼란스럽게 만들고 있었다. 그가 클래리사나 나를 공격하지 않을 거라는 사실은 너무나 놀랍고 큰 반전이었다. 그래서 나는 감각이 마비된 듯, 그가 우리 앞에서 자신의 목을 찌르려 한다는 사실을 뒤늦게 인지할 수 있었다. 나는 겨우 입을 열었다. "칼 내려놔. 말로 하지."

　그가 고개를 가로저었고 칼을 쥔 손에 더 힘을 주는 것 같았다. 칼끝에서 피가 배어나와 가느다란 줄이 그려졌다.

　클래리사도 너무 놀라 감각이 마비된 듯 보였다. 잠시 후 그녀가 그의 팔목을 향해 손을 뻗었다. 마치 손가락만 건드려도 그가 제정신으로 돌아올지 모른다고 생각하는 듯했다.

"지금요." 패리가 말했다. "제발요, 조. 지금 말해줘요."

"미친 사람을 어떻게 용서할 수 있겠어?"

나는 클래리사로부터 떨어져 있는 그의 몸 오른쪽을 겨냥했다. 밀폐된 공간이라 폭발음이 다른 모든 감각을 지워버린 듯했고, 거실은 아무것도 없는 빈 화면처럼 섬광이 번쩍거렸다. 다음 순간 나는 바닥에 떨어진 칼을 보았고, 패리는 왼손을 부서진 팔꿈치로 가져가면서 나동그라졌는데 얼굴은 하얗게 질렸고 충격에 입을 다물지 못한 모습이었다.

논리가 감정의 엔진인 세상이라면 이 순간은 클래리사가 일어서고 우리가 서로에게 다가가 부둥켜안고 키스하며 눈물을 흘리고 위로의 말을 속삭이고 용서와 사랑의 말을 나누는 순간이 되었어야 했다. 우리는 패리에게 등을 돌릴 수 있었어야 했다. 패리의 생각은 쪼그라들어 강렬한 통점에, 부서진 척골과 요골—6개월 후 소파 밑에서 뼛조각 한 개를 발견했다—에 집중되어 있을 것이 분명했다. 우리는 그를 남겨두고 자리를 뜰 수 있었어야 했다. 그러면 경찰과 구조대가 그를 실어 간 후, 찻주전자를 두 번이나 비우면서 서로를 어루만지며 이야기를 나누고 침실로 들어가 서로를 마주보고 누워서 순수하고 익숙한 공간으로 우리 자신을 데려갈 수 있었을 것이다. 그리고 바로 그때부터 우리의 삶을 재건하는 작업을 시작할 수 있었을 것이다.

그러나 그런 논리는 비인간적일 것이다. 이 특별한 행복이 그날 오후의 클라이맥스가 될 수 없었던 것에는 직간접적인 이유들이 있었다. 스토리텔링에서, 특히 영화에서 설명을 압축하는 것은 해피엔딩으로 우리를 구슬려서, 지속된 스트레스가 감정을 좀먹는 다는 사실을 잊게 만든다. 지속적인 스트레스야말로 감정을 둔하게 만드는 커다란 원인이다. 공포로부터 풀려난 이 기쁨의 순간들은 쉽게 얻은 것이 아니다. 지난 24시간 동안 클래리사와 나는 살인 미수 사건과 자살 미수 사건을 목격했다. 클래리사는 패리의 칼에 위협을 받으면서 오후를 보내기도 했다. 그녀가 나와 통화할 때 패리가 그녀의 뺨에 칼을 들이대고 있었다고 했다. 내 입장에서는 스트레스 외에도 일련의 사건들이 내 의심이 끔찍한 사실임을 입증했다고 해서 즉각적인 위안을 얻지는 못했다. 오히려 나는 불만이라는 단조롭고 좁은 마음 때문에 갑갑함을 느꼈다. 그것은 열정 없는 분노였고, 이 사건에서 옳은 것이 진실에 의해 오염될 것이라는 직감이 들어 그 감정을 참거나 표현하기가 훨씬 더 힘들었다.

　게다가 논리 체계가 딱 하나만 있는 것도 아니다. 예를 들어 경찰은 항상 그랬듯이 상황을 다르게 보았다. 패리에 대해서는 어떤 입장이었는지 모르겠지만, 총격이 있고 20분 후에 우리집에 도착한 형사들은 내 문제에 관해서는 상당히 분명한 입장을 취했다. 불법 화기 소지 및 고의 상해. 패리가 들것에 실려 나가는 동안, 순경과 경사는 공식적으로, 심지어 약간 미안해하면서 나를 체포했다. 그리고 총기 사용 범죄 시의 일반적 체포 절차에 예외를 두어, 내가 수갑을 차지 않은 채 1층으로 걸어내려갈 수 있게 해주었다. 가는 길에 우리집으로 올라가는 경찰 사진사와 감식반원과 마주쳤다. 혹시 우리 가운데 누가 말을 바꿀 경우에 대비한 의례적인 절차라고 했다. 지난 24시간 동안 경찰서를 벌써 세번째 방문하는 거였고, 인생 전체를 놓고 봐도 세번째였다. 또 한번의 무작위 군집화. 클래리사는 목격자로서 동행할 것을 요청받았다. 린리 경사는 비번이었지만, 형사들이 내 사건 파일을 가져와서 읽었고 나는 충분히 정중한 대접을 받았다. 그래도 유치장에서, 시끄럽게 떠드는 취객의 옆방에서 하룻밤을 지냈고, 6주 후에 심리에 참석한다는 조건으로 보석으로 풀려났다. 나중에 안 사실이지만, 린리가 검사장에게 편지를 보낸 후 나를 기소하지 않는 것으로 결론 났다고 했다.

존 로건이 사망한 날 밤 우리를 하나로 만들어준 애무와 식탁에서의 대화가 그날 밤엔 전혀 없었다. 더 괴로웠던 것은 유치장에서 밤을 꼬박 지새우는 동안 나를 괴롭혔고 그후로도 며칠간 내 머릿속을 떠나지 않았던 이미지였다. 나는 바닥에 떨어진 칼을 보았고, 패리가 팔을 붙잡고 소파에서 뒤로 넘어가는 것을 보았고, 그리고 클래리사의 표정을 보았다. 그녀는 일어서 있었고 지극한 혐오와 충격을 담은 표정으로 내가 쥔 총을 바라보고 있었다. 그런 그녀를 보자 우리가 이 순간은 절대로 극복하지 못하겠구나 하는 생각이 들었다. 최근에는 내가 품었던 최악의 의심들이 사실로 확인되는 경향이 있었다. 나는 최악의 방식으로 상황을 정리하고 있었다. 내 점수는 우울할 정도로 높았다. 어쩌면 우리 관계가 정말로 끝난 건지도 몰랐다.

스물셋

사랑하는 조에게,

우리의 언쟁에 대해 미안하게 생각해. 비꼬는 거 아냐. 정말로 그렇게 생각해. 진심으로 후회하고. 우린 항상 우리 자신을 자랑스럽게 생각했잖아. 다른 커플들이 꼭 필요하고 치료 효과도 있다고 말해줬던 간헐적인 언쟁 없이도 잘 지낼 수 있다는 걸. 난 어젯밤 우리가 싸우는 게 너무 싫었어. 내가 화가 난 것도 너무 싫었고. 사실 당신이 화를 내는 게 무서웠어. 하지만 어쩌겠어, 이미 일어난 일을 되돌릴 수도 없고. 당신은 몇 번이고 말했지, 당신이 제드 패리와 맞설 때 내가 당신과 "어깨를 맞대고" 당신 편을 들어주지 않았다고, 당신이 제정신이 아니라고 의심했다고, 당신의 합리성과 추론 능력과 그의 상태에 관해 당신이 열심히 연구한 결과를 믿지 않았다고, 내가 사과할 게 엄청 많다고 말이야. 난 어젯밤에 몇 번이나 사과했다고 생각해. 그리고 지금 다시 사과할게. 난 패리가 해를 끼치진 않는, 그냥 불쌍한 괴짜라고 생각했어. 최악인 건, 그가 당신의 상상력의 산물이라고 생각했다는 거야. 그가 그렇게 폭력적으로 나올 거라고는 정말 상상도 못했어. 내 판단이 완전히 틀렸어. 미안해, 정말 미안해.

하지만 내가 어젯밤에 말하려고 했던 건 이거였어. 당신이 옳다는 사실이 단순한 문제가 아니라는 거. 당신이 다르게 행동했다면 그보다는 덜 끔찍한 결과가 나왔을 거라는 생각을 지울 수가 없어. 그리고 당신이 아무리 옳았다고 해도, 그간의 그 모든 경험이 우리에게 너무 큰 대가를 치르게 했다는 데 의문의 여지도 없고. 어깨를 맞대고? 당신은 혼자 갔어, 조. 처음부터, 당신이 패리에 대해 알게 되기 전부터도, 당신은 그에 대해 너무 열중했고 낯설게 행동했고 너무 흥분했어. 패리와의 첫 통화 기억해? 이틀이나 지나서야 내게 털어놨잖아. 그러고 나선 "진정한 과학"으로, 옛날에 포기한 길로 돌아가겠다고 했지. 그건 포기하기로, 그 이야긴 끝난 걸로 예전에 나와 합의해놓고도 말이야. 근데도 이런 일이 패리와는 아무 관련이 없다고 하는 거야? 그날 저녁 당신은 내 앞에서 문을 쾅 닫고 집을 나가버렸어. 전에는 그런 일이 한 번도 없었는데. 당신은 점점 더 초조해지고 집착이 심해졌어. 그리고 어떤 일에 대해서도 나와 대화하려고 하지 않았고. 성생활도 전무하다시피 했어. 이 얘긴 하고 싶지 않지만 내 책상을 뒤진 건 정말 충격적인 배신이었어. 내가 뭘 어쨌다고 그렇게 질투에 사로잡힌 거야? 패리 문제가 커지면서 나는 당신이 자기 세계로 점점 더 깊이 침잠해 들어가고 나에게서는 점점 더 멀어지는 것을 지켜볼 수밖에 없었어. 당신은 미쳐 있었고 외골수였고 굉장히 외로워했어. 사건을, 임무를 맡은 사람 같았지. 어쩌면 그것이 당신이 하고 싶었던 과학의 대용품이 된 건지도 몰라. 당신은 연구했고 논리적 추론을 했고 많은 일을 이해했지만, 그러는 과정에서 나와 함께 가는 것을 잊었고, 자기 마음을 터놓는 방법을 잊었지.

어젯밤에 하려다가 당신이 막아서 못한 말을 해야겠어. 그 기구 사고가 일어난 날 밤 당신 이야기를 들을 때, 밧줄을 제일 먼저 놓은 사람이 누구인지 모른다는 생각에 몹시 괴로워하는 게 분명히 느껴졌어. 당신은 그 생각에 정면으로 부딪쳐서 사실을 확인하거나, 아니라고 무시하고 잊어버리거나, 어떤 식으로든 그 생각과 화해할 필요가 있었어. 난 우리가 그 이야기를 다시 하게 될 거라고 생각했어. 내가 당신을 도울 수 있을 거라고 생각했고, 내가 볼 때, 당신이 부끄러워해야 할 일은 하나도 없었거든. 오히려 그 반대로 난 당신이 그날 매우 용감했다고 생각해. 하지만 사고 이후에 당신이 느낀 감정도 분명한 사실이었지. 패리가 당신에게 죄책감으로부터의 탈출구를 제공해준 건 아닐까? 당신은 초조해하면서도 이 새로운 상황으로 기꺼이 뛰어든 것처럼 보였어. 스스로 정말 자랑스러워하는 합리적 분석 능력을 발휘했어야 하는 상황에서 두 손으로 귀를 틀어막고 걱정거리에서 도망치는 것으로 보였다고.

패리는 내가 전혀 추측할 수 없었던 방식으로 미쳤다는 거, 인정해. 하지만 당신이 자기를 유혹하고 있다는 인상을 그가 어떻게 받았는지도 이해할 수 있을 것 같아. 그가 당신 마음속에서 뭔가를 끌어낸 거야. 첫날부터 당신은 그를 적으로 보았고 그를 처부술 생각만 했지. 그래서 당신이, 아니 우리가 큰 대가를 치렀어. 당신이 나와 더 많은 것을 공유했다면, 그는 그런 단계에 이르지 않았을지도 몰라. 당신이 화나서 집을 나간 날 밤, 내가 제안했던 거 기억나? 그를 초대해서 대화해보는 게 어떠냐고 한 거? 당신은 믿어지지 않는다는 표정으로 나를 빤히 쳐다보다 말았지만, 난 확신해, 그땐 패리도 몰랐을 거야, 언젠가는 당신이 죽기를 바라게 될 거라는 사실을. 우리 둘이 힘을 합했다면 패리가 선택의 방향을 바꾸게 만들 수 있었을지도 몰라.

당신은 뭐든 당신 마음대로 했고, 그에게 모든 것을 부인했고, 그래서 그의 망상이 그리고 궁극적으로는 그의 증오가 무르익게 조장했어. 어젯밤에 당신이 내 목숨을 구했다는 걸 아느냐고 물었지. 알고말고, 직접적인 측면에선 당신 말이 맞아, 당신이 내 목숨을 구했어. 항상 감사하면서 살게. 당신은 용감했고 지략이 넘쳤어. 사실 굉장히 멋졌어. 하지만 패리가 살인 청부업자들을 고용하고, 내가 칼로 위협받는 상황이 된 것이 불가피한 일이었다고는 생각하지 않아. 내가 보기에 그는 항상 자해할 가능성이 더 큰 것 같았어. 난 참 틀리기도 잘하고 맞기도 잘한다, 그치! 당신이 내 목숨을 구했지만, 그전에 먼저 내 목숨을 위험에 빠뜨린 것도 당신이야. 패리를 끌어들이고, 계속 과민반응을 보이고, 마치 그를 당신이 원하는 방향으로 밀고 가는 것처럼 그의 다음 행동을 추측했잖아.

낯선 사람이 우리의 삶에 침입했고, 그후 제일 먼저 벌어진 일은 당신이 나에게 낯선 사람이 된 거였어. 당신은 그가 드클레랑보 증후군(그게 정말 병인지는 모르겠지만)을 앓고 있다는 걸 알아냈고, 그가 폭력적인 태도를 보일 수 있다고 예측했지. 당신 예측이 옳았어. 당신은 단호하게 행동했고, 그 점에 대해서는 자부심을 가져도 돼. 하지만 다른 것은? 왜 그 일이 일어났을까? 그 일이 당신을 어떻게 변화시켰지? 어떤 다른 결과를 낳았을 수도 있을까? 그 일이 우리에게 어떤 영향을 미쳤지? 이런 의문들은 여전히 남아 있고, 이제부터 진지하게 생각해봐야 해.

우리에겐 따로 떨어져 지내는 시간이 필요할 것 같아. 적어도 나에겐 그래. 루크 오빠가 새 세입자를 구할 때까지 캠든 스퀘어 아파트에 들어와 살래. 이 일이 우리를 어디로 데려갈진 잘 모르겠어. 지금까지 함께하면서 참 행복했는데. 서로를 열정적으로 사랑했고 서로에게 충실했고. 난 항상 우리의 사랑은 영원히 지속될 거라고 생각했어. 어쩌면 그렇게 될지도 모르지. 하지만 지금은 잘 모르겠어.

클래리사

스물넷

패리를 쏘고 열흘 후, 나는 조지프 레이시와의 약속을 지키기 위해 와틀링턴으로 달려갔다. 그다음날 오전에는 서재에서 전화를 돌려 약속을 정했고, 오후에는 동네 이탈리아 식료품점에 가서 소풍에 가져갈 음식을 샀다. 공 모양 모차렐라 치즈, 치아바타, 올리브, 토마토, 안초비, 그리고 아이들을 위한 마르게리타피자 등 예전에 소풍 갈 때 준비했던 것과 거의 똑같았다. 다음날 아침 나는 음식을 배낭에 넣고 키안티 와인 두 병과 미네랄워터와 여섯 병들이 콜라 한 팩도 챙겼다. 구름이 끼고 선선한 날씨였지만 서쪽에서부터 가는 띠 같은 푸른 하늘이 번져오고 있었고, 일기예보에서는 푹푹 찌는 더위가 족히 일주일은 지속될 것으로 예상했다. 나는 클래리사를 태우러 캠든 타운으로 달려갔다. 그 전날 레이시의 이야기를 전했더니, 그녀는 자기도 함께 옥스퍼드에 가겠다고 고집했다. 이 이야기에서 여기까지 함께 왔으니, 그 이야기가 우리에게 무슨 짓을 했든 결말에도 함께 있고 싶다고 했다.

내가 주차하자마자 클래리사가 아파트 밖 계단으로 나온 걸 보면 창문으로 내다보며 나를 기다리고 있었던 것이 틀림없었다. 차에서 내린 나는 그녀가 다가오는 모습을 보면서 어떻게 인사할지 고민했다. 그녀의 옷과 책이 가득 든 여행 가방을 택시까지 내려다주겠다고 했다 거절당한 그날 밤 이후로 그녀를 처음 보는 거였다. 환한 거리에서 열린 차 문에 기대선 나는 이 익숙한 나의 애인이 이렇게나 빨리 다른 사람이 된 것을 보면서 갑작스러운 통증—외로움 반, 공포감 반—을 느꼈다. 날염된 원피스는 새 옷이었고, 초록색 에스파드리유도 새것이었다. 심지어 피부도 달라 보였는데, 더 희고 매끈해진 것 같았다. 우리는 "안녕"이라고 인사하며 어색하게 손을 꼭 잡았다가 놓았다. 위선적으로 서로의 뺨에 입을 맞추는 것보다는 나았다. 익숙한 향수 냄새가 위안이 되진 않았다. 그 사실에 새로운 변화가 훨씬 더 가슴 아프게 느껴졌다.

그녀도 나와 비슷한 감정이었는지, 차가 출발하자 너무나 밝은 목소리로 말했다. "새 재킷 멋있네."

나는 그녀에게 감사를 표한 뒤 원피스가 예쁘다고 말했다. 어떻게 같이 차를 타고 가야 하나 고민이 많았다. 또 언쟁을 벌이고 싶지 않았고, 그렇다고 서로의 차이를 무시할 수도 없었다. 그러나 일주일을 떨어져 있었더니 중립적인 화제가 몇 개 생겼다. 우선 나는 조지프 레이시를 그의 집 정원에서 만난 일을 이야기했고, 곧 있을 만남을 어떻게 준비했는지 이야기했다. 거기까지 이야기했을 때 우리는 런던 서부의 교외 지역을 지나고 있었다. 다음으로 우리는 일 얘기를 했다. 키츠의 마지막 편지들을 찾는 작업에 새로운 단서가 나왔다. 클래리사가 일본인 학자와 연락이 됐는데, 그는 12년 전 영국 국립도서관에서 키츠의 친구인 세번의 먼 친척이 쓴 미출간 편지를 읽었다고 주장했다. 그 일본인 학자는 거기에 키츠가 연인 패니에게 썼지만 부치지는 않은 편지에 대한 언급이 있었는데 "절망의 손길이 닿지 않은, 영원한 사랑의 외침"이라고 묘사되어 있었다고 전했다. 클래리사는 시간 날 때마다 세번 친척의 편지에 대해 자세히 알아보려고 애썼지만 별다른 성과가 없었다. 도서관이 킹스크로스로 이전하는 바람에 찾기가 더 어려워졌고, 그래서 클래리사는 그 학자의 메모를 확인하러 도쿄로 날아갈 것을 고민하고 있었다.

나는 어느 일요일 신문의 의뢰를 받아 전기차 시운전을 하러 버밍엄에 갔다 온 이야기를 했다. 화성 탐사에 관한 회의를 취재하러 마이애미로 날아가야 한다는 이야기도 했다. 전기차 시제품이 움직이지 않았을 때 홍보팀 사람들이 얼마나 충격받았는지 약간 과장해서 우스꽝스럽게 묘사했는데도 클래리사는 웃지 않았다. 어쩌면 그녀는 우리의 삶을 점점 더 멀어지게 만드는 원심력이 작용하는 지역에 대해, 마이다 베일과 캠든 타운, 마이애미와 도쿄에 대해 생각하고 있는지도 몰랐다. 칠턴스에서 옥스퍼드 계곡으로 내려가는 동안 둘 다 말이 없었고, 그래서 내가 화성 식민지화에 관해 설명했다. 처음에는 이끼류, 그다음엔 내한성 수목 같은 단순한 생명체를 화성에 심는 것이 가능할 수도 있고, 그러면 수천 년에 걸쳐 산소 기반의 대기가 만들어질 수 있을 것이라고 말했다. 그러면 온도가 상승할 것이고, 점차 인간이 살 수 있는 아름다운 터전이 될 수 있을 거라고 전망했다. 클래리사는 앞유리 너머에서 나타나 우리 발밑으로 굴러오는 도로를 응시했고, 좌우로 고개를 돌려 녹음이 짙어가는 들판과, 산울타리를 따라 자라고 있는 카우파슬리*를 바라보았다. "그래서 뭐? 여기도 이렇게 아름다운데, 우린 아직도 불행하잖아."

'우리'가 누구를 뜻하는지 그녀에게 묻지 않았다. 이렇게 밀폐된 공간에서 사적인 대화를 계속하는 것이 두려웠다. 우리의 언쟁은 한번 시작하면 길고 끔찍하게 지속되었고, 내가 소리를 지르지는 않았지만, 그녀가 편지에서 언급했던 것처럼 목소리를 높였고―우리 둘 다 그랬다―꿈같이 동요된 상태로 거실을 서성거렸다. 카펫에 있는 혈흔뿐만 아니라 이런 싸움도 패리가 남긴 유산이었다. 상호 비난의 아수라장이 벌어졌고, 있는 대로 모든 것을 해부한 끝에 우리는 지치고 씁쓸해하며 새벽 3시에 각자의 침대에 쓰러져버렸다. 클래리사의 편지는 우리 사이를 더 갈라놓았다. 15년 전이었다면 나는 그 편지를 심각하게 받아들였을 것이고, 그 편지에 지혜와 내가 완고해서 이해하지 못하는 섬세함이 담겨 있다고 생각했을 것이다. 질책당한다고 느끼는 것이 내 의무라고, 감성 교육의 일부라고 생각했을지도 몰랐다. 그러나 15년의 세월

---

* 아주 작은 흰 꽃이 많이 피는 유럽산 야생화.

은 우리를 강하게 만들었고, 내 눈에 그녀의 편지는 그냥 부당한 주장으로 보였다. 상처받은 피해자인 듯한 독선적인 어조, 구질구질한 감정적 논리, 대단히 선택적인 기억 뒤에 숨은 오만한 태도가 싫었다. 미치광이가 사람을 고용해 레스토랑에서 나를 살해하려 했다. 그런 마당에 우리의 감정을 "공유하는 것"이 무슨 대수라고. 외골수에 집착이 심하고, 성욕이 없다고? 안 그런 사람도 있나? 병적인 의식이 내 의식에 붙어살려고 아우성을 치고 있다. 외로움은 내가 요구한 것이 아니었다. 아무도 내 말을 들으려고 하지 않았다. 그녀와 경찰이 나의 고립을 강요했을 뿐이었다.

그녀의 편지가 온 날 아침 나는 전화로 이런 이야기를 다 했고, 물론 그렇다고 무슨 진전이 있었던 것은 아니었다. 지금 우리는 너비 2미터도 안 되는 공간에서 "어깨를 맞대고" 앉아 있었지만, 우리의 차이점이라는 문제는 꺼낼 수 없는 화제였다. 나는 그녀를 흘끗 쳐다보았고, 그녀가 아름답고 슬퍼 보인다고 생각했다. 아니, 슬픔은 내 것이었을까?

우리는 잡담을 하면서 헤딩턴을 통과해 옥스퍼드 시내로 들어섰다. 그리고 로건 부부의 집 앞, 지난번에 차를 댔던 바로 그 자리에 차를 세웠다. 고요한 거리의 양옆으로 줄지어 늘어선 나무들이 초록의 터널을 만들고, 곳곳에서 밝은 햇빛이 바늘처럼 터널을 찔렀다. 나는 차에서 내리면서 이런 곳에서의 삶에 대해, 지루하고 생산적인 생활에 대해 상상해보았다. 배낭은 내가 멨고, 우리는 점심식사에 초대받은 부부처럼 나란히 벽돌길을 걸어 현관 쪽으로 갔다. 클래리사는 집 앞마당을 보며 칭찬의 말을 중얼거리기도 했다. 이 꾸며진 평범함의 마법은 현관문이 열리고 어린 레오가 우리 앞에 나타났을 때 깨졌다. 레오는 옷을 입고 있지 않았고, 가슴과 콧등에 페이스페인팅으로 어설픈 호랑이 줄무늬를 그려놓은 모습이었다. 나를 알아보지 못한 소년이 나를 보면서 말했다. "나 호랑이 아닌데. 나 늑댄데."

"너 늑대구나." 내가 말했다. "근데 엄마는 어디 계셔?"

진 로건이 부엌 옆 어두운 공간에서 나타나 우리에게 다가왔다. 시간이 치유라는 면에서 아무런 역할도 하지 못한 것을 알 수 있었다. 코는 똑같이 가느다랬고, 인중은 똑같이 헐어 있었다. 표정은 더 굳어 있고, 분노가 뼈에 새겨지는 중인 듯했다. 오른손에 돌돌 만 손수건을 쥐고 있다 왼손으로 옮기고는 클래리사와 먼저 악수한 다음 나와 악수했다. 그러고는 레오를 씻기고 옷을 입혀서 나올 테니 뒷마당에서 기다려주겠느냐고 우리에게 물었다. 뒷마당에선 민소매 티셔츠에 짧은 반바지를 입은 레이철이 잔디밭에 엎드려 일광욕을 하고 있었다. 우리가 다가오는 소리를 듣고는 돌아누워서 자는 척, 혹은 기절한 척을 했다. 클래리사가 무릎을 꿇고 풀 줄기로 소녀의 턱을 간질였다.

레이철은 햇빛이 너무 눈부셔서 눈을 꼭 감은 채로 새된 목소리로 소리쳤다. "누군지 아니까, 나를 웃기려고 하지 마세요!" 간지러움을 더는 참지 못하고 벌떡 일어나 앉은 소녀는 눈앞에 내가 아니라 클래리사의 얼굴이 있는 것을 발견했다.

"내가 누군지는 모르니까, 난 널 웃겨도 되지?" 클래리사가 말했다. "네가 내 이름을 맞힐 때까지 계속할 거야." 간질임이 계속

되자 레이철이 "룸펠슈틸츠킨"*을 소리쳐 부르면서 자비를 구했다. 내가 집 안으로 들어가려고 돌아섰을 때, 소녀는 클래리사의 손을 잡고 정원을 돌아보려는 참이었다. 무너졌던 텐트가 마구 짓밟혀 있는 것이 보였다.

진 로건은 복도에서 무릎을 꿇고 앉아 레오의 샌들 버클을 잠가주고 있었다. "우리 아들 다 컸으니까 이런 건 혼자 해야 하는데." 그녀가 말했다. 레오는 손바닥으로 엄마의 머리를 쓰다듬었다. "하지만 난 엄마가 해주는 게 좋은데." 레오는 승자의 미소를 띠고 나를 쳐다보며 말했다.

내가 그녀에게 말했다. "부인이 이 이야기를 직접 들으시는 게 좋겠습니다. 그러니 말씀해주세요. 우리가 어디로 소풍을 갈 건지."

그녀가 일어서더니 한숨을 쉬고는 템스 강변에 있는 포트메도라는 초원으로 갈 거라고 말했다. 그러고 나서 계단 앞에 놓인 전화기를 가리켰다. 나는 그녀와 레오가 마당으로 나갈 때까지 기다렸다가 대학교로 전화해서 오일러**상을 수상한 논리학 교수를 바꿔달라고 했다.

초원은 도보로 겨우 5분 거리에 있었다. 새 친구가 생긴 누나를 질투하던 레오는 클래리사의 자유로운 팔을 붙잡고 걸으면서 둘의 대화를 방해하려고 생각나는 비틀스 노래는 전부 몇 소절씩 흥

---

* 독일 민화에 나오는 난쟁이.
** 스위스의 천재 수학자. 기하학, 미적분학, 역학, 그리고 정수론 형성에 결정적인 기여를 했다.

얼거렸다. 레이철은 지지 않고 더 큰 소리로 얘기했다. 진 로건과 나는 이 시끄러운 삼인조 뒤로 몇 걸음 떨어져서 걸었다. 그녀가 말했다. "저분도 아이들을 정말 잘 보시네요. 선생님도 그렇고." 나는 우리 삶에 들어왔던 아이들에 대해, 그리고 그 아이들을 위한 손님방에 대해 말해주었다. 최근에는 클래리사의 침실로 쓰다가, 이제는 그것도 아니게 되었지만.

철도교를 건너자, 미나리아재비가 끝도 없이 펼쳐진 광활한 초원이 갑자기 우리 눈앞에 나타났다. 진 로건이 말했다. "얘기를 듣겠다고는 했지만, 끝까지 들을 수 있을지 자신은 없어요. 특히 레이철과 레오가 같이 있는 자리에서는요."

"하실 수 있어요." 내가 말했다. "어쨌든 이젠 되돌릴 수도 없고요."

우리는 호기심에 따라오는 암송아지들의 호위를 받으며, 미나리아재비로 가득한 들판을 가로질러 강가로 걸어갔고, 거기서 상류로 200~300미터를 올라갔다. 그리고 원래는 강둑이었는데 물을 마시러 오는 소와 조랑말의 발길에 밟히고 눌려 작은 해변처럼 되어버린 곳에서 걸음을 멈추고 자리를 잡았다. 진은 커다란 군용 돗자리를 깔았고, 나는 거기에 음식을 차리면서 이 돗자리는 존 로건의 것이었을 거라고, 우리가 알지 못하는 수많은 탐험에 그와 함께했을 거라고 생각했다. 나는 두 여성에게 와인을 따라주었다. 레오와 레이철은 강에 들어가 걸어 다니면서 나에게도 들어오라고 소리치고 있었다. 나는 신발과 양말을 벗고 바지를 걸어올린 후 아이들을 따라 들어갔다. 이렇게 강에 들어가 발가락 사이로 밀고 올라오는 진흙을 느끼며 흙과 강물 냄새를 맡았던 때가 언젠지 기억이 까마득했다. 클래리사와 진이 대화하는 동안, 우리는 오리에게 먹이를 주고 자갈로 물수제비를 떴으며 진흙 성을 쌓고 해자를 만들었다. 잠깐 쉬는 동안 레이철이 쭈뼛쭈뼛 다가와서 말했다. "전에 아저씨가 와서 우리랑 얘기했던 거 기억나요."

"나도 기억나." 내가 말했다.

"그럼 다른 얘기 해요, 오늘은."

"그러자." 내가 말했다. "무슨 얘기 할까?"

"아저씨가 먼저 해요."

나는 잠깐 생각하다 강을 가리켰다. "세상에서 가장 작은 물을 상상해봐. 사람 눈에 보이지 않을 정도로 아주 작은……"

레이철은 잔디밭에서 그랬던 것처럼 눈을 가늘게 뜨고 나를 보았다. "가장 작은 물방울 같은 거 말이죠?" 소녀가 말했다.

"훨씬 더 작은 거. 현미경으로 봐도 안 보이는 거. 아무것도 아닌 것에 가까운 거. 수소 원자 두 개와 산소 원자 한 개가 신비롭고 센 힘에 의해 하나로 합쳐진 거."

"알 것 같아요." 소녀가 외쳤다. "유리로 만들어져 있어요."

"좋아. 이젠 그 작은 물이 수십억 개, 수조 개가 차곡차곡 쌓여 있고 사방으로 뻗어나간다고 상상해봐. 거의 무한으로 뻗어 있는 거지. 그리고 이젠 강바닥이 길고 얕은 미끄럼틀이라고, 구불구불하고 진흙투성이인 미끄럼틀이라고 상상해봐. 길이가 160킬로미터나 되고, 바다로 뻗어 있는 미끄럼틀인 거야."

대화는 거기서 중단되었다. 강둑에서 바쁘게 움직이던 레오가 자기만 빼고 무슨 일이 벌어지고 있다는 것을 알아차리고는 다가와서 끼어들었다. 자기를 끼워주지 않으면 물을 끼얹을 태세였다.

"아, 정말." 레이철이 소리쳤다. "저리 가!"

그때 점심 먹자고 부르는 소리가 들렸다. 우리가 강기슭에 이르기 전에 레이철이 내 팔을 꼬집었다. 우리 이야기가 아직 안 끝났다는 것을 알려주려는 듯했다.

음식을 먹으면서 이탈리아와 휴가 이야기가 자연스레 나왔다. 아이들은 앵무새가 살았던 해변, 화산 옆에서 자라는 전나무같이 뒤죽박죽 섞인 기억을 앞다투어 불러냈다. 레이철은 바닥이 유리로 된 배를 탄 적이 있다고 말했고, 레오는 바닥이 유리로 된 배는 있을 수 없다고 주장했다. 그 배를 하루 빌렸고, 여섯 시간이나 걸어서 그 화산을 올라갔고, 레오도 따라갔었다는 이야기는 존 로건이라는 강한 존재가 함께했음을 암시했지만, 레오조차 아빠를 직접 언급하지는 않았다.

점심식사가 끝날 무렵, 어른들은 와인과 햇빛의 영향으로 나른해져 있었다. 어른들에게 싫증이 난 아이들은 사과 조각을 들고 조랑말에게 먹이를 주러 갔다. 진은 레이철이 아빠를 그리워하면서도 절대로 표현하지는 않는다고 말했다. "아까 강에서 선생님과 얘기하는 거 봤어요. 레이철은 집 안에 들어오는 모든 남자 어른에게 착 달라붙어요. 엄마한테선 얻지 못하는 것을 그분들한테서 얻을 수 있다고 느끼는 것 같아요. 레이철은 사람을 너무 잘 믿어요. 아이가 뭘 원하는지 알 수 있으면 좋겠어요. 어쩌면 그냥 남자 목소리일지도 모르지만요."

진 로건이 말하는 동안 우리는 아이들을 보고 있었다. 아이들은 강 상류 쪽으로 더 올라가고 있었다. 엄마와 거리가 꽤 멀어지자 레오가 뒤를 흘끗 돌아보더니 자기 손을 누나의 손안으로 슬쩍 밀어넣었다. 진은 아이들이 서로를 잘 챙긴다고 말하다 갑자기 입을 다물었다. "오, 하느님! 저기 와요. 저 여자인가봐요."

우리는 똑바로 앉아 뒤를 돌아보았다. 나는 자리에서 일어섰다.

"제가 선생님께 부탁한 건 아는데." 진의 말이 빨라졌다. "근데 도저히 못 만나겠어요. 저한테는 너무 이른 것 같아요. 게다가 누굴 데리고 왔어요. 아버지거나 변호사겠죠. 만나고 싶지 않아요. 만나고 싶다고 생각했는데……"

클래리사가 진의 팔을 잡았다. "괜찮아요." 클래리사가 말했다.

두 사람은 10미터 정도 떨어진 곳에서 걸음을 멈추고 나란히 서서 나를 기다리고 있었다. 내가 다가가자 젊은 여성은 고개를 돌렸다. 나는 그녀가 대학생이라는 것을 알고 있었다. 나이는 스무 살 정도로 보였고, 진 로건이 상상하던 최악의 두려움을 구현한 듯 굉장히 예뻤다. 남자는 그 아가씨가 다니는 대학의 논리학 교수인 제임스 리드였다. 우리는 악수를 하고 통성명을 했다. 교수는 나와 비슷한 연배로 쉰 살쯤 되어 보였고, 다소 통통한 편이었다. 교수가 그 여학생을 보니 디즈라고 소개했고, 나는 그녀와 악수를 하면서 나이 많은 남자가 그녀 때문에 모든 것을 걸 수도 있겠다고 생각했다. 금발에 푸른 눈이고 복숭아처럼 뽀얀 살결을 가진, 매릴린 먼로의 계보를 잇는 미인이라고 묘사하는 것을 들었다면 너무 진부하다고 생각했을 정도로 아름다웠다. 찢어진 청바지에 해진 핑크색 티셔츠를 입고 있었다. 반면에 교수는 리넨 정장에 넥타이를 매고 있었다.

"자, 빨리 끝내고 가자, 알았지?" 교수가 한숨 섞인 목소리로 말했다. 그는 학생을 보고 있었고, 그녀는 샌들 신은 발을 내려다보면서(발톱에는 빨간색 매니큐어가 칠해져 있었다) 풀이 죽어 고개를 끄덕였다.

나는 그들을 우리가 앉아 있던 자리로 안내한 후 대신 소개했다. 진은 보니에겐 눈길도 주지 않고 계속 교수만 보고 있었다. 내가 그들에게 앉으라고 권했다. 보니는 돗자리 끝 풀밭에 책상다리를 하고 앉았다. 리드는 한쪽 무릎을 꿇고 한쪽 다리는 구부림으로써 위엄과 정중함 사이에서 타협했다. 그가 나를 쳐다보았고, 나는 고개를 끄덕였다.

그는 구부린 무릎에 두 손을 올려놓고 한동안 땅을 응시하며 생각을 정리했다. 평생 강의를 하면서 붙은 습관이었다. 드디어 그가 입을 열었다. "저희는 해명하고 사과드리러 왔습니다." 그는 진을 보며 말했지만, 진은 남은 피자 *끄트머리*를 바라보고 있었다. "부인이 이 비극을, 이 비통한 상실의 시간을 겪고 계시는데, 또다른 고통을 받으시면 안 되니까요.. 부군 차에 남아 있었던 스카프는 보니의 것이 맞습니다. 그건 분명한 사실입니다……"

진이 말을 잘랐다. 갑자기 그녀가 성난 눈으로 젊은 아가씨를 노려보았다. "그렇다면 그 말을 본인 입으로 직접 듣고 싶네요."

그러나 보니는 그 성난 눈이 뿜어내는 열기에 주눅 들어, 말을 하지도 고개를 들지도 못했다.

리드가 말을 이었다. "보니가 거기 있었던 건 맞습니다. 그런데 그 자리에 저도 있었습니다, 부인. 우리 둘이 함께 있었죠." 그는 진을 바라보며 그녀가 자기 말을 머릿속에 입력할 시간을 주었다. 그러고 나서 말했다. "아주 간단하게 말씀드릴게요. 보니와 저는 사랑하는 사이입니다. 둘의 나이 차가 서른 살이나 되고, 정말 바보 같은 짓이라는 건 알지만, 그래도 서로 사랑하는 사이입니다. 지금까지는 그 사실을 비밀로 지켜왔는데, 이젠 온갖 복잡하고 힘든 문제에 맞닥뜨려야 한다는 것도 알고 있고요. 저희 관계를 숨기려는 어설픈 시도가 이렇게 큰 고통을 불러올 거라고는 상상도 못했습니다. 그때 일어난 일을 다 들으시고 나서, 저희를 용서해주신다면 정말 좋겠습니다."

저 멀리 강둑에서 아이들이 서로에게 외치는 소리가 들렸다. 진은 조용히 앉아 있었다. 말이 나오는 걸 막으려는 듯 왼손을 들어 입을 가리고 있었다.

"대학에서 제 직위를 유지하는 건 불가능하겠죠. 그만두는 게 답일 겁니다. 하지만 네가 걱정할 필요는 없어." 교수가 마지막 말은 보니에게 하면서 그녀와 눈을 맞추려고 했지만, 그녀는 애써 피했다.

"최근까지 보니와 저는 옥스퍼드에서 둘이 함께 있는 것을 들키지 않는다는 원칙을 갖고 있었죠. 이제 그런 원칙 같은 건 개한테 줘버렸지만요. 이 일이 일어난 날, 우리는 칠턴스에 소풍을 가기로 했습니다. 제가 시내 끝에 있는 버스 정류장에서 보니를 태웠죠. 그런데 2킬로미터도 채 못 가서 차가 그만 고장이 났어요.

차를 긴급 대피 구역으로 밀어다놨는데, 보니가 소풍을 포기하지 말자고 하더라고요. 차 문제는 나중에 해결하자면서요. 다른 차를 얻어 타기로 했죠. 그래서 저는 보니 뒤로 숨었습니다. 남의 시선을 굉장히 의식했고 누가 나를 알아보면 어쩌나 걱정했죠. 1~2분 후 차가 한 대 섰는데, 부군이었습니다. 런던에 가는 길이라고 하더군요. 대단히 우호적이고 친절하셨어요. 저희 관계에 대해 추측했을지도 모르지만, 반감은 전혀 보이지 않았고요. 오히려 정반대였습니다. 고속도로에서 빠져나와 우회해서 크리스마스 커먼 근처에 우릴 내려주겠다고 하더군요. 그리고 그곳에 거의 도착했을 때, 그 남자와 사내아이가 강풍에 휩쓸린 기구 때문에 위험에 처한 것을 보았죠. 저는 무슨 일인지 완벽히 이해하진 못했습니다. 뒷좌석에 앉아 있었거든요. 근데 부인 남편은 급히 차를 세우더니 한마디 말도 없이 도우러 달려가더군요. 저희도 차에서 내려서 지켜봤죠. 전 그다지 활동적인 사람이 아니라서요. 그리고 벌써 꽤 많은 사람이 그 일을 해결하려고 달려가고 있는 것 같아서, 적어도 처음에는 그냥 가만히 있는 게 합리적인 선택으로 보였습니다. 제가 달려갔더라도 큰 도움은 되지 못했을 거고요. 근데 상황이 걷잡을 수 없이 악화되더니 끔찍한 일이 벌어지기 시작했어요. 그때야 깨달았죠, 빨리 달려가서 사람들을 도와 기구가 뜨지 못하게 밧줄을 붙잡아야 한다는 걸 말이죠. 그래서 달려가기 시작했습니다. 하지만 이미 너무 늦어버렸고, 기구가 공중으로 떠올랐어요. 그다음 일은 다들 아실 겁니다."

리드는 다음 말을 생각하면서 잠깐 머뭇거렸다. 그의 목소리가 작아졌고, 나는 그의 말을 듣기 위해 앞으로 몸을 숙여야 했다.

"부군이 추락하는 걸 보고 저희는 큰 충격을 받았습니다. 공포
그 자체였죠. 저희는 마음을 진정하고 이제 어떻게 해야 할지 생
각하려고 애쓰면서 오솔길을 걸어갔어요. 차를 세워놓은 데서 점
점 멀어졌고, 보니의 스카프와 소풍 준비물이 차에 있다는 것도
잊고 있었죠. 몇 시간을 걸었는지 모르겠어요. 말씀드리기 부끄럽
지만, 그땐 저희가 목격자로 나서면 제가 학생 한 명과 시골에서
뭘 하고 있었는지 설명해야 할 거라는 게 제일 큰 걱정거리였습니
다. 어떻게 해야 할지 정말 난감했어요.

몇 시간 후에 정신을 차리고 보니 와틀링턴까지 갔더군요. 버
스나 택시 편을 알아보려고 시내 펍에 들어갔죠. 거기 바에 한 남
자가 서서 바텐더와 단골손님 몇 명에게 그날 오후에 일어난 사건
에 대해 이야기해주고 있었습니다. 밧줄을 붙잡았던 남자 가운데
한 명이었던 게 분명했어요. 저도 모르게 저희도 거기 있었다는
말을 했습니다. 이런 일이 낯선 사람들을 하나로 묶어주고 그러니
까요. 그러려면 이야기를 해야 하고요. 거기 있지 않았던 사람들
은 아웃사이더로 보이더군요. 나중에는 이야기를 더 나누기 위해
조지프 레이시라는 그 남자를 따라 집까지 가게 됐죠. 그때 제 문
제를 털어놨습니다. 나중에 그가 저희를 옥스퍼드까지 태워다주
면서 충고하더군요. 그는 이 사고의 목격자는 충분하다고 생각했
어요. 굳이 저희까지 진술을 보탤 필요는 없다고 했죠. 하지만 혹
시 목격자들 간에 의견이 다르거나 엇갈리는 이야기가 나오면 저
에게 연락하겠다면서 나서는 건 그때 다시 생각해보라고 했어요.

그래서 나서지 않은 겁니다. 그것 때문에 부인이 고통받으셨다니, 정말, 진심으로 죄송합니다……"

이 이야기를 들으면서 나는 주변의 초원과 미나리아재비가 황금 물결을 이루는 들판을 둘러보았다. 초원 끝에서는 말과 조랑말 몇 마리가 마을을 향해 달려가고 있었고, 저 멀리 도시 외곽순환도로를 달리는 자동차 소리가 벌이 윙윙거리는 소리처럼 작게 들렸다. 아이들이 대화에 푹 빠진 채 우리 쪽으로 천천히 걸어오고 있었다. 클래리사는 조용히 소풍 물품을 정리해 짐을 싸고 있었다.

"오, 하느님." 진 로건이 탄식했다.

"부군은 대단히 용감한 남자였습니다." 언젠가 내가 했던 말을 교수가 진에게 건넸다. "다른 사람들은 상상만 할 수 있는 그런 용기를 갖고 계셨어요. 로건 부인, 저희가 그렇게 이기적이고 무심했던 것을 용서해주시겠습니까?"

"물론 용서합니다." 그녀가 화난 목소리로 말했다. 눈에는 눈물이 맺혀 있었다. "하지만 저는 누구한테 용서받죠? 저를 용서해줄 수 있는 유일한 사람은 죽고 없는데."

리드는 그녀에게 그렇게 생각하지 말라고 말했다. 진은 다시 목소리를 높여 자신을 책망했다. 교수의 위로와 진 로건의 자책이 뒤엉켜 싸웠다. 크라이스트처치의 학장 루이스 캐럴이 자신의 사랑스러운 집착의 대상들을 재미있게 해주기 위해 이야기를 지어냈던 여기 이 강둑에서 앞다투어 용서를 구하는 그 둘의 모습이 내 눈에는 매드 해터처럼 미치광이로 보였다. 나와 클래리사는 눈이 마주치자 어색한 미소를 교환했는데, 그것은 마치 서로에게 용서나 적어도 관용을, 진과 리드의 열정적인 대위법의 대화 속에 드러나는 것과 같은 용서와 관용을 청하는 것처럼 보였다. 나는 그녀가 편지에 썼듯이, 지금은 잘 모르겠다는 뜻으로 어깨를 으쓱했다.

마침내 모두 일어섰다. 짐은 모두 쌌고, 돗자리도 접은 상태였다. 지금까지 아무 말도 하지 않았던 보니는 몇 걸음 물러나 있었고, 초조하게 서성이는 것으로 보아 여길 빨리 벗어나고 싶은 게 틀림없었다. 그녀는 진짜 어리숙하고 멍청한 금발 미녀거나, 아니면 우리 모두를 무시하는 것 같았다. 리드는 애인의 뜻을 따르고 싶은 마음은 굴뚝같지만 적절하게 작별인사를 하고 가야 한다는 의무감에 하릴없이 서성이고 있었다. 배낭을 어깨에 둘러멘 내가 빨리 작별인사를 하고 그를 곤경에서 구해주려고 하는데, 레이철과 레오가 내 양옆에 나타났다.

아직도 나는 아이들이 내 손을 잡을 때 느끼는 그 은근한 자부심과 뿌듯함에서 졸업하지 못했다. 아이들이 내 손을 끌고 진흙투성이 강가로 데려갔고, 나는 거기 서서 느리게 흐르는 갈색의 혼탁한 강물을 바라보았다.

"저, 이제, 레오한테도 얘기해주세요." 레이철이 말했다. "그 얘기 다시 천천히 해주세요, 그 강물 이야기요."

부록 I

〈영국 정신의학 리뷰〉에서 전재

로버트 웬(의학학사, 화학학사, 왕립정신과의사협회 회원), 안토니오 카미아(문학학사, 의학학사, 왕립산부인과의사협회 회원, 왕립정신과의사협회 회원)

종교적 의미가 내재된 동성애적 집착: 드클레랑보 증후군의 임상적 변이

드클레랑보 증후군의 순전한 (주요) 사례는 종교적 확신이 망상의 중심이 되는 남성에게서 찾아볼 수 있다. 그들에게는 위험성과 자살 성향도 존재한다. 그 사례는 해당 증후군이 분류되고 인정되어야 할 질병이라는 견해를 지지하는 최근 보고서와 맥을 같이한다.

서론

'성적 망상' '이상성욕' 그리고 그 외의 사랑의 병증들은 다양한 문헌에서 언급된 바 있다. 극단적인 예로 특이한 행동이나 정신병리학적 의미가 없는 유별난 일들이, 또다른 극단적 사례로는 조현병을 아우르는 낯선 변이가 다수 묘사되어 있다. 이런 병증들에 대한 인류 역사 초기의 언급은 플루타르코스나 갈레노스, 키케로의 글에서 찾아볼 수 있고, 이넉과 트레서언(1979)이 관련 연구 논문에서 밝혔듯, '이상성욕'이라는 용어는 처음부터 분명하게 정의되지 않아 많은 오해와 비판을 받아왔다.

1942년 드클레랑보는 레 시코즈 파시오넬les psychoses passionelles, 즉 "순전한 이상성욕"이라고 규정하고 자신의 이름까지 붙인 증후군을 자세하게 설명했다. 그것은 해당 증후군과 보다 널리 받아들여지고 있는 성적 편집증을 구별하기 위해서였다. 해당 증후군 환자, 즉 '주체'는 보통 여성인 경우가 많은데, 대체로 주체보다 사회적 지위가 높은 남자, 즉 "대상"이 자신을 사랑한다는 강한 망상에 빠져 있다. 환자는 망상의 대상과 접촉이 거의 혹은 전혀 없었을 수도 있다. 환자는 대상이 기혼자라는 사실을 별로 중요하지 않게 인식할 가능성이 크다. 대상이 환자에게 관심이 없다거나 심지어 증오한다고 주장하면, 환자는 역설적이거나 모순적이라고 생각한다. 대상이 "사실은" 자기를 사랑한다는 환자의 확신은 고정불변이기 때문이다. 여기에서 다른 주제들이 파생되는데, 그 가운데는 대상이 환자 없이는 진정한 행복을 찾지 못할 거라는 믿음, 그리고 그들의 관계가 보편적으로 인정받고 지지받는다는 믿음이 있다. 드클레랑보는 순전한 형태의 이 병증은 정확하고 갑작스러우며 심지어 폭발적으로 시작된다고 주장했고, 이것이 성적 편집증과 차별화되는 중요한 요소라고 주장했다. 그는 성적 편집증은 점진적으로 발병한다고 믿었다(이녁과 트레서언, 1979).

드클레랑보 증후군에서 핵심적인 것은 그가 환자의 "기본적인 가정"이라고 명명한 것이다. 자기보다 훨씬 높은 지위에 있는 사람과 애정의 소통을 하고 있다고 확신하는 환자는 대상이 먼저 사랑에 빠져 자기에게 접근했다고 믿는다. 이런 애정의 소통은 비밀 신호와 직접적인 접촉, 환자의 욕구를 충족시키기 위한 "경이로운 자원"의 배치라는 형태를 띨 수 있다. 환자는 자신이 망상의 대상을 지키고 보호한다고 믿는다.

가장 유명한 초기 사례 가운데 하나를 보자. 드클레랑보는 영국의 조지 5세가 자신을 사랑한다고 믿은 쉰세 살의 프랑스 여성에 관해 설명했다. 그녀는 1918년부터 줄곧 조지 5세를 끈질기게 쫓아다녔고, 영국을 여러 차례 방문했다.

그녀는 자주 버킹엄궁전 밖에서 그를 기다렸다. 한번은 궁전 창문에 드리워진 커튼이 움직이는 것을 보고 그것을 왕이 보낸 신호라고 해석했다. 그녀는 왕이 자기를 사랑하는 것을 런던 사람들은 다 알고 있다고 주장하고, 그녀가 런던에서 숙소를 찾지 못하게, 호텔 예약을 할 수 없게 왕이 막았으며, 여행 경비와 왕의 초상화가 들어 있는 짐을 도난당한 것도 왕의 책임이라고 주장했다…… 그녀는 왕을 향한 자신의 열정을 생생하게 요약했다. "왕이 나를 증오할 수는 있어도, 잊을 수는 없을 것이다. 나는 결코 그에게 무관심할 수 없고, 그도 마찬가지다…… 그가 나에게 상처를 줘봤자 소용없다…… 나는 마음 깊은 곳에서부터 그에게 끌렸다……"

세월이 흐르면서 더 많은 사례가 소개되었고, 해당 증후군을 규정하는 기준을 확대하고 명료하게 하려는 노력이 이어졌다. 여성들만 이 증후군을 앓는 것이 아니며, 이성애적 끌림만 관련된 것도 아니라는 사실이 밝혀졌다. 드클레랑보의 환자들 가운데 적어도 한 명은 남성이었고, 그 이후로 드클레랑보 증후군 진단을 받은 남성 환자의 수가 늘어났다. 멀린과 파테(1994)는 주로 남성 환자들을 대상으로 한 연구에서, 침입성과 위험성의 정도는 남성이 압도적으로 높다고 결론짓는다. 동성애와 관련된 사례는 멀린과 파테(1994), 러벳 다우스트와 크리스티(1978), 이넉과 동료들, 래스킨과 설리번(1974), 웬과 카미아(1990)에 의해 보고되었다.

그러므로 이넉과 트레사우언이 제안한 이 주요한 증후군(즉 드클레랑보 증후군)의 진단 기준은 해당 증후군을 임상 질환으로 인정하는 사람들 사이에서 일반적으로 받아들여질 가능성이 높다. "다른 사람—보통 환자보다 사회적 지위가 훨씬 높다—과 애정의 소통을 한다는 망상적 확신을 가진 환자는 그 다른 사람이, 즉 증후군의 대상이 먼저 사랑에 빠졌고 먼저 접근했다고 믿는다. 증후군은 갑작스럽게 발현하고, 대상이 다른 사람으로 바뀌는 경우는 별로 없다. 환자는 대상의 역설적인 행동에 대해 자의적으로 해석하고 설명한다. 그 과정은 만성적인데, 환자에게서 환각은 관찰되지 않으며 인식적 결함도 보이지 않는다."

멀린과 파테는 드클레랑보 증후군 환자들이 가하는 위협에 대한 인식이 확대되면서 그 피해자들—망상의 대상들—을 보호하려는 입법 활동이 "폭발"적으로 늘고 있다는 페레스(1993)의 연구를 인용한다. 멀린과 파테는 환자와 피해자 모두의 비극을 강조한다. 환자에게는 사랑이 "고립과 자폐를 동반한 삶의 방식이 되고, 그 안에서는 타인과의 일치 가능성이 사라진다. 그 환자들의 원치 않는 관심을 받는 피해자들은 최소한으로는 괴롭힘과 당혹스러움을 경험하거나 가장 가까운 관계의 붕괴라는 비극을 겪는데, 최악의 경우에는 분노와 질투와 성적 욕구의 폭력적인 표현으로 인해 피해를 입을 수도 있다."

사례 연구

28세의 미혼 남성인 P는 살인미수 혐의로 기소되었고, 법원은 우리에게 정신감정을 의뢰했다.

P는 나이든 아버지와 가정을 돌보지 않는 어머니 사이에서 둘째 아들로 태어났는데, 아버지는 P가 여덟 살 때 사망했고 어머니는 P가 열세 살 때 재혼했다. 본인 진술에 따르면, P는 진지하고 외로운 아이였고, 백일몽을 잘 꿨으며, 친구를 쉽게 사귀지 못했다. 어머니가 재혼하자 그는 기숙학교에 보내졌는데, 그곳에서 그는 평균 이상의 학업성적을 거두었지만 특출한 우등생은 아니었다. 그가 기숙학교에 있는 동안 그의 누나는 해외로 이주했고, 그후 다시는 보지 못했다. 그는 놀림이나 괴롭힘을 당한 기억은 없지만 친구를 사귀지 못했고, "다른 학생들처럼 자랑할 만한 아버지가 없었기 때문에" 무시당했다고 생각했다. 그는 대학에 들어갔고, 거기서도 고립된 생활 방식을 고수했다. P는 학생들이 경박하다고 느꼈다. 그는 기독학생회에 가입했고 그리 오래 활동하진

않았지만, 그때부터 신앙에서 위로를 얻기 시작했다. 사학을 전공한 그는 신통치 않은 성적으로 대학을 졸업했고, 그후 4년간 단순직 일자리를 전전했다. 그즈음 그는 어머니와 연락이 거의 끊겼는데, 두번째 남편과도 이혼한 어머니는 자기 언니로부터 런던 북부에 있는 대저택과 상당한 현금을 유산으로 받았다.

P는 교육을 받고 외국인을 가르치는 영어 교사가 되었다. 첫 직장에서 1년쯤 근무했을 때 어머니가 사망했고, 누나는 행방이 묘연해서 그가 어머니의 재산을 단독으로 상속받았다. 그는 일을 그만두고 저택으로 이사했고, 거기서 그의 고립과 신앙은 더욱 깊어졌다. 그는 오랜 기간 "하느님의 영광"에 대해 묵상했고, 시골을 산책했다. 이 기간에 그는 하느님이 자신을 위해 도전을 준비하고 있고, 자신은 그 도전에서 실패하면 안 된다는 확신을 갖게 되었다.

그렇게 산책하던 어느 날 P는 헬륨 기구와 관련된 사고 현장에서 구조를 돕게 되었다. 그는 마찬가지로 구조를 돕던 다른 사람 R과 눈이 마주쳤는데, P의 눈엔 R이 자기에게 첫눈에 반한 것으로 보였다. 그날 밤 늦게 P는 그 사랑이 짝사랑이 아니고 자신도 R을 사랑한다는 것을 알리기 위해 R에게 처음으로 전화를 걸었다. P는 하느님이 자신에게 정해주신 임무는 R의 사랑에 화답하고 "그를 하느님 앞으로 데려가는 것"임을 깨달았다. R이 무신론적 관점에서 글을 쓰는 저명한 과학 칼럼니스트라는 사실을 안 뒤 그의 확신은 더욱 강해졌다. P는 하느님의 뜻에 관해 다양하게 이해했지만 환각을 경험하진 않았다.

이때부터 이런 질병을 다룬 안타까운 연구 문헌에서 너무나 흔히 볼 수 있는 편지 공세와 문 앞 대치와 거리에서의 감시가 시작되었다. 흥미롭게도 P는 마치 드클레랑보의 유명한 사례를 흉내 내기라도 한 듯, R의 아파트 창문에 드리워진 커튼의 모양이 바뀐 것을 R이 자기에게 보내는 메시지로 인식했다. 또한 P는 쥐똥나무 산울타리의 나뭇잎을 만지면서, 그리고 그들이 만나기 훨씬 전에 출간된 R의 기사들로부터 정보를 얻었다. R은 사실혼 관계의 M과 만족스럽게 살고 있었는데, 이런 일이 있고 며칠 지나지 않아 P의 가차없는 공세로 그들의 관계는 긴장 상태에 놓이게 되었고, 나중에는 둘이 별거에 이르렀다. P는 매우 기뻐했고, R이 겉으로는 적대적인 태도를 보이지만 곧 자신의 운명을 받아들이고 P의 대저택에 와서 함께 살 거라고 확신했다. 그는 R이 "자기를 갖고 놀고" 있고, 자신의 헌신을 시험하고 있다고 믿었다.

P의 행복감은 오래지 않아 분노로 바뀌었다. 초기에 P는 M의 직장에서 M의 수첩을 훔치는 데 성공했다. 거기서 얻은 정보를 통해 R이 특정 레스토랑에 갈 거라는 사실을 알아낸 P는 살인 청부업자들을 고용해 R의 살해를 의뢰했다. 그러나 옆 테이블에서 식사하던 사람이 어깨에 총을 맞으면서 그 시도는 불발로 끝났다. P는 회한에 사로잡혀 R이 보는 앞에서 자신을 칼로 찔러 자살하려고 했다. 이 계획도 실패로 끝났고, P는 레스토랑 총격 사건뿐만 아니라 M을 칼로 협박한 혐의로 체포되어 기소되었다. 법원은 P의 종합 정신감정을 지시했다.

상담에서 환자는 자기 생각을 잘 표현했고, 붐비는 교도소에 구금된 데 따르는 정상적인 스트레스 반응을 보여주었다. 환자 변호사의 요구에 따라 실시된 1차 검사에서 조현병 진단이 나왔기 때문에 인지검사, 신체검사, 약물검사까지 했는데, 검사결과 뇌전도까지 모두 정상으로 나왔다. 사고 형식의 혼란도 없었고 환각도 없었다. 조현병의 다른 주요한 증세들을 보이지도 않았다(슈나이더 1959). P는 평균 이상의 시공간 지각력과 추상화 능력, 집중력을 보여주었다. 웩슬러 성인용 지능검사 결과는 언어성 130, 동작성 110, 전체 IQ 120이었다. 벤턴 검사에서도 인지력 손상은 나타나지 않았다. 웩슬러 기억력 검사에서 단기기억력은 단순 정보와 복합 정보 모두 정상으로 나타났다.

P는 R이 아직도 자기를 사랑하고 있고, 자신이 자살하려는 걸 막으려고 R이 개입한 것이 그 증거라고 진술했다. 또한 재판 준비 기일에는 자기가 R에게서 "사랑의 메시지"를 받았다고 진술했다. P는 R을 살해하려고 시도했던 것을 후회했고, 앞으로 자신에게 어떤 일이 벌어지든 그것은 하느님에 대한 자신의 신앙과 R에 대한 사랑을 검증하는 시험이라고 생각한다고 말했다. 환자는 대단히 분명하고 조리 있게 이런 주장을 펼쳤다. 이런 환자의 진술은 망상이 캡슐에 담겨 잘 보호받고 있다는 인상을 주었다. 약물 치료(매일 피모자이드 5mg)와 다소 힘든 통찰력 향상 치료법이 처방됐지만, 6개월에 걸쳐 관찰한 결과, 별 차도가 없었다. 결국 법원은 P에게 정신병원 무기한 입원 치료를 선고했다. 입원 6개월 후 P를 관찰한 결과, 약물 치료에 변화를 주었는데도 망상은 줄어들지 않은 것으로 나타났다. P는 R의 사랑이 줄어들지 않았고, 자신

의 고통을 통해 언젠가는 R을 하느님께로 인도할 것으로 믿는다고 예전처럼 자신 있게 주장했다. P는 병원에서 날마다 R에게 편지를 쓴다. 간호사들이 그의 편지를 모아 가지만, R에게 더이상의 고통을 안기지 않기 위해 편지를 부치지는 않는다. 앞으로도 계속 그 환자를 추적 관찰할 계획이다.

논의

엘리스와 멜솝(1985)은 드클레랑보 증후군이 병인학적으로 다차원적인 질병이라고 결론지었다. 병인학 이론은 알코올중독과 낙태, 암페타민 복용 후 우울증, 간질, 두부 외상, 그리고 신경학적 질병들을 포괄한다. 그 가운데 드클레랑보 증후군과 관련 있는 요인은 아무것도 없다. 멀린과 파테는 순전한 드클레랑보 증후군 발병 사례에서 발병 전의 인성에 대한 다양한 설명을 검토한 결과, "민감하거나 의심이 많고, 우월성을 강하게 느끼고, 타인으로부터 고립된 사회적으로 무기력한 개인"에게서 발병하는 경우가 많다고 주장한다. "이들은 사회적으로 공허한 삶을 사는 것으로 묘사되는 경향이 있다…… 이들은 관계에 대한 욕구가 크지만 거부당하는 것에 대한 두려움, 혹은 성적이든 감정적이든 친밀성에 관한 두려움도 이에 못지않게 크다."

이 환자의 삶에서 중요한 변화는 어머니의 집을 상속받은 일이었다. 평생 친밀한 인간관계 맺기에 실패해온 P는 생활비를 벌어야 하는 필요성에서 자유로워졌고, 그나마 남아 있던 어학원 동료들과 집주인 여자와의 관계마저 단절하고 새로운 환경에 틀어박

힐 수 있게 되자 고립감이 극에 달했다. 그가 시험에 직면했다는 것을 인식한 것은 바로 이렇게 고립감이 극대화되었을 때였다. 시골길을 걷던 그는 강풍에 휩쓸린 기구를 붙들어두려 애쓰고 있던 낯선 사람들로 구성된 일시적인 사회에 발을 들여놓았다. "사회적으로 공허한" 삶에서 강렬한 팀워크로의 엄청난 변화가 드클레랑보 증후군을 유발하는 핵심 요소였을 수도 있다. 그가 R의 사랑을 "인지"한 것이 바로 그 극적인 사건 직후였기 때문이다. 또한 이 망상적 관계의 시작은 이전의 고립감으로 돌아갈 필요가 없다고 P를 안심시켜주었다. 아리에티와 메스(1959)는 이상성욕이 완전히 내적인 세상을 창조함으로써 우울증과 외로움에 대한 방어기제의 역할을 할 수 있다고 제안했다.

또한 성적 친밀감에 대한 환자의 두려움은 멀린과 파테의 개요와 관계가 있다. R과 관련한 성적 욕망에 관해 질문을 받자, P는 대답을 회피했고 심지어 불쾌해하기까지 했다. 많은 남성 환자들이 망상의 대상에 대해 구체적이고 거슬리는 성적인 환상을 갖고 있지만, 다수의 여성 환자뿐만 아니라 남성 환자들 역시 자기 사랑의 대상으로부터 실제로 원하는 것이 무엇인가에 대해서는 자기방어적이고 애매모호한 관념을 갖고 있다. 이넉과 트레서언은 "이상성욕 환자들은 절대로 예의범절의 경계를 넘지 않고, 항상 순결을 지킨다"는 에스키롤(1845)의 말을 인용한다. 그리고 벅널과 투크는 19세기 중반에 쓴 글에서 "엄밀한 의미의 이상성욕"을 "감성적 형태"와 연관지었다.

P의 사례는 아버지의 부재와의 관련성에 관한 일부 평론가들

(트레서언 1967, 시먼 1978: 멀린과 파테)의 보고가 사실임을 확인해 준다. 이 단계에서는 47세의 R이 P에게 아버지와 같은 존재였는지, 아니면 사회적으로 인정받는 성공한 개인으로서 P에게 동경의 대상이 됐는지는 추측의 문제로 남을 수밖에 없을 것이다.

남성의 이상성욕과 위험성 사이에 밀접한 관련이 있다는 주장이 최근 연구에서 제기되었다(가뉴와 데스파로이스 1995: 하먼, 로스너, 오언스 1995; 멘지스, 페도로프, 그린, 아이작슨 1995). 사랑의 대상이 환자로부터 공격당하는 것을 방지하기 위해 환자의 입원 치료가 필요할 수 있다(이넉과 트레서언; 멀린과 파테). 형사 기소가 이루어진 이 사건에서는 위험성이, 특히 결과에서 드러난 위험성이 사법부 판단의 핵심 근거가 되었다. P는 살인 청부업자가 R을 살해하는 것을 보기 위해 식당에 자리를 잡고 앉아 있었다. 살인 청부업자가 애꿎은 대상을 공격함으로써 일이 틀어지자, P는 직접 나서려고 했다. 나중에는 후회하는 모습을 보여주면서 그 폭력의 방향을 자신에게로 돌려 R과 M이 보는 앞에서 자살을 시도했다. P의 망상이 계속되는 한 그의 잠재적 폭력성은 계속 남아 있을 것이므로 정신병원 입원은 적절한 조치였다.

러벳 다우스트와 크리스티는 여덟 건의 사례를 조사하면서 "사랑의 병적인 측면과 종교인이 다니는 교회의 신조 사이에 밀접한 관계가 있다는 주장이 사실일 수 있다"고 말한다. 특정 종파들이 성적 표현에 부과한 금지 규정들이 일부 병증에 내재되어 있을 수 있다고 추정하는 것이 합리적이다. 더 나아가, 독신인 사제들은 그 넘을 수 없는 벽 때문에 드클레랑보 환자들이 선호하는 대상이 될 수 있다. 개신교의 목사들은 신도들 사이에서 누리는 지위 때문에 성적인 망상의 대상이 되어왔다(이넉과 트레서언). 그러나 P는 어느 특정한 교파나 종파에 소속되지 않았고, 그의 망상의 대상은 무신론자였다. P의 종교적 신념은 그의 정신병보다 먼저 생긴 것이고, 그가 어머니의 집으로 이사해서 완전히 고립되면서부터 더욱 강해졌다. 그와 하느님의 관계는 사적이었고, 다른 친밀한 관계의 대용품 역할을 했다. "R을 하느님께로 데리고 오는" 사명은 내면화된 종교적 감정과 망상적 사랑이 하나가 되는, 완벽히 통합된 정신 내적인 세계를 이루려는 시도로 보일 수 있다. 면담에서 P는 하느님의 목소리를 들은 적이 없고 그분의 존재를 증명하는 증거를 본 적이 없다고 주장했다. 그는 강한 종교적 신념을 가진 많은 사람이 보여주는 일반적인 방식으로 하느님의 의지나 목적을 "알게" 되었다. 문학작품을 찾아봐도 종교적 감정이나 신의 사랑이 이상성욕과 관련된 것을 암시하는 다른 사례를 찾을 수 없었다.

결론

P의 상태는 이넉과 트레서언이 제안하고 앞에서 설명한 드클레랑보 증후군의 주요 진단 기준을 거의 모두 충족한다. P는 R과 사랑하는 사이라는 망상적인 확신을 경험하고, R이 먼저 사랑에 빠져 자신에게 접근했다고 믿는다. 그 시작은 갑작스러웠다. P의 망상 대상은 줄곧 바뀌지 않고 있다. P는 R의 역설적인 행동을 합리화할 수 있고, 그 과정은 만성적이 될 것으로 보인다. P는 환각

이나 인지 결함을 겪고 있지 않다. (그러나 R이 "더 높은 지위"에 있다고 말할 수 있다고 해도, P가 R을 처음 만났을 땐 그 사실을 알 수 없었을 것이다.) 이 정도로 진단 기준에 부합하고, 다른 환자들이 보인 다수의 발병 전 특징을 P도 보인다는 사실은 해당 증후군이 질병으로 분류되고 인정되어야 한다는 견해에 힘을 실어준다.

결과에 관해서는 대다수의 평론가들이 비관론 쪽으로 기울어졌다. 드클레랑보는 별다른 변화 없이 7년에서 37년까지 지속된 순전한 이상성욕 사례들을 묘사했다. 그 이후의 연구 문헌들을 살펴보면, 이것이 가장 지속적인 형태의 사랑이고 환자의 죽음으로만 종결되는 경우가 많다는 것을 알 수 있다.

드클레랑보 증후군 환자의 피해자들은 괴롭힘과 스트레스, 폭력과 성폭행, 심지어 죽음을 당할 수도 있다. 이 사례에서는 R과 M이 화해했고 나중에는 아이를 입양하는 데 이르렀지만, 피해자들 중에는 이혼하거나 이민을 해야 했던 사람도 있고, 환자들이 야기한 고통 때문에 심리치료가 필요한 사람도 있었다. 그러므로 진단 기준을 꾸준히 개선하고, 전문가들이 이런 질환과 증상들을 시민들에게 널리 알리는 것이 중요하다. 망상장애를 가진 환자들은 자신이 병들었다고 생각하지 않기 때문에 도움을 잘 청하지 않는다. 친구들과 가족들도 그들을 환자라고 생각하기를 꺼릴 수도 있는데, 그것은 멀린과 파테가 관찰한 것처럼 "병리학적으로 확대된 사랑은 정상적인 경험처럼 보일 뿐만 아니라 그 범위가 겹치기도 하기 때문이다. 또한 우리의 가장 귀중한 경험 가운데 하나가 사실은 정신병이라는 것을 받아들이는 것이 쉬운 일은 아니기 때문이다".

참고 문헌

S. 아리에티, M. 메스 (편집), 1959, 『미국 정신의학 안내서』, Vol. 1, 베이직 북스, 뉴욕, pp. 525, 551.

J. C. 벅널, D. H. 투크, 1882, 『정신의학 매뉴얼』, 2판, 처칠, 런던

C. G. 드클레랑보, 1942, "레 시코즈 파시오넬", 『정신의학의 성과』, 프레스 위니베르시테, 파리, pp. 315-322

A. 엘아스라, 1989, "사우디 여성의 음란증", 『영국 정신의학 저널』, 153, 830-833

P. 엘리스, G. 멜솝, 1985, 『영국 정신의학 저널』, 146, 90

M. D. 이닉, W. H. 트레서언, 1979, 『특이한 정신병적 증후군』, 브리스톨: 존 라이트.

J. E. D. 에스키롤, 1845, 『정신병: 정신이상에 관한 논문』, R. 드 소쉬르 번역, 1965, 뉴욕: 하프너.

P. 가뉴, L. 데스파로이스, 1995, "음란한 남성: 위험한 성희롱 양상", 『캐나다 정신의학 잡지』, 40, 136-141

R. B. 하먼, R. 로스너, H. 오언스, 1995, "형사법원 집단의 집착적 괴롭힘", 『법과학 저널』, 42, 188-196

M. H. 홀랜더, A. S. 캘러핸, 1975, 『일반 정신의학 기록보관소』, 32, 1574

J. W. 러벳 다우스트, H. 크리스티, 1978, "사랑의 병리학: 드클레랑보 증후군의 다양한 임상 사례", 『사회과학과 의학』, 12, 99-106

R. P. 멘지스, J. P. 페도로프, C. M. 그린, K. 아이작슨, 1995, "남성 음란증 환자의 위험 행동 예측", 『영국 정신의학 저널』, 166, 529-536

P. E. 멀린, M. 파테, 1994, "사랑의 병리학적 확장", 『영국 정신의학 저널』, 165, 614-623

C. 페레스, 1993, "스토킹: 집착은 언제 범죄가 되는가?", 『미국 형사법 저널』, 20, 263-280

D. 래스킨, K. E. 서리번, 1974, "음란증", 『미국 정신의학 저널』, 131, 1033-1035

K. 슈나이더, 1959, 『임상 정신병리학』(M. W. 해밀턴 번역), 뉴욕: 그룬 & 스트래턴.

M. V. 시먼, 1978, "망상적 사랑", 『일반 정신의학 기록보관소』, 35, 1265-1267

J. G. 사이너, J. L. 커밍스, 1987, "유기적·정서적 질환 속의 드클레랑보 증후군", 『영국 정신의학 저널』, 151, 404-407

W. H. 트레서언, 1967, "음란증: 오래된 질병의 재발견", 『알타』, 2, 79-86

R. 웬, A. 카미아, 1990, "동성애자의 음란증", 『스칸디나비아 정신의학 저널』, 85, 78-82

부록 II

입원한 지 3년이 다 되어갈 즈음 J. 패리 씨가 쓴 편지. 원본은 환자의 메모와 함께 보관. 사본은 R. 웬 박사의 요청에 따라 웬 박사에게 전송.

화요일

사랑하는 조, 새벽에 나는 깨어 있었어요. 침대에서 빠져나와 실내복을 입고 야간 당직 간호사들을 성가시게 만드는 일 없이 밖으로 나가 동쪽 창가로 갔어요. 당신이 나에게 친절하게 굴면 내가 무슨 일이든 할 수 있다는 걸 알겠죠? 당신 말이 맞았어요, 태양이 나무 뒤에서 뜰 때, 정말 나무가 까맣게 보였어요. 나무 꼭대기의 어린 가지들이 하늘과 엉켜서 마치 전선이 얼키설키한 기계 내부 같았어요. 하지만 그때 난 그런 생각을 하고 있진 않았어요. 구름 한 점 없는 날이었고, 10분 후에 나무 위로 솟아오른 것은 바로 하느님의 찬란한 영광과 사랑이었거든요. 우리의 사랑이요! 그 사랑이 유리창 너머로 들어와 나를 감싸고 따뜻하게 보듬어주었어요. 나는 가슴을 펴고 두 팔은 자연스레 늘어뜨린 채 거기 서서 심호흡을 했어요. 익숙한 눈물이 흐르더군요. 하지만 기뻤어요! 천 일째 되는 날, 내 천번째 편지에, 당신은 내가 하는 일이 옳다고 말하고 있었으니까요! 처음에 당신은 그걸 이해하지 못하고 우리의 이별을 저주했죠. 이젠 당신도 알 거예요, 내가 여기서 보내는 하루하루가 당신이 그 영광스러운 빛에, 그분의 사랑에 한 걸음씩 가까워질 수 있게 이끌고 있다는 것을. 그리고 당신이 예전엔 몰랐던 것을 지금은 아는 이유는, 당신이 어쩔 수 없이, 기쁘게 따뜻한 그분을 향해 돌아서고 있다는 것을 느낄 수 있을 만큼 하느님께 충분히 가까이 가 있기 때문이에요. 이젠 예전으로 돌아갈 수 없어요. 조! 당신이 그분의 것이면, 내 것이기도 한 거예요. 이 행복이 내겐 당혹스럽게 느껴질 정도예요. 나는 감옥에 있는 것과 마찬가지예요. 여긴 창문마다 창살이 있고, 밤에는 병실에 자물쇠를 채워놓거든요. 나는 발을 질질 끌고, 알아들을 수 없는 말을 중얼거리고, 침을 질질 흘리는 바보들과 함께 밤낮을 보내요. 여기에서 발을 끌며 천천히 걷지 않는 사람들은 벌을 받아요. 간호사들, 특히 남자 간호사들은 사실 여기 환자가 되어야 하는데 어쩌다보니 간신히 인생 역전에 성공한 사람들이에요. 담배 연기, 열리지 않는 창문, 오줌 냄새, TV 광고. 내가 당신에게 천 번은 넘게 묘사한 세계예요. 다들 내가 그 밑으로 가라앉기를 바라겠죠. 하지만 나는 그 어느 때보다도 강한 목표 의식을 갖고 있어요. 내가 이렇게 자유로웠던 적은 없었어요. 나는 날아올라요. 너무 행복해요. 조! 내가 이 안에서 이렇게 행복하다는 걸 저들이 알았다면, 나를 빨리 내보냈을 거예요. 이제 그만 쓰고 나 자신을 안아줘야겠어요. 나는 날마다 행복을 벌고 있어요. 행복을 버는 데 평생

이 걸린다고 해도 상관없어요. 천 일째 되는 날, 이게 당신에게 보내는 내 생일 편지예요. 당신은 이미 알고 있지만, 다시 한번 말할게요. 나는 당신을 흠모해요. 나는 당신을 위해 살아요. 당신을 사랑해요. 나를 사랑해줘서, 나를 받아줘서, 우리의 사랑을 위해 내가 하는 일을 인정해줘서 고마워요. 곧 나에게 새 메시지를 보내줘요. 그리고 기억해요. 믿음은 기쁨이라는 것을.

제드

감사의 말

　무엇보다도 오랜 세월 나에게 자극을 주는 토론을 함께 해준 친구이자 하이킹 동반자인 레이 돌란에게 감사의 말을 전한다. 게일런 스트로슨, 크레이그 레인, 팀 가턴 애쉬, 그리고 에이먼 매카피 경위에게도 감사드린다. 그리고 다음의 작가들과 그들의 저서에도 많은 빚을 졌다. 이 자리를 빌려 감사의 말씀을 전한다. E. O. 윌슨의 『인간 본성에 관하여』, 『생명의 다양성』, 『생명애』, 그리고 스티븐 와인버그의 『최종 이론의 꿈』, 스티븐 핑커의 『언어 본능』과 안토니오 다마시오의 『데카르트의 실수』, 로버트 라이트의 『도덕적 동물』, 월터 보드머·로버트 매키의 『인간의 서』, 로버트 기팅스의 『존 키츠』, 스티븐 길의 『윌리엄 워즈워스, 생애』이다.

견딜 수 없는 사랑

1판 1쇄 2023년 3월 16일
1판 6쇄 2023년 12월 15일

지은이 이언 매큐언
옮긴이 한정아

펴낸곳 복복서가(주)
출판등록 2019년 11월 12일 제2019-000101호
주소 03720 서울특별시 서대문구 연희로 28길 3
홈페이지 www.bokbokseoga.co.kr
전자우편 edit@bokbokseoga.com
마케팅 문의 031) 955-2689

ISBN 979-11-91114-43-0 03840